KB271015

다른 목소리들

지은이 고봉준(高奉準, Ko, Bong-Jun)은 1970년 부산에서 태어났다. 2000년『서울신문』신춘문예로 등단하여 평론을 쓰고 있고, 제12회 고석규비평문학상(2007)을 수상했다. 평론집『반대자의 윤리』(2006), 저서로는『모더니티의 이면』(2007)이 있다. 현재 '연구공간 수유+너머'의 연구원, 반년간 비평전문지『작가와비평』의 편집동인으로 활동중이다.

다른 목소리들 고봉준 평론집

초판 인쇄 2008년 9월 25일 **초판 발행** 2008년 9월 30일
지은이 고봉준 **펴낸이** 박성모 **펴낸곳** 소명출판 **출판등록** 제13-522호
주소 서울시 서초구 서초동 1621-18 란빌딩 1층
전화 02-585-7840 **팩스** 02-585-7848 **전자우편** somyong@korea.com

값 20,000원
ISBN 978-89-5626-342-7 93810

다른 목소리들

고 봉준 평론집

소명출판

사랑하는 딸 은결이에게

고심 끝에 '다른 목소리들'이라는 이름을 붙여 두 번째 평론집을 세상에 내보낸다. 원고를 묶고 정리하면서 꽤 많은 시간 동안 '제목'에 대해 생각했다. 제목은, 한 편의 글에선 출발점이지만 한 권의 책에선 최종적인 도착점이기 때문이다. 출발과 도착을 하나의 이름으로 엮는 과정에서 지난 몇 년간 나의 관심이 '타자'라는 개념을 중심으로 느린 소용돌이를 형성해왔음을 뒤늦게 발견했다.

'다른 목소리'는 세상의 바깥에서 발화되는 음성인지도 모른다. 너무 높거나 낮은 주파수, 세상의 가청권 바깥에서 들려오는, 대개의 경우 무의미한 소음이나 불협화음처럼 희미하고 불쾌하게 들렸다가 이내 대기 속으로 흩어지고 마는 목소리들. 확실히, 바깥은 공간이 아니라 주파수의 문제이다. 바깥을 공간적인 의비로 이해할 때 우리는 초월론자가 된다. '바깥'은 멀고도 가까운 세상의 안쪽에 속하는 곳이지만, 상식적인 감각이 닿을 수 없는 이질적인 세계의 좌표이다. '목소리'란 결국 하나의 균질적인 의미체계로 흡수되지 못하는 방식의 언어이며, '우리'라는 세계로 감당하기 어려운 파국의 징후이다. 그것은 항상 복수로 사유되어야 한다. 다른 목소리들의 거처는 '여기(here)'가 아니라 그 너머, 혹은 우리의 손가락이 닿을 수 없는 저기일 것이다. 아니, 다른 목소리들로 충만한 문학의 거처는 세상 모든 곳이면서 결국 아무 곳도 아닌, 비장소일 것이다. 암울한 전언들이 문학의 대기를 점령하고 있는 지금, 나는 이 이질적인 세계의 좌표, 불협화음처럼 흘러가는 다른 목소리들과의 교신으로 문학이 가능하다고 믿는다. 문학은 세상의 언어와는 다른 목소리를 내는 일이고, 확고하고 안정적인 의미의 세계를 목소리로 횡단하는 일이며, 상식의 시선과는 다른 방식으로 세상을 보는 일이다. 물론, 나는 문학이 고단하고 궁핍한 현실을 변화시키는 데 할 수 있는 일이 많다고 생각하지 않는다. 그러나 아름다운 춤곡이 되지 못한 라벨의 왈츠야말로 한 시대의 음악이 아니었던가. 문학에 필요 이상의 요구를 투영할 때 우리는 교양주의자가 되고 만다.

'다른'이라는 관형사는 여백이 많은 단어이다. 부정적인 방식으로 세속화될 때, '다른'은 상대주의나 다원주의의 수사로 전락한다. 나는 그런 용법에 동의하지 않는다. 하늘 아래 새로운 것은 없다는 슬로건을 믿지 않는 한, 다르다는 것은 그 자체로는 아무런 의미도 지니지 않는다. '다른'이란 세상의 지배적 의미로부터 벗어나는 것, 그리하여 세상이라는 균질적인 질서에 미세하나마 출구를 만드는 행위이고, 그런 한에서 문학은 그 다른 목소리들로 감각의 배치를 뒤흔드는 일이 될 것이다.

한때 문학이 많은 것들 할 수 있다고 믿었다. 그때 나는 문학에서 허공으로 솟구쳐 오르는 독수리의 시선만을 상상했다. '믿었다'라는 말이 그러하듯이, 그것은 현실적인 힘이 아니라 의지와 믿음의 문제에 가까웠다. 오늘날 많은 사람들은 그 믿음의 배신에 냉소와 조롱으로 답한다. 그러나 문학이 바꿀 수 있는 세상이란 감각의 세계일 뿐. 그런 까닭에 여전히 문학은 감각의 탈구축이라는 자신의 존재의미에 충실하고 있다. 나는 문학이 감각을 통해 삶으로 향하는 에움길 가운데 하나일 뿐 유일한 길은 아니라고 생각한다. '다른'의 가능성을 포기하지 않는 한, 문학의 목소리로 지금, 이곳과 다른 세계를 상상할 가능성은 여전히 열려 있다.

책의 1부에는 이론적인 성격의 글들을 실었다. 타자·마이너리티·디아스포라 문제를 민족문학이라는 근대적 시선으로부터 분리시키려는 이론적 노력에서부터 '근대문학의 종언'이라는 가라타니 고진의 주장에 대한 메타비평에 이르기까지 최근 몇 년간 비평계의 화두들에 대한 사유와 개입의 흔적이 1부의 대부분을 채우고 있다. 2부는 우리 시대의 시인들을 대상으로 한 시인론과 작품론을 중심으로 묶었다. 해설이라는 인연의 흔적도 없지는 않지만, 나의 문학적 이념이 짙게 투영되어 있기에 남다른 애정이 느껴지는 글이기도 하다. 3부는 소위 '미래파 논쟁' 과정에서 발표한 몇 편의 비평과 시에 관해 주제적 접근을 시도했던 글들을 묶었다. 미래파 논쟁이 끝나갈 즈음 내게 요청된 몇몇 원고들을 거절하지 않고 완성했더라면 더 세련된 논의들로 채울 수도 있었으리라는 아쉬움이 남는다. 여기에 실린 모든 글들이 '다른 목소리들'이라는 제목과 잘 어울리는지는 자신이 없다. 원고를 정리하면서 매번 묘한 낯설음을 경험한다. '여기'에 '나'는 존재하는가? 이 질문에 대한 대답은 딱히 긍정적이지도 부정적이지도 않다. 더러 그 흔적들이 발견되지만, 결국 문학에서 모든 도착은 임시착이거나 잘해야 불시착이기 때문이다.

얼마 전, 딸 은결이의 자전거를 샀다. 한 여름 밤의 검푸른 공기를 가르며 생의 첫 질주에 나서는 아이의 뒷모습에선 새삼 시간의 속도가 묻어났다. 은결이의 자전거가 넘어지지 않고 무사히 삶의 여러 굴곡을 넘어갈 수 있었으면 좋겠다. 아이의 뒷모습을 볼 때마다 나는 '문학'이 극도의 이기심 없이는 불가능한 일임을 새삼 느낀다. 글을 쓰는 내내 많은 사람들을 불편하게 만들어 미안하다. 그 미안함을 알면서도, 끝내 멈출 수 없을 것 같아 더욱 미안하다. 함께 어려운 시간을 잘 견뎌준 딸 은결, 아내 경연에게 고마움을 전한다. 자식의 고집을 묵묵히 감내해주시는 어머니, 삶과 사상의 든든한 배후가 되어주는 '연구공간 수유+너머'의 친구들, 그리고 책을 맡아준 소명출판에 머리 숙여 감사드린다.

2008년 9월
고봉준

다른 목소리들

1
부

다른 목소리들

연대는 어떻게 가능한가

민족문학과 아시아

1. 아시아를 사유한다는 것

90년대 이후, 민족문학은 두 개의 아시아를 사유해 왔다. '창비'의 동
(북)아시아 담론과 '민족문학작가회의'의 아시아—아프리카 작가회의론
이 그것이다. 오랫동안 민족문학은 위기로서의 '민족적 현실'에서 그 정
당성을 찾았다. 일국적 민족주의이든, 제3세계 민족주의이든, 민족주의
의 적극적 의미는 대개 '위기'라는 민족적 현실에서 출발한다. 그러나
거대담론의 해체와 전 지구적 자본주의의 도래 이후 '민족적 현실'은

더 이상 일국의 국경 내에서 발생하는 문제로는 포착될 수 없는 상황에 이르렀고, 민족문학 또한 스스로의 외연을 확장해야 한다는 요구에 적극적으로 응답하지 않을 수 없었다. '창비'의 동(북)아시아 담론은 "중국 중심주의와 일본 중심주의가 간단없이 충돌을 거듭함으로써 한국의 민중은 물론 중국과 일본의 민중조차도 가해가이자 피해자로 고통 받았던 역사적 기억의 창고인 한반도에서 '동아시아'는 그래서 '중화'와 '동양'을 넘어 새로운 대안을 찾는 탐구의 발진점이 될 수밖에 없었던 것이다"(최원식)라는 주장에서 확인되듯이, 한·중·일이라는 국제적 역관계 속에서 한반도와 동북아에 평화체제를 구축하려는 시각에서 아시아를 사유하며, '민족문학작가회의'의 아시아−아프리카 작가회의론은 '변두리', '주변'과 같은 지역성(locality)을 지닌 다양성으로 '세계화'라는 문화적 보편주의를 극복한다는 시각에서 아시아를 사유한다.

아시아에 대한 한국문학의 관심은 최근 비국가적 차원에서의 문화적 교류와 연대의 움직임으로 가시화되고 있다. 1995년 10월 '베트남을 이해하려는 젊은 작가들의 모임'이 결성된 이래 '팔레스타인을 잇는 다리', '인도를 생각하는 모임', '버마를 사랑하는 작가들 모임' 같은 민간 차원의 문화교류가 끊이지 않고 있으며, '아시아문화유목', '아시아문화네트워크' 등의 조직이 결성됨으로써 아시아에 대한 관심과 연대의 가능성은 호기심 이상의 성과와 비전으로 이어지고 있다. 특히 '아시아문학연구소', '아시아문화자료실', '아시아문화의 집'의 통합체인 '아시아문화네트워크'는 계간 『아시아』를 매개로 언어와 경험의 장벽을 넘어 '내면적 소통'의 가능성을 실험하고 있다. 물론 "먼 곳에 대한 상상력이 증가할수록 가까운 곳에 대한 모멸감은 커지고, 가까운 곳에 대한 모멸감이 커지면 커질수록 먼 곳에 대한 상상력은 확장된다"[1]는 지적처럼 소통과 연대에 대한 경계의 목소리가 없는 것은 아니지만, 네이션과 민

___

1) 복도훈, 「연대의 환상, 적대의 현실−최근 한국소설의 연대적 상상력과 재현에 대한 비판적 주석」, 『문학동네』, 2006 겨울, 485면.

족주의에 갇혀 있던 한국문학이 비로소 국경의 바깥을 사유하기 시작했다는 사실은 높이 평가되어야 한다.

2. 아시아, 네이션의 안과 밖

근대문학은 네이션, 즉 국민국가의 경계를 구성하고, '민족'과 '국가'의 이름으로 세계와의 만남을 매개하면서 성장해 왔다. B. 앤더슨의 지적처럼 근대의 자국어문학은 '민족 = 국민 = 국민국가'라는 근대적 삼위일체(trinity)를 가능하게 하는 동력의 하나였다. 그러므로 근대문학은 네이션의 바깥을 괄호치거나, '민족'과 '국가'의 동일성을 확인하고 강화하는 방식으로만 국경의 저편을 사유할 수밖에 없었다. 민족주의와 국민국가 시스템에 대한 비판이 문제 삼는 대목도 바로 이 지점이다. 뒤집어 말하자면, 이는 근대문학이 네이션의 바깥을 사유한다는 것이 지극히 어려운 문제임을 의미한다. 연대와 교류가 종종 타자의 타자성을 재확인하는 방식으로, 혹은 그것을 주체화하는 방식으로 귀결되고 마는 것도 이 때문이다. 그러나 이러한 위험이 곧 연대의 불가능성을 정당화하는 것은 아니다. 신자유주의라고 명명되는 전 지구적 자본화는 의도하든, 그렇지 않든, 지구적 차원에서의 공동운명과 연대의 가능성을 촉발시키고 있다.

그러나 당위성 자체가 윤리적 정당성을 보증하지는 않는다. 신자유주의로 상징되는 자본의 전 지구적 이동은 아시아 · 아프리카와의 교류를 가속화시키지만, 그것은 교류 자체를 자본의 매끄러운 표면에 등기하는 자본의 재영토화 운동에 불과하다. 그러므로, 상식적인 얘기지만 '어떻게'의 문제는 여전히 우리의 몫으로 남기 마련이다. 나는 가능성과 불가능성을 말하기 이전에 이 '어떻게'라는 물음을 성실하게 사유하는 것이 중요하다고 생각한다. 지난날 아시아·아프리카는 '제3세계'라는 이름으로 관계를 맺어 왔다. '제3세계'는 제국주의의 지배라는 역사적 상흔을 지닌, 그리하여 탈(脫)식민이라는 공통의 목표를 갖고 있는 (민족)국가들의 세력화를 의미하는 것이었다. 이때의 연대는 국가 혹은 민족 단위로 사고되었을 뿐이었고, 심지어 공동의 적을 설정함으로써만 가능했다는 점에서 여전히 종속적이었다. 물론 오늘날의 아시아 담론 역시 공동의 저항과 상생이라는 문제의식에서 출발한다. 경제적으로는 자본의 전일적 지배가, 문화적으로 서구 보편성을 유일의 척도로 삼는 세계화가 가속화되고 있는 오늘날, 공동의 저항이라는 문제는 연대의 출발점을 제시한다는 점에서 중요하다. 이를 위해 아시아 담론은 '기억'의 가치에 주목한다. "오늘 이 자리에 모인 한국과 베트남의 문학인들은 지난 세기 두 나라 사이에 존재했던 불행했던 과거를 결코 잊지 않고 있다. (…중략…) 이에 우리 두 나라 문학인들은 참다운 기억의 복원, 참다운 기억의 연대를 위해 힘찬 발걸음을 떼어놓을 것임을 엄숙히 선언한다."(「한·베트남 문학인 21세기 평화선언」) 그러나 기억이란 구성의 결과물이다. 아니, 그것은 "미래는 달라야만 한다"(「아시아 평화선언」)라는 선언이 명확히 보여주듯이 미래적 관점에서 재해석되어야 할 대상이다. 그렇지 않을 경우, 한국과 베트남처럼 역사적 상흔의 반대편에 위치했던 경험을 지닌 개체들의 연대는 사실상 불가능하게 된다. 한 걸음 더 나아가, 나는 공통의 경험을 갖고 있지 않는 개체들 사이에서도 연대는 가능하다고 생각한다. 공통의 경험이란 연대의 한 매개는 될지언정 새로운 관계의 구성적 힘을 가능하게 하는 원동력은 아니지 않은가. 그렇다면 연대는 어떻게 사고되어야 하는가?

이렇게 위험한 민족 담론의 이중성을 극복하는 길은 무엇인가? 이 질문에 대한 오랜 고민의 한 갈래가 '상상력의 확장'을 거듭하여 아시아를 시야의 지평에 넣게 되었다. 언제라도 아시아의 패권지역으로 둔갑할 가능성이 있는 '동북아시아'가 아니라 36억 인구가 살아가고 있는, 존재하는 그대로의 아시아였다. 일본을 괄호 밖에 두면, 모두가 서구적 근대의 폭력과 억압을 20세기의 고통스런 기억으로 간직한 아시아를 위해 포스코청암재단이 '아시아펠로우십'이라는 견지한 프로젝트를 구상한 것은 매우 선구적인 일이라고 본다.[2]

『아시아』는 아시아의 대지 밖에서 출현하는 창조적 상상력들과 소통하는 통로가 될 수 있기를 희망한다. 모든 편견과 대립은 무지와 소통의 단절에서 비롯된다. 『아시아』는 다른 대지에 대한 이해를 바탕으로 교류하고, 교류를 통해 이해하는 소통을 지향할 것이다. 이해가 없는 교류는 맹목으로 흐르기 쉽고, 교류가 결여된 이해는 실체를 놓치고 주관으로 흐르기 쉽다. 진정한 소통은 이해와 교류를 통해 상대를 변화시키고 나도 변화하는 것이라는 사실을 나는 아프리카를 떠나며 무슨 각오처럼 다시 생각했다.[3]

계간 『아시아』는 한반도를 둘러싸고 있는 국제 관계에 근거하고 있는 '창비'의 동(북)아시아 담론과 분명하게 선을 긋는다. 또한 '민족' 자체가 배타적 민족주의로 나아갈 가능성을 경계한다. '그대로의 아시아'라는 명명은 이러한 민족담론의 이중성으로부터 벗어나 연대를 사유하려는 노력의 산물이다. 그러나 중요한 것은 만남이 아니라 그 방식이며, 그런 점에서 소통이란 처음부터 새로운 공동체의 구성에 대한 의지와 다르지 않다. '아시아'라는 이름도 그 공동체의 한 형식일 것이다. 그렇기 때문에 그 명명의 정당성에도 불구하고, '그대로의 아시아'에서 일본과 중국에 주어질 역할은 상대적으로 미미해 보인다. 『아시아』가 사유하는 '아시아'는 신자유주의적 상황 하에서 정치적·경제적·문화적으로 약소국의 지위에 머물러 있을 수밖에 없는 국가와 민족의 다른 이름이며, 그들을 공통의 이름으로 호명할 수 있는 근거는 "서구적 근대의 폭력과 억

---

2) 이대환, 「아시아의 내면적 소통을 위해」, 『아시아』 창간호, 2006 여름, 2면.
3) 방현석, 「레인보 아시아」, 『아시아』 창간호, 2006 여름, 33면.

압"이라는 공통의 기억과 현실에 있는 듯하다. 조심스러운 얘기지만, 우리는 연대의 출발점에서 "아시아의 역사는 고통스러웠다"(「아시아 평화선언」)라는 진술처럼 고통의 기억만을 환기하는 태도에서 벗어나야 한다. 그리고 "전쟁과 폭력을 종식시키려면 지역과 인종, 국적을 뛰어넘는 공감과 의지가 필요하고, 그것을 가능하게 하는 것이 문화의 교류요 문화를 통한 상호 이해다"와 같은 근대적 환상에 대해서도 비판적인 시선을 견지할 필요가 있다. 근대를 '폭력의 세기'로 만들어 놓은 전쟁의 역사는 교류의 부재가 아니라 교류 그 자체와 밀접한 연관을 지니기 때문이다. 그들의 고통이 얼마간 과거의 상흔과 연결된다는 것은 부인할 수 없는 사실이지만, 지금, 연대는 과거를 애도하기 위함이 아니라 지구적 차원에서 작동하는 자본의 착취에 저항하고 자본의 외부에서 살아가려는 노력과 결부되지 않으면 안 된다. 또한 우리는 심포지엄·레지던스 프로그램·학술대회·번역 출판 등등의 방식으로 진행되는 교류가 '연대'라는 이름에 값하는 것인지, 연대의 대상으로서의 아시아가 여전히 '국가' 혹은 '민족'이라는 근대적 방식으로 표상되고 있는 것은 아닌가에 대해 진지하게 물어야 한다. 지난날의 민족문학론이 그러했듯이, 오늘의 우리 문학이 민중적 삶의 특이성(singularity)을 민족적 삶으로 영토화하고 있는 것은 아닌지 살펴야 한다.

모든 개체는 분할불가능한 요소들의 집합이라는 점에서 이미－항상 집합체이다. 모든 개체는 존재론적으로 이미 집합체인 셈이다. 이 경우, 특이성으로서의 삶은 새로운 특이점이 추가됨으로써 다른 특이성으로 변환된다는 점에서 그 자체 외부성을 포함한다. 이처럼 공동체나 연대는 지역이라는 공간학적 문제가 아니라 구성체의 수준에서 사고되어야 한다. 진정한 연대는 분할불가능한 개체 혹은 실체의 집합이 아니라 구성의 문제이기 때문이다. 그렇다면 구성체로서의 공동체에서 '중심'의 문제는 어떻게 사고되어야 하는가? 여기에 흥미로운 사례 하나를 소개한다.

김지하 : 내가 구태여 동북아에서 시작하는 이유는 여기에 내장돼 있는 영성
　　　적인 영육일체의 우주관이 서양에는 없기 때문입니다. 화엄경의 광
　　　대한 세계관을 서양에서는 발견할 수 없습니다.
오에 겐자부로 : 나와는 매우 다르군요. 세계의 중심이 아시아에 다가오고 있다
　　　고 생각하지 않습니다. 세계의 온 마을에 다 중심이 있을 뿐입니다.[4]

　위의 인용은 김남일의 「고통의 기억과 새로운 희망의 연대」라는 비
평문에서 옮겨온 것이다. 서구 근대성의 폭력에 노출된 경험을 갖고 있
는 문화인들은 '중심'을 절대악으로 규정지으려는 태도를 보여준다. 그
러나 문제는 단일한 중심이지, 중심 자체가 아니다. "어떤 힘의 중심을
추구하지 않아야 한다"[5]는 주장과 반대로, 오히려 연대와 소통, 혹은
구성체로서의 공동체는 다수의 강력한 중심을 필요로 한다. 김지하가
주장하는 '영성적인 영육일체의 세계관'이란 동북아를 세계의 중심에
놓는다는 점에서 전도된 보편주의의 혐의에서 자유롭지 못하다. 그에
비하면 "세계의 온 마을에 다 중심이 있을 뿐입니다"라는 오에 겐자부
로의 지적은 '중심의 해체'가 아니라 다중심성을 사유한다는 점에서 한
층 설득력을 갖고 있다. 소통의 출발점으로서의 '이해'와 '교류'는 중심
의 부정이 아니라 각각의 특이점들이 강력한 중심일 때 시작될 수 있다.
　나는 '그대로의 아시아'는 재구성되어야 한다고 생각한다. 아시아가
재구성되기 위해서는 먼저 국가와 민족을 실체로 간주하는 인식 습관으
로부터 자유로워져야 한다. 뿐만 아니라 '민족'을 '국가'의 범위에서 사
고히는 민족국가론, 개개인의 특이적인 삶을 민족적 현실로 환원시키는
과도한 민족주의의 고리를 끊어야 한다. 또한 서구적 보편에 밎시기 위
해 아시아의 특수성을 강조하는 이른바 지역특수주의의 맹목을 넘어서
야 한다. 특수성이란 거꾸로 선 보편성에 지나지 않는다. 일본 제국주의

---

4) 김남일, 「고통의 기억과 새로운 희망의 연대」, 『작가들』, 2007 봄, 20~12면.
5) 이대환, 앞의 글, 3면.

의 사례가 보여주듯이, 특수주의는 그 내부에 보편주의의 다른 얼굴을 은폐하고 있다. 이는 보편에 맞서는 특수가 지역성을 매개로 또 하나의 보편으로 전화될 수 있음을 의미한다. 아시아 담론은 "'아시아'는 아직 소비되지 않은 실체이며 미래를 향해 열린 무한한 혼돈이자 미로이다. 어딘가에 그 출구를 숨기고 있는 인류의 새로운 질문인 것이다 (…중략…) 아시아는 모던으로부터 소외된 모던이며 중심으로부터 비껴선 중심이다. 주변부의 '버려진 것'들이 중심으로 솟아오르면서 전환되는 빛, 이 빛은 균형이자 연대의 토대이다. 그것은 새로운 문명의 방식이 무엇인지를 지시한다"[6]처럼 신비화될 때 보편으로 들어가는 문턱을 넘는다. 구성적 관점에서 "공동의 아시아"는 '상상'되어야 하지만, 정작 "그대로의 아시아" 자체가 상상의 산물은 아닌가에 대해서 물어야 한다.

그렇다면 연대는 다양성에 대한 인정의 문제일까? 우리는 종종 보편의 폭력성을 극복하기 위해 다양성이 동원되는 경우를 목격한다. "문학이 하는 일은 차이와 다양성을 지닌 대지의 생명체들을 향해 그 존재 하나하나의 고유한 이름을 호명해주는 것이다"[7]라는 발언이 바로 그것이다. 그러나 '인정'은 일방향적일 때 위계화되며, 쌍방향적일 때 자유주의로 전락한다. "그대로의 아시아"라는 발상은 종종 '고유문화'에 대한 인정의 논리를 전제한다. 그러나 해마다 반복되는 개고기 논쟁의 예처럼, 고유문화라고 해서 모든 것이 '인정'될 수 있는 것은 아니다. 또 그것이 반드시 긍정적인 것도 아니다. 아랍 여성들에게 강요되는 가부장적 억압의 상징들은 '고유문화'임이 분명하지만, 그것이 고유문화이기 때문에 우리가 그것을 긍정해야 하는 것은 아니듯이. 이처럼 '차이'란 분할불가능한 개체 사이에서 사고되는 한 '차별'의 문제로 전락하고 만다. 텍스트가 작품(work)의 세련된 표현이 아닌 것처럼, '차이'는 '차별'의 새로운 버전이 아니다. 자유주의가 모든 이들의 발언권을 인정함으

---

6) 이영진, 「아시아는 심연이다」, 『아시아』, 2007 여름, 9면.
7) 방현석, 앞의 글, 32면.

로써 결국 아무도 발언하게 만들지 못하는 하는 효과를 내는 것처럼, 다양성에 대한 인정은 이미 존재하는 개체들의 실체성을 정당화함으로써 연대의 불가능성을 재확인할 뿐이다.[8] 연대는 타자의 얼굴에서 고통의 흔적만을 발견하고 그것을 위로하는 문제도 아니며, 상대방의 상처와 관습을 그 자체로 인정하는 문제도 아니다. 그것들은 '구성'의 관점에서 새롭게 해석되어야 한다. 이런 점에서 "상대의 언어 안에 피처럼 흐르는 정서와 영혼과 역사를 이해하는 일"은 적대의 관점에서 다시 질문되어야 한다.

3. 인권의 주체는 누구인가

시선을 잠시 한국문학으로 돌려보자. 자본의 착취와 지배가 지구적인 차원으로 확장되는 오늘날, 한국문학은 여행의 경험과 이주노동자의 등장으로 새로운 질문에 부딪히고 있다. 이것은 비단 민족문학만의 문제는 아니다. 물론, 오늘날 노동의 이동이 자본에 의해 야기된 '유목효과'(이진경)임은 인정되어야 한다. 또한 노동의 이동이 근대국민국가 시스템을 흐릿하게 만들기도 하지만, 역으로 국민국가 자체가 자본주의의

---

8) 지젝은 타자에 대한 자유주의적 태도가 갖는 문제점을 다음과 같이 비판한다. "타자에 대한 자유주의적 태도가 갖는 특징은 타자에 대한 존중 내지 개방성인 동시에 침해에 대한 강박적 두려움이다. 간단히 말해 타자의 존재가 성가시게 느껴지지 않는 한, 즉 진짜로 타자가 아닌 한, 타자는 환영받는다. 이렇게 관용은 그 대립물과 일치한다. 타자를 관용해야 한다는 나의 의무는 사실상 그에게 지나치게 가까이 가거나 그의 공간에 밀고 들어가서는 안 된다는 것, 간단히 말해서 나의 지나친 접근에 대한 그의 불관용을 존중해야 한다는 것을 뜻한다. 바로 이것이 갈수록 선진자본주의 사회의 핵심 인권으로 떠오르고 있으니, '침해'받지 않을, 즉 타인으로부터 안전한 거리를 유지할 권리이다." 슬라보예 지젝, 김영희 옮김, 「반인권론」, 『창작과비평』, 2006 여름, 388면.

세계화 속에서 형성되었다는 사실 역시 부정할 수 없다. 그러나 최근의 소설들이 보여주듯이, 여행과 이동의 경험은 우리를 네이션의 경계가 지닌 폭력성과 맞닥뜨리게 함으로써 민족주의와 우리 안의 타자에 대한 성찰을 요구하며, 국가와 자본에 의해 추방된, 삶 자체가 위협받고 있는 존재의 등장은 재현에 대한 새로운 윤리의 요청으로 이어지고 있다. 이러한 일련의 경험을 통해 자본과 국가의 폭력에 직접적으로 연루되지 않았음에도 불구하고, 우리는 그 폭력이 우리의 일상과 무관하지 않은 사건임을 깨닫게 된다. 국민국가 체제에 익숙한 한국문학에 이주노동자라는 타자의 등장은 새삼 새롭고 낯선 질문을 제기하고 있는 셈이다. 이주노동자의 존재가 우리 안의 타자에 관한 윤리적 물음으로 귀결된다면, 여행이라는 월경(越境)의 경험은 우리의 타자성을 깨닫게 되는 계기로 이어지고 있다. 담론의 차원이 아니라, 삶의 차원에서 타자에 관한 윤리의 문제가 문학의 중요한 화두로 등장하고 있는 것이다.

　지난번에 발표한 글9)에서, 나는 타자에 대한 윤리가 '인권'이라는 보편성에 호소해서는 안 된다고 썼다. 타자의 고통스러운 얼굴에 '인간'이라는 이름으로 응답할 때, 거기에서는 '인권'으로 포착할 수 없는 난제가 발생하기 때문이다. 그런데 최근 이명원은 「마음의 국경 - 연대는 불가능한가」에서 '인권'에 대한 이러한 비판에 대해 "인권과 인간성에 대한 촉구는, 그것이 보편적인 것으로 규정되면서도 실제적으로는 국민국가의 경계 안에서 보장될 수 있는 가치라는 점은 분명하지만, 거기에서 멈추는 것은 아니다. 우리는 근대주의적 전망 아래서 획득된 보편적 가치는 그것대로 보존하면서, 그것을 더 확대시켜 탈근대에 적용가능한 보편적 가치를 재구성해야 한다"10)라는 반론을 제시했다. '탈근대'와 '보편적 가치'라는 개념이 함께 쓰일 수 있는지 의문이지만, 그의 주장

---

9) 고봉준, 「추방과 탈주 - 타자·마이너리티·디아스포라」, 『작가와비평』, 2006 하반기 참고.
10) 이명원, 「마음의 국경 - 연대는 불가능한가」, 『문학수첩』, 2007 여름, 40면.

은 한마디로 보편적 가치의 유용성을 쉽사리 포기하지 말자는 것이다. 여기서는 그러한 반론에 대한 응답으로 인권의 문제에 대해 좀 더 진전된 논의를 펼쳐보겠다. 인권 비판에 대한 이명원의 반론은 사실, 보편성이라는 척도―권력을 문제 삼은 나의 논의보다는 "그들을 '같은 인간'으로 호명하는 일이란 결국 국민 = 인간에 스스로를 등기하려는 충동에서 연역된 '국가주의적 사고'의 반복이자, 주권 권력에의 회수를 감내하는 일인지도 모른다"11)라는 황호덕의 논의를 겨냥하고 있는 듯하다. 미리 밝혀두자면, 나는 '인권' 개념에 대한 비판을 통해 "국민 주권의 문제와 인간 개념의 정치성", "이주의 삶이 제기한 새로운 시민권의 창조"를 사유하려는 황호덕의 문제틀에 전반적으로 동의하는 편이다. 국민의 권리 상실은 어떤 경우에든 인권의 상실을 수반한다는 점에서 인권은 국민의 권리, 즉 '주권'과 공모관계를 형성한다. 그러나 더 중요한 문제는 국민국가 시스템에 대한 비판이 아니라 그것의 외부에서 어떠한 공동체를 구성할 수 있는가를 사유하는 일일 것이다. 나는 '인권' 비판에서 그 이상의 정치성을 읽어내는 것이 필요하며 또 가능하다고 생각한다.

오늘날 '인권'은 시민운동의 최대 무기이다. 아렌트의 말처럼, 인권은 사회적 약자의 수호자들이 즐겨 쓰는 표준적인 구호의 하나이다. '약소자'라는 호명이 존재하는 곳, 사회적 차별이 목격되는 곳에서는 어김없이 '인권'에 호소하는 목소리가 들려온다. '인권'이 자신을 보호해 줄 어떠한 장치도 없는 존재들에게 반드시 필요한 예외적인 권리인 것처럼 말이다. 인권이란 모든 정치적 권리를 상실한, 단지 인간 존재에 지나지 않는 자들의 권리가 아닌가. 물론 인권에 대한 호소가 전적으로 무의미한 것은 아니다. 인권이 제기하는 물음은 그 자체로 시민사회 내에서 일정한 의미를 갖는다. 그러나 알다시피 근대적 인권개념은 '인간의 권리'와 '시민의 권리'가 동일하다는 전제에서 출발한다. 이는 인간

---

11) 황호덕, 「넘은 것은 아니다―국경과 문학」, 『문학동네』, 2006 겨울, 431면.

이 시민의 권리, 즉 시민사회의 일원으로 인정될 때에만 인권의 보장을 받을 수 있다는 것을 의미한다. 인권(Rights of Man)은 항상 양도할 수 없는 인간적 권리(Human Rights)로 이해되지만, 주권 국가의 시민이 아닌 사람들이 나타나 그것을 주장하면, 정작 그것은 강요될 수 없는 것이 되고 만다. "인권 개념은 인류라는 것이 존재한다는 가정에 근거를 두고 있는데, 인권을 믿는다고 고백한 사람들이 인간이라는 사실 외에는 모든 다른 자질과 특수한 관계들을 잃어버린 사람들과 마주치는 순간, 인권 개념은 파괴되었다. 세상은 인간이라는 추상적이고 적나라한 사실에서 신성한 것을 전혀 발견하지 못했다."[12] 역사는 많은 인간들이 시민이나 국민이 아니라는 이유로, 단지 인간이라는 사회적 표지밖에 갖고 있지 않다는 이유로 박해의 대상이 되어 왔음을 증명한다. 즉 인권의 이름으로 권리를 보장받기 위해서는 단지 인간이기만 해서는 안 된다. 시민권이나 주권의 뒷받침이 없는 상태에서의 인권이란 한낱 추상적 구호에 불과하다. 인권은 모든 인간에게 동일하게 주어진 자연권의 관념에서 출발하지만 바로 그 이유 때문에 어떤 인간은 차별의 장벽에 직면하게 된다. 인권의 역설은 시민과 국민으로서의 권리를 누리고 있는 자들에게는 인권이 필요 없다는 사실에서 뚜렷하게 드러난다. 인권은, 정작 인권이 필요한 자들에게는 무용하며, 인권이 필요 없는 자들에게만 보장된다는 점에서 무능력한 권리이다. 어쩌면 인권이란 국가와 시민사회의 이름으로 옹호될 수 없는 존재들에게만 적용되는 무의미한 권리는 아닐까?

　랑시에르가 썼듯이, '인권'은 종종 "약과 의류와 더불어 해외"로 수출된다. 그리고 비인간적인 억압이 자행되는 '해외'에서 인권을 사용할 존재들을 발견하지 못했을 때, 이 수취인 불명의 권리는 보낸 자에게로 되돌아와 '인도주의적 간섭의 권리'라는 '폭탄'으로 바뀐다. 우리는 지

금 '인권 폭탄'의 시대를 살고 있다. 미국의 이라크 침공이 증명하듯이, 중국과 북한에 대한 미국의 정치적 압박이 보여주듯이, 인권은 정의라는 이름의 '폭탄'이 되어 세계의 곳곳에 번개처럼 떨어지고 있다. 이것은 '인권'이라는 개념이 보편성을 전제하는 한 피할 수 없는 운명처럼 보인다. 보편성의 최대 난점은, 그 자체로 무엇이 보편적 가치인지를 결정할 수 없다는 점이다. 그렇기 때문에 보편은 항상 텅 비어 있는 추상이거나, 현실 권력을 정당화하는 이데올로기일 수밖에 없다. 제국주의 국가들의 식민지 지배가 그랬던 것처럼, 현실 권력은 항상 스스로를 보편의 이름으로 정당화한다. 그러므로 최대의 폭력은 보편적 가치가 적용되지 않는 것이 아니다. 폭력은 보편성 그 자체이다. 랑시에르는 '인권'을 둘러싸고 벌어지는 우리 시대의 초상을 "자기 명의로는 어떤 권리도 행사할 수 없고 심지어 어떤 주장조차도 할 수 없는 자들의 권리, 그래서 타인들에 의해 지탱되어야만 하는 그런 권리. 그것은 '인도주의적 간섭'이라는 새로운 권리 — 마침내는 침략의 권리가 되어버린 — 의 미명 아래 대외적 권리들의 체계를 파괴하는 대가를 치렀다"[13]라고 묘사했다.

고대 이래 정치의 영역에서 '인간'은 그 자체로 존재하는 생물학적 대상이 아니라 끊임없이 해석되어야 할 대상이었다. 인간다움의 정의가 그렇듯이, 인간이란 구체적인 역사적 힘 관계 속에서 재해석되는 정치적 개념이다. 아렌트는 인권이 전제하고 있는 추상적 '인간' 관념을 "처음부터 양도할 수 없는 인권 선언에 들어 있는 역설은 그것이 어디에도 존재하지 않을 것 같은 '추상적인' 인간을 염두에 두고 있다는 것이다"라고 비판한다. 이런 점에서 우리는 "추상적 권리가 구체적 차별을 막을 수 있을까"[14]라는 질문에 대해 성실하게 사유할 필요가 있다. 그렇

---

13) Jacques Ranciere, "Who is the Subject of the Rights of Man?", *in South Atlantic Quarterly* 103, 2004, 299면.

14) 고병권, 「우리는 모두 소수자이다―박경석과 고병권의 대담」, 부커진 『R』 창간호,

다. 차별은 보편적 인간, 즉 인류 전체가 겪는 고통이 아니라 구체적 집단이 직면하고 있는 삶의 문제이다. 그렇기 때문에 차별의 문제는 구체적 집단의 수준에서 사고되어야 한다. '구체적 집단'의 문제를 인간이라는 추상적 개념으로 환원해서는 안 된다. 아니, 오히려 그러한 환원 자체에 저항해야 한다. 보편 자체에 저항해야 하듯이. 앞서 밝혔듯이, 소수자들이 '인권'을 획득하기 위해서는 자신을 '인간 = 시민 / 국민'으로 표상할 수 있어야 한다. 그들은 자신의 성정체성과 무관하게 스스로를 표상함으로써, 즉 이성애자의 언어와 발언함으로써만 인간이 되며, 또한 이때에만 인권의 주체가 될 수 있다. 장애인들은 어떨까? 그들은 자신의 불행을 운명의 탓으로 돌리고, 그럼에도 불구하고 꿋꿋하게 살아나가는 인간 승리의 모습을 보여주는 한에서만 '인간', 즉 인권의 주체로 등기된다. 사회적 약자들, 그리고 소수자의 문제를 인권의 문제로 접근할 때 우리는 고작 장애인을 정상적인 인간으로 만들어야 한다는 강박에서, 그들을 우리와 같은 인간이라고 인정하는 데서 멈추게 된다. 차이가 차별로 인식됨으로써 결국 '인간'이라는 동일성으로 봉합되는 순간이다. 그리고 그 순간 권력과 억압의 문제는 비정치화되어 인간적인 불행이라는 인간주의적 문제로 전도된다. 그러나 그들은 인간으로서의 동등한 자격이 아니라 우리와 '다른' 권리를 요구하고 있다. 이주노동자의 경우도 마찬가지이다. 그들의 고통스러운 얼굴에서 인간이라는 공통성만을 읽어낼 때, 그들에게는 우리의 자선을 받을 권리 이상이 주어지지 않는다. 그리고 바로 그때, 그들 존재 자체가 제기하는 정치적 질문은 모두 사라지고 만다. 그들을 약소자로, 무능한 존재로, 불행한 인간으로 만드는 게 혹시 우리의 선의에서 비롯되는 최악의 결과는 아닐까?

'벌거벗은 삶'은 이미―항상 '정치적인 삶'이다. 나는 '정치적인 삶'을 '벌거벗은 삶'으로 바꾸어버리는 해석술에 동의하지 않는다. 또한 '벌거

그린비, 2007, 204면.

벗은 삶'에서 인간의 고통스러운 얼굴만을 발견하는 '약소자'라는 명명
에 대해서도 동의하지 않는다. 약소자는 시민/국민이 이미 갖고 있는
인간적 권리, 즉 인권이 평등의 이름으로 확대적용되어야 할 대상에 불
과하다. 차라리 '인권'은 "사적이고 가난하고 정치화되지 못한 개인의
역설적 권리", "어떤 권리도 갖지 못한 자들의 권리"라는 조롱과 무능
의 수사학 바깥에서 다시 사유될 필요가 있다. 그것은 인권이 "자신들
이 가진 권리를 가지지 않고 자신들이 갖지 않은 권리를 가진 자들의
권리"로 이해될 때에만 가능하다. 자연권 사상에 근거한 인권 개념은
출생을 주권의 원리로서 드러나게 만든다. 그러나 세상에는 자신들이
가진 권리를 가지지 않고 자신들이 갖지 않은 권리를 가지려는 사람들
이 존재한다. 이 경우 권리는 출생과 더불어 주어지는 것이 아니라 적
극적으로 창안하고 구성해야 하는 문제로 바뀌게 된다. 오늘날 이주노
동자들은 자신들의 불행한 현실을 인간적인 상황에 호소하기보다는 노
동권·주거권 등의 형태로 요구하고 있다. 물론 이러한 요구를 시민/
국민에게 적용되는 권리의 확장으로 이해할 수도 있을 것이다. 우리에
게도 똑같이 그것을 나누어 달라는 것으로 말이다. 이때 권리는 분배의
문제가 된다. 그러나 시민권이 시민/국민, 즉 국민국가의 내부자에게만
주어질 수 있는 것임을 고려하면, 그들의 요구는 자신들이 갖지 않은
혹은 가질 수 없는 권리를 요구하는 것이고, 그것은 곧 새로운 권리 개
념의 창안을 의미한다고 할 수 있다. 장애인들의 이동권 요구 또한 마
찬가지이다. 그들은 스스로를 불행한 인간으로, 추상적인 '인간'으로 호
명하지 않고, 적극적으로 '정상인'의 권리와는 '다른' 권리를 요구하고
있다. 랑시에르의 말처럼 바로 이때 권리는 '불화'라는 '정치'의 문제가
된다. "정치적 질문은 공동체에 관여할 수 있는 주체의 지위가 문제되
는 곳에서 시작한다." 분배와 합의가 아닌 불화와 정치.

4. 타자를 사유한다는 것

우리는 지금 전 지구적 이동의 시대를 살고 있다. 국민국가의 경계가 여전히 주권적 지위를 점하고 있지만, 지구적 이동의 경험은 국민국가 체제에 근거하고 있는 근대적 감수성을 급속하게 해체시키고 있다. 최근 한국문학에서 목격되는 여행과 이주의 시선은 이동의 경험이 새겨 놓은 흔적들이다. 많은 논자들이 지적했듯이, 전 지구적 자본화의 흐름 속에서 '이주'와 '경계 넘기'는 "자본의 요구"에 적극적으로 부응하는 것처럼 보인다. 전 지구적 차원으로 확장되고 있는 자본화 경향은 지구 전체의 표면을 매끄럽게 만들고 있으며, 따라서 월경(越境)에 대한 환대는 적대의 한 방식으로 이해될 수 있다. 그러나 자본주의가 자본에 적대적인 세력을 생산했듯이, 자본에 의해 촉발된 이동은 쉽사리 자본에 의해 포획되지 않는 새로운 주체의 탄생으로 이어지고 있다. 이때 이동은 공간의 문제가 아니라 이동능력이라는 적극적인 의미로 확장된다. 오늘날 노마드(nomad)라는 개념은 추상적이라는 이유로 비판의 대상이 되고 있지만, 들뢰즈/가타리의 말처럼 노마드는 '움직이지 않는 자'이기 때문이다. 유목민이란 끊임없이 부유하는 이주민이 아니라 자본이 강제하는 이동에 맞서 새로운 삶의 방식을 구성하는 존재의 이름이다. 그러므로 자본의 움직임에 따라, 자본이 만들어 놓은 매끈한 표면을 따라 쉴 새 없이 떠돌아다니는 자들은 이주민이지 유목민이 아니다. 설령 그것이 불모의 사막이라 할지라도 노마드는 그곳에서 새로운 삶을 창조한다.15) 우리가 이주노동자를 노마드라는 개념으로 사유하는 까닭은 그들이 국경을 넘어 왔기 때문이 아니라, 불법이라는 최악의 상황에도 불구하고 이곳에서 새로운 삶의 방식을 발견하려 하기 때문이 아닐까.

---

15) 노마드와 이동의 문제에 대해서는 이진경, 「노마디즘과 이동의 문제」, 『진보평론』, 2007 봄 참고.

이주노동자들의 삶을 서사화한 최근의 소설을 읽으면서 불편했던 까닭은 그들 작품이 이주노동자가 창안하고 있는 새로운 삶을 포착하는 데 둔감했기 때문이다. 지구적 차원에서 발생하는 이동(능력)이 제기하는 물음이 생략된 자리를 채우고 있는 것은 그들에 대한 연민과 동정이라는 인간주의적 태도이다. 언제쯤이면 이주노동자는 '피해자'라는 가면에서 자유로울 수 있을까. 이런 까닭에 나는 김재영의 작품에 대한 복도훈의 비판16)에 동의한다. 그가 제기한 '동정'의 문제는 이주노동자의 삶을 서사화한 박범신의 『나마스테』에도 동일하게 적용된다. 가령 다음의 구절을 보자. "우리가 쓰는 것이 화장지라고 한다면 너희가 코 푸는 것은 휴지라는 것이었고, 우리가 사용하는 것이 화장실이라면 너희가 똥 싸는 것은 변소라는 식이었으며, 우리가 먹는 밥이 식사라면 너희가 먹는 밥은 여물이라는 것이었다. 우리와 너희는 철저히 달라서, 그들은 외국인 노동자들이, 자기들과 똑같이, 안 먹으면 배고프고 기온이 내려가면 춥다는 사실조차 이해하려 들지 않았다. 춥고 배고프고 천대받도록 애당초 설계된 종족들에게 난로가 뭐 필요하냐고, 그들은 갑자기 표변하여 소리 질렀다."17) 히말라야의 마르파에서 온 카밀과 새로운 희망을 찾아 미국에서 한국으로 돌아온 신우의 사랑 이야기를 담고 있는 이 작품에서 이주노동자들이 처한 열악한 삶의 조건은 '비인간적'이라는 한 마디로 요약될 수 있다. 작가는 히말라야의 순수함과 지금—이곳의 비인간적 상황을 대립시킴으로써 삶의 본질이 '이곳'이 아닌 '저곳'에 있음을 지속적으로 환기시킨다. 이주노동자의 삶을 형상화할 때 반복적으로 등장하는, 깨끗하고 순수한 고향(고국)과 자본주의적 가치법칙에 의해 지배되는 '지금—이곳'이라는 대립은 확실히 문제적이다. 위의 인용문을 지배하는 정

---

16) 복도훈, 「연대의 환상, 적대의 현실—최근 한국소설의 연대적 상상력과 재현에 대한 비판적 주석」, 『문학동네』, 2006 겨울; 「공포와 동정—최근 한국소설에 재현된 타자성과 정념의 정치경제학」, 『현대문학』, 2007.6.

17) 박범신, 『나마스테』, 한겨레출판사, 2005, 192~193면.

념은 "그들은 외국인 노동자들이, 자기들과 똑같이, 안 먹으면 배고프고 기온이 내려가면 춥다는 사실조차 이해하려 들지 않았다"에서 확인되듯이 지극히 인간주의적 가치이다. 작가는 "회사가 잘 되던 때"라는 경제적 상황을 전제함으로써 비인간적 현실의 이면에 경제라는 냉혹한 현실주의적 논리가 작동하고 있음을 암시하지만, 현실적으로 이주노동자와 한국의 노동자가 고용의 문제를 놓고 갈등하는 경우를 상상하기는 어렵다. 여기에서 작가가 그려낼 수 있는 것은 결국 그들이 인간 이하의 취급을 받는다는 것, 그들이 일방적인 피해자라는 것, 그리고 그 억압의 주체가 바로 우리―한국인이라는 것뿐이다. 그들이 처한 비인간적인 상황은 궁극적으로 인간적인 상황으로 바뀌어야 하며, 이때 "우리와 너희는 철저히 달라서"라는 억압의 논리가 '너희도 우리와 같은 인간이어서'라는 인권의 논리로 바뀔 것임은 쉽게 짐작할 수 있다. 그러나 작품의 후반부에 접어들면 이러한 문제의식마저 희미해진다. 주인공 카밀의 분신은 이주노동자의 죽음이 아니라 한 노동자의 영웅적인 죽음으로 그려지며, 이 죽음으로 인해 '이주'라는 그들의 존재성 또한 거세되고 만다. 카밀은 한 번의 분신으로 두 번 죽는다.

'적대'의 문제의식이 개입되는 지점이 바로 여기이다. 복도훈은 "타자와의 진정한 연대란 자신과 닮은 이미지대로 타자를 상상하는 데 있지 않으며, 타자를 상상하는 주체의 바로 그 능력이 좌절되는 데서 시작될지도 모른다"라고 말함으로써 연대의 논리가 은폐하고 있는 환상을 폭로한다. 타자란 우리의 상상과 투사 그 너머에 존재하며, 때문에 이 비정한 거리감을 직시할 때에만 연대는 가능하다는 말이다. 복도훈의 지적처럼 연대의 논리는 항상 그것이 자신의 욕망을 타자에게 투사하는 행위가 아닌가에 대해서 물어야 한다. 그러나 그렇다고 해서 연대의 환상이 곧바로 적대의 현실로 추락하는 것은 아니다. 충돌하는 두 대의 자동차가 '적대'하지 않듯이, 우리와 이주노동자, 이주노동자와 이주노동자 사이의 비정한 거리는 결코 '적대'가 아니다. '적대(Antagonism)'란 "내가 전적으

로 나 자신이 되는 것을 방해하는 타자의 현존"(라클라우/무페), 즉 나의
동일성을 부정하는 데서 비롯되는 것이기 때문이다.

5. 구성으로서의 연대

　연대는 구성의 문제이다. 오늘날 세계는 탈산업화와 포스트-포드주
의라는 새로운 국면을 맞이하고 있다. 자본의 착취와 억압은 네이션이
라는 근대적 문턱을 가로지르며 지구적 차원에서 가속화되고, 노동의
이동과 이주 또한 네이션의 경계를 넘어섬으로써 국가 혹은 지역 간의
연대에 대한 사유를 촉발시키고 있다. 최근 문단의 곳곳에서 확인되는
네트워크 운동들, 여행의 경험과 이주노동자의 등장에서 비롯되는 타자
에 대한 사유 또한 이러한 일련의 경향성과 결코 무관하지 않다. 오늘날
문단에서 제기되는 아시아·아프리카 연대론은 공동의 위협에 대한 공
동의 저항이라는 현실적 요구에서 출발한다. 그러나 공동의 저항은 연
대의 시작일 뿐 그 구성의 목표가 아니다. 연대는 새로운 삶의 구성을
고민하지 않는 한 추상적 구호에 그칠 확률이 높다. 이는 연대가 분할불
가능한 개체의 수준에서 진행되는 것도 아니고, 공간학적 유사성에서
출발할 수 있는 문제도 아니라는 것을 의미한다. 연대는 개별 국가와 민
족, 혹은 그들의 고유문화를 실제화해시는 안 되며(그때 연대는 외교의 수준
으로 떨어진다), 전 지구적 자본의 착취에 맞서기 위해 어떻게 새로운 공동
체를 구성해야 하는가라는 문제의 수준으로 나아가는 것이어야 한다.
　타자에 대한 사유 역시 이와 다르지 않다. '타자'의 존재가 중요한 까
닭은 그가 타자이기 때문이 아니라 보편이라는 척도의 바깥에서 새로
운 삶의 가능성을 발견하는 존재이기 때문이다. 오늘날 한국문학은 타

자의 등장에 예민한 촉수를 드리우고 있지만, 거기에는 고통으로 일그러진 타자의 안면성만 존재할 뿐, 정작 그 고통을 넘어 새로운 삶을 구성하는 그들의 힘겨운 투쟁이 빠져 있다. 한국문학 속에서 그들은 언제나 약소자이고, 희생자이고, 불행한 인간일 뿐이다. 그들은 이미―항상 말하고 있으며, 낯선 언어로 요구하고 있으며, 새로운 삶의 방식으로 자본과 주권의 폭력에 맞서고 있다. 연대란 바로 이들과 새로운 관계를 구성하는 것, 그리하여 자본으로 회수되지 않는 공동의 삶을 구성하는 행위이다. 물론 담론과 달리 문학 작품이 새로운 관계의 모델을 제시해야 한다고 말하려는 것은 아니다. 또 그것이 쉽게 가능하리라고 생각하지도 않는다. 섣부른 인간주의적 포용보다는 타자에 대한 상상이 미망으로 미끄러지는 아이러니컬한 과정을 담담하게 그려내는 전성태의 소설이 윤리적으로 느껴지는 이유도 여기에 있다. 새로운 삶―관계의 구성은 성공보다는 실패의 확률이 훨씬 높다. 그러나 바로 그렇기 때문에 중요한 문제이다. 연대는 동질성이나 공통성의 문제로 환원될 수 없다. 동일한 것은 결코 연대하지 않는다. 차이나는 것들만이 연대할 뿐이다. 우리를 모이게 하는 것이 우리 사이의 공통성이 아니라 전달의 어려움을 잘 알면서도 전달하고자 하는 의지이듯이.

추방과 탈주*

타자·마이너리티·디아스포라

1. 타자는 메시아처럼?

타자는 메시아처럼 온다. 그는 멀리서, 가까이에서, 어느 날 아침 갑자기 등장해 나의 확실성에 현기증을 유발하는 존재이다. 프로이트의 '두려운 낯설음(Uncanny)'은 타자가 공포로 경험되는 어떤 순간들을 반복해서 상정한다. 그가 '나'의 동일성을 위협하고, '나'와 동일한 문법규칙을 공유하지도 않으며, 때문에 '나'와 커뮤니케이션(언어교환)을 할 수도 없으리라는 공포는 반복적으로 주체와 타자의 관계에 관한 질문으로 제기된다. 타자는 내가 속한 사회/세계의 외부에 존재하지만, 그러나 반드시 내가 속한 커뮤니티의 바깥에서만 오는 것은 아니다. 카프카의 『소

---

* 이 제목은 고병권, 「주변화 대 소수화—국가의 추방과 대중의 탈주」(『부커진 R』 창간호, 그린비, 2007)에서 빌려왔다.

송』에서처럼 그것은 불현듯 나타나며, 종종 내가 속한 커뮤니티의 내부에서 적극적으로 생산되기도 한다. 그는 손님처럼 또는 적처럼 맞아진 이방인이고, 환대(hospitality)·적의(hostility)·환대-적의(hostipitality)의 대상으로 남는 자[1]이다. 그는 이해도 순화도 불가능하기에 종종 '에이리언'이라는 괴물의 오명을 쓰기도 하지만, 자아의 메커니즘이 그렇듯, 그것 없이는 어떠한 동일성도 발생하지 않는다는 점에서 이미-항상 한 공동체에 내속한다. 우리는 현전에서 퇴각함으로써 세계의 불확실성을 조장하는 그 '유령들'을 우리의 초상으로 긍정하지 않는다.

다시, 타자는 메시아처럼 온다. 불현듯 나타나기 때문이다. 그러나 결코 메시아로 도래하지 않는다. 주체와 타자를 대립적인 것으로 설정하는 태도들은 타자를 절대적 차이로, 이해할 수 없는 대상으로 간주함으로써 두려움의 공포를 조장한다. 그리스의 순수성을 훼손하는 신화 속 괴물의 혼종성이나 낯선 외계에서 갑자기 등장해 지구의 생존을 위협하는 외계인의 초상은 타자가 아니라 공포가 만들어낸 타자의 환영들이다. 뿐만 아니라 주체와 타자를 맞세우는 주장들의 대부분은 '주체'와 '타자'를 이미-항상 실재하는 실체로 간주한다. 이러한 실체적 대립은 선(the Good)을 자아정체성 및 동일성의 개념과 등치시키고, 악의 경험을 우리 밖의 이질적 존재와 연결시키는 사유의 흔적이다. 그들에게 '타자'는 오로지 이방인/외지인에 관한 물음일 뿐이며, 심지어 '나'에게 다가오지 않을 때에도, 존재 그 자체가 악이다. 주체 이전에 타자가, 타자 이전에 주체가 존재한다는 실체적 사유는 "주체는 타자와 만날 수 있는가"와 같은 문법의 환상을 생산한다. 그것은 정치가 '친구'와 '적'의 구분이라는 하나의 선분 위에서 작동한다고 생각했던 슈미트의 우적이론(友敵理論)을 연상시킨다. 가라타니 고진의 말처럼 교통공간은 논리적으로 공동체의 발생에 선행하며, 사카이 나오키의 말처럼 서로 다른 두

---

1) 자크 데리다, 남수인 역, 『환대에 대하여』, 동문선, 2004, 84면.

언어는 번역행위의 효과로서만 나타난다. 매번 달라지는 만남의 사건을 주체와 타자라는 기호의 동일성으로 추상화하는 것은 무의미하며, 우발적인 부딪힘 이전에 주체와 타자가 실체적으로 존재한다는 발상은 지나치게 사변적이다. 물론 이방인의 도래가 불가능하거나 없다는 것이 아니다. 그러나 이주노동자들이 그렇듯이, 우리가 이방인을 향해 '타자'라고 호명하는 순간 이방인들은 거짓말처럼 '타자'가 된다. 그래서 주체와 타자, 내부와 외부의 발생은 항상 동시적이다.

2. 타자와 윤리

공포의 반대편에 관용 / 환대 / 사랑의 윤리가 있다. 크리스테바의 정신분석학은 이방인에 대한 관용의 근거를 '나'의 분열에서 찾는다. 그는 "이방인은 민족이나 국가가 아니다. (…중략…) 우리가 바로 이방인들이다. 우리는 분열되어 있다"라는 진술을 통해 스스로를 이방인의 위치에 놓는다. 레비나스는 "타자는 타자로서 고귀함과 비천함의 차원을 스스로 지니고 있다. 영광스런 비천함. 타자는 가난한 자와 나그네, 과부와 고아의 얼굴을 하고 있으며, 동시에 나의 자유를 정당화하라고 요구하는 주인의 얼굴을 하고 있다"라는 윤리적 언명을 통해 타인의 고통에 대한 '무한책임'과 '응답'의 윤리를 강조힌다. 데리다는 이방이에 대한 환대를 "물음 없는 맞이하기로, 이중의 말소, 즉 물음의 말소와 이름의 말소"로 정의함으로써 질문의 권리를 이방인에게 건네준다. 관용 / 환대 / 사랑의 윤리 속에서 타자는 해석이나 표상의 범주를 초월하여 절대화된다. 그는 신이거나, 최소한, 신적인 존재로 의미화된다.

환대는 물음 없는 맞이하기로, 이중의 말소 즉 물음의 말소와 이름의 말소에 의해 시작하는가? 더욱 정당하고 더욱 사랑하는 것은 묻는 것인가, 묻지 않는 것인가? 이름으로 부르는 것인가, 이름 없이 부르는 것인가? 이미 주어진 이름을 주는 것인가, 또는 배우는 것인가? 우리는 환대를 주는가? 주체에게? 신분 증명이 가능한 주체에게? 이름으로 신분 증명이 가능한 주체에게? 법적인 주체에게? 그렇지 않으면 환대는 스스로 가는가, 환대는 스스로 자신을 타자에게 주는가? 타자가 자신의 신분을 밝히기 전에, 타자가 주체이기(주체로서 조정되기, 또는 상정되기) 전에 벌써, 요컨대 타자가 법적인 주체이기 이전에, 가족의 이름[姓] 등으로 불려질 수 있는 주체 등이기 이전에 벌써 자신을 주는가?[2]

타자의 신체를 직접 현전하는 것으로 받아들이고 자기의 우주 내적인 요소로 표상한다면, 이것은 타자의 타자성을 거세해버리는 일이기도 하다. 레비나스가 자기와 타자 사이에서 '대신'의 관계를 비대칭적이라고 한 것은 이 때문이다. 레비나스에 따르면 자기는 본성상 타자 대신이지만, 반대로 타자를 자기 대신으로 삼을 수 없다고 한다. 어떤 존재자를 (다른 존재자의) 대신 = 대리로 인지하는 것은, 그것을 '기호'로 구성하는 것이며, 따라서 인식의 어떤 형식에 대해 적극적으로 현전할 수 있는 요소로서 확보하는 일이다. 타자를 이러한 의미에서의 '기호'로 만드는 것은 그것이 바로 타자인 까닭을 부정하는 것이다. 그렇다 하더라도 타자에 직면하여 타자와의 사이에 뭔가의 관계를 맺고 끊는 것은 모두 타자를 현전의 영역으로 회수해가는 일이다. 타자와의 적극적인 관계도 타자의 절대적인 차이=거리의 부정을 전제하고 있다. 즉 그것은 타자의 타자성을 은폐함으로써만 성립할 수 있는 것이다. 여기서 타자로서의 본성대로 존재하는 타자를 〈타자〉라고 표기하기로 하자. 여기서 문제 되는 것은 〈타자〉와의 어떤 적극적 = 긍정적 관계도 〈타자〉의 존재 자체를 부정해버린다는 역설이다.[3]

가라타니 고진에 따르면 윤리는 타자를 대상화하지 않을 때에만 발생

---

2) 위의 책, 72~73면.
3) 오사와 마사치, 송태욱 역, 『연애의 불가능성에 대하여』, 그린비, 2005, 106면.

한다. 타자를 동정과 연민, 배제와 차별의 대상으로 간주하지 않을 때에
만, 동일화하지 않을 때에만, 진정으로 타자와 만날 수 있다는 말이다.
이런 점에서 오사와 마사치의 '역설'과 가라타니 고진의 '윤리'는 "환대
(hospitality)·적의(hostility)·환대−적의(hostipitality)", 즉 결정불가능성을 의미
하는 데리다의 '환대'와 연관성을 지닌다. 호스트(host)는 환영하는 자(주
인)인 동시에 침략자이기 때문이다. 레비나스는 환대(hospitality)의 정신이
이방인의 고통에 응답함으로써 우리를 인간답게 만든다고 했지만, 칸트
에게 환대는 이방인을 자신의 땅에 맞아들이는 자의 '의무'이자 누구든
낯선 땅에서 적대를 받지 않을 '권리'에 불과하다. 칸트에게 환대는 권
리와 의무로 정의되는 법적 관계이다. 데리다는 환대를 물음 없는 맞이
함으로 정의한다. 데리다에게 환대의 문턱은 이방인(타자)이 낯선 세계로
진입하는 문턱이자 동시에 타자를 받아들이는 주체의 문턱이기도 하다.
환대는 주체와 타자 모두의 문제이며, 때문에 환대 앞에서 타자와 주체
를 가르는 모든 경계는 허물어진다. 아니, 경계가 허물어지는 순간에만
환대는 가능하다. 데리다는 『마르크스의 유령들』에서 이렇게 말한다.
"기다림의 지평이 없이 기다리는 것, 여전히 기대하지 않거나 더 이상
기대하지 않는 것을 기다리는 것, 유보 없이 환대하는 것, 어떠한 반대
편도 요구하지 않고, 어떠한 대접 능력에 관한 국내 계약들(가족·국가·
민족·영토·대지 또는 피·언어·문화 일반·인류 자체)에 따라 참여하도록 요
구받지 않는, 도달한 자의 절대적 경악에 일치하여 미리 구원을 환영하
는 모든 소유권, 모든 권리 일반을 포기하는 정의로운 개방, 도래한 것,
즉 사람들이 그 자체로서 기다릴 줄 모르고, (그렇다고) 미리 인정하지도
않아서 이방인 자체로 여겨진 사건에 대한 메시아적 개방이 필요하다
."4) 환대의 철학은 물음과 이름의 이중 말소를 요구한다. 하여, 환대는
이방인의 이름을 부르거나 밝히지 않는다. 환대는 무조건적이어야 한다.

---

4) 자크 데리다, 양운덕 역, 『마르크스의 유령들』, 한뜻, 1996, 120면.

"환대는 오로지 그것이 선한 타자와 악한 타자, 적대적인 적(hostis)과 선한 주인(hostis)을 구분하려는 욕망에 저항할 때만 참으로 정당"[5]하기 때문이다. 정의(justice)는 타자에 대한 조건 없는 환대를 통해 법 이상의 것을 요구하며, 무조건적인 환대(La Loi)를 통해서만 우리는 권리로서의 환대(Les lois)라는 대상화를 극복할 수 있다. 내용 없는 메시아주의로서의 환대에는 윤리 그 이상의 무엇이 필요하다. 모든 소유권과 권리 일반을 포기하는 정의로운 열림으로 정의되는 환대는 법에 의해 지탱되는 '권리'의 부정의와 정의에 대한 자유주의적 관점을 폭로함으로써 주체와 타자의 관계가 비대칭적이어야 함을 강조한다. 레비나스와 데리다에게 타자는 절대적인 것이다.

'교환'과 '증여'는 타자에 관한 두 개의 모델이다. 구조주의자들의 '교환'과 모스—데리다—바타이유로 연결되는 '증여'의 문제의식은 그들의 사유에서 타자가 차지하는 위상을 명확하게 보여준다. 가라타니 고진은 『유머로서의 유물론』에서 미셸 세르의 다음과 같은 말을 인용하고 있다. "커뮤니케이션을 수행하는 것은 여행하고 번역하고 교환하는 것이다. 즉 '타자'의 장소로 이행(移行)하는 것이고, 질서 파괴적이라기보다는 횡단(橫斷)적인 이본(異本)으로서의 '타자'의 말을 받아들이는 것이며, 담보로써 보증된 물품을 서로 매매하는 것이다."[6] 고진은 커뮤니케이션을 규칙을 공유하지 않는 이질적인 사람들이 만나는 일, 즉 교환으로 정의한다. 주체와 타자의 관계를 비대칭(증여 / 환대)으로 사유하는 데리다와 대칭(교환 / 매매)으로 사유하는 고진. 그러나 타자가 추방자라면, 교환할 어떤 것도 갖고 있지 않다면? 어떠한 경우에도 교환의 모델은 대칭성을 전제한다. 당연한 이야기지만, 우리는 교환할 것을 갖지 못한 자들과 교환(커뮤니케이션)하지 않는다. "아이덴티티가 타자와의 관계에서 생겨난다는 건 맞지만, 실제로는 어떤 타자와의 관계에도 권력관

---

5) 리차드 커니, 이지영 역, 『이방인, 신, 괴물』, 개마고원, 2004, 121면.
6) 가라타니 고진, 이경훈 역, 『유머로서의 유물론』, 문화과학사, 2002, 38~39면.

계가 보이지 않게 작용한다"[7]라는 주장은 주체와 타자의 관계가 교환의 모델에 의해 해명될 수 없음을 보여주는 것은 아닐까. 한편 데리다의 환대는 타자를 메시아처럼 오는 대상으로 간주함으로써 교환의 불가능성을 전제한다. 무조건적인 환대에서 환대의 범위와 통제를 선택할 권리가 주체에게는 없다. 칸트의 권리로서의 환대(Les lois)는 이 선택불가능성 앞에서 등을 돌린다. 환대는 특유의 아포리아를 통해 주권의 포기를 종용한다. 그러나 특권, 즉 권리를 자신의 의사로 포기할 수 있는 것이야말로 최대의 권리이다.

교환(커뮤니케이션)의 모델은 주체와 타자를 실체화한다. 그때 타자성의 윤리는 선택의 문제로 바뀐다. 물론 고진의 커뮤니케이션 모델(가르치다—배우다)은 가르치는 입장이 배우는 측의 합리를 절대적으로 필요로 한다는 점에서 등가교환으로 귀결되지는 않는다. 베케트의『고도를 기다리며』에서 기다리는 자(블라디미르와 에스트라공)의 절대적 우위를 읽어내는 마사치의 논리 역시 고진의 그것과 다르지 않다. 그러나 실체성이 극복되지 않는 한 주체의 법적 권리는 기각되기 어려우며, 환대는 '환대의 권리'라는 법적 관계를 벗어날 수 없다. 타자의 타자성을 훼손하지 않는 타자와의 만남은 사실상 불가능하게 된다. 교환의 모델에서 타자의 위치는 항상 저편의 '어둠' 속이다. 그러나 타자는 이미—항상 '나'의 옆에서 나와 함께 살아가고 있다. 타자의 얼굴은 우리가 매일 맞대는 얼굴들 안에 있다. 그들은 나와 함께 살아감으로써 '나의 자리'가 비완결적임을 말해주고, '나'의 유동성을 강제하고, '나'를 나의 바깥으로 데리고 간다. 나의 '바깥'은 확장이 아니라 변이와 생성이다. 오늘날 타자는 외계에서 오지 않고 '우리'라는 커뮤니티의 내부에서 만들어진다. 타자의 타자성을 거세하는 동일성의 폭력은 비단 월경자(越境者)에게 국한되지 않는다. 이런 점에서 타자의 문제는 마이너리티의 문제와 맞닿아 있다.

---

7) 서경식, 한승동 역, 「어느 백인 남성의 질문」, 『한겨레』, 2006.8.25.

3. 추방자로서의 마이너리티

소수(Minor)와 다수(Major)의 구분은 수가 아니라 권력의 문제이다. 다수성은 이미—항상 권력에 의해 정의된다는 점에서 권력의 표지이다. 소수성 담론은 다수성에 의한 폭력적인 '배제—포함'에서 출발한다는 점에서 항상 피의 냄새를 동반한다. 마이너리티는 '척도—권력'의 경계 바깥에서 발견되지만, 척도의 외부인 주변적(marginal) 존재들이 곧 마이너리티인 것은 아니다. '반(半)난민'이라는 재일조선인들의 위치가 그렇듯이, 마이너리티는 추방된 자들이다. 마이너리티는 이미—항상 추방과 폭력의 위험에 노출되어 있다. 국가 폭력에 의해 삶의 터전에서 추방당한 사람들, 이성애의 정상성으로 동일화 되기를 거부하는 이반(離叛)들, 국민국가주의에 포섭되기를 거부하는 재일조선인들, 자신들의 고유한 속도와 이동권을 주장하는 장애인들, '노동자'라는 이름으로 호명될 수 없는 이주노동자들……. 그러나 마이너리티에 대한 추방은 커뮤니티의 바깥이 아니라 '주변'을 향해 이루어진다. 아감벤에 따르면 '추방'은 포함적 배제 / 배제적 포함이다. "추방당했던 자는 사실 단순히 법의 바깥에 놓여 있는 것이 아니었으며, 법과 무관하게 있었던 것도 아니었고 오히려 법에 의해 유기됐다. (…중략…) 삶에 대한 법의 원래 관계는 적용이 아니라 유기(Abandonment)이다. 노모스의 무한한 잠재력, 즉 그것의 본래적인 '법의 힘'은, 삶을 추방함에 있어서 삶을 유기함으로써 삶을 붙드는 것이다."(아감벤) 그리하여 추방자들의 유형지는 법의 바깥, 사회의 바깥이 아니라 주변이다. 유령화되어 있는 그곳에서 권력과 법에 의한 착취와 통제는 가장 극단적인 방식으로 행해진다. 벤야민은 「역사철학테제」에서 "억눌린 자들의 전통이 우리에게 가르치고 있는 교훈은 우리들이 오늘날 그 속에서 살고 있는 '비상사태'가 예외가 아니라 상례"임을 지적한다. 예외는 배제당하지만, 관계성의 형식으로 정상성에 포함됨으로써 보편성/정상성에 필수불가결한 지대가 된다. 카프카의 작품에 등장하는 '유형지'는, 그러므로 더 이상 예외적 공간이 아니다.

추방된 자들의 공간인 '주변' 또는 '유형지'는 삶의 임계점이자 국가의 한계지점이다. 그곳에서 법─기계의 폭력과 그에 대한 저항이 동시에 발생한다. 최근의 국책사업들이 증명하듯이, 국가는 그 주변의 세계에서 법에 의해 명문화된 사적소유권과 기본권 등을 법의 이름으로 부정하는 예외상태를 선포한다. 법의 외부에 존재하는 국가와 법에 의해 추방된 자들이 그곳에서 충돌한다. 이 예외적이고 일상적인 충돌을 통해 '추방자'는 점차 마이너리티가 된다. 대추리 주민들은 법─기계의 바깥으로, 외국인 노동자들은 국가체제의 바깥으로 탈주함으로써 점차 지각 불가능한 존재, 불법 체류자가 되고 있다. '주변'은 더 이상 아포리아가 아니라 구성적 삶의 출발점이 되고 있다. 주지하듯이 주변적 존재들은 자신이 속한 커뮤니티의 척도와 규범의 안정성을 뒤흔들지 못한다. 추방자의 삶을 보편성이라는 초월적 가치에 호소하는 한 주변과 변방을 벗어날 수 없다. '동일화되지 않고 존재하기'라는 마이너리티의 존재성이 갖는 정치적 의미는 결코 간과될 수 없다. 벌거벗은 삶이 말해주듯이, 그들은 스스로의 선택이 아니라 일차적으로 다수성의 폭력에 의해 배제된 자들이다. 그래서 그들의 욕망은 중심과 보편을 향하기 쉽고, 실제로 대개는 기회가 주어지면 망설이지 않고 중심으로 들어간다. 이것이 바로 주변적 존재와 마이너리티를 구분해야 하는 이유이다. 자본에 의해서건, 국가권력에 의해서건, 추방된 존재 자체에서 적극적인 의미를 발견하기란 쉽지 않다. 마이너리티의 전복성은 중심의 중심성, 척도의 정당성 자체에 대해 질문할 때에만 혁명적이기 때문이다. 재일조선인들이 '국적'이라는 국민국가적 보편성을 인정하는 순간, 동성애자들이 스스로를 비정상으로 간주하는 순간 그들은 주변적 존재로 전락하고 만다. 이성애의 정상성을 내면화한 동성애자를 우리는 무엇이라고 불러야 할까? 마이너리티들은 초월적인 보편성의 유혹에 대한 위대한 거부를 통해서만 마이너리티로 거듭 태어난다. 프란츠 파농은 "나는 보편을 추구해야만 할 이유가 없다. 그래야 할 어떤 개연성도 존재하지 않는다. 나의 흑인 의식은 그 자체로 결핍이 아니다. 그것은 존재하는 것이다. 그것은 그 자체로 완전하다"8)라고 선언함으로써 보편성에의 투항을 거부했다. 이는 추상적인 인권과 평등 같은 백인 다수자들의 시선으로 세계를 보는 대신 타자들 또는 마이너리티의 고유한 가치를 획득하려 한다는 점에서 매우 정치적이다. 반(半)난민의 위치에 놓여 있는 재일조선인은 국가의 영역은 물론 국민이라는 범주를 초월하는 존재들이다. '국민'이 국가에 의해 시민권과 기본권을 보장받는 동일자라면, '난민'은 국가로부터, 생존권으로부터 추방된 자들이다. 따라서 그들은 국가—국민—국어를 등식으로 간주하는 사고방식의 바깥에 위치하지만, 그 해방적 위치는 사실 국민이 아니면 권리도 없다는 국민주의 이데올로기로부터 강제 추방될 수 있는 자유에 불과하다.

추방자로서의 마이너리티는 차별의 해소를 목적으로 삼지 않는다. 그들이 원하는 것은 인권이라는 추상적 가치에 근거한 무차별적 평등주의가 아니다. 그들은 보편적 가치를 호출하지도, 특수한 존재로 이해되기도 원하지 않는다. 보편이란 공통성의 추상이기 이전에 권력의 표지이기 때문이다. 보편에 호소하는 수사는 문화·종교·인종·성이 다른 타자를 게토에 유폐시킨다.9) 마이너리티의 초상에 차별 해소와 특수성의 그림자가 없다고 단정할 수는 없지만, 차이가 특수성으로 사고되고, 특수성이 보편성과 연관될 때 마이너리티에게 주어지는 위치란 뻔

---

8) 프란츠 파농, 이석호 역, 『검은 피부, 하얀 가면』, 인간사랑, 1998, 170면.
9) "우리가 걸프전을 통해 얻은 교훈은 보편적인 것 —조지 부시의 '신세계질서'와 사담 후세인의 범아랍주의에서 공히 주장되고 있는 사랑·지식·정의·전통·문명 등 —을 유지해야 한다는 수사에 의존하여, 정치권력이 대중에 대한 이데올로기적 통제를 유지한다는 것이다. 표현을 바꾸자면, 보편에 호소하는 수사는 문화·종교·인종·성이 다른 타자의 존재를 게토에 유폐시킨다. 레이 초우, 장수현·김우현 역, 『디아스포라의 지식인』, 이산, 2005, 148면.

하다. 사카이 나오키의 지적[10]처럼, 마이너리티들은 종종 '동일성의 정치'를 경유함으로써 사회적인 자기인지를 요구한다. 그들은 차별적인 폭력에 의해 상처받은 존재들이기 때문이다. 자기 존재의 정당성이 기원에서부터 훼손된 자들은 차별을 극복하고 메이저리티의 일원이 되는 꿈을 꾼다. 그러나 마이너리티가 동일성을 추구하는 한 차별적인 사회 현실은 온존하며, 마이너리티가 메이저리티에게 인정을 기대하는 한 차별과 배제는 존속될 수밖에 없다. 동일성의 정치는 궁극적으로 메이저리티의 권위를 보증하는 작업이기 때문이다. 숱한 민족분쟁과 내전의 경험이 보여주듯이 마이너리티의 운동이 동일성의 정치에 포획되면, 마이너리티와 메이저리티의 서열이 전도되는 순간 또 다시 끔찍한 추방과 폭력으로 얼룩지기 마련이다. 하여, 마이너리티의 정치학은 다수성과 보편성이 아닌 고유한 위치를 요구하는 방향으로 나아가기 마련이다. 그들은 동일성과 차이가 다른 수준에서 배분됨으로써 차이가 상대적 차이로, 차별로 무화되는 것을 원하지 않는다.

자이니치들은 '국적'이라는 국민국가의 요청을 거부한다. 그들은 어느 쪽이냐는 정체성에 관한 선택적 물음을 폭력으로 간주한다. 한국의 이주노동자들 또한 국적이 아니라 이동권을 요구함으로써 국가적 통제의 바깥으로 탈주하려 한다. 새만금 사업이나 대추리 사태가 보여주듯이, 국책사업으로 인해 생겨난 추방자들은 보상 자체를 거부하거나 보상금을 받은 후에도 삶의 터전으로부터 떠나지 않음으로써 법의 외부에서 삶을 모색한다. 비정규직 노동자들의 파업과 이주노동자들의 연대 혹은 노동조합은 통제불가능한 활동을 통해 국가장치와 법의 관리를 불가능하게 만든다. 마르크스가 『자본론』에서 밝혔듯이 국가는 노동의 이동성을 철저하게 봉쇄함으로써 자본과의 공모관계를 유지한다. 노동자의 이동을 철저하게 통제할 수 있을 때에만 이동은 자본에게 이익이 되기 때문이

---

10) 사카이 나오키, 이규수 역, 『국민주의의 포이에시스』, 창비, 2003, 247면.

다. 임금을 체불하거나 여권을 빼앗는 것, 고용허가제를 통해 이주노동
자들을 한 사업장에 '감금'하는 것은 궁극적으로 그들의 이동권을 박탈
하는 것이고, 이동권의 박탈을 통해서만 자본은 그들의 노동력을 착취할
수 있다. 불법체류자들의 임금이 고용허가제를 통해 들어온 이주노동자
들의 그것보다 높은 이유도 바로 이 때문이다. 그들은 신분적 불안상태
에 놓여 있지만, 역설적으로 그 불안상태가 자유로운 이동을 가능하게
한다. 법-기계는 '불법'과 '추방'이라는 법적 장치로 노동자들의 이동을
관리-제한하고, 자본은 그러한 이동권의 제한을 저임금 장시간노동으
로 회수함으로써 이율배반적으로 공모한다. 모든 애국자들이 이방인에
게 그렇듯이, 자본은 떠도는 자들에게 '특별히' 가혹하다.

4. 국가의 한계지점에서

타자·마이너리티·디아스포라는 2000년대 한국문학의 특징적 징후
들이다. 주체성에서 타자성으로, 다수성에서 소수성으로, 동일성에서
이질성과 혼종성으로, 국민국가주의에서 탈국민국가주의로. 이 무수한
탈구축적 과정이 최근의 한국문학에 타자의 흔적을 각인시키고 있다.
일련의 백수문학들은 노동/생산이라는 근대적 가치의 바깥에서 구성
적 삶을 추구하고, 동성애자를 등장시키는 소설들은 정상/비정상의 억
압적 기원을 폭로한다. 다수성의 관점에서 보면 '백수'란 자본에 의해
선택되지 못함으로써 노동력을 팔 기회를 잃은 잉여 노동력일 뿐이다.
그들은 노동력의 이동을 통제하는 국가와 그로 인한 노동력의 상대적
과잉을 착취를 통해 전유하는 자본의 공모에 의해 양산되는 산업예비
군에 불과하다. 그러나 구경미의 『노는 인간』(열림원, 2005)은 '돈'이라는

척도를 욕망하지 않는 주변적 삶(그러나 구경미의 소설은 노는 인간을 대상화하지 않는다)을 통해서 새로운 주체의 탄생을 예고한다. 황병승의 시는 성적 소수자 문제를 다룸으로써 정체성의 허구를 폭로한다. 그의 화자들은 죽을 때까지 어떠한 이름으로도 불려지지 않겠다고 다짐한다. 영국의 광고회사에서 일하는 싱가포르인 첸과 독일계 호주인 쿨만, 그리고 한국여성 준하가 벌이는 이성애와 동성애를 그린 이화경의 『나비를 태우는 강』(민음사, 2006), 동성애·근친상간 등의 사회적 금기를 소설화한 방현희의 『바빌론 특급우편』(열림원, 2006) 등은 마이너리티들의 삶을 통해 정상성의 억압적 성격을 폭로한다. 이들 소설에서 동성애는 예외적인 사건으로 규정되지 않는다. 중요한 것은 바로 이것이다. 마이너리티의 문제를 형상화한 작품에서 초점은 그들의 벌거벗은 삶을 동정하거나 국가 폭력의 가혹함을 포착하는 데 있지 않다. 문학이 폭력에 노출된 그들의 불행과 고통을 비켜갈 수는 없겠지만, 적어도 그것은 인권이나 평화와 같은 보편적 가치로 귀결되어서는 안 된다. 우리는 인권과 시민권 같은 보편적 가치를 부여하는 것이 마이너리티들을 사회의 내부에 포함/배제시키는 규제의 방식으로, 훈육의 원리로 작동하는 사례들을 수도 없이 목격했다. 마이너리티의 시선은 폭력의 보편성이 아니라 보편의 폭력성에 훨씬 민감하며, 또 그래야 한다. 마이너리티에게 국가의 경계는 국민국가들 사이에 존재하는 법적인 선(line)이 아니라 유형지로서의 '주변'에 있다. 그들에게는 있어서 국가를 넘는 것과 국경을 넘는 것은 전혀 별개의 문제이다.

오늘날 디아스포라는 유대인이나 아프리카인들의 전유물이 아니다. 그것은 전 지구적 자본화에 수반되는 새로운 삶의 조건이다. 밀란 쿤데라가 '이주의 산술학'을 통해 말하는 "자신이 태어난 나라를 유일의 조국으로 간주하는 자에게 국외에서 살도록 강요된 체류"[11]의 고통이 없

---

11) 밀란 쿤데라, 김병욱 역, 『사유하는 존재의 아름다움』, 청년사, 1994, 113면.

는 것은 아니지만, 디아스포라 존재들에게는 체류의 현실보다 "당신은 어느 쪽이냐는 물음"12)의 폭력성이 훨씬 고통스럽다. 무엇보다도 최근 발생하는 지구적 차원의 디아스포라는 제국─식민지라는 모델로는 사유될 수 없는 지점들을 갖고 있다. 가령 문순태의 「느티나무와 어머니」에는 멕시칸 장인과 아프리카 이민 2세 장모, 베트남 출신의 입양 딸과 드라비다와 아리안 혈통을 지닌 인도 출신 예비 며느리, 한국 출신인 '나'와 흑인 아내, 그리고 황색인과 흑인 사이에서 태어난 아들 헨리가 한 가족으로 등장한다. 미국을 배경으로 한 이 소설에서 '영어'를 사용한다는 것 외에 그들을 묶어줄 공통점은 어떤 것도 없다. 하여 '디아스포라 = 마이너리티'라는 공식은 더 이상 성립되지 않는다. 오히려 최근 문학에서 디아스포라는 월경(越境)의 경험과 밀접하게 관련되며, 그때 월경은 1620년 메이플라워호를 타고 신대륙으로 이주한 필그림 파더스(Pilgrim Fathers)와 피쿼터족의 만남이 그러했듯이, 항상 자신을 주체로 설정하는 독아론이 무화(無化)되는 경험으로 이어진다. 월경자(越境者)에게 국가의 너머에는 자기동일성이 벌거벗겨지는, 자신의 관습이 '아마추어적인 삶'13)으로 바뀌는 정체성의 한계지점일 뿐이다.

최근 한국문학에 등장한 월경자들은 자본의 전 지구화에 따른 이주·여행의 보편화가 타자성에 관한 경험으로 되돌아오는 순간들을 지시한다. 그러나 이국(異國)에서 경험하는 자기동일성에 관한 성찰은 주권의 경계 안으로 돌아오면 일순간 증발되고 만다. 국경을 넘는 것과 국가의 경계(한계지점)에 직면하는 것은 이처럼 질적으로 다른 경험이다. 여행문학, 그리고 이주문학이 결코 국가 자체에 대해 질문할 수 없는 이유도 여기 있다. 여행자문학의 위험성은 타자의 삶을 지나치게 낭만화하거나 비극화함으로써 결국 보고 싶은 것만을 선택적으로 본다는

---

12) 신숙옥, 강혜정 역, 『자이니치, 당신은 어느 쪽이냐는 물음에 대하여』, 뿌리와이파리, 2006, 21면.
13) 강상중, 고정애 역, 『재일 강상중』, 삶과꿈, 2004, 181면.

것이다. 그들에게는 '국가'에 관한 질문이 생략되어 있다. 한편 이주 노동자나 코시안, 그리고 중동·아프리카 지역의 분쟁에 관한 소설적 형상화는 '교류와 소통'이라는 느슨한 시선으로 포착될 수 없는 난제들을 쏟아놓는다. 이때 디아스포라는 타자성의 경험이 아니라 전 지구적 자본화와 보편적 가치의 폭력성에 관한 경험, 폭력의 보편성에 대한 경험으로 확장된다. 디아스포라—마이너리티라는 두 겹의 주변화는, 오늘날의 이주와 월경이 "자국민에게 외국으로 이주하는 것을 보장한다면, 타국민이 자국으로 이주해올 자유도 보장하는 것 역시 자연스럽지 않을까?"14)와 같은 제국—식민지의 국민국가적 상상력으로는 해명될 수 없음을 의미한다. 제국주의의 흔적으로서의 비국민 문제가 마이너리티로서의 자이니치 문학에 접근하는 중요한 논점임은 부정할 수 없지만, 이제 중요한 것은 디아스포라 자체가 아니라 노동력의 이동에서 자본의 전 지구화와 신자유주의라는, 인권이나 평화와 같은 보편적 가치들에 동반되는 (국가) 폭력의 문제를 포착하는 일이다. 이주 노동자에 대한 우리의 무의식에 인종 및 국가적 계층화가 작동하는 것은 부인할 수 없지만, 외국인 노동자나 탈북자에 관한 남한 사회의 반응이 그렇듯이, 무의식의 절대적인 부분은 자본과 경쟁이라는 경제적 논리에 의해 침식되어 있다. 이는 외국인 노동자들과의 연대에 있어 인권이나 인간성에 호소하는 것이 얼마나 무의미한 일인가를 명확하게 보여준다. 이주 노동자와 불법 체류자들에게서 지고한 인간적 가치의 아름다움만을 보려는 문학적 시도는 이방인을 무조건 악/병균으로 간주하는 적대적 태도만큼이나 위험하다. 이제 타자·마이너리티·디아스포라 문학은 추방자들의 연대로 명명되어야 한다. 추방자의 연대는 국가 간의 화합과 교류가 아니라 국가 자체 혹은 정상성에 관한 근본적인 질문이며, 아시아나 한민족 같은 국가적·지역적 이름 아래 모이는 것도 아니다. 그들의 삶

---

14) 니시카와 나가오, 한경구·이목 역, 『국경을 넘는 방법』, 일조각, 2006, 23면.

이 추방자들의 네트워크로 포착될 때, 국경은 물론 국가의 한계지점이
그 본질적 폭력성을 고스란히 드러낼 것이다.

2000년대 한국소설의 내면풍경과 상상력의 좌표

1. 포스트 IMF 시대의 문학

지난 90년대, 소설은 '일상성'과 '내면성'의 발견을 매개로 개인 주체의 귀환에 시선을 집중했다. 현실사회주의의 실패는 '민중'이라는 집단적 정체성에 기대고 있던 거대담론의 퇴조와 '욕망'의 등장으로 현실화되었다. 그때, 개별자의 윤리는 이념의 시대에 대한 보상으로, '내면'은 사회가 개인에게 강요하는 정체성을 부정하고, 자아와의 일치를 가능하게 하는 재생의 동굴로 인식되었다. 90년대 소설의 인물들은 내면의 상처를 말없이 응시하는 모노드라마의 주인공이었다. 그렇다면 IMF 외환위기를 거치면서 한국문학의 상상력과 감수성은 어떻게, 얼마나 달라졌을까? 소설은 단순한 미학적 형식이 아니라 인간의 정서와 행동을 투영하는 사회적 현상이다. 한 시대의 문학적 상상력은 '세대론'과 '사회학'

이라는 두 개의 시선에 의해 설명된다. 2000년대 문학의 새로운 상상력을 작가들의 연령이나 문화적 경험으로 해명하려는 일이 그 하나이고, 한 시대의 시대정신에 기대어 해명하는 일이 다른 하나이다. 물론, 최근의 비평들이 보여주듯이 두 시각이 명쾌하게 분리되는 것은 아니다. 또한 2000년대 문학에서 분리되지 않는 것은 비평적 시선만이 아니다. 2000년대 소설은 '명랑성'과 '음울함'이라는 상반된 표정을 갖고 있다. 박민규·김애란·이기호·김중혁·박형서 등은 명랑성을, 편혜영·한유주·백가흠·손홍규·김이은 등은 음울함을 대표한다. 그러나 박민규의 "비극적 유머"(김영찬)가 그렇듯이, 2000년대 소설에서 명랑함과 음울함 사이의 거리는 멀지 않다. 젊은 소설의 유머러스함에서 페이소스(pathos)의 흔적을, 또는 현실에서 기원하는 고통과 상처가 독특한 방식으로 산포되는 장면을 발견하는 것은 어려운 일이 아니다.

신자유주의와 포스트 포드주의(post-Fordism)의 등장을 의미하는 IMF 사태는 자살·노숙자·실업·양극화와 같은 음울한 신조어와 사회문제를 양산하면서 사회를 불행한 개인들의 전시장으로 만들었다. 국가적 재정 파탄이라는 전례 없는 상황은 '금 모으기 운동' 같은 애국주의의 망령을, 90년대 여성문학에 의해 사망선고를 받은 가족주의 이데올로기를 다시 불러내기도 했지만, 신자유주의적으로 재편되는 자본의 구조가 우리의 삶에 각인시킨 착취의 흔적은 그것들로 지워지지 않았다. IMF는 "연필보다 / 일상적이고 전쟁보다 더 메마른 단어"(김정환, 「레닌의 노래」)였다. 위기는 일상이 되었고, 예외는 규칙이 되었다. 자본과 권력은 그 위기를 이용하여 구조조정을 성공적으로 수행했다. 자본의 야수성은 그렇게 우리의 삶 속으로 들어왔다.

몇몇 젊은 작가들이 회고했듯이, IMF는 '불안'과 '공포'15)라는 원체험으로, '원초적 패배감'16)으로 각인되었다. 소설 속 주인공들의 목소리에

---

15) 좌담, 「한국문학은 더 진화해야 한다」, 『문학동네』, 2007 여름, 120면.
16) 좌담, 「내면의 상처 파고드는 상상력 절실」, 『문화일보』, 2003.12.9.

는 "내가 좆나게 백 미터 달리기를 해도, 십 초 벽을 깰 수 없다는 걸 알아"(이기호, 「버니」)처럼 원초적 패배감이, "우리의 세대는 수사학이 선인 세대야. 우리는 아무것도 가진 것이 없는 세대지"(한유주, 「그리고 음악」)처럼 희망 없는 시대의 중력이 짙게 투영되었다. 2000년대 소설의 내면풍경은 "불가항력적인 현실 삶의 조건이 발휘하는 위력에 대한 운명론적인 실감이며, 그 앞에서 '나'는 어쩔 수 없이 무력한 존재일 수밖에 없다는 사실에 대한 인식과 감각"17)에 의해 지배되고 있다. 2000년대 문학에 등장하는 '백수들'은 이 무기력한 자아의 맨 얼굴이며, '방'이 되지 못하는 그들의 '공간'은, "외계의 소음"에 찢기는 "방 안의 공기"(김애란, 「성탄특선」)는, 이 세계에 자아가 깃들일 곳이 없음을 의미한다. IMF는 개인 주체의 내면성을 중심으로 형성되었던 90년대적인 상상력의 배치를 송두리째 바꿔놓았다. 실제로 정이현과 윤성희의 소설에서 전경에 드러나는 경제관념이나 가난의 풍경, 박민규의 소설에 투영되어 있는 자본주의적 경쟁시스템, 구경미 소설의 인물들이 보여주는 노동에 관한 윤리, 김이은 소설의 한 축을 형성하는 관리 사회의 비극성은 IMF 이후의 감수성의 변화, 신자유주의적 재편 이후 자본의 지배가 우리의 일상을 파고드는 미시적 통로를 명확하게 포착하고 있다.

2. 노동하는 인간에서 노는 인간으로

90년대가 '내향적 인간'의 시대였다면, 2000년대는 단연 '노는 인간'의 시대이다. 문제는 "가짜 아디다스 추리닝을 입고, 옆구리에 비빔면을

---

17) 김영찬, 『비평극장의 유령들』, 창비, 2006, 81면.

낀"[18] 사내가, "서울시 9급 행정직에 응시했고, 바로 이번 주 일요일이 시험 보는 날"[19]인 서른두 살의 남자가, "뿌린 이력서가 거의 이백 장"[20]에 가깝지만 여전히 도시의 변두리에서 '찌라시'를 붙이고 다니는 이태백이, "책을 읽고 가끔씩 일하고 또 가끔씩 친구들을 만나"[21]는 게 일상의 전부인 서연이, 우리가 일상적으로 마주치는 인물이거나 우리들 자신이라는 것, 문제적인 인간이기보다는 후기 자본주의 사회를 힘겹게 살아가는, 우리와 다르지 않은 '코리언 스텐더즈'라는 것이다. 어느 시대에나 백수는 존재했지만, '실업'이라는 예외적 상태가 일상이 된 2000년대에 '노는 인간'의 등장은 매우 징후적이다. IMF 외환위기는 인간을 '노는 인간'과 '일하는 인간'으로 양분했다. '노는 인간'은 실업과 삶의 불안정성을 감당해야 하고, '일하는 인간'은 '아침형 인간'이나 '투잡(two job)'처럼 24시간 노동을 강요당한다. 물론 소설 속의 백수들 모두가 불행하고 암울한 삶을 무력하게 견디고 있는 것은 아니다. 2000년대 소설에서 '노는 인간'은 자발적 실업상태를 선택함으로써 자본의 욕망으로부터 탈주하려는 소수자(minority)와, 실업 상태를 극복하고 사회로 들어가기를 갈망하지만 번번이 실패하고 마는 권력 없는(power-less) 주변인(marginals)으로 나뉜다. 어느 경우이든 가난으로부터 자유롭지 못하지만, 지배적 척도와의 거리라는 관점에서 이들 존재의 위상은 사뭇 다르다. 잠시 2000년대 소설의 주인공인 '노는 인간'들을 만나보자.

김애란의 「성탄특선」(『문학과사회』, 2006 여름)은 가난한 삶의 비극성을 일상적 차원에서 확인시켜 준다. 두 명의 '사내'와 한 명의 '그녀'가 있다. 첫 번째 사내, 그러니까 '그녀'의 동거인이자 오빠인 사내는 변두리

---

18) 김애란, 「성탄특선」, 『문학과사회』, 2006 여름.
19) 이기호, 「나쁜 소설―누군가 누군가에게 소리내어 읽어주는 이야기」, 『갈팡질팡하다가 내 이럴 줄 알았지』, 문학동네, 2006, 19면.
20) 김이은, 「마다가스카르 자살예방센터」, 『마다가스카르 자살예방센터』, 현대문학사, 2005, 22면.
21) 박주영, 『백수생활백서』, 민음사, 2006, 149면.

가 침묵에 빠져든 성탄 전야, "가짜 아디다스 추리닝을 입고, 옆구리에 비빔면을 낀 채" 길 위에 서 있다. 그는 "소독한 델몬트 주스 유리병에 보리차를 담아, 냉장고에 넣어 두었다가 시원하게 마시"고, "화장실 세정제만은 반드시 사 넣"고, "인터넷은 좀 하고 살아야 사람답게 살 수 있다"며 인터넷에 접속하는 것을 '로망'으로 간직하고 있는 백수이다. 그의 로망은 한마디로 "보통의 기준"에 맞춰 "남들처럼" 사는 것이다. 그의 '로망'은 로망이라는 단어가 무색할 정도로 평범하고 일상적이다. 이런 그에게 '방'의 문제는 '불안'의 근원이다. "모든 게 '방' 때문이다." 여동생과 함께 단칸 자취방을 쓰고 있는 그의 삶의 내력은 '단칸방→반지하→옥탑방'으로 요약된다. 그에게 자취방은 "때가 되면 어김없이 전화가 걸려 와 나가라고 할 것"이라는 점에서 '여관'과 같다. 다음으로 그녀와 또 한 명의 사내. 그들은 정확히 네 번째 크리스마스를 맞이하고 있지만, 그들의 욕망은 매년 좌절된다. 처음엔 그녀에게 '옷'이 없어서, 두 번째는 사내에게 '돈'이 없어서, 세 번째는 이미 헤어진 상태여서, 네 번째는 모텔의 빈 방이 없어서이다. 두 번의 실패에서 가난은 사랑을 가로막지만, 설사 그들의 네 번째 성탄전야가 성공적이었다 할지라도 그것이 "보통의 기준" 이상을 의미하지는 않을 것이다. 유년 시절부터 그들 남매를 따라다니는 '까만 봉다리'의 추억이 사라지지 않는한, 그들이 "좀 사는 것 같이 살기 위해" '방'을 마련하는 것은 불가능해 보이기 때문이다.

'방'의 결핍은 2000년대 소설의 보편적인 현상이다. 박민규의 「갑을고시원 체류기」에서 '나'는 "기둥이나 문짝을 동경한 최초의 인간"[22]이지만 점차 "소리가 나지 않는 인간"으로 변해간다. 김영하의 「퀴즈쇼」에서 주인공 백수도, 김미월의 「서울 동굴 가이드」의 '나'도 고시원에서 살아간다. "방음은커녕 날이 갈수록 뛰어난 통음(通音) 효과를 자랑하는

---

22) 박민규, 「갑을고시원 체류기」, 『카스테라』, 문학동네, 2005, 276면.

이곳의 넓빤지벽 시스템은 오직 서라운드 입체음향에 익숙한 자만을 위해 존재하는 것이다."23) '고시원'은 최소한의 프라이버시마저 용납되지 않는, 때문에 인간적인 가치의 수호를 통해 세계와 맞서는 것이 불가능한 우리 시대의 자화상이다. 고시원만이 아니다. 「갑을고시원 체류기」의 주인공은 "결국 인간은 밀실에서 살아간다"라고 말한다. '밀실'이란 "아무리 가진 것이 없어도 / 그 모두가 돌아와 / 잠들 수" 있는 자아의 거소이지만, 바로 그런 까닭에 현실의 중압감에 억눌려 살아가는 2000년대 소설의 주인공들이 필사적으로 찾아드는 유폐의 공간이기도 하다. 젊은 소설에서 밀실은 옥탑방·반지하·원룸·골방·동굴·지하실 등으로 변주된다.

「갑을고시원 체류기」의 주인공이 "결국 인간은 밀실에서 살아간다"라는 한 줄의 진실을 발견했다면, 이상운의 『내 머릿속의 개들』의 주인공 고달수는 "인간은 근원적으로 임시직 존재이자 비정규직 존재이고 최종적으로는 실업자"24)라는 다소 철학적인 깨달음에 도달한다. 어느 날 다가구주택의 반지하에서 사는 33세의 백수에게 한 통의 전화가 걸려온다. 주인공에 따르면 세상에는 두 종류의 인간이 있다. "지금 실업자인 사람"(존재A)과 "조만간 실업자가 될 사람"(존재B). 포스트 IMF 시대의 상상력을 각인하고 있는 이 소설에서 인간은 오로지 '효율성'과 '교환가치'만으로 평가된다. 자본주의 가치법칙의 신봉자인 마동수에게 "뚱뚱한 아내 장말희"는 "자기 몸을 사랑에 도움이 되는 방식으로 관리하지 못한" 존재이고, 실업자 고달수는 "자신의 사고를 돈벌이에 도움이 되는 방식으로 운용하지 못한" 존재일 뿐이다. 사건은 세계는 옳고 그름의 문제가 아니라 단지 에너지의 끝없는 흐름일 뿐이라고 주장하는 마동수가 친구인 고달수에게 자신으로부터 아내를 데려가 달라고 부탁하는 데서 시작된다. "간단한 거야. 너와 내가 힘을 합해서 너와 나

---

23) 김미월, 「서울 동굴 가이드」, 『서울 동굴 가이드』, 문학과지성사, 2007, 66면.
24) 이상운, 『내 머릿속의 개들』, 문학동네, 2006, 182면.

와 내 마누라를 재배치해보자 이거지. 요즘은 국가마다 회사마다 구조조정이고, 집도 정당도 재건축이다 리모델링이다 난리고, 음식도 이것저것 마구 뒤섞는 퓨전 시대잖아. 그런데 남녀구도는 왜 안 된다는 거야?"25) 두 명의 패배자(고달수와 장말희)는 자본의 시선에 의해 구조조정의 대상으로 판정된다. 우리 시대의 패배자는 승부에서 진 사람이 아니라 쓸모없는 인간이다. 이상운의 소설은 '패배자'가 '패배자'로 판정되는 것이 아니라 '판정'된 사람이 패배한다는 정글의 법칙을 보여준다. 그렇다면 '구조조정'이란 무엇인가? 마동수에 따르면, 그것은 철학적으로는 '재배치'요, 건축학적으로는 '리모델링'이며, 요식업적으로는 '퓨전'이고, 자본주의 경제법칙으로는 '재활용'이다. "새로움은 헌것의 재활용이다! 에너지를 잃은 폐기물들은 재가공해야 한다! 효율은 비효율의 구조조정이다!" 그러나 2000년대 소설의 주인공들과 달리, 고달수의 머릿속에는 '개들'이 있다. 이 '개들'은 구조조정이 "사물의 좌표를 강제로 바꿈으로써 불안과 긴장을 조정하는 이념과 기술"임을 폭로하기도 하고, "이 체제는 모든 것이 교환 가능하다고 말하고 있지만, 실은 교환 가능하다는 그 편집증만 교환할 수 있을 뿐입니다"처럼 자본주의의 은폐된 법칙을 폭로하기도 한다.

구경미와 박주영의 소설에 등장하는 '백수'는 자발적 실업자들이다. 구경미의 소설에는 두 명의 백수가 등장한다. '선배'(「노는 인간」)와 '동거녀'(「봉덕동 블루스」)가 그들이다. 「노는 인간」은 전화 통화를 하면서도 쉴 새 없이 키보드를 두드리는 '바쁜 인간'과, "몇 시간씩 게임하고 글 조금 쓰고 다시 게임하고 심심하년 책 읽"는, "열두 평짜리 집 안이 행동반경"의 전부인 '노는 인간'26)의 이야기이다. 소설은 「최후의 인간 K」라는 미완의 소설을 두고 벌이는 '바쁜 인간'과 '노는 인간'의 대화를 한 축으로, '노는 인간'의 시선에 포착된 하왕십리동 양지시장의 후락한

---

25) 위의 책, 36~37면.
26) 구경미, 「노는 인간」, 『노는 인간』, 열림원, 2005, 10면.

삶을 다른 한 축으로 전개된다. '노는 인간'의 일상이 권태와 무기력에 짓눌려 있음은 쉽게 알 수 있지만, 교환가치의 외부에서 살아가는 그를 실업 상태라고 단정 짓기는 어렵다. 그에겐 애초부터 잃어버릴(失) 일(業)이 없었다. 아니, 정확하게는 가치화된 노동에 대한 욕망이 없다. '굴속 같은 전셋집'에서 살아가는 동거녀 또한 노동에 대한 욕망을 갖고 있지 않다. "동거녀는, 직장을 그만둔 후 다시 구할 노력도 하지 않고 굴속 같은 그의 다세대 전셋집에서 두더쥐처럼 웅크리고 살았다. 아무것도 하지 않으며 최소한의 양만 먹고 최소한의 몸만 움직였다. 가령 화장실에 간다거나 기지개를 켜기 위해 팔다리를 뻗는 정도"27) 고시원에 사는 박민규의 주인공이 '소리가 나지 않는 인간'이라면, 다세대 전셋집에서 살아가는 동거녀는 '움직이지 않는 인간'인 셈이다.

구경미 소설의 인물들은 소위 경제관념이라는 게 없다. 그들은 인간이 왜 직업을 가져야 하는지, 왜 노동해야 하는지에 대해 질문하지 않는다. 그렇다면 정말 그들은 아무 일도 안 하는가? 아니다. 그들은 "책도 읽고 잠도 자고 생각도" 한다. 다만, 그들의 행위가 교환가치로 평가되지 않으며, 자본주의 가치법칙으로 포착되지 않기 때문에, 게을러 보일 뿐이다. 구경미 소설에서 '노는 인간'의 저편에 '일 하는 인간'이 아니라 '바쁜 인간'이 놓여 있는 것은 이 때문이다. "하루 종일 집에 있으면 안 답답해?"라는 '바쁜 인간'의 질문에 그녀들은 천연덕스럽게 "밖이 더 답답하지"라고 응수한다. 그렇다면 그녀들의 자발적 실업 상태가 이른바 부유한 환경에 의해 유지되고 있는가? 아니다. 「노는 인간」의 '나'는 하왕십리의 개발예정지에 위치한 열두 평 공간에서 후배와 동거하고 있고, 「봉덕동 블루스」의 '동거녀' 역시 '굴속 같은 다세대 전셋집'에 얹혀 있을 뿐이다. 공간에 대한 발언권은 전적으로 '바쁜 인간'들의 몫이다. '바쁜 인간'의 눈에 그녀들의 일상은 '방만한 생활태도'로 비치

---

27) 위의 책, 125~126면.

며, 때문에 그녀들을 내쫓는 행위는 '퇴출'이라는 경제적 개념으로 표현 된다. "이마트를 어슬렁거릴 때 그는 여유로웠고, 너무 여유로워서 권태를 느끼기까지 했다. 그러나 이제 생각하니 그것은 권태가 아니라 안락함이었다"라는 사내의 발언처럼, 대부분의 '바쁜 인간'들에게는 중산층에 대한 로망이 존재한다. 그들의 현재는 안락한 미래를 위한 저당 잡혀 있는 반면, '노는 인간'들에게는 그러한 로망이 존재하지 않는다. 그들은 "많이 벌어서 많이 먹으면 되잖아"라는 '바쁜 인간'들의 논리에 "조금씩 먹잖아"로 응수한다.

박주영의 소설에서 '노는 인간'의 반대편에는 '유능한 인간'이 있다. 『백수생활백서』의 주인공 28세의 서연은 멀쩡하게 대학을 나와서 아버지에게 '빌붙어' 살아간다. "하기 싫은 일 억지로 하면서 자아실현이라고 스스로를 위로하는 사람들이 더 우스울 뿐이다. 나는 일하기 싫을 뿐이다. 정확하게는 매일 아침 일어나서 어딘가로 출근이란 걸 하고 싶지 않다."28) 그녀는 취미도 없고, 쇼핑을 하지도 않으며, 책을 구입하는 일 외에는 딱히 인터넷에 접속하지도 않는다. "책을 읽고 가끔씩 일하고 또 가끔씩 친구들을 만나"는 게 일상의 전부이다. 그녀에게는 고정적인 직업도, 은행의 잔고도, 꿈꿀 사랑도, 심지어 그 흔한 휴대폰도 없다. 그리고 결정적으로, 그녀에게는 생기가 없다. '생기 부족증'. 그녀는 "아버지가 내 인생을 강요하지 않듯이 나도 아버지 인생을 바꾸려 하지 않"는 자유주의자이며, 협동심이 '제로'에 가깝고 각자의 취향을 고집하는 개인주의자이다. 그러나 "편의점에서 야간 아르바이트도 하고, PC 방에서도 일하고, 대형 마트의 캐셔"도 일하지 않으면 살아갈 수 없다는 점에서 그녀는 우아한 댄디(dandy)가 아니라 무력한 개인일 뿐이다. 자신의 욕망을 '미래'라는 시간에 투사하지 않기에 그녀는 '구두' 대신에 20권의 책을, '핸드백' 대신에 100권의 책을 선택한다. 그녀는 극심

---

28) 박주영, 앞의 책, 12면.

한 정신적 피로감을 안겨주는 '정신노동'이나 지나치게 육체를 사용해야 하는 '육체노동' 대신에 "쉽고 간단하고 오래 하지 않아도 되는" '단순노동'을 선호한다.

물론, 자발적 실업상태에 가까운 그녀의 삶을 비윤리적이라고 비난하는 것은 쉬운 일이다. 또한 그녀의 '생기 부족증'에서 삶의 불가항력적인 선험적 조건을, 그녀의 노동형태에서 힘들이지 않고 살아가려는 새로운 노동형식을 유추하는 것은 불가능한 일이 아니다. 확실히, '책 읽기'를 '놀이'로, 책을 믿음의 대상으로 간주하는 그녀의 태도는, 하루의 삶을 유지하기 위해, 먹잇감이 되지 않기 위해 먼저 사냥꾼이 되어야 하는 이 비정한 거리의 법칙과는 다른 것이다. 그녀는 "참고 견뎌야만 가질 수 있는 그런 종류의 인생을 꿈꾸"지 않으며, 때문에 현재의 삶을 불행하다고 생각하지도 않는다. '유능한 인간'으로의 도약을 꿈꾸기보다는 귀차니즘을 방패삼아 현재에 충실할 것. '혐오'와 '애호'의 경계를 확실하게 갖고 있지만 결코 타인의 취향에 대해 판단하지 않는 것. 굳이 대중의 욕망에 충실하여 '소비'나 '연애'로 자신의 존재감을 확인하지도 않는 것. 그럼으로써 '책 읽기'를 놀이, 즉 유희(遊戲)로 만드는 것. 이런 점에서 주인공의 친구인 유희가 다른 누군가를 위해서도 아니고, 소설을 위해서도 아니며, 오로지 "자기 자신을 위해 소설"을 쓰는 것은 의미심장하다. 주인공 서연에게 '책 읽기'가 그렇듯이, 유희의 '책 쓰기'는 "최초로 희망하는 것을 완료했다"는 자족감 이상이 아니다. 박주영 소설의 인물들은 이렇게 자기만족적으로 읽고, 자기만족적으로 쓰고, 자기만족적으로 살아간다. "희망은 존재하지 않는다"는 세상의 비밀을 알아버리고, "이 초라한 도시 한 모퉁이에서 점점 더 가벼워지고 있음"을 '일상'으로 받아들이는 그들은, 그렇지만 "어디서 다시 만난다고 해도 기억하지 못할 사람, 처음 만나도 어디서 만난 적 있는 것 같은" 우리 시대의 초상들이다.

박민규의 『삼미 슈퍼스타즈의 마지막 팬클럽』에 등장하는 '백수'는 실업자와 자발적 백수를 가로지르는 인물이다. 그는 김애란과 이상운의 백수들처럼 비참하지 않지만, 구경미와 박주영의 백수들처럼 우울하거나 귀차니즘을 내세우지도 않는다. '일류대 경영학과'를 졸업하고 '국내 최대의 대기업'에 무사히 안착한 주인공은 "새벽 5시에 집을 나와, 거의 자정 무렵이나, 자정을 넘겨 집으로 돌아"[29]가는 노력으로 '승리하는 인간'이 되기 위해 발버둥을 친다. 그런 그에게 '3차 구조조정 대상자' 임을 알리는 한 통의 메일이 날아든다. 자신이 고작 "일찍 일어난 새가 아니라, 일찍 잠을 깬 벌레였다는 것을" 깨닫게 된 것이다. "가정을 버리고도, 회사에서 살아남지 못했다." 그리고 '퇴출의 상처'가 찾아온다. 여기까지가 실업자—주체의 이야기이다.

> 프로의 세계는 냉정하다, 프로의 세계는 책임을 진다, 프로의 세계는 약육강식이다, 프로의 세계에선 변명이 통하지 않는다. 프로는 약육강식의 세계이다. 프로는 쉬지 않는다. 자기 관리는 프로의 기본이다. 프로는 끝없이 자신을 개발한다. 프로는 능력으로 말한다. 프로는 잠들지 않는다. 그리고 가장 중요한 프로만이 살아남는다.[30]

'구조조정'이라는 재앙을 "삶을 즐기라고 던져준 '볼'"로 인식함으로써 그는 자발적 백수로 다시 태어난다. 이 재탄생의 기쁨과 함께 그는 "세계는 구성되어 있는 것이 아니라, 자신이 구성해 나가는 것"임을 깨닫게 된다. 박민규 소설에서 '프로'는 곧 '경쟁'을, 이미 주어진 세계(자본주의)의 기준에 맞춰 삶의 효율성을 극대화하는 것이다. "이제 세상을 박해하는 것은 총과 칼이 아니야. 바로 프로지!"라는 말에서 나타나듯이, 자본주의는 '무한경쟁'이라는 총칼 없는 전쟁을 통해 우리의 일상을 억압한다. 후기 자본주의 사회에서 '착취'는 고통스럽게 행해지는 것이

---

29) 박민규, 『삼미 슈퍼스타즈의 마지막 팬클럽』, 한겨레신문사, 2003, 213면.
30) 위의 책, 247면.

아니라 "당당한 모습으로, 프라이드를 키워주며, 작은 성취감과 행복을 느끼게 해주며, 요란한 박수 소리 속에서 우리가 생각한 것보다 훨씬 형이상학적"으로 이뤄진다. 시인 김수영의 말처럼 우리들의 '적'은 늠름하지도 사납지도 않다. 이런 점에서 주인공의 존재 변이는 가히 편집증에서 분열증으로의 이동에 맞먹는다. 자본주의 사회에서 실업은 생존의 위협을 의미하지만, 그것은 어디까지나 자본주의의 법칙, 즉 프로의 세계를 인정하고 그 속에 몸을 담고자 하는 의지가 있을 때에만 그렇다. 말하자면, "새벽 5시에 집을 나와, 거의 자정 무렵이나, 자정을 넘겨 집으로 돌아"가는 프로의 세계가 있는가 하면, "하루 3시간만 일하고, 굶어죽지 않고, 나머지 21시간은 내 것"이라는 아마추어의 세계도 있다. 문제는 '프로'와 '아마추어'를 위계로 받아들이지 않고 다른 세계로 인식하고 살아가는 일일 것이다. '프로'의 룰은 '서울로 가는 것'이지만, '아마추어'의 룰은 "진짜 인생은 삼천포에 있다"는 것이다. '삼천포'를 척도로 삼고 살아가는 한, '아마추어'는 주변인(marginals)이 아니라 소수자(minority)이다. 결국, 문제는 '프로'와 '아마추어' 중에서 어떤 것을 삶의 척도로 삼을 것인가에 달려 있다. 김수영이 "삶에 지친 者여 / 자를 보라 / 너의 무게를 알 것이다"(「자(金尺)」)에서 말하고 싶었던 것이 이것이 아닐까.

자발적 백수인 주인공이 '아마추어'의 가치로 내세운 것은 "1할 2푼 5리의 승률"로 약육강식의 프로 세계에서 '야구를 통한 자기 수양'을 행한 삼미 슈퍼스타즈의 신화이다. "치기 힘든 공은 치지 않고, 잡기 힘든 공은 잡지 않는"다는 삼미의 야구철학은 "필요 이상으로 바쁘고, 필요 이상으로 일하고, 필요 이상으로 크고, 필요 이상으로 빠르고, 필요 이상으로 모으고, 필요 이상으로 몰려 있는 세계에 인생은 존재하지 않는다"라는 반(反)자본주의적 욕망과 상통한다. 박민규의 소설은 IMF 이후 전사회적으로 스며든 무한경쟁의 논리를 특유의 유머로 내파하고, "프로만이 살아남는다"로 정식화된 자본주의의 가치법칙 바깥에서 살아가는 삶의 가능성을 제시한다. IMF 이후 실업은 사회적인 문제로, 혹은 개인과 가족의 생계를 위협하는 생존의 문제로 소설 속에서 다뤄져 왔다. 그러나 2000년대 소설에서 실업은 자본주의의 가치법칙에 의한 패배의 낙인이 아니라 그 법칙 자체를 새롭게 구성하는 욕망의 문제로 바뀌고 있다. 80년대에, 우리는 생산하는 자가 세계의 주인임을 외쳤다. 그리고 90년대에, 우리는 소비하는 자가 세계의 주인이라고 믿었다. 그러나 2000년대의 소설은 '노는 인간'들이야말로 진정한 이 세계의 가치로운 존재임을 보여준다. 그들은 "희귀한 것은 고귀하다"는 자본의 법칙 대신 "고귀한 것은 힘들뿐만 아니라 드물다"(스피노자)라는 가르침의 신봉자들이다.

3. 변신하는 가족모델

　고전적인 오이디푸스 모델이 급속하게 해체되고 있다. 90년대의 여성주의 소설이 '가족' 제도와 '가족주의' 이데올로기의 측면에서 고전적 오이디푸스 구조를 문제 삼았음은 널리 알려진 사실이다. 조경란·하성란·김형경 등의 소설에서 '가족'은 억압의 기원이자 축도였다. 그들은 가족 삼각형의 가부장적 구조로부터 이탈하는 여성들의 삶—욕망을, 또는 가부장적 권력의 누수 현상을 집중적으로 다뤄왔다. 2000년대 소설에서 여성주의적 시각을 발견하기는 어렵지만, '아비'로 상징되는 전통적 가족 모델의 권위는 급격히 약화되고 있다. IMF라는 예외 상황이 한 가족의 삶을 파탄으로 몰아가는 과정을 보여줌으로써 새삼 '가족주의'의 망령을 불러내는 소설들이 없진 않았지만, 2000년대 소설에서 근대적 가족모델인 '아버지—어머니—자녀'의 삼각형이 멀쩡하게 작동되는 경우는 드물다. 가령 김영하의 「오빠가 돌아왔다」에 등장하는 '아빠'는 '우리집 기둥'인 오빠에게 두들겨 맞는 '구제불능'의 '식충이'로 묘사되며, 이명랑의 「까라마조프가(家)의 딸들」에서 '0번 아줌마'네 딸들은 "아버지가 노름빚을 졌을 땐 아무 반대 없이 아버지를 집 밖으로 내몰았"다가, "어머니가 가게 종업원과 눈이 맞아 사생아를 낳고 빈털털이가 될 지경에까지 놓이자 주저 없이 어머니"를 내쫓는다. 그녀들이 부모를 내쫓은 것은 부정한 행위가 아니라 '빈털털이'와 '빚'이라는 경제적 이유 때문이다. 물론 김영하의 '오빠'는 방망이로 아비를 사정없이 내리치는 '부친 살해'의 욕망을 드러내지만, '먹이사슬'의 법칙에 따라 엄마에게 패배한다는 점에서 '아비'의 대리자가 되지는 못한다. 아들은 아비를 살해하지만 자신이 '아비'가 되지는 못한다.

지난 80~90년대의 소설은 '아비'와의 싸움이었다. 아비와의 목숨을 건 투쟁은, 아비로부터의 인정을 구하는 문제로, 또는 아비를 살해하고 자신의 서사를 전개하는 문제로 나타나기도 했다. 60년산(産) 장정일의 "한국의 어느 도시엘 가나 문제가 있는 곳에 / 문제의 중년이 있고 추문이 있다. 나이 먹은 추물이"(「안동에서 울다」)라는 발언은 우리가 이 싸움의 정점에 도달했음을 예언했다. 이 아비부정의 역사가 새로운 길을 발견한 것은 "애비는 개흘레꾼이었다"라는 김소진에 이르러서였다. 이념이 해체된 시대에 '아비'는 긍정과 부정이라는 양자택일이 아니라 화해의 대상으로 되돌아왔다. 그리고 10년이 흘렀다. '가족'이 더 이상 소설의 소재조차 되지 못하는 이 시대에, 2000년대 소설은 '아비'에 대해 어떻게 말하고 있을까.

나는 억울하고 분하게도 아버지를 가지고 태어났다. 그것은 아무리 깨끗하게 치료가 되어도, 없었으면 더 좋았을 상처 같은 것이다. 아버지는 아름다운 엄마를 가지고 있고 정원을 가지고 있고 아침마다 노래하는 새를 가지고 있다. 그리고 은빛 자가용과, 골프장 회원권도 가지고 있다. 아버지는 인구 백만이 넘는 이 도시의 시장이다. 사람들은 우리 집을 그냥 집이라고 부르지 않고 '공관'이라고 부른다. 나는 아버지의 정확한 나이를 알지 못한다. 나이를 모르는 것만큼 나는 그가 어떤 사람인지도 모른다. 한마디로 아버지에게 나는 아무런 관심이 없는 것이다.[31]

김도언에게 '아비'는 무관심의 대상이다. 그러나 '무관심'은 '증오'를 위장하는 포즈다. "이미 눈치챘겠지만, 나는 아버지를 싫어한다. 싫어한다기보다는 증오한다는 표현이 더 정확할 것 같다"라는 '나'의 발언이 이를 증명한다. 화자는 자신의 몸에 흐르는 아버지의 '피'를 토해냄으로써 아비의 세계에서 벗어나려 하지만 그것은 불가능하다. 물론, 아버지와의 전면전을 상상해 볼 수도 있겠지만, 불행하게도 김도언의 '아비'는 강력한 힘을 지니고 있어 이 또한 사실상 불가능하다. 그리하여 화자는 생물학적인 아버지와의 전면전 대신 "모범적이고 건전한 시민"의 '반대쪽'으로 달려감으로써 상징적 '아비'에게 맞선다. 그는 가족 누구도 인정하지 않는 가정부 '양희 누나'를 가족의 일원으로 받아들이고, 상징적 아비의 분신들인 "학교의 선배, 욕 잘하는 생물선생님, 그리고 콧대 높은 형의 여자친구들, 수다쟁이 엄마 친구들"을 머릿속에서 난도질하고 강간함으로써 상징적으로 살해한다.

그러나 「나쁜 교육―악취미들 6」에는 상징적 아버지에 대한 살해욕망은 존재하지만 정작 '나'의 이야기가 없다. 그는 '양희 누나'와의 성애에서 아버지에 대한 은밀한 적대감을 보상받으려 하지만 작품의 결말은 '반동일시(counter-identification)' 욕망이 어떻게 동일시에 붙들려 있는가를 폭로한다. 페쇠(Pecheux. M)의 말처럼 '나쁜 주체'는 자신에게 부가된 담론구성체를 반(反)동일시함으로써 '저항'하지만, '개입'이 아니라 '외면'을 지향하는 반동일시는 동일시와 대칭적 구조를 형성하면서 구조 자체를 영속화한다. 양희 누나는 화자에게 자신의 '음부'를 허락하지만,

---

31) 김도언, 「나쁜 교육―악취미들 6」, 『악취미들』, 문학동네, 2006, 131면.

그것은 "너는 내가 사랑하는 시장의 귀여운 아들이지"처럼 아버지 이름에 의해 매개된 욕망이기에 '아비'를 살해하는 무기가 되지 못한다. '비밀'은 그것을 은폐하려는 자들을 곤경에 빠뜨린다. 그러나 양희 누나와 관계된 아버지의 비밀은, 아버지를 곤경에 빠뜨리기보다는 엄마를 곤혹스럽게 만든다. 어린 화자는 "누나, 나 누나를 좆같은 아버지에게 빼앗기기 싫어. 내가 더 잘할 게. 알았지, 누나? 응응"처럼 아버지를 모방함으로써 또 한 명의 아비가 되기를 희망한다. 표면상 아버지와 화자는 대상(연희 누나)을 놓고 연적 관계에 있지만, 그것은 열네 살의 화자가 아버지의 상징 권력을 흉내 내는 것에 불과하다.

> 내겐 아버지가 없다. 하지만 여기 없다는 것뿐이다. 아버지는 계속 뛰고 계신다. 나는 분홍색 야광 반바지 차림의 아버지가 지금 막 후꾸오까를 지나고, 보루네오섬을 거쳐, 그리니치 천문대를 향해 달려가고 있는 모습을 본다. 나는 아버지가 지금 막 스핑크스의 왼쪽 발등을 돌아, 엠파이어스테이트빌딩의 백십번째 화장실에 들러, 이베리아반도의 과다라마산맥을 넘고 있는 모습을 본다. 나는 깜깜한 어둠속에서도 아버지의 모습을 잘 식별할 수 있는데, 그것은 아버지의 야광 바지가 언제나 반짝이고 있기 때문이다. 아버지는 뛴다. 물론 아무도 박수쳐주지는 않을 것이다.[32]

김애란 소설에서 '아비'는 반복해서 사라진다. '아버지'는 출생하는 순간부터 '여기'에 없거나(「달려라, 아비」), "잠깐만 여기 앉아 있어라"(「사랑의 인사」)라는 말을 남기고 불현듯 사라진다. "아버지는 언제나 늦게 오거나 오지 않았다." 박민규의 「그렇습니까? 기린입니다」에서 지하철을 탄 아버지도, 김숨의 「트럭」에서 트럭에 모래를 싣고 나간 아버지도 모두 사라진다. 물론 전통적인 가족로맨스에서도 아버지들은 종종 사라진다. 그러나 거기에서 부재하는 아버지는 '실종'의 대상이 아니라, 자

---

32) 김애란, 「달려라, 아비」, 『달려라, 아비』, 창비, 2005, 15면.

식을 유기하는 비정한 부모의 모습으로 등장한다. 아버지의 부재를 '실종'으로 처리하는 2000년대 소설에서 우리는 가족 삼각형의 변화를 엿볼 수 있다.

김애란의 「달려라, 아비」에서 아버지는 '죽음'을 통해 최초로 돌아오지만, '연민하지 않는 법'(이것은 상처받지 않으려는 정신승리법이기도 하다)을 터득한 화자에게 아버지의 등장은 상처가 되지 않는다. "아버지가 나에게 금기는 아니었다. 그것은 우리에게 중요한 문제가 아니기 때문에 자주 언급되지 않았을 뿐이다." 아비는 '금기'의 대상도, '저항'의 대상도, 그렇다고 '승인'의 대상도 아니다. 김애란의 소설에서 '아비'는 부재하는 원인으로만 등장한다. 김애란 소설의 주인공들은 '아비'의 부재를 상실로 경험하지 않는다는 점에서 전통적인 가족 삼각형과 일정한 거리를 유지한다. 물론, 이 아비와의 거리는 아버지를 '원한'의 대상으로 간주하지 않음으로써, 그 부재를 상상을 통해 유머러스하게 탈코드화함으로써 가능하다. 그래서 「사랑의 인사」의 화자는 자신이 버림 받은 것이 아니라 "아버지가 길을 잃은 것 같습니다"라고 말하고, 「달려라, 아비」의 화자는 야광 반바지 차림으로 달리는 아비를 '상상'함으로써 아버지를 연민의 대상으로 놓는다. 김애란의 소설에는 '아비'에 대한 저항과 환멸의 내러티브가 들어설 자리가 없다.

김숨의 '아비' 또한 연민의 대상이다. 김숨의 『백치들』에서 '백치'는 "1998년 겨울, 백치들이 기하급수적으로 늘어나고 있었다. 멀쩡하던 가장(家長)들이 하루아침에 직장을 잃고 있었다"라는 진술에서 확인되듯이 IMF 이후 등장한 무력한 아비의 초상이다. 그들온 해방둥이로 태어나거나 6·25전쟁과 4·19를 겪었고, 근대화의 이름으로 "사막의 건설 현장으로 가거나, 군인이 되어 월남의 전쟁터로 가거나, 광부가 되어 서독으로 날"아 갔지만, 돌아오자마자 '백수'가 된다. 김숨 소설에서 아비들의 일상을 짓누르고 있는 '모래'·'잠'·'혀'·'영화' 같은 몽환적 이미지들은 한 세대의 몰락을 연민하는 화자의 윤리이다. 그러나 몰락은 세대를 거쳐 거듭되고, '사막을 달리는 마라토너'를 꿈꾸었던 오빠는 스물일곱에 '탱크와 장갑차'와 함께 사막으로 떠나고, 당숙의 아들은 아비의 상징인 '나막신' 대신 택시 기사의 심장을 찌른다. 몰락은 세대를 거쳐 반복될 것이다.

그렇다면 왜 '백치'인가? 무능한 우리 시대의 아비들은 왜 '백수'로 호명되어선 안 되는가? 알다시피 김숨 소설에는 무능한 아비를 대신할 '아버지의 이름'이나 대안적인 여성성이 등장하지 않는다. 실제로 화자들은 아버지의 부재와 불안전함을 또 다른 '이름'으로 대체하지 않는다. 「트럭」의 어머니는 "네 아버지가 중동으로 떠난 지도 어느덧 3년이 되어가는구나"라고 말함으로써 아버지의 귀환을 부재로 바꿔버린다. 아버지는 일찍 돌아왔지만, 그는 아직 돌아오지 않았다. 김숨 소설에는 '아비'가 없지만, 정작 아버지를 대신할 또 다른 아버지도, 아버지가 되려는 인물도 없다. 김숨의 소설은, 2000년대의 소설들이 대체로 그러하듯이, 아비 살해의 판타지를 갖고 있지 않다. "나는 한때 백치들의 이름들을 한없이 경멸하며 잊기 위해 노력했다. 그래야만 내가 어른다운 어른으로 성장할 수 있다고 믿었다"[33]라는 화자의 진술은 가족로망스가 궁극적으로 성장소설임을 암시하지만, '누군가의 이름'으로 되돌아오는 아비의 초상은 김숨의 소설이 전통적인 가족로망스로부터 한 발 비켜서 있음을 보여준다. 김애란이 '상상'을 통해 아버지에 대한 연민과 긍정을 표현했다면, 김숨은 몽환적인 이미지의 변주를 통해 몰락한 아버지를 연민한다. 타자성의 긍정이라고 할 수 있는 이 독특한 소설 문법을 통해 그의 소설은 새로운 가족이야기를 구성하는 것이다. '백치'는 불쌍하지만, 동시에 선량한 우리 시대의 아비들에 대한 연민의 선물이다.

물론, 2000년대의 모든 소설들이 아비를 연민의 대상으로 바라보는 것은 아니다. 오이디푸스는 아비를 살해함으로써 '아비'가 되지만, 김태

---

33) 김숨, 『백치들』, 랜덤하우스코리아, 2006, 27~28면.

용 소설에서 '아이'는 목에 닭뼈가 걸려 숨을 거둔 아비의 운명을 수락할 의사가 없다. '아이'에게 '인생'은 시종일관 지루할 뿐이다. 김태용의 「오른쪽에서 세 번째 집」(『세계의문학』, 2005 봄)은 '엄마―아빠―나'의 전통적인 오이디푸스 삼각형을 비틀어 놓는다. 이 가족은 아이, 아이의 엄마, 엄마의 정부, 정부의 여동생, 여동생이 애중지하는 고양이, 아이의 아빠로 구성되어 있다. 끝말잇기처럼 진행되는, 그리고 '아이의 아빠'가 맨 마지막에 등장하는 이 이상한(?) 가족의 배열은 무엇을 의미하는가. '권력자이자 폭군'인 아비가 있다. 그는 '고양이'를 '돼지'라고 명명하는 언어적·상징적 아비이다. 그런 아버지의 죽음 앞에서 '아이'는 "죽을 놈이 죽었다"고 생각하고, 아이의 엄마와 엄마의 정부는 자신들의 놀람이 '연기'였음을 깨닫는다. 또 '아비'는 "양복 안주머니에 정부의 여동생이 입던 팬티"를 갖고 있는 외설적인 초자아이다. 아버지의 죽음은 현상적으로 아버지의 부재라는 문제를 제시한다. 물론, 또 한 명의 아버지(엄마의 정부)가 있지만, 그는 공개적으로 아비가 되기를 거부한다. 김태용 소설에 등장하는 남자들은 생식하지 않는다. 그렇다고 엄마가 모성적 초자아의 역할을 담당하는 것도 아니다.

김애란·김숨·박민규의 소설이 사라지는 아비의 이야기라면, 김태용의 소설 되돌아오는 아비의 이야기라고 할 수 있다. 「오른쪽에서 세 번째 집」에서 죽은 아비는 '녹색 병'으로 되돌아온다. 아버지는 "영혼과 육체의 중간 단계에 속하는 물체로서, 사람 구실은 못하지만 그렇다고 부재하는 것은 아닌, 어쩔 수 없는 존재"의 형상으로 되돌아온다. 엄마와 정부는 되놀아온 아버시를 다시 바다에 버리지만, '녹색 병'은 또 다시 되돌아온다. 물론 이렇게 되돌아온 아버지는 '아버지의 이름'이라는 초자아로서 기능하지 못한다. "그렇다. 어느 집에나 쓸모없는 물건 하나쯤은 있기 마련이다"라는 아이의 말처럼 되돌아온 아버지는 '쓸모없는 물건'이라는 희화화된 모습으로 귀환한다. 사라지는 아비들이 그랬듯이 말이다. '쓸모없는 물건'으로 되돌아오는 아버지의 형상은 2000년대 소설이 아비와 대면하는 방식, 즉 살해할 가치조차 없는 초라한 아비를 상징한다. '아비'의 존재와 부재가 지루한 인생을 해결해 주는 것은 아니니까 말이다.

한편, 윤성희의 「감기」(『문예중앙』, 2005 봄)는 이중화된 아버지라는 새로운 가족 형태를 보여준다. 어느 날 '남자'의 집에 '사내'가 찾아온다. 그는 한때 '남자'를 임신한 엄마와 눈이 맞았던 인물이다. '사내'의 등장으로 인해 엄마의 빈자리는 채워지지만, '남자'는 두 사람의 아버지를 갖게 된다. "작은아버지라 불러라. 하마터면 니 아버지가 될 뻔한 사람이니까."34) '아빠―엄마―나'라는 전통적인 가족 삼각형은 '아버지―작은 아버지―나'라는 다소 이상한 방식으로 변형되는데, 이 변형은 아버지의 이중화는 물론 '남자'의 정체성마저 이중화시킨다. '남자'의 생일을 두고 아버지('3월 1일')와 작은 아버지('3월 2일')은 각기 다른 기억을 갖고 있다. 여기에서 '남자'가 진짜 생일을 문제 삼는다면 소설은 정체성과 기원에 관한 이야기로 전개되겠지만, "이제부터 제 생일은 일 년에 두 번이에요"처럼 '남자'는 자신의 기원을 복수화함으로써 두 아버지의 갈등을 봉합해버린다. 윤성희 소설에서 두 명의 아버지는 무능한 아버지들이다. 그들은 '엄마'에게 무능했고, 마찬가지로 '남자'에게 무능하다. 그러므로 이중화된 아버지는 더 이상 '남자'에게 위협이 되지 못하는 아비의 두 얼굴이라고 할 수 있다. 김태용의 소설과 마찬가지로 윤성희 소설에서 '아비'는 철저하게 무력하다.

이신조의 「내밀한 가족」(『세계의문학』, 2005 겨울)에서 가족 삼각형은 한층 심각하게 변형된다. 이 소설에서 37세의 '나'와 17세의 '미나', 그리고 미나의 엄마는 '기묘한 동거'를 한다. '나'는 형이 외도를 해서 낳은 딸인 '미나'의 삼촌이지만, 그녀의 엄마는 "엄마랑 잤으니까! 삼촌이랑 엄마, 둘이 그랬으니까 ……"라는 미나의 발언에서 확인되듯이 형수 이

---

34) 윤성희, 「감기」, 『문예중앙』, 2005 봄, 196면.

상의 존재이다. 미나의 부재하는 아버지를 대신하는 것은 '전능하신 하나님'이다. '미나'가 '나'에게 성적인 요구를 하는 작품의 결말은 이들의 가족구조가 또 한 번 변화를 맞이할 것임을 예언한다. 무력한 아비, 그리고 그 아비를 대신할 또 다른 아비가 없는 것, 나아가 그 아비를 부정하거나 승계하려는 의지조차 갖지 않은 자식들의 세계, 이것이 바로 2000년대의 소설이다. 2000년대 소설의 주인공들 대부분이 어두컴컴한 자신의 골방에서 웅크리고 살아가며, 비정규직의 삶을 살고, 연애나 결혼을 하지 않는 까닭도 이와 무관하지 않다. 그들은 무기력한 개인주의자이기 이전에 심리적인 고아들이다. 김미월은 「정원에 길을 묻다」에서 이 심리적 고아들의 자기애를 "내가 나에게 사랑을 베풀고, 내가 나에게 사랑을 받고. 그 매개가 바로 이 정원이었다"[35]라고 쓴다. 2000년대 소설은 사랑하지 않는다.

4. 이주(migration)라는 유령

"하나의 유령이 세상에 출몰하는데, 그것은 이주(migration)라는 유령이다."[36] IMF 이후 본격화된 자본의 전지구화와 신자유주의적 재편은 '이동 / 이주'라는 새로운 현실을 불러왔다. 국가 주권의 경계선을 넘나드는 이주노동자의 등장은 오늘날 피할 수 없는 노동(삶)의 조건이다. 또한 1980년대 후반 시작된 해외여행 자유화는 한국문학의 해외 체험을 증가시켰다. 이동 / 이주는 이미 오래전부터 시작되었지만, 한국인의 외국 체험과 이주노동자의 등장이 한국문학에서 시민권을 획득한 것은 비교

---

35) 김미월, 「정원에 길을 묻다」, 『서울 동굴 가이드』, 문학과지성사, 2007, 254면.
36) 안토니오 네그리·마이클 하트, 윤수종 역, 『제국』, 이학사, 2001, 285면.

적 최근의 일이다. 알다시피, 근대문학은 네이션, 즉 국민국가의 경계를 구성하고, '민족'과 '국가'의 이름으로 세계와의 만남을 매개하면서 성장해 왔다. B. 앤더슨의 지적처럼 근대의 자국어문학은 '민족 = 국민 = 국민국가'라는 근대적 삼위일체(trinity)를 가능하게 하는 동력의 하나였다. 국민국가의 경계선을 벗어나는 '이주'라는 유령의 등장은 2000년대 소설의 형질변화를 설명하는 키워드이다.

2000년대 소설에서 이동/이주의 문제는 흔히 '아시아'로 사유된다. 지난 시대의 민족문학이 한반도 내부의 계급적·이념적 대립의 해소에 집중했다면, 2000년대의 민족문학 진영은 세계화 논리에 의해 주변적 위치로 전락한 아시아·아프리카와의 국제적 연대를 모색하고 있다. 베트남의 과거와 현재를 한국의 정치적 현실과 교차시키고 있는 방현석의 『랍스터를 먹는 시간』(창비, 2003), 인도라는 공간과 '요리'라는 소재에서 진정한 인간다움을 구하려는 오수연의 『부엌』(이룸, 2001)과 전쟁의 참상과 폭력이 난무하는 세계를 고발하는 『황금지붕』(실천문학사, 2007)은 2000년대 민족문학의 성과이다. 그러나 아시아를 하나의 지역적 단위로 설정함으로써 지구적 자본화라는 새로운 역사적 국면에서 공동의 생존과 번영을 모색하려는 민족문학의 노력이, '교류'라는 연대의 방식이 말해주듯이, 국민국가 시스템에 근거한 인터내셔널(International)이라는 지난 시대의 논리를 벗어나지 못하고 '인권'·'평화'·'다양성' 같은 추상적이고 보편적인 개념에 붙들려 있는 것 또한 사실이다. 거기에는 '연대'에 대한 당위성은 있으나, '구성체'에 대한 사유는 없다. 물론 2000년대 문학에서 이주/이동이 '아시아'로 환원되는 것은 아니다. 해이수의 『캥거루가 있는 사막』(문학동네, 2006), 김윤영의 『타잔』(실천문학사, 2006), 김서령의 『작은 토끼야 들어와 편히 쉬어라』(실천문학사, 2007) 등은 호주·캐나다 등의 여행경험을 문화 정체성에 관한 물음으로 전환시키는 소설적 노력을 보여준다. 그러나 한국문학의 공간적 확장이라고 평가되는 이들 작품이 국민국가와 주권의 한계라는 이주/이동의 문제에 정확하게 부합하는 것은 아니다.

　이주/이동의 문학적 형상화는 국민국가와 주권의 한계, 그리고 타자와의 관계라는 윤리적 물음을 제기한다. 이는 근대의 국민국가 시스템에서는 발견하기 어려운 '새로운' 질문이다. 이주/이동의 문제와 관련하여 김재영과 전성태의 소설은 주목할 만하다. 전성태는 「국경을 넘는 일」에서 몽골을 배경으로 한 최근작에 이르기까지 국경(경계)의 바깥에서 내부를 바라보는 투시법을 보여주었다. 「국경을 넘는 일」은 한국인의 내면에 숨어 있는 국경에 대한 공포("우리에게 국경을 넘는 일은 죽음을 의미하지요.")를, 국경의 바깥에서 "개인과 국가가 모호해지며 혼재하는 경험"을, 그리고 월경(越境)에 대한 갈망이 타자와의 소통불가능성으로 미끄러지는 과정을 그리고 있다. 이처럼 「국경을 넘는 일」에서 캄보디아와 태국(의 국경)은 경계의 바깥에서 내부를 들여다보는 새로운 원근법의 지점으로서 작용한다. "외부의 어떤 세계가 아니라 자신의 내부를 뛰어넘은 것 같았다."[37] 전성태의 최근작들(「코리언 솔저」·「늑대」·「목란식당」·「남방식물」)은 '몽고'를 배경으로 한다. 「코리언 솔저」(『실천문학』, 2005 겨울)가 몽고로 떠난 한국인 '시인'의 내면에서 군대 경험을 도출함으로써 일상화된 제국주의의 흔적을 드러낸다면, 「늑대」(『문학사상』, 2006.5)는 "국경이 사라지고 그저 세상이 단일한 자본의 권력으로 묶인다면 얼마나 신이 나겠습니까"라는 한국인 사업가의 목소리를 통해 몽골이 시장경제의 도입으로 몰락하는 과정을 보여준다. 한편 「목란식당」(『창작과비평』, 2006 겨울)과 「남방식물」(『현대문학』, 2006.11.)은 몽고를 배경으로 남북문제를 형상화한 작품들이다. 이선의 「강을 건니는 사람들」(『문학수첩』, 2005 가울)이 탈북자들의 비참한 삶에 주목했다면, 이 작품들은 '분단장사'라는 시각을 내세워 '동포애'라는 민족적 감정에 호소하는 분단인식의 미망(迷妄)을 그려낸다. 「목란식당」에서 유목민의 전통적 삶의 방식은 '노마디즘

---

37) 전성태, 「국경을 넘는 일」, 『국경을 넘는 일』, 창비, 2005, 156면.

과 경영마인드'처럼 자본에 의해 희화화되는데, 이는 몽골의 자연에 대한 자기 판타지를 보여주는 「늑대」의 태도와는 다르다.

'목란식당'을 찾는 사람들의 면면을 살펴보자. 먼저, 관광객들. 그들이 이곳을 찾는 이유는 북한 사람을 만날 수 있다는 '호기심' 때문이다. 그들은 '기대만큼 맛있지'도 않은 평양냉면을 특산품처럼 소비한다. 다음으로, 80년대를 상징하는 사내들. 그들은 "북측 동포들은 우리를 너무 몰라. 우리가 세금을 얼마나 많이 바쳐서 북으로 보내는 줄 모를 거야. 동포들을 위해서 군소리 없이 보낸달 말이야"처럼 '동포'에 호소하며, '동포'를 '연민'과 '동정'의 대상으로만 바라본다. 또, '구국을 위한 고난의 십가자' 모임. 그들은 자신들이 낸 음식 값이 북('당신네 장군님')으로 송금되는 것을 두려워하며, 북녘의 감옥에서 기아에 허덕이는 하나님의 어린양들을 위해 기도한다. 마지막으로, 주인공의 삼촌. 그는 "추억과 감상으로 냉면을 대"한다. 이것이 '북한'을 대상화하는, 타자화해서 소비하는 남쪽 사람들의 태도를 의미함은 쉽게 알 수 있다. 물론, 소설에서 '목란식당'의 대상화는 두 시선('목란식당'을 그냥 식당으로 바라보지 못하는 남쪽의 시선과, 남쪽 시선을 역이용하여 '목란식당'을 프랜차이즈화하는 북쪽의 시선)의 교차점에서 비롯된다. 이러한 대상화에 반(反)하여 주인공은 "식당은 식당이다"라는 논리를 내세우지만, 분단 상황은 그러한 논리가 한갓 논리에 불과하다는 것을 확인시켜준다.

「남방식물」은 주인공 '병섭'과 몽골 청년 '돈얼', '병섭'과 목란식당의 '명화'라는 두 개의 관계를 중심으로 구성된다. '병섭—돈얼'이 한국인과 몽골인의 관계라면, '병섭—명화'는 남쪽과 북쪽의 관계이다. 호텔의 지배인인 '병섭'에게 '돈얼'은 한국 유학을 도와달라고 부탁한다. 그러나 불법체류의 경험이 있는 '돈얼'이 한국 유학을 원하는 것은 "여권위조나 밀입국 외에는 달리 자신이 한국에 다시 들어갈 길은 이 길뿐"이라고 믿기 때문이다. 돈얼은 병섭에게 자신의 불법체류 사실을 속이지만, 병섭은 이미 돈얼의 속내를 알고 있다. 이주노동자를 연민의 대상으로 그려내는 이즈음의 소설들과 달리, 이 소설은 살기 위해 한국인 호텔 지배인에게 거짓말을 하는 비정한 몽골인의 모습을 형상화하고 있다. 이러한 사정은 병섭과 명화의 관계에서도 반복된다. 북한으로 돌아갈 예정인 명화는 식당을 찾은 병섭에게 은밀하게 편지 한 장을 건넨다. 병섭은 편지의 내용을 탈북을 도와달라는 것으로 오해하고 매장해버린다. 그는 "처녀의 운명에 축복"이 깃들기를 기도하지만, 정작 자신이 그 혼란과 불안의 당사자가 되어야 할 이유를 발견하지는 못한다. 결말부에서 밝혀지는 명화의 편지는 '동포애'로 목란식당을 찾아준 데 대한 감사와, 한 몽골 여성의 한국행을 도와달라는 부탁이 전부이다. 돈얼의 속내를 알면서도 분개하지 못하고, 명화의 의도를 오해함으로써 자신의 위선을 드러내는 병섭의 내면을 통해 작가는 타자와의 소통이 낭만적인 감정의 투사에서 출발할 수 없음을 보여준다.

　김재영의 「코끼리」와 「아홉 개의 푸른 쏘냐」는 이주노동자의 열악한 삶을 그린 작품이다.38) 「코끼리」의 화자는 네팔인 아버지와 조선족 어머니 사이에서 태어난 13살 소년이다. 그는 호적도 국적도 없고, 때문에 "살아 있지만 태어난 적이 없"는 존재이다. 소년의 아버지는 밤마다 고향 마을을 찾아가는 꿈을 꾸고, 축사를 개조한 그들의 방에는 아름다운 히말라야의 풍경을 담은 달력이 걸려 있다. 아버지의 꿈, 그리고 달력 속의 풍경은 한때 "낡은 베니어판 문 다섯 개가 나란히 붙어 있는 건물"이 암시하는 이곳의 현실과 대조를 이룸으로써 한국에 온 외국인 노동자들의 삶이 '외(소용돌이)'에 빠져 있음을 환기시킨다. 「아홉 개의 푸른 쏘냐」에는 두 개의 이야기가 등장한다. 이태원의 사창가로 흘러들어온 러시아 민속무용단원 쏘냐의 이야기가 하나이며, 운동권 출신으로 "눈에 보이는 대로, 닥치는 대로 선행을 쌓는" 것을 전략과 전술로 여기는 윤경과, 역시 한때 운동권이었다가 사회주의의 몰락 이후 모스끄바

---

38) 김재영, 『코끼리』, 실천문학사, 2005.

에서 노문학을 전공한 '그'의 이야기가 다른 하나이다. 소설은 이 80년대의 상징들을 등장시켜 몰락 이후 자본주의라는 '악성 병균'에 시달리는 사회주의 국가의 참상을 고발하는 한편, 러시아의 처녀 쏘냐가 한국에서 온갖 자본주의적 부패상과 모순에 시달리는 모습을 형상화한다. 그러나 "이토록 아름다운 러시아 아가씨가 왜 여기까지 흘러들어와 죽어가고 있는 건지, 어쩌다 그들은 자본주의 찌꺼기가 쌓이고 쌓여 냄새를 풍기며 썩어가는 이 사창가로 소중한 딸을 내몰게 된 건지 ……"라는 '그'의 말에서 드러나듯이, 작중 인물들은 러시아에 대한 동경과 환상에서 자유롭지 않으며, 타자에 대한 이러한 신비화는 소설의 화자로 등장하는 '윈돌이달팽이'의 목소리에서 더욱 증폭된다. 한편 김재영의 「꽃가마배」(『작가세계』, 2007 여름)는 한국인과 결혼한 태국 여성의 비극적인 삶을 다루고 있다. 소설에서 '고모'는 태국에서 온 여성에게 '태국어'로 된 편지를 주고받지 말 것을 명령하고, '고모'와 '나'는 아버지에 대한 태국 여성의 호의를 "적당한 때에 도망갈 마음"으로 은폐된 위장결혼으로 간주한다. "우릴 안심시켜 놓고 몰래 도망치려고 계략을 꾸미는 게야. 사랑이라니, 그게 말이 돼?" 이 소설의 인물들이 태국 여성을 학대하는 표면적인 이유는 정상과 비정상의 비대칭성이지만, 그 이면에서 '혈통'과 '피부색'의 차이라는 혈통주의가 작동하고 있다. 작가는 이방인에 대한 오해와 고정관념이 그들의 삶을 불행하게 만든다는 것을, 그리고 역사적 전거를 통해 한국인의 '혈통'에 대한 강박관념을 해체하려고 하지만, 그것이 '태국'에 대한 모종의 신비화에 근거하고 있음은 아쉬움으로 남는다.

김연수의 「모두에게 복된 새해」(『현대문학』, 2007.1)와 강영숙의 『리나』(랜덤하우스, 2006)는 이주/이동의 문제와 관련하여 눈여겨 볼 만한 작품이다. 김연수의 「모두에게 복된 새해」는 '아내'와 인도 출신의 불법체류자 '싱'의 만남에 관한 이야기이다. 한국어교습을 계기로 만난 '싱'과 '아내'는 서로의 부족한 영어와 한국어를 고쳐주는 '말하자면 친구' 사이이다.

이 다언어적 상황이 친구라는 새로운 관계의 창출하는 반면, 정작 '아내'와 '나'는 소통하지 못한다. '나'는 아내와 싱의 어눌한 언어실력을 근거로 그들이 서로의 "속 깊은 이야기를 이해할 방법"이 없으리라고 짐작하지만, 그들은 언어적 한계를 극복하고 '말하자면 친구' 사이가 된다. 실제로 '싱'의 한국어는 '나'와의 대화에서 종종 의미를 잃고 미끄러진다. 그러나 김연수의 소설에는 인도(인)에 대한 낭만적 시선이 등장하지 않는다. '나'와 '싱'의 대화가 그렇듯이, '아내'와 '싱'은 서로를 위계적 관계로 인식하지 않음으로써 친구─되기에 이르는데, 이는 타자에 대한 윤리라는 소설적 물음이 나아갈 바람직한 방향이기도 하다.

　강영숙의 『리나』는 "리나는 또다시 저만치 앞 허공에 푸른 둑처럼 펼쳐져 있는 국경을 향해 달리기 시작했다"라는 인상적이면서도 다소 암울한 진술로 끝난다. P국을 향한 탈북의 과정을 형상화한 이 소설은 '국경'을 넘는다는 것의 의미를 되묻는다. "당신들한테 안전한 데가 어딘데?", "우린 공중에 떠 있는 거나 마찬가지야" 같은 진술이 암시하듯이, 국경을 넘는다는 것은, 국경 너머에 존재한다고 상상되는 희망의 세계에 도달하는 것이 아니라, 자신을 보호할 최소한의 것마저 상실하는 행위이다. 바로 그렇기 때문에 출발점과 도착점이 선명하게 드러나는 도입부와 달리, '리나'는 중반 이후부터 'P국'을 최종 목적지로 설정하지 않는다. "리나는 이제 P국 같은 건 머릿속에 떠오르지도 않았고 자신이 탈출자라는 생각 따위도 하지 않았다." 그리하여 『리나』에는 '국경'으로 상징되는 경계에 대한, 경계 넘기에 대한 낭만적 관념이 없으며, 오직 경계선 위에서 끝없이 부유하는 한 인물의 삶만이 존재한다. 물론, '경계'가 곧 공간의 문제는 아니다. '이주/이동'과 달리, 이곳에서 저곳으로의 이동이 곧 경계 넘기는 아니라는 말이다. '경계'는 척도에 의해 유지되는 내부, 보편성의 문제이기에, 경계를 넘는다는 것은 일차적으로 그 척도에 포획되지 않는다는 것을 의미한다. 그러므로 경계 위를 떠도는 리나의 운명을 근거로 경계 넘기를 관념이나 낭만의 산물이라

고 평가하는 것은 타당하지 않다. 벌거벗은 삶에 대한 과장 없는 묘사
는 '이주/이동'에 대한 2000년대 소설의 윤리이지만, 리나의 삶이 증명
하듯이, 월경(越境)은 경계의 내부에서 이탈하는 그 불가능성에서 시작
되는 것이기 때문이다.

근대 문학의 종언, 그리고 '소설'이라고 불리는 대략 난감한 글쓰기들

1.

　최근 한 문예지에 흥미로운 설문조사가 발표되었다. 서울대 국문학과와 중앙대 문창과 학생들을 대상으로 한 이 설문에서 응답자의 절반, 또는 그 이상이 최근에 읽은 작품 중에서 가장 높이 평가하는 작품으로 외국작가들의 작품을 꼽았다. 문학이 민족과 국가의 경계를 넘는 것은 자연스러운 현상이며, 남미문학이나 일본문학처럼 개별 문화권의 소설들이 독자들의 관심을 받아온 것도 어제 오늘의 일만은 아니다. 그러므로 설문의 결과는 일견 상식적이다. 그러나 응답자들의 반응은 피부로 느끼는 '소설' 독자 일반의 반응과는 사뭇 다르다. 최근 소설에 대한 독자들의 시선은 김영하와 박민규·이기호·김애란 등에게 집중되어 있다.

순수문학의 고루함이나 계몽주의와 달리 '재미있다'는 게 지배적인 이유이다. 소설의 '재미'가 유머나 코믹만을 의미하는 것은 아니겠지만, 독자들의 '재미있다'는 반응이 문체의 새로움이나 상식을 뛰어넘는 상상력에 맞닿아 있음은 사실이다. 그러나 설문의 결과가 말해주듯이 그들의 평가는 거기에서 끝난다. 이러한 독자의 이율배반에는 세 가지 의미가 담겨 있다. 하나는 소설의 '재미'를 영화나 텔레비전 매체가 주는 '재미'와 유사하거나 그것의 대리물로 간주하고 있다는 것이며, 또 하나는 '재미'가 소설에 접근하는 촉발의 계기는 될지언정 작품의 질적인 수준을 평가하는 잣대와는 무관하다는 인식이며, 마지막 하나는 따라서 훌륭한 소설과 재미있는 소설은 원칙적으로 다르다는 관념이다.

> 나는 우리 세대에게 전 세대의 행동 양식을 적용시키는 것처럼 무식한 처사가 없다고 생각해왔다. 왜냐면 그건 사람의 문제가 아니라, 시대의 문제이기 때문이다. 소설이 변한 게 아니라, 소설이 처한 환경이 변한 것처럼. 소설이란 (이제 막 내가 느끼기에) 철저히 논리의 산물이고 노동의 산물이 아니던가. 그건 또 집중력의 산물이 아니던가. 환경의 산물이 아니던가. 점심시간 공원에서 글을 쓰던 선배 작가의 신화를, 내 많은 동료들에게 적용하기엔 우리 사회와 우리 시장이 너무 각박하고 야속해졌다. 그 누구도 내 동료들을 찬찬히 기다려주지 않는다.[39]

문학이, 소설이, '문단'이라는 동네의 전유물로 전락한 것은 이미 오래 전의 일이다. 문학의 위기나 소설의 죽음 같은 극단적인 진단 역시 문인들만의 문제로 치부됨으로써 대중적 반응을 전혀 얻지 못하고 있다. 그렇다. 지금 '문학'은 문인들만의 문제일 뿐이다. 가라타니 고진의 말처럼 '소설 / 소설가'가 중요한 시대는 끝났다. "근대문학이 끝났다는 것은 소설 또는 소설가가 중요했던 시대가 끝났다는 것입니다." 문학의

---

39) 이기호, 「아직 나타나지 않은 동료들」, 『대산문화』, 2005 가을.

죽음이라는 문제는 문인들의 생계의 위기에 대한 레토릭일 뿐이며, 그러므로 소설의 죽음은 곧 소설가의 죽음일 수밖에 없다. 소설가 이기호의 진술은 생계의 위기에 직면한 우리 시대의 소설가들이 처한 상황을 가장 극명하게 보여준다. ‘문학’으로 현재적 삶의 질곡을 넘어서거나 새로운 삶을 모색하려는 시도가 없는 건 아니지만, 말 그대로, 그들은 십중팔구 ‘바보’가 되고 있다. 왜? “그건 사람의 문제가 아니라, 시대의 문제이기 때문이다.” 말장난 같겠지만, 나는 “소설이 변한 게 아니라, 소설이 처한 환경이 변한 것”이라는 판단에 동의하지 않는다. 문학은 언제나 변하는 것이며 또 변해 왔다. 그리고 이변이 없는 한 앞으로도 변할 것이다. ‘소설이 처한 환경’의 변화와 ‘소설’의 변화는 다른 얘기가 아니다. 세상 어느 것도 환경으로부터 자유로운 것은 없으며, 따라서 논리적 인과관계를 따질 수는 있을지언정, ‘소설’과 더불어 ‘소설이 처한 환경’도 변한다. 소설을 ‘논리의 산물’이자 ‘노동의 산물’로, 나아가 ‘집중력의 산물’이자 ‘환경의 산물’이라고 주장하는 앙상한 정의에도 나는 동의하지 않는다. 현재의 문학이, 가라타니 고진이 인용한 “문학은 한마디로 말하자면 영구혁명 안에 있는 사회의 주체성이다”라는 사르트르의 주장을 무색케 하는 것은 사실이지만, 예술(소설)은 삶과의 관계에서 ‘그럼에도 불구하고’의 태도를 취하는 것이기 때문이다.

　문학은 인간의 모든 창조적 활동을 화폐를 매개로 한 ‘노동’으로 바꿔버리는 자본주의적 욕망이나 자본주의라는 환경의 힘과는 반대로 화폐화할 수 없는, 결코 ‘노동’으로 정의될 수 없는 창조성의 산물이다. 예술의 창조석 활동은 출판 자본을 기치면서 필연적으로 상품화되지만, 그리하여 창조적 활동도 결과적으로는 ‘노동’으로 간주될 수 있겠지만, ‘그럼에도 불구하고’ 그것은 처음부터 자본이나 상품을 겨냥하지 않는다는 점에서 공산품과는 다른 무엇이다. “내 많은 동료들에게 적용하기엔 우리 사회와 우리 시장이 너무 각박하고 야속해졌다”라는 진술은 이전 점에서 “소설 또는 소설가가 중요했던 시대”에서 벗어나 소설가가 하나의 직업군으로 전락해버린 우리 시대의 문학적 현실을 가장 비극적으로 보여준다. 물론 이기호가 말하는 '노동의 산물'은 소설 쓰기가 '노동'만큼이나 힘들다는 것을 의미할 터이다. 그러나 '시장'의 법칙이 각박하고 야속한 것이 최근만의 일인가? 현재적 고통은 상대적으로 과거를 아름답게 추억하도록 만들지만, '선배 작가'들의 시대나 지금이나 '시장'의 질서는 냉혹하다. 냉혹하기 때문에 시장이 아닌가?

'작가'의 존재감은 판매부수와 비례하지 않는다. 소설의 의미는 시장의 논리에 대한 충실함이 아니라 그것에 파열하는 데 있기 때문이다. 시장의 논리에 부응하기에는 소설이라는 글쓰기나 소설가라는 존재는 너무 늙었다. 생계의 문제가 중요하지 않다는 얘기가 아니다. 대부분의 작가들이 삶 앞에서 절망했고, 절망하지 않기 위해 삶을 포기하는 것은 더욱 절망적이라는 운명적 아이러니 속에서 창작활동을 했다. 그렇지만 그들은 '시장'을 겨냥하고 글을 쓰지 않았으며, 그들의 상업적인 성공 역시 '시장의 논리' 때문만은 아니었다. 시대의 촉수로서의 작가는, 그것이 개인적인 것이든 집단적인 것이든, 세계를 향해 질문을 던지는 존재여야 한다. 그러므로 "새로운 젊은 작가들은 무엇을 묻고자 하는가?"라는 도발적 질문은 현실에 대한 대응방식으로 드러나는 '질문'의 정당성에 대한 추궁이라고 할 수 있다. 영화의 흥행이 배급사의 파워에 달려 있듯이, 소설 또한 배급사의 역할을 맡고 있는 출판사들의 네임 벨류(Name Value)에 좌우되는 게 지금의 현실이지만, 출판 자본이 만드는 베스트셀러가 독자들에 의해 "가장 높이 평가하는 작품"으로 기억되는 예는 드물다는 것이 새삼 우리를 안도하게 만든다.

2.

　　우리는 현재 세 가지 해결해야 할 과제에 직면해 있다. 전쟁, 환경문제, 세계적인 경제적 격차, 이것들은 자연과 인간, 인간과 인간의 역사적 관계를 집약하는 사항들이다. 게다가 이것들은 시급한 과제들이다. 이전의 문학은, 이런 과제들을 상상력으로 떠맡았다. 그러나 오늘날의 문학이 이것을 떠맡지 않는다고 해도, 나는 불만을 드러낼 생각은 없다. 그러나 나 자신은 그것을 떠맡고 싶다. 그것이 문학적이든 비문학적이든 아무런 상관이 없다.[40]

　　"문학이 윤리적·지적인 과제를 짊어지기 때문에 영향력을 갖는 시대는 기본적으로 끝났습니다." 최근 번역 출간된 『근대문학의 종언』에서 가라타니 고진이 '소설'에 대해 내린 진단이다. '위기'가 아닌 '종언'에는 최소한의 '회한'도 없다. 근대문학으로서의 소설이 상상력을 통해 떠맡아온 '과제'는 여전히 우리의 삶에서 중요한 의미를 갖지만. 오늘날 그 문제를 문학이 떠안아야 한다는 주장에 동의하는 사람은 많지 않다. 하여, 작가가 '오락작품'을 쓰는 것도, 독자들이 소설을 오락거리의 일종으로 간주하는 것도 도덕적으로 비난 받을 일은 아니다. 마찬가지로 비평이 근대문학의 종언을 근거로 현재의 소설을 '죽은 자식 불알 만지기'라고 냉소하는 것도 가능하며, 그것을 주관적 반성의 계기로 삼는 것도 가능하다. 문제는, 근대문학의 종언이라는 엄연한 현실 앞에서 '문학'에 대한 '태도'의 차이에서 비롯된다.

　　'종언'이 주관적 반성의 계기가 되기 위해시는 '소설'의 각성이 전제되어야 한다. 우리는 위기 담론이 그랬듯이, '종언' 또한 일종의 '미필적 고의'는 아니었던가에 대해 진지하게 물어야 한다. 90년대 이후 소설이 보여준 트리비얼리즘적인 경향이 바로 그것이다. '종언'이라는 진단이

---

40) 가라타니 고진, 조영일 역, 『근대문학의 종언』, 도서출판b, 2006.

소설의 쇄말화를 낳는 것이 아니라, 소설의 쇄말화가 '종언'의 징후임을 올바로 인식하는 것이 중요하다. 최근의 소설들에선 좀체 세계에 대한 '질문'을 발견하기가 어렵다. 돌이켜보면, 90년대 이후 소설은 급속하게 '나'에서 출발해서 '나'로 귀환하는 자기 독백의 여정으로 치달았다. 이 과정에서 소설은 '현실'과 '삶'에 대한 질문의 감각을 상실했고, 동시에 독자 또한 잃어버렸다. 지금의 소설은 "현실을 승리자로 형상화하면서도, 현실에 패배당하는 이념 앞에서는 현실은 아무런 의미가 없으며, 나아가서는 이러한 현실의 승리는 결코 궁극적인 승리가 될 수 없고 새로운 이념의 반항에 의해 언제든지 동요될 수 있다는 것"(루카치)을 동시에 보여주려는 노력을 포기하고 있다. 세계에 대한 질문을 상실한 소설이 '나'의 체험을 유일한 현실로 간주하는 경험적 글쓰기나, 쓰는 행위 자체의 즐거움을 추구하는 자족적 글쓰기로 전락하는 것은 지극히 당연한 일인지도 모른다. 물론 소설이 '나'의 체험에서 출발하는 것 자체가 문제는 아니다. 문제는, '나'의 현실을 '세계'와 분리시켜 사고하는 독단적 경험주의, 자신을 객관화하는 능력을 상실한 독아주의의 유행이다.

벤야민은 「얘기꾼과 소설가」에서 소설의 발흥이 경험(Erfahrung)의 집단성과 구분되는 체험(Erlebnis)의 개인성에서 시작되었음을 밝혔다. "소설가는 자신을 남으로부터 고립시켰다. 소설의 산실은 고독한 개인, 즉 자신의 가장 중요한 관심사를 더 이상 표현할 수 없고 또 자기 자신이 남으로부터 조언을 받지 못했기 때문에 남에게도 아무런 조언을 해줄 수 없는 고독한 개인이다." 벤야민의 말을 액면 그대로 받아들이면, 소설의 소설(小說)화 경향은 예견된 운명의 결과이다. 그러나 이러한 분석이 현대 소설의 쇄말주의(trivialism)를 정당화해 주지는 않는다. 벤야민은 말한다. "소설이 의미를 갖는 것은, 소설이 이를테면 제3자의 운명을 우리들에게 제시해 주기 때문에 그런 것이 아니라, 이러한 제3자의 운명이, 그 운명을 불태우는 불꽃을 통해서 우리들 스스로의 운명으로부터는 결코 얻을 수 없는 따뜻함을 우리들에게 안겨 주기 때문이다. 독자가 소설에 흥미를 갖게 되는 것은, 한기에 떨고 있는 삶을, 그가 읽고 있는 죽음을 통해 따뜻하게 할 수 있다는 희망인 것이다." 제3자의 운명, 즉 죽음이 불행에 노출되어 있는 우리의 삶에 희망을 가져다주는 것, 이것이 바로 '소설의 의미'이다. 체험(Erlebnis)의 파편성을 극복하고 '고독한 개인'이라는 근대적 소통의 운명을 가로질러 "삶의 의미"를 환기시키는 것, 그것이 바로 근대문학으로서의 소설이 떠안고 있는 운명인 것이다. 역으로 말하자면, 이는 소통의 가능성을 상실한 자서전적 글쓰기나, 삶에 대한 관심보다는 새롭고 특이한 소재에 집착하는 자족적 글쓰기가 소설의 정도(正道)가 아님을 의미한다. 많은 비평들이 "삶의 의미"와는 무관한 입장에서 젊은 작가들의 새로움에 절대적 에너지를 투여하고 있다. 또한 그들 비평의 대부분이 젊은 작가들의 새로움에서 반(反)근대 내지 탈(脫)근대적인 징후를 발견하려 노력하고, 또 실제로 그렇게 하고 있다. 그러나 '새로움'이라는 가치 자체가 근대의 산물이라는 점을 고려하지 않는다면 소설의 새로움은 소재의 새로움이라는 영역을 벗어나기 어렵다. 새로움은 무조건 좋은 것인가?

젊은 소설가들의 작품에 유래를 찾기 힘들 정도의 비평적 에너지가 투여되고 있다. 물론, 그렇게 해서 발견된 '새로움'의 대부분 소설 본연의 위상과는 거리가 먼 작은 이야기(小說)에 불과하다. 그들 대부분이 1인칭을 사용한 자전적 소설에 집중하고 있다는 것은 주목할 만한 현상이다. 소설에서 1인칭이 반드시 어떤 한계를 의미하는 것은 아닐지라도, 1인칭이 자전이라는 체험의 파편성에 고착되어 있는 것은 문제라고 할 수 있다. "최근, 신춘문예나 문예지 신인상을 수상한 작품 중 70% 이상이 '나'를 화자로 하고 있다"[41]는 지적은 얼마나 징후적인가. 문학이란 '나'에게서 '그'에게로 해방을 가져다주는 통로이다. 모리스 블랑쇼는 『문학의 공간』에서 카프카를 인용하여 다음과 같이 말한다. "흔히 작가는 '나'

---

41) 오창은, 「매니아 문학의 탄생」, 『문학들』, 2006 여름.

라고 말하기를 포기한다고 한다. 카프카는 '나'라는 말에 '그'라는 말을 대치시킬 수 있었던 그 순간부터, 스스로 놀라움과 기쁨을 동시에 느끼며 자기가 문학에 돌입했다는 사실을 발견했다고 말하고 있다." 이는 문학('글을 쓴다는 것')이 "말과 나를 연결하는 끈"을 절단하는 데서 시작되며, 모든 글쓰기는 따라서 '너'를 향한 말하기에서 시작된다는 것을 의미한다. 그러므로 소설에서의 1인칭은 실상 3인칭의 또 다른 방식이며, 1인칭을 3인칭으로 사용할 수 있는 자만이 진정한 소설가라고 할 수 있다.

3.

  소설의 윤리적·지적 과제의 포기는 2000년대의 문학에서 두 가지 현상의 겹침으로 표출되고 있다. 열정과 비판이 절망적인 현실의 두께에 부딪침으로써 새로운 삶의 가능성에로 이어지지 못하는 것이 그 하나이고, 삶에의 의지보다는 미학적 욕망과 스타일만이 '문학'의 알리바이가 되는 문학장의 변화가 다른 하나이다. 흔히 '가벼움'과 '유희'의 전략이라고 명명되는 경향은 바로 이 두 현상의 교차로에 위치하고 있다. 혹자는 이 가벼움과 일탈에서 주류적 가치의 안정성을 뒤흔드는 정치성을 발견한다. 그러나 소설의 전략이란 그 효과로 드러나는 법. 나는 최근 소설들의 가벼움과 유희 전략이 주류적 가치나 기성의 질서를 위협하기보다는 자본주의라는 지배질서의 그물에 포획되어 문학이 '상품'으로 옷을 갈아입는 과정에서 생기는 현상은 아닌가 의심한다. 출판 자본은 상품을 팔기에 열심이고, 작가들은 소설이 팔리지 않는다고 궁상이다. 문학의 위기를 조장하는 평단을 향한 박민규의 다음과 같은 비판이 작가들이라고 해서 예외가 될 수 있을까. "궁상 좀 떨지 마라. 즉 그것이 이곳의 풍경인데, 마치 위기론에 이은 예비군 훈련이나, 민방위 훈련을 지켜보는 기분이다. 작가는 잡문으로 뼁이를 쳐야 하고, 또 그걸 당연한 걸로 생각한다(생각해야 한다). 안 팔려요. 안 팔리면 어쩌죠? 몇 푼의 계약금에도 손을 내밀기가 민망하고, 생활은 점점 좀스러워진다. 요는, 위기를 떠드는 놈들이 이 땅의 작가들을 자꾸만 작게 만든다는 것이다. 좀스럽고 비참하게 만들며, 왜소하고 말랑말랑한 인간으로 만들어 버린다. 몇 푼의 선인세와 생활비에 손을 떨고 연연해야 하는 인간이, 과연 얼마나 좋은 글을 쓸 수 있을까?"[42]

진정성(윤리적·지적 과제)의 가치에 대해 불편해 하거나 회의적인 태도를 보이는 작가·비평가들이 점차 증가하고 있다. 시인 정재학이 "시가 직접적으로 현실을 드러내야 하며 현실에 봉사해야 한다는 데에 나는 동의하기 힘들다"[43]라고 말할 때, 그리고 소설가 김중혁이 "소설 쓰기가 독자들에게 교양을 심어주거나 계몽을 하거나 그런 차원의 작업은 아닌 것 같습니다"[44]라고 말할 때, 여기에는 지난날 '시대'가 '문학'에 강요했던 가치에 대한 거부가 전제되어 있다. 물론, 표면적으로 그들이 거부하는 것은 진정성 자체가 아니라 80년대 문학이 떠안아야 했던 계몽의 가치들이다. 김형중의 평문 「진정할 수 없는 시대, 소설의 진정성」[45]은 2000년대의 작가들에게 '진정성'이 갖는 의미를 명확하게 보여준다. 진정성'의 가치에 대해 비판적 시선을 견지하고 있는 작가들 대부분은 진정성을 사회학적 상상력과 동일한 것으로 간주한다. "분단, 박정희, 전두환 시대"라는 배경을 전제하고 "겪어보지 않은 것을 쓰는 것은 샤먼이나 천재만이 가능하다. 난 천재가 아니기에 겪지 않은 것을 쓸 수는 없다."(정재학), "블로그라는 것이 개인의 생활과 생각이 집결되어 있는 것인데

---

42) 박민규, 「조까라, 마이싱이다!」, 『대산문화』, 2004 여름.
43) 정재학, 「시와 리얼리즘」, 『현대시학』, 2006.2.
44) 좌담, 「2000년대의 한국소설, 혹은 경계를 넘어서는 글쓰기의 열망」, 웹진 『문장』, 2006.6.
45) 김형중, 「진정할 수 없는 시대, 소설의 진정성」, 『문학 판』, 2005 여름.

저는 제 소설이 블로그처럼 제가 조금씩 커가고 넓어지는 과정을 보여줬으면 합니다"(김중혁)라는 주장에서 확인되듯이, 젊은 작가들의 상당수는 문학이 "체험의 진정성"을 근거로 한 작가의 자기 확장이라는 의식을 공유하고 있다. 그러나 문학의 윤리적·지적 과제는, "자연과 인간, 인간과 인간의 역사적 관계를 집약하는 사항들"(고진)의 설명처럼, 지금—이곳의 삶을 분절하는 조건들을 가리키는 것이지 특정한 역사적 경험에 국한되는 것은 아니며, 문학이 자기 확장이나 자기표현과 무관하지는 않지만 그것만으로 문학이 성립되는 것 또한 아니다. "자전적 체험으로부터 작품 소재의 상당 부분을 차용하는 경우가 많음을 모르는 바 아니나, 그렇다 치더라도 체험의 문학화 여부가 곧바로 작품의 질을 좌우하는 것처럼 보이지는 않기 때문이다. 문학적 가공 없는 체험의 나열은 필연적으로 수기에 가까워진다"(김형중)라는 지적은 자기 확장과 '진정성'의 관계에 관한 좋은 시사점을 제시한다.

물론 전대의 문학의 진정성과 2000년대 문학의 진정성을 '도덕'과 '윤리'로 구분하는 태도에는 선뜻 동의하기 어렵다. 프로이트의 논법을 빌어 '도덕'을 "자아에게 강요된 초자아의 명령"으로 정의하는 순간, 전대 문학의 진정성이란, 말이 좋아 진정성이지, '억압'의 다른 이름에 불과하기 때문이다. "역사의식·비판의식·진실한 체험·작가정신 등등이 항상 '진정성' 범주의 내포를 이루었던 것도, 이처럼 시대의 도덕과 초자아 간의 근친 관계로부터 파생된 산물이었을 것이다." 이러한 논리에 따르면, 전대 문학에서 진정성은 '도덕'이라는 이름의 억압에, 2000년대 문학의 전정성은 "최선의 태도"라는 '윤리'에 가깝게 된다. 이처럼 김형중의 '진정성'에 대한 분석은 전자에게 집단적 주체라는 망령을 덧씌움으로써 지난 시대의 진정성이 억압적인 정치권력과 동형적이었음을 확인하는 데로 나아간다. 그는 이렇게 말한다. "우리는, 우리 시대에도 '해방'이라는 말로 표현되곤 하는 어떤 억압 청산 작업이 필요하다면, 그것이 반드시 초자아의 명령에 대한 복종으로부터 이루어지는 것만은 아닐 것이라는 사실을 안다." 우리 시대의 '해방'이 "초자아의 도덕 원칙"에 대해 적대적이라는 지적은 타당하지만, '초자아'나 '도덕'이 반드시 문학의 지적·윤리적 과제에만 해당하는 것은 아니다. 지금, 우리의 삶의 조건을 규정짓고 있는 자본주의 또한 폭력적인 초자아의 한 양태이다. 박민규가 "시장은 이미, 우리의 운명이다"[46]라고 말했듯이, 우리의 삶은 자본주의적 가치와 욕망의 법칙에 의해 포획되어 있다. 그러므로 오늘날 문학이 초자아에 대해 해체를 시도한다면 그것은 단연 자본주의에 저항에서 출발할 수밖에 없다. 자본주의에 대한 작가들의 태도가 어느 때보다 중요한 이유도 여기에 있다.

4.

좋든 싫든, '종언'은 지금─이곳의 문학의 조건이다. 지난날 '문학'이 부여받았던 특별한 의미와 중요성이 상실과 해체를 거듭하고 있음은 감각적 진실로 통용되고 있다. 문학장 내부에서 '종언'에 대한 반응은 대략 세 가지로 나타나고 있다.

첫째, '종언'을 주관적 반성의 계기로 삼아야 한다는 입장.[47] 이장욱은 "문학을 떠나서 생각하라. 그리고 그와 더불어 문학으로 돌아오라"라는 정언명령을 통해 '종언'을 "주관적 반성의 계기"로 받아들일 것을 주장한다. 그러면서도 그는 역사에 대해 진지한 성찰을 수행하고 유희를 부정의 에너지로 승화시키는 작품들이 여전히 생산되고 있음에 근거해서 지금─이곳의 소설이 "이동과 전회"의 과정에 있다고 진단한다.

---

46) 박민규, 「야쿠르트 아줌마」, 『카스테라』, 문학동네, 2005, 165면.
47) 이장욱, 「카라타니 코오진과 근대문학의 종언」, 『창비 주간 논평』, 2006.5.2.

'종언'이 오늘의 문학에 대해 여러 문제를 생각하게 만든다고 말하면서
도, 정작 오늘의 문학이 "여전히 전진중"이라는 논리는 어떻게 가능한
것일까? 이는 둘 중의 하나, 즉 '종언'을 "주관적 반성의 계기"로 삼아
야 한다는 주장이 거짓이거나, 오늘의 문학이 "우리 문학의 폭을 넓히
고 깊이를 더하는 데 기여"하고 있다는 판단이 거짓일 것이다. 물론, 여
기서의 '거짓'은 단순한 속임수와는 다른 것이다. 그것은 어떤 사실을
긍정 또는 부정하려는 의지가 만들어낸 산물일 뿐이다. "카라따니식 종
언론을 돌파하는 가장 강력한 무기는 역시 '문학 자체'일 거라고 나는
생각한다"라는 진술이 말해주듯이, 사실상 그는 "종언이라는 자극적인
단정"으로 우리 문학을 규정하는 고진식의 논리와 선을 긋고 있다. 이
지점에서 이장욱의 논리는, 스스로가 지적했던 두 번째 반응—"종언
같은 극단적인 표현의 문제를 지적하고 반론을 제시하는 것"—으로 흡
수되는 듯하다.

　둘째, 근대문학의 종언은 '근대' 문학의 종언이지 근대 '문학'의 종언
은 아니라는 입장.[48] "죽은 것은 '근대문학'이다. 그런 말을 하는 학자
나 평론가들은 근대문학을 공부한 이들이다. 나는 한 나라 안에서, 자국
어만으로 이루어지는 문학이 끝났다는 뜻으로 그 말을 받아들인다. 유
럽의 작가들을 보니 자국어만이 아니라 번역을 통해 독자를 확보하고
살아남는 것 같더라. 문학작품은 여전히 활발하게 창작되고 있다." 김연
수는 근대 소설이 떠안았던 윤리적·지적 과제를 "국민국가 만들기"라
는 목표와 연관시켜 설명한다. 근대 초기, 소설은 '공감'을 통해 동일한
시·공간 속에서 살아가는 사람들을 하나의 네이션으로 포괄하는 역할
을 담당했으며, 근대국가는 이전의 보편적 언어를 민족의 속어로 '번역'
함으로써 새로운 문어를 창조했고, 이 새롭게 만들어진 문어가 개별 네
이션의 '모국어'로 자리 잡음으로써 민족국가 형성 과정에 일조했다. 김

---

48) 「좌담―히라노 게이치로 & 김연수」, 『한겨레신문』, 2005.10.31.

연수는 '종언'을 "한 나라 안에서, 자국어만으로 이루어지는 문학"(근대문학)의 종언으로 이해함으로써 여전히 '소설'이 유효함을 주장한다. 네이션 빌딩 시기의 소설과 이후의 소설이 궁극적으로 다를 수밖에 없으며, 그것은 작가가 '모국어'와 맺는 관계의 상이함과 관련된다는 것이다. "해방과 전쟁 이후로 오면 모국어는 선천적으로 주어진 것이어서 별다른 의식이 있지는 않았다." 네이션 빌딩기의 소설이 문어의 발명과 관계되는 반면, 지금―이곳의 소설은 "표현법으로서의 언어"를 다룰 수밖에 없다는 것. 그러므로 근대소설의 종언이란 모국어의 발명에 일조했던 시기의 소설, 다시 말해 "자국어만으로 이루어지는 문학"의 종언이다. 그렇기 때문에 그는 '종언' 이후의 소설은 모국어에 대한 새로운 감각('번역')에 근거하여 민족국가의 경계를 가로질러 독자와 마주할 수 있다고 주장한다.

셋째, 근대문학으로서의 '소설'이 윤리적 · 지적 과제로부터 자유롭지 못하다면, 그리고 지금 '소설'이 종언을 고했다면, 기꺼이 '소설'이라는 명칭을 벗어던지고 새로운 장르(형태)의 글쓰기로 나아가겠다는 입장.[49] "가라타니 고진의 어법에 따르자면, 전통적 의미에서 소설은 없는 것이다, 뭔가 새로운 장르라고 하면 되지 않느냐, 왜 굳이 소설이라고 하려고 하느냐 이런 얘기잖아요. 저도 그런 생각입니다."(손홍규) '소설'의 운명이 윤리적 · 지적 과제로부터 자유로울 수 없다면, 그리고 이 윤리적 · 지적 과제가 소설을 평가하는 척도라면 기꺼이 '소설'이라는 명칭을 포기하겠다는 식의 발상은 손홍규만의 것은 아니다. 소위 '젊은 작가'라는 범주에 포함되는 많은 작가들은 소설이 '과제'에 부응해야 한다는 주장에 동의하기를 거부하고, 소설을 자기 확장적인 글쓰기로 간주하고 있다. 젊은 작가들의 절대 다수는 근대문학으로서의 소설이 감당해왔던 역할들을 진부하고 낡은 것으로 치부한다. 그들에게 '소설'은

---

49) 「좌담―2000년대의 한국소설, 혹은 경계를 넘어서는 글쓰기의 열망」, 웹진 『문장』, 2006.6.

자신의 개성과 욕망을 드러내는 글쓰기인 동시에 부정되어 마땅한 '아 버지'의 상징인 셈이다. 고진이 지적한 '오락작품'이나 '세계적인 상품' 이란 바로 이 새로운 장르의 글쓰기를 가리킨다. 이처럼 윤리적·지적 과제를 포기하는 것과 '소설'이라는 전통적인 장르 명칭을 벗어던지는 것은 하나의 현상이다. 이러한 글쓰기가 작가 개인에게는 나름대로의 의미가 있으며, 따라서 일방적으로 부정될 이유는 없다. 특히 한국문학 의 지형에서 이러한 현상은 작가 개인의 의지라기보다는 출구를 상실 한 채 부유하고 있는 시대적 분위기를 반영한다. 세계는 "어떤 거짓말 을 해도 그렇고 그렇게 들릴 만큼, 그렇고 그런 곳"(박민규, 「몰라 몰라, 개 복치라니」)이고, 거기에서 살아가는 자들은 "내가 좆나게 백 미터 달리기 를 해도, 십 초 벽을 깰 수 없다"(이기호, 「버니」)를 너무 일찍 알아버렸다. 그리하여 그들은 "지구와 인류보다는 자본주의와 함께 살아왔"음을 고 백하지 않을 수 없다. 2000년대의 소설은 세계의 성패가 노력과는 무관 하며 열정이 보장해 주는 것은 아무 것도 없는 곳에서 시작되고 있다.

알다시피, 소설의 종언은 곧 소설이 갖는 사회적 지위와 영향력의 상 실을 의미한다. 이는 소설이 여전히 창작되고 읽히느냐는 제도적 현상 과는 다른 문제이다. 오랫동안 우리 사회에서 '문학'은 여타의 예술에 비해 특별한 의미를 지녀왔다. 그것은 다른 예술과 달리 문학이 사회적 기능을 담당한다고 인식되었기 때문이다. 문학예술이라는 명칭이 말해 주듯이, '문학'은 음악이나 미술 등과 동일한 범주로 묶이면서도 항상 그 평면의 바깥에 위치했다. 문학교육과 문학의 창작─유통에 많은 사 회적 비용과 관심이 집중되어 온 것 또한 이와 무관하지 않으리라. 그 러나 문학이 자기 확장적인 글쓰기로 축소된다면 사정은 달라질 수밖 에 없다. 현재 우리 사회에는 문화향수의 확대라는 명분 하에 문인들에 게 많은 공적 비용이 투여되고 있다.[50] 한국문화예술위원회에 따르면,

---

50) 한국문화예술위원회에서 시행하는 〈창작기금 지원사업〉, 분기별로 선정되는 〈우수 문학도서 보급사업〉과 〈우수 문예지 구입배포사업〉, 〈문예지 게재 우수작품 지원〉 등

지원 사업은 "한국문학의 성과와 의미를 전 국민과 함께 나눔으로써 모든 문화예술과 학문의 근본적 상상력을 제공하는 문학의 힘을 공유하는 프로그램"을 만듦으로써 침체된 한국문학을 부흥시키고 작가들의 창작의욕을 고취한다는 의도를 갖고 있다. 그러나 그 이면에는 문학을 시장의 논리에만 맡겨놓을 수는 없으며, 사회가 일정한 비용을 감당함으로써 작가들의 생계와 출판의 환경을 재고해야 한다는 목소리가 숨겨져 있다. 이는 작가들의 생각과는 달리, 여전히 우리 사회에서 문학이 특별한 지위를 누리고 있음을 의미한다. 만약 문학이 한 개인의 자기확장적·자족적인 글쓰기에 지나지 않는다면, 그리고 그것이 '오락작품'이든 '세계적인 상품'이든, 한 개인의 성과에 불과한 것이라면, 왜 그들의 생계를 위해 사회적 비용이 지출되어야 하는 것인가? 문학이 한 개인의 자기만족적인 글쓰기이며 사회적 효과나 소통관계로부터 벗어난 곳에서 행해지는 것이라면, 따라서 윤리적·지적 과제의 번거로움 때문에 '소설'이라는 명칭조차 버린다면, 그러한 글쓰기를 왜 굳이 공적비용까지 투여하면서 보호해야 하는 것일까? 다시 말하면, 예술의 자율성을 내세움으로써 사회적 관심으로부터 벗어나고, '나'의 세계에 의해 포착되는 현실만이 문학이 대응해야 할 현실이라고 간주하는 순간(나는 이런 문학이 얼마든지 가능하고, 또 실제로 일정한 의미를 갖는다고 생각한다) 문학은 삶의 평면에서 분리되고 만다. 삶의 평면에서 이탈하는 소설은 고급한 읽을거리로 전락하고 만다.

소설 읽기가 대략난감하다. 젊은 소설가들의 자유분방한 개성과 도발적인 실험성은 표준화된 자본주의적 일상을 비윙하는 전복의 가능성으로 평가되지만, 삶의 평면에서 이탈한 현재의 소설이 자본주의의 '바깥'에 존재하는 삶에 대한 모색으로 이어질 가능성은 발견되지 않고 있다. 소위 새로움의 미학이라고 명명되는 최근의 소설들에서 '냉소'는 시

이 그것들이다.

대적 징후로, '수다'는 기성의 권력에 대한 위험한 도전으로 인식된다.
그러나 지금 소설은 '시장'에서 유통되는 고급한 읽을거리로 '소비'되고
있으며, 그러한 소비의 패턴 어디에도 문학의 혁명성은 존재하지 않는
다. 이 가능성의 제로 지점에서 발화되는 다음과 같은 비판은 지금—이
곳의 소설이 종언론을 돌파하기 위해 반드시 거쳐야 하는 지점을 암시
한다. "만약 종언되어야 할 것이 있다면 그것은 문학이 스스로를 세움
으로써 소외시켰던 삶에 대한 구별일 것이며, 글쓰는 이들의 특권일 것
이며, 일상과 문학을 분리시키는 문학의 권위일 것이다."[51]

---

51) 신은실, 「문학—치유적인 망각과 치유적인 회상 사이」, 『문화과학』 46호, 2006.

공통적인 것의 생산, 혹은 출구로서의 윤리

1. 윤리학적 전회

　주체와 동일성을 핵심적인 가치로 내세웠던 근대철학에 대한 현대철학과 정치학의 비판은 윤리학적 전회라는 새로운 화두로 현실화되고 있다. 데카르트 철학에서 정점에 도달한 이성적 주체의 견고함은 '타자'에 대한 사유로 인해 급속하게 허물어지고 있고, 서구 형이상학을 떠받쳐온 동일성은 '차이'의 사유로 인해 크게 위축되고 있다. 주체에 의해 매개될 수도, 재현될 수도 없는, 타자의 타자성을 사유하는 일은 근대 역사에서 억압/배제되었던 타자들의 위치를 복원하는 윤리적 의미를 갖는다. 윤리란, 가장 느슨하게 정의한다면, 어떻게 살 것인가의 문제이다. 그러나 만약 '윤리'가 인간의 행동과 태도를 특정한 방식으로 틀 짓는 기준이나 규범이라면, 그때의 '윤리'는 가장 비윤리적인 윤리가 될 것이다. '윤리'는 이미 존재하는 확정적인 질서를 따르는 도덕주의가 아니라 그러한 도덕성을 거슬러 새로운 관계를 창안하는 것, 나아가 새로운 주체구성의 정치적 원리로 구성되어야 할 무엇이다. 알랭 바디우의 말처럼, 만일 "사람들이 윤리를 악에 대한 합의된 표상이나 타자에 대한 배려로 규정한다면, 윤리는 무엇보다도 오늘날 세계에 특징적인, 선을 이름 짓고 열망하는 것에의 무능력"[1]이 될 것이다.

모든 윤리는 '타자에 대한 윤리'이다. 이 질문에서 출발할 때에만 '윤리'는 서구 형이상학에 대한 철학과 정치학의 현대적 응전으로, 새로운 대중 윤리의 구성이라는 해방적·실천적인 물음으로 이어질 수 있다. 그러므로 윤리는 '타자'와 어떻게 관계 맺을 것인가의 문제이지, 타자에 대한 사변적 인식의 문제는 아니다. 알다시피 '윤리'란 오염된 개념이다. 오랫동안 '윤리'는 선악에 대한 질문으로, 다시 말해 보편적 규범의 도덕주의로 간주되어 왔다. 서구철학사는 윤리가 선악의 관점에서 다뤄지는 두 가지 방식을 극명하게 보여준다. 그 하나는 선악을 공동체의 규범과 동일한 것으로 이해하는 태도이며, 다른 하나는 그것을 개인의 행복과 동일한 것으로 간주하는 태도이다. 그러나 만약 '윤리'가 인간의 행동과 태도를 특정한 방식으로 틀 짓는 기준이나 규범만을 의미한다면, '윤리'는 가장 비윤리적인 윤리가 되고 말 것이다. 이런 의미에서 우리는 '단수로서의 윤리', '일반화된 윤리'의 비윤리성을 경계해야 한다. 윤리학적 전회의 핵심은, '윤리'를 '도덕'이라는 포획장치로부터 분리시키는 것, 나아가 욕망모델의 저항성이 갖는 한계를 넘어서 새로운 공통체의 구성 원리로 확장하는 일이다. 아래에서 나는 현대철학에서 타자론이 직면하고 있는 딜레마와 다문화주의적인 이데올로기에 기반하고 있는 시민적 윤리를 비판하고, '윤리'가 새로운 공통체의 생산을 위해 어떻게 사유되어야 하는가를 살펴볼 것이다.

---

1) 알랭 바디우, 이종영 역, 『윤리학』, 동문선, 2001, 49면.

2. '타자'는 인정의 대상인가?

'타자'는 현대 철학의 화두이다. 주체의 확실성에서 출발한 근대철학이 '타자'를 주체의 자기동일성을 구성하기 위한 대립물(수단)로 삼았다면, 현대철학과 정치학은 '타자'를 주체 균열의 징후로, 타자의 타자성을 훼손하지 않는 사유의 중요성을 강조함으로써 동일성이라는 주체의 폭력성을 '타자의 사유' 속에 녹여내고 있다. 레비나스의 윤리학은 이러한 사유의 출발점에 위치하고 있다. 레비나스의 윤리학에서 '타자'는 곧 '타인이다. "타자, 절대적으로 타자, 그것은 타인이다." "타자는 타인이다." 알다시피 레비나스의 윤리학은 서구 근대의 전체주의적 경험(나치즘·파시즘·공산주의 등)에 대한 성찰의 과정에서 성립되었다. 그의 윤리학에서 '타자'는 절대적인 외재성으로 사유된다. '타자'는 동일자의 인식에 의해 포착될 수도 없고, '나'의 동일화를 무력화시키고 그것을 초월한다.

레비나스의 윤리학을 이해하기 위해서 우리는 다음과 같은 질문을 통과해야 한다. '나'의 바깥에 무엇이 존재하는가? '나'의 바깥에는 타인, '나'를 둘러싸고 있는 환경, 그리고 사물들의 세계와 신들이 존재한다. 이들 중에서 레비나스의 관심은 타자로서의 타인, 즉 '나'와 타인의 관계에 집중되어 있다. 그에 따르면 타인으로서의 타자는 '나'에게로 통합될 수 없는 절대적인 타자성을 지닌다. 그는 이 타자성을 '무한'이라고 명명한다. 레비나스는 타자성을 타인의 고유성으로, 주체성을 타자에 대한 '나'의 책임성으로서 사유함으로써, '나'와 '타자'의 만남 자체를 불가능한 것이라고 주장한다. '나'의 동일성이 타자의 타자성을 동일화하려 할 때 결코 파괴되지 않는 것, 그것이 바로 타자의 현전이기 때문이다. 레비나스는 '나'를 바라보는 '타자의 얼굴'에서 타자의 무한성을 읽고, '얼굴'로 현현되는 타자의 윤리적 요청에 우리가 무조건적으로 응답할 책임을 갖고 있다고 주장한다. 레비나스의 윤리학에서 중요한 것은 '얼굴'이 전적으로 '타자'의 것이라는 점, 그리고 '나'와 '타자'의 비대칭성에서 '나'의 자아를 문제 삼고 의문시하는 것은 전적으로 '타자'의 몫이라는 사실이다.

레비나스는 '타자의 얼굴'에 고통이라는 표정만을 새겨놓음으로써 타자에게 윤리적 우위성을 제공하지만, 역설적으로 그 비대칭성은 주체의 자기동일성을 불가능하게 만든다는 이름으로 '타자'와 '나'의 분리를 완성시킨다. 타자의 타자성, 즉 고유성이 훼손되지 않기 위해서는 '타자'와 '나'는 만나서는 안 되며, 뒤집어 말하면, '나'와 '타자'가 관계를 맺는 순간 '타자'는 더 이상 타자가 아니게 된다. 이처럼 타자를 절대성으로 포착하는 사유는, 그 의도와는 별개로, 모든 사건에 '타자'와 '나'가 함께 개입하고 있음을 부정하고, '타자'와 '나'를 실체화함으로써 그 것들의 변이를 불가능하게 만든다. 레비나스의 타자론은 '타자(타인)'와 '주체(나)'가 원자들처럼 흩뿌려져 있는 개체들이 아니라는 사실을 애써 외면하고 있다. "나와 타인이 있기 전에, 즉 명사적 항들이 있기 전에, 관계 맺음이라는 동사적 사건이, 즉 만남이 있다. 나와 타인은 개체들도 아니고 전체도 아니며(개체와 전체는 모두 관념의 산물일 뿐이다) 다만 관계이다."[2] 개체의 집합이 대중이 아니듯이, 개체란 결국 대중이라는 집합적 신체가 특정한 방식으로 분절되었을 때 생겨나는 것이듯이, '타인'과 '나'라는 실체는 관계 또는 사건의 결과물이지 조건은 아니라는 사실을 그는 인정하지 않는다. 또 하나, 레비나스의 주장처럼, '타인'이 반드시 "약한 사람, 가난한 사람, 과부와 고아"이고, '나'가 "부자이고 강자"인 것인가도 의문이다. 왜 항상 타자는 불행한 얼굴로 나타나야만 하는 것일까? 어쩌면 이것이 타자의 무한성 앞에 '나'를 굴복시키고, '나'에게 무한한 책임을 부여하기 위해 의도된 것은 아닐까? 타자를 불쌍한 존재

---

2) 박준상, 「환원 불가능한 (빈)중심, 사이 또는 관계」, 『해석학 연구』 19집, 한국해석학회, 2007, 169면.

로 인식하는 것은 그들에게 '적대'의 관념을 덧씌우는 것만큼이나 불합리하다.

오늘날 다문화주의 이데올로기가 확산되면서 '차이'에 대한, '타자'에 대한 '인정'의 논리는 문화와 정치의 영역에서 중요한 시민적 가치와 덕목으로 자리를 잡아가고 있다. 차이를 인정해야 한다는 말, 타자를 인정해야 한다는 말이 광고의 카피처럼 세계 곳곳을 떠돌고 있다. 그러나 '타자'란 '나' 혹은 '우리'의 동일성으로 포착되지도 않고, 심지어 '나'라는 자아의 동일성을 위협하는 존재를 일컫는 개념이다. 그들은 "합리적으로 생각되고 말해질 수 있는 것들의 한계에서 출몰한다. 어떠한 정의(definition)로도 붙잡히지 않으면서, 그들은 정체성과 관련된 우리의 공적인 규범들에 도전한다. 그들은 자연스럽고 경계를 위반하면서 음란하고 모순적인 동시에 이질적이고 광기에 사로잡혀 있는 어떤 것"3)이다. 물론 '타자'를 반드시 적대적인 관계로만 인식해야 하는가는 별도의 논의가 필요할 듯하다. '인정'이라는 다문화적 이데올로기에서 '차이'는 비갈등적인 차이에 국한된다. 그리고 비갈등적 차이는, 타자의 타자성은 물론 '나'의 동일성을 본질적으로 위협하지 않는다는 점에서 다원주의나 상대주의의 변종에 불과할 뿐이다. 이런 점에서 알랭 바디우의 지적은 다문화주의적 '타자'론의 한계를 예리하게 지적하고 있다.

사실상 그 유명한 '타자'란 오직 그가 좋은 타자일 때에만 제시될 수 있는 것이다. 좋은 타자란 누구인가? 바로 우리와 동일자가 아닌가? 물론 차이를 존중해야 한다. 그러나 이는 그 차이나는 자가 의회민주주의자이고, 시장경제의 신봉자이며, 언론 자유의 지지자이고, 페미니스트이고, 환경주의자일 때에 한에서이다. 또한 다음과 같이 말할 수도 있다. 나는 나와 차이나는 자가 정확하게 나처럼 차이들을 존중하는 한에서만 차이를 존중한다.4)

---

3) 리차드 커니, 이지영 역, 『이방인·신·괴물』, 개마고원, 2004, 13~14면.
4) 알랭 바디우, 이종영 역, 『윤리학』, 동문선, 40면.

‘타자’가 ‘인정’의 문제로 사고되는 한, 그것들을 실체적인 차원에서 구분하는 ‘분리’는 결코 극복되지 않는다. 또한 ‘타인’을 ‘타자’의 유일한 현현으로 간주할 때, ‘타자’는 ‘타자성’을 상실하고 ‘같은 인간’이라는 부르주아적 가치로 환원되고 만다. 인권의 논리가 바로 그렇다. 다문화주의적인 맥락에서 통용되는 ‘인정’이란 자아의 에고이즘을 넘어서지 못한다. 그리고 자아의 동일성과 나르시시즘을 근원적으로 위협하는 타자성이 아니라 상호 인정이라는 점에서 인정 대상으로서의 자아는 ‘계약’과 ‘교환’이라는 근대 정치학의 관념에 붙들려 있다. 이때의 타자란 ‘인정’의 논리 안에서 움직이는, ‘나’의 동일성을 위협하지 않는, ‘좋은 타자’에 불과하기 때문이다. ‘좋은 타자’란 그 가능성을 아무리 넓혀 잡아도 ‘동일자’의 범위를 넘어서지 않는다. ‘타자’는 의회민주주의자인 한에서, 시장경제의 신봉자인 한에서, 언론 자유의 지지자이고 페미니스트인 한에서, 환경주의자인 한에서 ‘인정’된다. 그리고 이때 ‘차이’는 ‘다양성’으로 오해되기 마련이다. 그러나 만일 ‘차이’가 다양성의 문제일 뿐이라면, 그리하여 ‘타자’가 인정의 대상이라면, ‘차이’의 인정보다 ‘동일성의 인정’이 훨씬 어려운 문제로 제기되어야 하는 것은 아닐까?

인정이란 본질적으로 ‘나’와 ‘타자’의 비대칭성을 수직적인 위계질서로 사고하는 방식이다. 당연히 그 수직의 정점에는 인정하는 자가, 밑바닥에는 인정받아야 하는 자가 위치하기 마련이다. 그리고 이 수직적인 위계에서 인정의 권리는 전적으로 인정하는 존재에서 귀속된다. 근대 인류학의 제국주의적 시선은 자신들과 비서구인들의 차이를 인정했기에 그들을 지배의 대상으로 삼았고, 근대 제국주의 국가들은 식민지인들을 자신들과 차이나는 다른 존재라고 간주함으로써 자신들의 침략을 정당화했다. 그들은 문화적인 차이의 인정이 아니라 ‘동일성’, 즉 제국과 식민지인이, 서구인과 비서구인이 같은 종류의 인간임을 인정하지 않으려 했다. 그들이 인정하지 않은 것은 ‘차이’가 아니라 ‘동일성’이었다. 바디우는 다문화주의적인 상황에서 ‘인정’의 논리가 갖는 딜레마에 대해 이렇게 말한다. "진실은 다음과 같다. 즉 비종교적인, 그리고 이 시대의 진리들에 진정으로 동시대적인 사고의 영역에서는, 타자와 그 '인정'에 대한 모든 윤리적 강론은 완전하게 그리고 단순하게 폐기 처분되어야 한다는 것이다. 왜냐하면 진짜 어려운 문제는 오히려 동일성의 인정이라는 문제이기 때문이다."5)

　　나의 타자 정의는 완전히 다른 것입니다. 타자는 이웃입니다. 동족일 것까지는 없지만 동족일 수 있는 이웃 말입니다. 그리고 그런 의미에서, 만일 당신이 타자를 지지한다면 당신은 이웃을 지지하는 것입니다. 하지만 당신의 이웃이 다른 이웃을 공격하거나 부당하게 대한다면 당신은 무엇을 할 수 있습니까? 그때 타자성은 또 다른 성격을 띠게 됩니다. 타자성 속에서 우리는 적을 발견할 수 있지요. 혹은 적어도 그때 우리는 누가 옳고 누가 잘못한 건지, 누가 정당하고 누가 부당한지를 아는 문제에 봉착하지요. 잘못한 사람들이 있는 것입니다.6)

　사변적인 의미와 달리 사회·정치적인 차원에서 레비나스의 타자는 "동족일 수 있는 이웃"에 한정된다. 타자에 타자성에 대한 무제한적인 존중의 윤리가 현실적인 맥락에서는 '이웃'으로 축소되고 만다. 그렇다면 만일 레비나스의 타자가 이스라엘인에게 팔레스타인인과 같은 존재라면 어떻게 될까? 이러한 반문에 그는 그때 '타자'는 '적'으로 바뀐다고 대답한다. 이것은 무엇을 말하는가? "레비나스가 기본적으로 말하고 있는 것은 타자성에 대한 존중은 원칙상 무조건적이지만(가장 고매한 류의 존중), 그럼에도 불구하고 구체적인 타자와 대면할 때는 그가 친구인지 적인지를 알아야 한다는 것이다. 요컨대, 실제 정치에서 타자성에 대한 존중은 엄밀히 말해 아무것도 뜻하지 않는다."7) 이런 점에서 레비나

---

5) 위의 책, 41면.
6) 슬라보예 지젝, 이성민 역, 『신체 없는 기관』, 도서출판b, 207~208면에서 재인용.
7) 위의 책, 208면.

스의 윤리학은 근대정치론의 우적이론으로부터 그다지 떨어져 있지 않은 것처럼 보인다. '타자'의 진정한 의미는 '나/우리'의 동일성을 위협하는 존재와 가치의 출현이라는 현실에 근거하고 있으며, 타자의 윤리란 결코 동일성으로 회수될 수 없는 타자성과 어떻게 더불어 살 것인가의 문제로 확장되어야 한다. 윤리가 곧 책임은 아니지만, 설령 윤리가 책임이라 할지라도, 이때의 책임은 머리를 숙이거나 죄의식을 느끼는 것이 아니라 새로운 삶을 구성하는 일이어야 한다.

3. '똘레랑스'와 '인권'을 넘어

똘레랑스한다는 것, 그것은 견딘다는 것입니다. 우리에게 지워진 부담을 견디는 것처럼 말입니다. 추상적 의미로서 똘레랑스한다는 것은, 내가 동의하지 않는 생각을 용인하는 것을 말합니다. 더 정확히 말하자면, 내가 동의하지 않는 상대방의 의견이나 생각을 바꿀 수도 있지만, 그대로 용인하는 것을 말합니다. 따라서 똘레랑스는 의도적인 자세입니다. 또한 용인이되 의도적인 용인이라는 점에서, 무관심이나 포기와 다른 것입니다.[8]

시민사회 운동이 제기한 '똘레랑스'나 '인권' 역시 타자 인정의 논리에서 자유롭지 않다. 다시 묻자. 타자는 무엇(누구)인가? 가라타니 고진식으로 말하면, 타자는 '나' 혹은 '우리'라는 커뮤니티(공동체)와 다른 문법을 소유한 존재이다. 타자는 척도, 표준, 그리고 한 사회의 상식과 통념의 바깥에서 살아가는 자들이다. 이들은 현실정치에서 권력의 주체가 아니기 때문에, 척도적 권력으로부터 배제되어 억압의 대상으로 간주되

---

8) 필립 사시에, 홍세화 역, 『왜 똘레랑스인가』, 상형문자, 2000, 16면.

며, 종종 '고통'의 얼굴로 표상된다. 그들은 약소자이지만, 그러나 무능력자는 아니다. 고진 식으로 말하면, 타자는 공통의 언어 게임(공동체) 안에서 출발하는 것이 아니라 그것을 전제할 수 없는 장소(바깥)에서만 만날 수 있다. 그러므로 고진에게 커뮤니케이션이란, 기호—정보 이론처럼 매끈한 소통의 가능성이 아니라, 비대칭적인 관계에서만 가능한 게임이다. 그는 동일한 규칙을 공유하는 사람들끼리의 대화를 '대화'로 간주하지 않는다. "대화는 언어 게임을 공유하지 않는 사람들 사이에서만 존재한다. 그리고 타자 역시 언어 게임을 공유하지 않은 사람이어야 한다. 그러한 타자와의 관계는 비대칭적이며 '가르치는' 입장에 선다는 것은 바꿔 말해 타자 또는 타자의 타자성을 전제하는 일이다."9) 공통의 기반을 갖지 않는 것, 아울러 동일한 문법을 공유하고 있지 않은 타자와의 비대칭성을 모리스 블랑쇼는 '분리'로, '공동체 없는 공동체'로 사유한다.

타자가 타자인 까닭은 그가 '나 / 우리'와 다른 종류의 인간이기 때문이 아니다. 그것은 타자성의 현현이 '나 / 우리'의 동일성을 위협하고, 익숙한 문법 세계를 뒤흔들어 놓기 때문이다. 똘레랑스는 이 혼돈에 대해 견디라고 명령한다. 그리고 '견딤'은 외면이나 무관심이 아니라 의도적인 용인이라는 점에서 윤리적 의미를 갖는다고 말한다. 이민자의 급증과 구식민지 출신자들의 유입이 확산되고 있는 서구 사회에서 '똘레랑스'는 문화적 다양성을 높이고 소수문화의 권익을 보호하는 존중의 논리로 통용된다. 그러나 정확하게 말하면 견딘다는 것은 '나 / 우리'의 존재가 위협당하지 않는다는 확신이 있을 때에만 가능하다. 그리고 이 확신에는 타자와의 비대칭적인 관계를 수직적인 위계로 간주함으로써 권리를 많이 소유한 인간이 권리를 덜 가진 인간에게 자신의 권리를 나눠준다는 관념이 전제되어 있다. 그러므로 똘레랑스는 선(善)하지만, 바로

---

9) 가라타니 고진, 송태욱 옮김, 『탐구』 1, 새물결, 1998, 13~14면.

그곳에서 멈추고 만다. 그것은 우리의 도덕관념에 호소할 수 있을지언정 타자의 타자성을 사유하는, 혹은 그것을 생성의 능력으로 전화시키는 윤리적 사유는 아니다.

몇몇 현대철학은 우리에게 타자에 대한 '환대'와 '사랑'의 윤리를 제시한다. 가령 데리다는 이방인에 대한 환대를 "물음 없는 맞이하기로, 이중의 말소 즉 물음의 말소와 이름의 말소"로 정의함으로써 질문의 권리를 이방인에게 건네준다. 크리스테바의 정신분석학은 이방인에 대한 관용의 근거를 '나'의 분열에서 찾는다. 그는 "이방인은 민족이나 국가가 아니다 (…중략…) 우리가 바로 이방인들이다. 우리는 분열되어 있다"라는 진술을 통해 스스로를 이방인의 위치에 놓는다. 이러한 주장은 타자를 대상화하지 않을 때에만, 즉 타자를 연민과 동정, 배제와 차별의 대상으로 간주하지 않을 때에만 진정으로 타자와 만날 수 있다는 논리와 일맥상통한다.

> 무조건적인 환대는 당신이 타자, 새로 온 사람, 손님에게 무엇인가 답례해 줄 것을 요구하지 않는 것, 심지어는 그 또는 그녀의 신원조차 확인하지 않는 것을 의미한다. 설혹, 그 타자가 당신에게서 당신의 지배력이나 당신의 가정을 빼앗는다 할지라도, 당신은 그것을 받아들여야만 한다. 이것을 받아들인다는 것은 끔찍한 일이지만, 그것이 무조건적인 환대의 조건이다. — 당신은 당신의 공간, 가정, 나라에 대한 지배력을 포기한다. 그것은 견딜 수 없는 것이다. 하지만 순수한 환대가 있다면, 그것은 이러한 극한으로까지 고양되어야 한다.10)

'환대'는 '초대'가 아니다. '초대'는 주체(주인)와 대상(손님)의 관계이지만 '환대'는 그러한 관계를 역전시키기 때문이다. 그러므로 '초대'에서 결정권이 주인의 몫이라면, '환대'에서 모든 결정권은 '타자'에게 주어

---

10) 페넬로페 도이처, 변성찬 역, 『How To Read 데리다』, 웅진지식하우스, 2007, 119면에서 재인용.

진다. 타자는 마치 메시아처럼 언제든지 자신이 원할 때 도착하기 때문
이다. 칸트 역시 '환대'를 이방인을 자신의 땅에 맞아들이는 자의 '의무'
라고 생각했지만, 그것은 누구든 낯선 땅에서 적대를 받지 않을 '권리'
가 있음을 인정할 때에만 가능한 것이었다. 칸트에게 환대는 권리와 의
무로 정의되는 법적 관계였고, 타자가 '나 / 우리'의 질문에 충실하게 대
답할 때에만 가능한 것이었다. 데리다는 이 법적 테두리를 벗어나지 않
는 국가의 환대를 혐오했고, 무조건적인 환대의 불가능성이 조건적인
환대, 즉 관용의 가능조건임을 주장했다. 이념으로서의 '법' 없이는 '법
들'이 존재할 수 없지만, 실제로 작동하는 '법들'은 언제나 이념으로서
의 법을 배신한다는 것이다. "환대의 법과 환대의 법들 사이엔 해결할
수 없는 이율배반, 변증법화할 수 없는 이율배반이 있는 듯하다."11) 그
렇기 때문에 데리다의 철학과 윤리는 불가능성의 철학이자 윤리라고
할 수 있다. 그러나 흥미로운 사실은, 이 불가능성의 윤리가 타자를 '이
웃'이라고 칭하는 레비나스의 윤리학보다 훨씬 윤리적이라는 것이다.
'윤리'가 다만 선(善)하기만 하면 되는 문제가 아니다. 그것은 결코 '다
양성'에 대한 인정으로 해결되지 않는다.

　오늘날 타자성의 문제는 두 가지 관점에서 사유된다. 그 하나는 동일
성의 폭력과 동시적으로 그 존재가 주목받기 시작한 소수자의 문제이
며, 다른 하나는 자본의 전지구화와 동시에 국민국가의 국경을 넘나드
는 이주노동자의 등장이다. 물론 이 두 가지는 결코 무관하지 않다. 한
국의 노동현실에서 국경을 넘어온 이주노동자들은 사회적 약자라고 명
명되는 장애인·동성애자·노숙자들과 비슷한 처지에 직면한다. 그리
고 시민사회는 이들을 '인권'이라는 범주로 묶는다. 인권이라는 근대적
인 추상적 가치는, 그 실제적인 운동의 효과는 인정할 수 있지만, 타자
의 고통스러운 얼굴에 '인간'이라는 이름으로 응답할 때 생겨난다. 나는

---

11) 자크 데리다, 남수인 역, 『환대에 대하여』, 동문선, 2004, 104면.

인권의 무의미함을 지적하고 싶지는 않다. 그것보다는 타자의 윤리가 '인권'이라는 부르주아적 가치에 함몰될 때 발생하는 난제, 그리고 그것을 넘어서는 차이의 윤리를 구성해야 함을 말하고 싶을 따름이다. 90년대 이후 한국사회의 변혁운동은 노동운동과 학생운동 중심에서 NGO로 대표되는 시민사회 운동으로 급속하게 방향을 전환했다. '시민'이라는 새로운 주체성의 형성과 맞물려 있는 이러한 변화는 시민적 공공성이라는 새로운 담론을 낳았지만, 그것은 한편으로 대중의 자발성과 능동성을 국가와의 관계 속에서만 사고하게 만들고 '국가' 외부에서 전개되는 대중적 주체성의 발산을 국가주권 아래에 종속시키는 역효과를 낳고 있다. 네그리·하트의 『제국』은 전 지구적인 제국—권력이 국민국가만이 아니라 국제기구, 초국적 기업 네트워크, 그리고 대의제와 NGO 같은 조직들을 어떻게 초코드화 장치로 활용하고 있는가를 잘 보여준다. 오늘날의 대중운동은 전통적(근대적)인 저항모델과 달리 자율성의 증대를 통해서 권력의 중심성을 해체하는 방향으로 진행되고 있다. 많은 대중운동이 자본과 국가가 요구하는 방향에서 벗어나 새로운 삶의 방식을 만들어내고 있고, 소수자들 역시 자신들만의 커뮤니티 구성을 통해서 척도의 권력을 벗어나고 있다. 이러한 다양성은 근본적으로 '관용'이나 '인정' 논리의 바깥에서 움직인다는 점에서 대안적이며, '차별'로 환원되지 않는다는 점에서 '차이'의 정치를 구성한다. 이러한 자율적 흐름에 '인권'의 잣대를 들이대는 순간 '차이'는 '차별'로 떨어지고 만다. 이것은 역설적으로 '인권'이라는 보편적 가치로는 '차이'의 정치라는 문제의식을 읽어낼 수 없음을 가리킨다.

알다시피 근대적인 인권 개념은 "인간은 누구나 존중받을 권리가 있다"라는 천부인권 사상에 근거하고 있다. 그러나 발리바르가 지적했듯이, 1789년 프랑스 인권선언은 '인간'의 권리에 대한 선언이 아니라 '인간과 시민에 대한 권리선언'이었다. '인간의 권리'란 곧 '시민의 권리'였으며, 때문에 '인권'의 대상이 되기 위해서는 먼저 '시민'이 되어야 한다.

역사는 '국민'이라는 권리의 상실이 '인권'의 상실을 동반함을 증언한다. 인권은 항상 국민의 권리, 즉 '주권'과 공모관계에 있다. 인권(Rights of Man)은 항상 양도될 수 없는 인간적 권리(Human Rights)라고 주장되지만, 주권을 갖지 않은 사람들이 나타나 그것을 주장하면, 정작 그것은 강요될 수 없는 이상한 것이 되고 만다. "인권 개념은 인류라는 것이 존재한다는 가정에 근거를 두고 있는데, 인권을 믿는다고 고백한 사람들이 인간이라는 사실 외에는 모든 다른 자질과 특수한 관계를 잃어버린 사람들과 마주치는 순간, 인권 개념은 파괴되었다. 세상은 인간이라는 추상적이고 적나라한 사실에서 신성한 것을 전혀 발견하지 못했다."12) 아렌트의 지적처럼, '인권'은 사회적 약자의 수호자들이 즐겨 쓰는 구호의 하나이다. 그렇기 때문에 '약자'라는 호명이 존재하는 모든 곳에서는 어김없이 '인권'의 구호가 등장한다. '인권'은 마치 자신을 보호해줄 어떠한 장치도 갖지 못한 자들에게 반드시 필요한 '예외적인 권리'처럼 인식된다. 그러나 앞서 지적했듯이, 역사는 많은 인간들이 시민이나 국민이 아니라는 이유로, 단지 인간이라는 사회적 표지밖에 소유하고 있지 않다는 이유로 박해의 대상이 되었음을 증명한다. 이는 인권의 보장을 받기 위해서는 단지 인간이기만 해서는 안 된다는 것을 의미한다. 시민권이나 주권의 뒷받침이 없는 상태에서 인권이란 한낱 추상적 구호에 불과하다. 아이러니하게도, 또한 역사는 시민과 국민으로서의 권리를 소유하고 있는 자들에게는 인권이 필요 없음을 보여준다. 이처럼 인권은 정작 인권이 필요한 자들에게는 무용하며, 인권이 필요 없는 자들에게만 보장된다는 점에서 무능력하다.

오늘날 '인권'은 종종 약과 의류와 더불어 해외로 수출된다. 그리고 비인간적인 억압이 자행되는 '해외'에서 스스로의 사용처를 발견하지 못했을 때, 이 수취인 불명의 권리는 발신자에게로 되돌아와 인도주의

---

12) 한나 아렌트, 이진우·박미애 역, 『전체주의의 기원』 I, 한길사, 2006, 537면.

적 간섭의 권리라는 '폭탄'으로 돌변한다. 미국의 이라크 침공이, 중국과 북한에 대한 정치적 압박이 보여주듯이, '인권'은 정의라는 이름의 폭탄이 되어 지구 곳곳에 번개처럼 떨어지고 있다. 인권은 분명 보편적 가치에서 출발하며, 또한 보편적 가치의 우월성을 전제한다. 그러나 국제적인 역관계는 정작 무엇이 '보편적 가치'인지를 결정할 수 없음을 보여준다. 모든 권력은, 기성의 질서는 스스로를 보편의 이름으로 정당화한다. 실상, 보편적 가치란 현실적인 권력이 자신에게 부여하는 정당성의 이데올로기에 불과하다. 오늘날 최대의 폭력은 보편적 가치가 적용되지 않는 상태가 아니가 보편성 자체의 폭력이다. 랑시에르는 '인권'을 둘러싸고 벌어지는 오늘의 현실을 "자기 명의로는 어떤 권리도 행사할 수 없고 심지어 어떤 주장조차도 할 수 없는 자들의 권리—마침내 침략의 권리가 되어버린—의 미명 아래 대외적 권리들의 체계를 파괴하는 대가를 치렀다"[13]라고 비판한다.

4. 공통적인 것, 또는 차이의 윤리

철학적인 의미에서 '타자의 사유'는, 고진의 주장처럼, 독아론(monologue)으로부터의 해방이라는 인식의 전환을 가져오지만, 그것이 곧바로 실천적 윤리로 연결되는 것은 아니다. 철학적으로 '타자'를 사유하는 것과, 현실법칙의 중력장 내에서 '타자'와 더불어 살아가는 것은, 무관하지는 않겠지만, 다른 의미이기 때문이다. 앞에서 나는 레비나스적인 타자의 윤리가 현실정치에서는 '적'과 '이웃'이라는 비윤리적인 무능함에 직면할 수밖

---

13) Jacques Ranciere, "Who is the Subject of the Rights of Man?", *in South Atlantic Quarterly* 103, 2004, p.299.

에 없음을 비판했고, '타자'나 '차이'가 다문화주의적인 다양성이나 다원주의 이데올로기와 구분되어야 한다고 지적했다. 보편적 가치를 해체하지 않는 다양성이란 한낱 상대주의에 불과하며, '차이'를 만들어야 할 것이 아니라 주어진 차이, 이미 존재하는 차이로 이해하는 한 그것은 아무것도 생산하지 못하기 때문이다. 우리는 동일성('하나')이 폭력적임을 비판하고, 타인의 문화와 생각('여럿')을 존중해야 한다고 가르친다. 그러나 그 '하나'를 문제 삼지 못하는 한 '여럿'은 다양한 '하나'의 운명을 벗어날 수가 없다. 시민사회의 성장은 '관용'과 '인권'의 가치가 갖는 중요성을 환기하지만, 그 또한 사회적 타자들을 연민과 동정, 혹은 보살핌과 구호물품의 대상으로, 부르주아적 가치로 초코드화 한다는 점에서 비판받아야 한다. 다문화주의적 관점에서 발화되는 '관용'과 '인권'은 '척도'와 '보편'을 문제 삼지 않는다는 점에서 종종 반동적으로 전화될 위험마저 내재하고 있다. 그렇다면 타자에 대한 진정한 윤리적 태도란 어떤 것일까?

나는 그 윤리적 태도의 출발이 '윤리'를 선(善)이라는 도덕적 관념으로부터의 탈취에서 시작될 수 있다고 생각한다. 윤리란 이미 존재하는 어떤 가치(규범)를 따르는 것이 아니라 새로운 것을 만드는 삶 자체이다. "완성된 진리는 자기 자신을 파괴하며, 완성된 진리는 전체주의로화"14)하기 마련이다. 윤리란, 거칠게 요약하자면, 서로 다른 것들이 좋은 관계를 만드는 능력이라고 할 수 있다. 다시 말하자면, 윤리는 하나의 모델을 가정하고 그것을 충실하게 섬기는 행위가 아니다. 타자에 대한 인식의 전환은 독아론적 세계관을 해체하는 데 일조한지언정 새로운 '관계'를 만들지 못한다는 점에서 무능력하다. 이런 점에서 타자의 얼굴이 고통의 현현이라면, 그리고 '나'의 책임을 요구한다면, 그 부당한 요구로부터 얼굴을 돌리는 것이 탈(脫)도덕적인 의미에서 윤리적인

---

14) 슬라보예 지젝, 이성민 역, 앞의 책, 206면.

행동일 것이다. "타자의 타자성이 보존되는 동시에 그들 사이에 공통성이 지속적으로 창출되는 관계. 규범화되고 반드시 따라야 할 규칙들로 포진한, 어떤 유일한 모델도 없는 관계. 이것이 스피노자의 '선', 즉 '좋음'이며 윤리학—에티카(ethica)이다."15) 윤리란 타자에 대한 '책임'이 아니라 공통체의 창안이며, 이 구성을 통해서 '나'와 '타자'는 실체적인 대립과 분열을 넘어선다. 공통체는 이미 존재하는 실체들의 교집합이 아니다. 여기에서 주체와 타자를 묶어주는 것은 동일성이 아니라 '리듬'이다. 그렇기 때문에 모델로서의 공동체도 아니며, 차라리 구성되어야 할 사건으로서의 공동체에 가깝다.

우리에게 코뮨주의는 '공통된 것(the common)'의 생산을 의미한다. 그러나 여기서 '공통된 것'은 '동일한 것'과는 아무런 관계도 없다. '공통된 것'은 또한 상이란 존재자들이 공통으로 소유(property)하고 있는 어떤 성질(property)도 아니다. 그것은 우리를 하나로 모으고 동일하게 사고하고 행동하도록 해주는 어떤 '근거(Grund)'도 아니다. 코뮨주의는 상이한 개체들이 하나의 집합체로 존재하고 활동하는 것을 사유하지만, 그것을 어떤 성질의 동일성, 어떤 심층의 근거로부터 추론하지 않는다. 우리가 말하고 싶은 것은, 이유가 무엇이든 복수의 개체들이 하나의 공통된 사건을 구성하는 능력이고, 나와 다른 개체들의 사고와 행동이 리듬을 맞춰 가며 하나의 공동행동을 구성하는 능력이다. 우리는 공통의 사건, 공동의 행동을 통해 또 다른 공통의 사건이나 행동을 구성할 수 있는 잠재력을 중시한다. (…중략…) 우리의 가장 내밀한 것, 우리를 가장 특별하게 만들어주는 것은 우리로부터 가장 먼 데서 온다. 낯선 존재와의 마주침이 내 안의 낯선 존재를 불러낸다. 나로부터 가장 멀리 있는 그 존재가 바로 나이다. 내 안의 타자가 다시 내가 됨으로써, 우리는 다른 타자와 공통된 것을 생산하는 관계에 들어간다. 우리는 서로 다르기에 함께하며, 함께하기에 서로를 다르게 만든다.16)

---

15) 최진석, 「코뮨주의와 타자」, 『코뮨주의 선언』(고병권·이진경 외), 교양인, 2007, 262면.
16) 고병권·이진경, 「코뮨주의 선언」, 『코뮨주의 선언』, 교양인, 2007, 9~11면.

코뮨주의는 공통된 것(the common)의 생산을 사유한다는 점에서 윤리적이다. 네그리의 말처럼, '공통적인 것'은 '정치'와 다른 지형, 즉 삶의 총체성이라는 지형에서 작동한다. "삶정치는, 공통된 것(common matter)을 가로지르고 그것을 변형하는 에너지로서 이해된 사랑의 구성적 운동과 생산력과 절차들을 전면에 부각시키기 때문이다."17) '공통된 것'은 동일성이 아니라 차이에 관한 것, 특이점들의 소통이다. 그것은 동일한 것들의 묶음(공동체)이 아니라 차이나는 것들의 소통과 접속이며, 이런 까닭에 '타자'는 '공통체'의 '바깥'이 아니라 언제나 '안'에 있다. 서구철학에서 '타자'는 언제나 이방인의 얼굴을 하고 바깥에서 온다. 그러나 공통체에게 타자는 바깥이 아니며, 역설적이지만 낯선 존재와의 조우는 '나' 안에서 시작된다. "우리는 서로 다르기에 함께하며, 함께하기에 서로를 다르게 만든다"라는 선언은 목적론적인 모델을 전제하지 않는, 비동일적인 방식의 구성이다. 이 코뮨의 윤리에서 '타자'는 항상 우리와 함께, 혹은 우리 안에 있다. 반복해서 말하거니와, 윤리적 삶이 지난하게 느껴지는 까닭은 그것이 지켜야할 덕목의 어려움 때문이 아니라 존재하지 않는 것을 창안해야 하기 때문이다. 이런 점에서 '윤리'는 '장차 올 것'을 구성하는 것이다.

근대정치학은 이 공통된 것(the common)을 항상 공공적인 것(public)으로 사유함으로써 국가의 가치를 절대화한다. 그러나 '공공'이라는 이름으로 표상되는 한에서 공통된 것(the common)은 개인들의 관심들의 초월적인 형태로서만 이해될 뿐 특이성들의 '살아 있는 삶'으로 이해되지 못한다. 그런 까닭에 공통적인 것은 '공'과 '사'라는 근대적 이분법을 넘어선 곳에서 사유될 수 있으며, 이때 공통적인 것의 반대는 보편적인 것이다. "공통적인 것은 지성으로부터 독립된 실재성이다. 그것은 재현(표상)되지 않더라도 존재한다. 반대로 보편적인 것은 언어적인 사유의 산물. 사고

---

17) A. 네그리, 정남영 역, 『혁명의 시간』, 갈무리, 2004, 185~186면.

상의 존재(ens rationis)―지성이 그것의 유일한 거주지일 뿐이다.”18)

  ‘연대’란 그런 것이다. 타자의 얼굴이 현현하는 ‘고통’에 죄책감이나 책임의 이름으로 대답하는 것이 아니라 그들과 어떻게 ‘접속’할 것인가, 그들과 더불어 ‘장차올 것’을 어떻게 창안할 것인가를 사유하고 실행하는 것. 윤리를 개인적이고 내면적인 양심이나 도덕적 준칙과 혼동해서는 안 된다. 한국사회 곳곳에서 ‘공공’과 ‘국책’이라는 이름으로 광범위한 대중의 추방이 전개되고 있다. 또한 사회적인 타자들(성적소수자・장애인・여성・이주노동자 등)의 자율적인 운동은, ‘다중(multitudes)’이라는 문제제기처럼, 대중이 계몽이나 지도의 대상이 아님을 분명하게 보여준다. “다중이라고 부른 이 새로운 주체성은 더 이상 민족국가에 의자하려 하지 않는 독립적이고 자율적이면서 이질적이고 혼성적인 주체성들로서 제국이 열어놓은 전 지구적 공간 속에서 뱀처럼 파동치는 주체성이다.”19) 많은 사람들은 타자의 고통에서 ‘차별’이라는 억압의 징후만을 읽는다. 그러나 그들을 고통의 주체로, 이미―항상 고통스러워하는 실존으로 고정시키는 그 시선이야말로 타자에 대한 최대의 폭력이다. ‘차별’을 철폐하려는 시민사회의 노력이 무의미하다고 말할 수는 없지만, 그러한 노력은 자칫 차이를 차별로, 특이성을 특수성으로 오해함으로써 공동의 근거라는 보편의 논리에 함몰될 위험을 안고 있다. 차이는 차별이 아니며, 또한 차이는 이미 존재하는 ‘다름’도 아니다. 남여의 생물학적 차이는 ‘차이’라기보다는 ‘동일성’에 가깝다. ‘차이’가 ‘차별’로 인식될 때 평등은 양적인 균등성의 문제로 축소되고 만다. 문제는 척도를 문제 삼고 극복하는 것이다. 그렇기 때문에 우리는 왜 그토록 많은 디아스포라 연구들이 ‘국가’와 ‘주권’이 경계를 가로지르는 디아스포라들을 ‘국민국가’나 ‘민족’이라는 범주로 되돌려 보내는 논리로 귀결되고 마는지, 왜

---

18) 파올로 비르노, 양창렬 역, 「천사들과 일반지성―둔스 스코투스와 질베르 시몽동에게 있어서 개체화」, 자율평론 14호(http://jayul.net/index.php?zine_id=14)
19) 조정환, 『아우또노미아』, 갈무리, 2003, 249면.

그토록 많은 소수자에 관한 연구들이 결국 '인정'과 '존중'이라는 찻잔 속의 태풍으로 끝나고, 왜 그토록 많은 타자에 관한 철학들이 타자를 절대화함으로써 새로운 관계의 구성을 원천적으로 차단하고 있는지 물어야 한다.

오늘날 '대중'은 새로운 운동의 흐름을 만들고 있다. 정확하게 말하면, 대중의 윤리란 이 흐름 안에서 사고되어야 한다. 그것은 '나'와 '타인'이라는 명사적 항보다는, '관계'라는 동사적 사건 속에서 주체와 타자를 이해하는 것이다. '나'와 '타자'는 전체(보편)에 붙들려 있는 동질의 부분도 아니며, 각각이 마주선 실체도 아니다. 그것들은 서로를 함축하고 있고, 관계맺음을 통해 무수한 변이의 지점들을 관통한다. 실체들이 변하는 것이 아니라 변하기를 거부하는 것들이 실체가 된다. 그리고 이 관계맺음을, 레비나스의 윤리학처럼, 반드시 이자(二者)관계로 한정할 이유도 없다. 존재하는 것은 오직 복수적인 타자들의 접속과 리듬일 뿐이다. 오늘날 대중의 윤리는 타자를 향해 접속과 변이의 가능성을 열어놓는 것이며, 그 접속을 통해 공통체를 창안하는 일과 다르지 않다. 타자를 특이성으로서의 이웃으로 사유하는 한, 생각보다 훨씬 냉정한 것일 수도 있다. 윤리는 온정주의를 벗어나 타자를 새로운 삶 정치의 특이점으로 긍정할 때 가능하다.

지금, 한국소설의 체질은 바뀌었는가

1. 장편이 돌아왔다?

한국소설이 길어지고 있다. 젊은 작가들의 단편집이 평단의 호의적인 평가에도 불구하고 출판 시장에서 열세를 면치 못하는 데 반해, 최근 출간된 몇몇 중견 작가들의 장편소설은 대중성과 상업성의 측면에서 약진을 거듭하고 있다. 90년대 이후, 한국문학은 단편소설의 발전에 크게 의지해왔다. 발표 지면이 계간지와 월간지에 한정되어 있는 현실에서 작가들이 단편소설의 창작에 몰두하는 것은 어찌 보면 필연적이었고, 신춘문예나 문예지 등의 공모전 또한 대부분 단편소설에 편중되어 있었다. 어디 그뿐인가. 문예창작학과가 작가를 배출하는 주요 통로로 자리잡음으로써 '단편소설 = 등단'은 공식처럼 통용되기 시작했고, 창작자들을 지원하기 위해 2005년부터 시행된 한국문화예술위원회의 창작지원금 역시 문예지에 발표된 단편소설에 집중됨으로써 소설의 단편화 현상을 가중시켰다. "오랜 기간 고생해서 쓴 장편소설로 받을 수 있는 초판 인세가 불과 얼마인데 단편소설 하나로 그보다 훨씬 많은 지원금을 받게 된다면 작가들이 당장 집중할 장르가 무엇일지는 자명하다"(남진우)라는 지적은 현재 한국소설의 지형도를 단적으로 말해준다.

최근 중견 작가들이 잇달아 장편소설을 출간하는 현상은 흥미롭다. 2005년 출간 이후 80만권이라는 경이적인 판매량을 기록한 공지영의 『우리들의 행복한 시간』이나 2006년에 출간되어 현재까지 꾸준히 베스트셀러의 상위권을 유지하고 있는 정이현의 『달콤한 나의 도시』는 문학출판시장의 장기적인 불황이라는 현실에서 종종 한국문학의 새로운 돌파구로 평가되기도 한다. 김훈의 장편소설 『남한산성』과 조정래의 장편소설 『오 하느님』은 출간 직후 소설부문 베스트셀러에 진입했고, 지난 연말에 출간된 이문열의 『호모 엑세쿠스탄』은, 정치적인 스캔들에도 불구하고, 출간 한 달 만에 15만부 이상의 판매량을 기록했다. 물론 몇몇 유명작가들을 제외하면 한국문학이 읽히지 않는 것은 사실이며, 시장에서의 판매량을 근거로 한국문학의 건재함을 강변하는 것은 '소극적 패배주의'에 불과한 것인지도 모른다. 현재, 문학 독자의 상당수는 한국문학에서 외국문학으로 이동하고 있거나, 이미 이동을 완료한 상태이다. 가령 교보문고의 3월 마지막 주 소설부문 '베스트셀러 10'에는 일본소설이 5편이나 랭크되어 있으며, 4월 말 현재에도 쥐스킨트의 『향수』가 부동의 1위를 고수하고 있다. 문학 시장의 주요 소비자인 20~30대들에게 오르한 파묵·알랭 드 보통·폴 오스터·주제 사라마구·르 클레지오 등은 하나의 트랜드로 정착되고 있다. 무라카미 하루키와 레이먼드 카버가 한국문학에 끼친 영향은 무시할 수 없어서, 오늘날 젊은 작가의 상당수는 외국문학의 세례를 받으면서 소설을 쓴다.

물론 시장성과 문학성이 비례하는 것은 아니며, 양적인 차원을 고려하더라도 시장에서의 실패가 반드시 한국문학의 위축을 의미하는 것은 아닐 것이다. 한국문학이든 외국문학이든, 하루가 다르게 쏟아져 나오는 수많은 작품들 가운데 소비자의 손에 도달하는 행복한 운명을 맞이하는 작품은 지극히 제한적이기 때문이다. 독자들의 문화적 취향이 빠르게 탈(脫)국민국가화 되는 상황에서 외국문학의 유입은 필연적이며, 문학 자체의 외연이 확장된다는 점에서도 외국문학의 독자가 꾸준하게 증가하고 있는 현상은 긍정적인 면을 지닌다. 소설은 국경을 알지 못한다는 말도 있지 않은가. 밀란 쿤데라가 '유럽소설'이라는 개념을 통해 설명했듯이, 소설의 역사는 민족 단위를 초월한 곳에서 존재한다. 퇴조기의 피로에 시달리고 있는 한국문학이 시장에서 열세를 면치 못하고 있는 현실에 대한 염려와 비판의 목소리가 없는 것은 아니지만, 단순히 판매량만 놓고 한국문학의 침체를 운운하는 것은 분명 지나친 비약이다.

2. 장편소설을 보는 몇 개의 시선

문학출판 시장에서 장편소설의 증가는 우연한 사건에 불과할까? 현상적으로 본다면, 지금 한국소설계는 장편소설을 창작하는 중견 작가들과 단편소설에 집중하는 젊은 작가들로 양분되어 있는 느낌이다. 그리고 젊은 소설가들이 단편 창작에 집중하는 현상은, 문학 및 출판계의 제도적인 성찰이 뒷받침되지 않는다면, 당분간 지속될 전망이다. 김훈·김원일·조정래·윤정모·김영현 등 중견 작가들이 장편소설을 통해 독자 대중(시장)과의 소통을 유지하는 데 반해, 김중혁·이기호·이명랑·한차현·편혜영·한유주·박형서 등의 젊은 작가들은 단편소설을 통해 새로운 상상력을 실험하고 있다. 이러한 이분화는, 물론 젊은 작가들의 단편소설을 중심으로 지면을 편집하는 문예지들의 관행에서 비롯된 현상이다. 한국의 문학출판 시장은 문예지 발행과 단행본 출판이 분리되지 않는 독특한 구조를 지니고 있다. 다수의 문예지들이 신예 작가들에게 발표의 지면을 제공하고, 그렇게 발표된 작품들을 다시 창작집 형식으로 출판하는 관행을 유지하고 있다. 독자적으로 발표지면을 확보할 수 없는 젊은 작가들이 문예지의 주변에 운집해 있거나, 직·간접적으로 문예지와 관계 맺고 있는 것은 부정하기 어려운 사실이다. 사정이 이러하다면, 장편소설의 일시적인 증가 현상은 한갓 우연이라고 말할 수 있을 것이다. 그러나 중견 작가의 전유물처럼 인식되던 장편 창작이 최근 젊은 작가들에게까지 확산되고 있음에 주목하자. 김연수·정이현·이기호·김경욱 등 주목받는 젊은 작가들이 최근 문예지에 장편을 연재하고 있거나 연재할 계획을 갖고 있다. 과연 한국소설은 단편소설에서 장편으로, 문예지에서 단행본으로, '작품'에서 '책'으로 중심을 이동하고 있는 것일까?

한국소설이 장편으로 체질 변화를 감행해야 한다는 목소리들이 매스컴을 통해 끊임없이 흘러나온다. 각각의 목소리들이 제시하는 근거와 방향은 저마다 다르지만, 장편의 창작을 독려한다는 점에서 일치된 의견을 내고 있다. 단편 중심의 공모제와 신춘문예를 장편으로 확대하고, 장편소설상을 신설함으로써 작가들이 장편 생산에 집중할 수 있는 여건을 만들어야 한다는 것이다. '문학동네소설상'이나 '문예중앙소설상' 같은 장편 공모에 응모작이 급격히 늘고 있다는 사실도 한국소설의 체질변화를 촉발하는 하나의 요인으로 작용하고 있다. '문학나눔사업추진위원회'가 장편소설 지원을 밝히고, "한국문학에 힘찬 서사가 필요하다"는 취지에서 창비가 '창비장편소설상'을 제정하고, 대산문화재단이 '대산문학상'의 대상으로 장편만을 고려할 것이라는 소문은 모두 장편의 활성화를 위해 제도적인 뒷받침이 필요하다는 문단 안팎의 공감이 현실화된 것이리라.

그렇다면 장편으로의 변화를 주장하는 목소리의 근거는 무엇인가?

우선, 장편본질론의 입장을 들 수 있다. 근대문학으로서의 소설은 장편이 본령이므로 단편보다는 장편을 육성함으로써 작가적 역량과 한국문학의 위상을 높여야 한다는 주장이다. 이러한 입장은 대개 서사의 밀도와 주제의식이라는 측면에서 소설의 지향점이 장편에 있음을 역설한다. 실제로 루카치·바흐친·쿤데라·모레티로 이어지는 소설학의 이론적 계보는 장편소설(novel)에 관한 이론들이다. 2007년 2월 22일 기초예술연대 심포지엄에서 나온 임헌영의 다음과 같은 주장이 대표적 사례이다. "작가들이 장편 쓸 능력이 없다. 공지영이 최후 마지노선이다. 그 연배나 후배들 장편을 보면 수필집이다. 서사구조가 없다. 역사가 서사구조의 기본골격인데, 역사가 없어졌다는 것이다. 개인이든 민족이든 지방이든 세계든 역사가 없다."

다음으로, 장편대세론의 관점을 꼽을 수 있다. 세계문학이 단편보다는 장편을 중심으로 재편되었다는 것, 그러므로 세계시장을 겨냥하기 위해서라도 본격적인 장편의 창작이 필수적이라는 지적이다. 이러한 주장은 2005년 프랑크푸르트 도서전에 참여했던 경험에서 비롯된다. 『출판저널』 2007년 1월호 좌담 「한국문학 출판 위기인가, 기회인가」에서 민음사의 대표이사인 장은수는 외국의 편집자들이 한국문학을 평가할 때 "한국의 중요한 문학상을 받았느냐, 베스트셀러였느냐(이것은 팔린 부수를 따진다기보다는 내용에 값할 만큼의 독자를 가지고 있느냐 하는 것입니다), 그리고 장편 소설이 다섯 편정도 있느냐"라는 조건에 근거한다는 사실을 지적, 한국문학의 경쟁력을 재고하기 위해서 장편소설의 부흥이 필요함을 역설한다. 이러한 감각은 소설가 김영하가 『동아일보』(2007.2.2)와의 인터뷰에서 밝힌 내용("노벨문학상 수상작가인 오르한 파무크도 그렇고, 해외 유명 도서전에 오는 해외 작가들은 대부분 신작 장편 출간에 맞춰 움직이더라", "세계 출판시장에 나가면 장편을 몇 편 발표했는지를 보고 작가의 볼륨을 재단한다")과 동일하다. 실제로 세계문학의 시선으로 한국문학을 바라보는 많은 사람들은 번역 내지 국제경쟁력의 측면에서 장편의 중요성을 역설한다. 최근 중견 작가는 물론 젊은 작가들 사이에서 일고 있는 장편 창작의 붐은 한국문학번역원의 위상이 높아지고, 작가들의 국제적인 교류가 빈번해지는 저간의 사정과 결코 무관하지 않다.

마지막으로, 시장성과 대중성의 관점이다. 이른바 장편소설이 단편소설에 비해 훨씬 대중성이 높고, 따라서 시장성의 측면에서도 중요한 의미를 갖는다는 것이다. 이러한 주장은 최근의 한국문학이 대중과의 소통 고리를 잃고 부유하고 있다는 진단에서 기인한다. 평론가 이명원은 「위안의 서사, 문학적 대중주의」(『한겨레 21』, 2007.4.24)에서 공지영의 문학에 대해 이렇게 말한다. "이러한 위안의 수사, 공감적 연민의 증폭, 갈등적 상황을 파생시키는 구조적 해결책이 아닌 마음의 교류와 같은 양태에 대한 고백적 서사가 공지영 소설의 대중적 읽기를 확산시키고 있다는 점이다." 공지영 소설에 대한 대중의 열광을 "한국소설이 보여주는 일상적인 현실에 대한 냉소와 비꼼, 또 인간이라는 종 자체에 대한 환멸에서 비롯된 반(反)인간주의로 나아가는 것에 대한 반동적 독서"로 읽는 장면에서 확인되듯이 이명원은 공지영의 소설이 지닌 대중주의에 긍정적인 시선을 보낸다. 이러한 시선과 관련하여 좌담 「한국문학 출판 위기인가, 기회인가」에 참석한 문학과지성사 주간 김수영의 다음과 같은 발언은 많은 시사점을 제공한다. "현재 발표되는 많은 작품들이, 말하자면, '거리'를 향한 소설들이 아닌, '교실'을 향한 소설들입니다. 넓은 의미의 문학 독자들이 아닌 '내부자'들을 위한 작품들이죠. 책이 서점의 판매대에 놓여있는 것이 아니라 동료들의 손에 놓여 있는 셈이고요. 이런 작품들은 교실에서 출발했지만 대중들의 손에 안착하지 못하고 결국 다시 교실로 복귀하고 맙니다. 이것이 한국문학의 시장 경쟁력이 약화되고, 출판의 체질이 약화된 작은 요인 중의 하나가 아닌가 생각합니다." 이명원이 지적한 냉소와 환멸의 반인간주의를 그려내는 문학이 "내부자들을 위한 작품"을 의미하는 것은 아니겠지만, 두 사람의 발언은 공통적으로 대중성과 시장성의 탈각이라는 관점에서 한국문학의 문제점을 지적하고 있다. 실제로 최근의 한국문학은 대중성보다는 문학성을 중요한 가치로 내세움으로써 독자 대중으로부터 빠르게 멀어지고 있다. 이런 점에서 "현재로서는 대중과의 소통에 어려움을 겪고 있지만, 이런 노력들이 앞으로 꾸준히 나타나고 탁월한 문학적 서취로 이어질 수 있다면, 장기적으로 우리 문학 출판은 얼마든지 희망적이라고 생각합니다"라는 발언은 편집자의 근거 없는 낙관론에 가깝다.

3. 시장성을 넘어서

단정하기 어렵지만, 최근 소설계에서 목격되는 장편소설 붐은, 소설을 쓰는 작가라면 누구나 장편소설을 쓰려는 욕망을 지니기 마련이라는, 교과서적인 설명만으로는 쉽게 해명되지 않는다. 소설의 장편화가 외국소설이 득세하는 새로운 문학 환경에서 비롯되었다는 사실도 중요하지만, 무엇보다 장편 창작에 대한 요청이 작가가 아니라 출판사, 언론, 문화예술위원회, 그리고 문학상을 주관하는 당사자들에게서 흘러나오고 있다는 사실에 주목할 필요가 있다. 많은 사람들이 한국문학의 경쟁력과 가능성을 출판시장—그것이 내수시장이든 세계시장이든—에서의 통계수치로 환원하려는 태도를 보이고 있다. 심지어 문화예술의 번역·소통마저 국가경쟁력이나 '부가가치'라는 경제 논리로 설명된다. 이질성·다양성·잡종성·차이와 같은 인문학적 개념들이 소설을 상품화하는 순간 경제적 가치를 옹호하는 논리로 뒤바뀌고 마는 현실이 안타깝다. 물론 출판사나 편집자가 소설(책)을 상품으로 인식하는 것은 당연하다. 하지만 작품에 대한 질적인 평가 문제는 도외시한 채 오직 시장성과 대중성만을 앞세워 장편소설의 창작을 독려하려는 분위기는 어딘가 이상하다.

　근대 이후 한국문학은 단편의 전통을 면면히 이어왔다. 물론 이러한 평가가 장편소설의 가치를 부정하기 위함은 아니다. 그러나 다른 나라와 달리 문예지와 문단이라는 독특한(?) 제도로 인해 한국문학은 상당부분 단편소설에 편중되어 있었고, 1960년대 이후 계간지의 시대에 접어들면서 그러한 편중현상은 한층 심화되었다. 알다시피, 장편소설(novel)은 미학적 실험성이나 삶의 부분적 진실을 재기발랄한 시선으로 포착하는 단편소설과 달리, 시간(역사)이라는 상수를 중심으로 전개되는 총체적인 시선을 필요로 한다. 최근의 계간지들이 보여주듯이, 오늘날의 문학 매체는 대중성보다는 미학성을, 상업성보다는 순수성에 촉수를 드리우고 있다. ‘문학’ 자체의 입자가 불안정한 지금에도, 그러나 한국문학은 여전히 순수성과 미학성에 높은 가치를 부여하고 있는 듯하다. 나는 이러한 예술적 배팅이 무익하다고 생각하지 않는다. 단순한 읽을거리에 그치는 장편소설보다는 현재의 문제적 상황을 예각화할 수 있는 한 편의 단편소설이 훨씬 가치 있다고 믿기 때문이다. 오해하지 말자. 이 말은 장편보다 단편이 중요하다는 말이 아니며, 그 반대의 경우를 지지하는 말도 아니다.

　여전히 장편소설은 시장성을 갖고 있지만, 경향성의 관점에서, 소설이 대중의 중요한 읽을거리가 되는 시대는 이미 지나갔다. 이는 문학이, 소설이, 더 이상 독자의 삶을 위무하는 수단일 필요가 없다는 것을 의미한다. 지금 소설에 요청되는 감동은 상처의 봉합술이 아니라 안정적인 일상의 이면에 존재하는 상처의 맨얼굴을 드러내는 것이 아닐까. ‘문학’ 자체를 둘러싼 환경이 바뀐 지금, 문학의 대중성이나 시장성을 재고함으로써 문학이 얻을 것은 별로 없어 보인다. 작가들의 생계비나 출판사의 이익을 위해서 문학이 존재해야 한다면 그것은 얼마나 비참한가. 따라서 문학은 대중성이나 시장성의 측면에서 경쟁해서는 안 된다. 그것은 시장과 자본의 논리이지 문학의 논리는 아니기 때문이다. 나는 한국문학이 지나치게 단편에 편중되어 있으므로 반대로 구부릴 필요가 있다는 주장에 대해 동의한다. 단, 그것이 시장성의 논리로 귀결되지 않는다는 전제에서. 또한 나는 장편본질론에 동의한다. 확실히 세계와 인간의 삶에 대한 진중한 발언은 장편소설이 유리하다. 그러나 소설론의 교과서에 등장하는 서양의 고전들 중에서 당대에 대중의 사랑을 받은 작품이 몇 편이나 될까.

소설의 역사는 시대성을 띤다. 근대소설이 우리에게 총체적 현실인식과 인간탐구의 수단을 제공했다면, 쿤데라의 지적처럼, 19세기 이후 서양의 정전들은 이전 시기의 소설적 전통과는 다른 방식으로 총체적 현실인식의 불가능성을 환기시켜 왔다. 소설의 역사에서 이행은 연속이 아니라 단절과 비약의 방식으로 진행되었다. 문제는 지금이다. 지금, 우리 시대가 필요로 하는 소설의 세계관과 형식은 무엇일까에 대한 진지한 고민과 성찰을 보여주는 소설의 등장이 시급하다. 설령, 그것이 시장성의 측면에서는 열세를 면치 못한다고 할지라도 이 질문 앞에서, 소설은 국적이나 분량은, 중요하지 않다.

다른 목소리들

2부

다른 목소리들

바람의 연대기

김경주론

기상천외한 일, 그것은 바로 자신의 내부를 통해 외부를 바라보는 일이다. 깊고 어두운 거울이 인간의 내부 깊은 곳에 있다. 끔찍한 명암이 거기에 있다. 영혼에 의해 반사되는 것은 직접 보이는 것보다 훨씬 현란하다. 그것은 이미지 이상의 것, 환영이고, 그 환영 속에는 유령과 같은 것이 있다. 이 우물 속을 들여다봄으로써, 우리의 정신은, 우리는, 심연처럼 깊은 저 먼 곳에서, 조그만 원 속에서 거대한 세계를 보게 된다.

—빅토르 위고

1. 성(聲) / 성(城)의 시

여기, 암흑을 통해 자신의 내부를 응시하는 기상천외한 시선(視線)이 있다. 오래된 우물 속에는 끔찍한 명암의 환영들이 거주하고 있다. 우물의 내부는 거울처럼 매끈하고, 통찰의 정신은 그 매끈한 심연에서 끊임없이 거대한 세계를 길어 올리다, 마침내 끝을 알 수 없는 바닥으로 조용히 가라앉는다. 빅토르 위고의 우물은 김경주의 시에서 "지도에 표시되지 않는 밤"의 어둠으로 환치된다. 어둠이든 창이든 아니면 우물이나 거울이든, 내면을 통해 세계를 응시하는 자들의 시선은 항상 적요롭고 고독하다. 김경주의 시는 비정성시(非情聖市)에서 몰락의 시간을 살아가는 영혼의 외로움을 한 편의 음화(陰畵)로 그려낸다. 어둠으로 포위된 그의 골방은 "초대받은 적도 없고 초대할 생각도 없는 나의 창(窓)"에서 보듯이 '자아의 연금술'(「비정성시」)로 축조되었다. 어느 누구의 출입도 허락하지 않는 성(聲/城)의 세계. 멸종은 곧 어떤 종의 울음소리가 사라져간다는 것이며, 때문에 '울음'은 "나는 멸종하지 않을 것이다"(「우주로 날아가는 방 5」)라는 견고한 의지의 선언인 셈이다. 울음이라는 성(聲)을 통한 자기 증명, "내 몸의 이역(異域)들은 울음이었다고 쓰고 싶어지는 생"(「내 워크맨 속 갠지스」), 위고의 '우물'에 비친 음산한 풍경이 이보다 현란했을까. 아니, "나는 이 세상에서 가난하고 외롭고 높고 쓸쓸하니 살어가도록 태어났다"(「흰 바람벽이 있어」)라는 시인 백석의 절규가 이보다 절박했을까. "살아 있는 모든 것들은 바람의 세계 속에서 울다 간다"(「바람의 연대기는 누가 다 기록하나」) 울음은 가장 참혹하게 발급받은 생의 증명서이기 때문이다.

김경주는 선언의 천재이다. 그의 시는 '자아'의 성(城)에 배수의 진을 치고 비정한 세계와의 일전을 감행한다. 그의 화자들은 "국적 없는 전쟁"(「비정성시」)을 치르는 병사요 매복지에서 죽지 못한 '게릴라'(「몽상가」)들이다. 어떠한 깃발의 이념도 섬기지 않는 그들의 유서에는 '나'라는 한 줄의 시가 씌어져 있을 뿐이다. 쭈그려 앉아서 한 생을 떠는 '방랑'(「내 워크맨 속 갠지스」)과 "눈 속에서 가늘게 떨고 있는 한 점 열"의 '눈물'(「내 워크맨 속 갠지스」)이 가역반응을 해서 시(詩)가 된다. 생(生)을 버리고 성(聲)의 세계로 간 문장들, 그것이 곧 시(詩)다. 그는 자신의 시를 가리켜 "굴욕을 연민하는 시인은 제 자신의 삶이 한 권의 시집이어야 하고 그 시집은 자아의 병동이어야 한다 그것이 나의 버전이다"(「비정성시」)라고 선언한다. 한 편 한 편의 시가 오롯이 '자아의 병동'이 되는 세계에서 자아의 바깥을 탐색하는 일은 무의미하다. "자아가 음악으로 이루어진 사람"(「테레민을 위한 하나의 시놉시스」)은 결코 음악을 만들지 않는다. 그는 "저 자신이 음악"(「비정성시」)이기 때문이다. 이처럼 김경주 시의 버전은 철저하게 내향성으로 함몰된다.

> 친구여 오후엔 거미가 집을 버리고 떠났다네 거미는 벗어날 수 없는 자신의 경계를 고민했네 자신이 만든 시간 속에서 오래 허기진 듯했네 날아오르고 싶던 컴컴한 시간들이었겠지 비에 젖은 채 이곳에 들어온 거미는 빠르게 말라갔네 거리로 나와 몇 개의 음습한 방을 전전하는 동안 버리고 떠날 때마다 몰래 따라오던 숟가락 젓가락 같은 것 이해할 수 없는 것들이 어떻게 외로움이 되어가는지 스스로를 내부로 음모해가는 것 지하에 빈방을 만들고 생각했겠지 그러나 내게도 잊어본 적 없는 말이 하나 있네 엄마 (…중략…) 그래 그 시간에 대해 물으면 나도 날고 있는 것이라네 낮엔 거미가 하던 대로 손톱을 세워 벽에 글씨들을 새겨보네 밤이면 거미의 내란(內亂)에 들어와 이 생을 의심하며 날개를 물어뜯는 나방의 눈을 오래 바라보네 생이 머물다 갈 공간들이 벽 안에서 조금씩 부서지는군 몇억 년이 지나도 암호로 남아버릴 이 시간, 제 내(內)를 질질 끌고 다니던 질서 같은 것이었을 걸세 나를 구해주게 거미는 한번 떠난 집을 다시 찾지 않는다네

—「맨홀」 전문

"기형에 관한 얘기"(「시인의 말」)는 출생에서 시작된다. 김경주 시의 화자들은 "불구자처럼 나자마자 시작되는 생의 후유증"(「인형증후군 전말기」)에 시달리거나, "귀신으로 태어나 자신이 죽은 줄도 모르고 이 세상을 살다가 어느 날 자신도 모르게 사라져"(「비정성시」)버리거나, "사궁 안에 두고 온/자신의 두 손"(「외계(外界)」) 때문에 기형의 삶을 살게 된다. 그들에게 세계는 구원의 가능성이 봉쇄된 무간(無間)의 순간들일 뿐이다. 자아는 그 자체로 눈물이, 음악이, 시가 됨으로써 "지도에 표시되지 않는 밤"의 시간이 된다. 맨홀 속의 거미는 컴컴한 유배지의 시간들을 견디며 서

서히 말라간다. 마르고 있다는 건 "점점 세계 밖으로 희미해지는 일"(「파이돈」)이다. 바람에 가까워지기 위해 어미로부터 눈을 버린 새의 운명이 그렇듯이, 집을 버리고 떠난 거미는 점점 희박해지는 삶의 시간 속에서 '이해할 수 없는 것들'이 어떻게 외로움으로 응결되는지 알게 된다. 거미가 떠난 맨홀 속의 화자는 밤마다 생(生)을 의심하며 자신의 날개를 물어뜯는 나방의 눈을 오랫동안 응시한다. 나방의 절망적인 모습에서 자신의 운명을 예감하기 때문이리라. 스스로를 내부로 음모하고, 지하에 빈방을 만드는 모든 존재들은 "몇 억 년이 지나도 암호로 남아버릴 이 시간, 제내(內)를 질질 끌고 다니던 질서"를 남긴다. 그리고 "나를 구해주게"라는 구원에의 호소가 말해주듯 그 시간의 대부분은 치명적인 내상(內傷)에 노출되어 있다. 그러나 그의 상처의 시간은 자막으로 번역될 수 없고, 번역될 수 없기에 결코 읽히지 않는다. "내 고통은 자막이 없다 읽히지 않는다"(「비정성시」) 그에게 있어서 세계는 그 자체로 구원의 가능성이 봉쇄된 무간(無間)의 순간들일 뿐이다.

> 나는 불합리하기 때문에 무엇인가를 믿는다 설명할 수 없고 설명할 수 없기 때문에 나는 쓰고 설명하지 않기 위해 나는 울고 설명할 수 없는 것이 나의 유산이다 아무도 알 수 없는 외국어가 나고 나를 제대로 발음하고 나를 가지고 소통할 수 있다고 하는 사람은 자신을 속이는 것이다 나는 슬픔에 부상당했고 가난에 고문받았고 종교에 암살당했고 밤마다 임 병장의 자지를 만져주며 살아남았고 대신 매일 시로 자살했고 시로 미(美)를 매혹시켰다
> ―「비정성시(非情聖市)」 부분

프루스트는 "훌륭한 책들은 일종의 외국어로 씌어져 있다"고 말했다. 불합리하기 때문에, 설명할 수 없기 때문에 무언가를 계속 써야 하고, 설명할 수 없는 것을 표현하기 위해 울어야만 하는 것, 김경주에게 '시=울음'은 타인에게는 이해될 수 없는 일종의 외국어이다. 이 반통사적

이고 반문법적인 낯선 언어의 집합은 "기형(畸形)에 관한 또 다른 얘기"
(「파이돈」)이다. 보편자의 '세계'에서 통용되지 않는 이방인의 언어는 최
상의 특수성을 향해 등을 돌린다는 점에서 이미―항상 반문법적·반통
사적이다. 그러나 이방인의 언어가 그렇듯이, 모든 외국어는 문법의 경
계를 벗어나는 순간 새로운 문법을 창조한다는 점에서 '프로'의 언어이
다. '생각하는 것'과 '되는 것'이 동시적인 이 생성의 세계에서 그는 "내
가 가진 유일한 능력은 너와 다르다는 것이다"라고 선언하지만, 외국어
의 문법에서 "내가 졌다"라는 자인(自認)은 이길 수 없음이 아니라 "나
는 나와 다르다는 이유로 이곳에 산다"라는 특이성(singularity)의 표현으로
발화된다. 육체의 내부를 진동시킴으로써 무대를 기괴한 소리들의 세계
로 바꿔버린 아르토의 잔혹연극처럼, '울음'은 보편언어로 해석될 수 없
는 타자의 언어이다.

2. 시차(時差), 또는 현기증의 시

　시인은 신이 놓친 포로이다. '신'으로 상징되는 보편성의 문법이 자
아의 성(城)에서는 통용되지 않기 때문이다. 시인의 별에서 신앙생활은
허락되지 않는다. '죽음의 규범'에 관한 기록인 김경주의 시에서 소통될
수 없는 자이의 고통은 종종 이해불가능한 것으로 치환된다. 형체를 알
아볼 수 없는 '바람만을 그리는 화가'(「외계」), 어느 예술가의 '불가능한
감수성'(「내 워크맨 속 갠지스」), 아무도 참여할 수 없는 새들의 말라감(「파
이돈」)과 상대가 결코 참여할 수 없는 저격수의 '호흡'(「음악은 우리가 생을
미행하는 데 꼭 필요한 거예요」), '안 보인다는 혹성'(「폭설, 민박, 편지 1」)과 '이
세상 것이 아닌 것들'(「우주로 날아가는 방 1」), '날개가 측량할 수 없는 바

람'(「울 밑에 선 봉선화야」) 등은 모두 봉인된 시간의 변주곡들이다. 이처럼 김경주의 시에서 자아의 문법은 결코 보편적인 언어로, 보편자의 시선으로는 포착될 수 없는 불가시의 대상으로 표현된다.

그의 시에서 '자아'는 철저한 독신주의자들이며 모두 내상(內傷)으로 신음하고 있다. 하여, "풀에게 흉터를 남기는 것은 바람이 아니라 제 속의 열"(「백야」)이며, '촛불'은 "다른 불빛과 이웃하지 않"(「비정성시」)고, 자아가 음악으로 이루어진 사람의 악기는 "인간의 어떤 신체 접속도 기계와 이루어지지 않"(「테레민을 위한 하나의 시놉시스」)는다. 「우주로 날아가는 방」 연작에서 확인되듯, 이해될 수 없는 상흔으로 인해 자아는 밤의 몽상을 통해 스스로를 우주의 바깥으로 부양(浮揚)시키는데, 그러한 자기 추방은 "지구에서는 시인의 별이 보이지 않는다 그러나 시인의 별에서는 지구가 보인다"(「비정성시」)라는 새로운 위상학으로 이어진다. 자아는 간지럼을 타지 않기 때문에 "밖에서 나를 웃길 수는 없"(「인형증후군 전말기」)으며, 하여 그가 흘리는 눈물 또한 "눈물은 제 안의 썩고 있는 어류(魚類)들이다"(「비정성시」)에서 확인되듯이 철저히 내적인 것이다. 자아에게 눈물이 치명적인 까닭은 "안으로 우는 울음은 자신을 베기 때문"(「비정성시」)이며, 모든 "화상은 외상이 아니라 내상"(「木蓮」)이다. 김경주 시에서 '유령'(「누군가 창문을 조용히 두드리다 간 밤」)과 '귀신'(「드라이아이스」)으로 상징되는 자아의 연금술은 세계의 척도성을 무화(無化)시키는 치명적인 독소를 품고 있다. 내상(內傷)의 기원은 어디인가?

모든 사진 속에는 그 사람이 살던 시절의 공기가 고여 있다 따뜻한 말 속에 따뜻한 곰팡이가 피어 있듯이 모든 영정 속에 흐르는 표정은 그 사람이 지금 숨쉬고 있는 공기다 영정을 보면서 무엇인가 아득한 기분을 느낀다면 내가 그를 느끼고 있는 것이 아니라 그 사람이 지금 이곳을 느끼고, 기억해내기 위해, 안간힘을 쓰며 애쓰고 있기 때문이다 그것이 이쪽으로 전해지는 것이다 나의 영정엔 어떤 공기가 흐를까? 이런 생각을 할 때 내 두 눈은 붉은 공기가 된다 사진 속으로 들어가 사진 밖의 나를 보면 어지럽다.
시차(時差) 때문이다

—「비정성시(非情聖市)」 부분

　시간은 세계의 현존과 변화를 설명하는 보편적인 언어이기 이전에 한 개체의 삶을 지속가능하게 만드는 분위기이다. 그러므로 시간은 '존재'와 '존재하기 위한 조건' 사이의 연결이 끊어지면 섬광처럼 소멸되고 만다. 개체가 죽으면 그의 시간도 함께 죽으며, 마침내 하나의 세계도 사라진다. 그렇기 때문에 지나간 시간은 언제나 지나가지 않은 시간이며, 결코 지나갈 수 없기 때문에 현재적인 것보다 훨씬 현실적이고 견고하다. 단, 이러한 시간관념은 자아가 그 지속을 충분히 감당할 수 있을 때에만 성립된다. 그러나 김경주의 시에서 삶의 시간은 출발에서부터 그 전제를 배반하고 있다. 그는 "기억으로부터 혹은 먼 미래로부터"(「비정성시」) 동시에 유배되어 있기 때문이다. 시간을 통한 삶의 지속은, "삶은 늘 유배였고 그들의 교양은 갈 데까지 가보라는 것이었으며 그들의 상식은 죽어가는 가축의 쓸쓸한 눈빛을 기억할 줄 아는 것"인 자들의 버전으로 말하면 고통의 연속에 불과하다. 그들은 "모든 사물들은 시간을 통해서 있으며 시간을 통해서 있게 될 것이다"(라블레)라는 르네상스인의 관념을 부정하진 않지만, '기억'을 발견함으로써 영혼의 연속적 탈각이라는 데카르트의 재앙을 극복했던 낭만주의자들의 탈출구를 갖고 있지 않다. 오히려 그들에게는 현재라는 순간에서 한없는 결핍감을 경험해야만 했던 낭만주의적 존재 불능이 훨씬 현실적으로 여겨진다.
　김경주에게 '시'는 '현기증'의 이름으로 도래하는 "낯선 몸의 시간"이다. 니체는 사상이 운명의 사건처럼, 저 위 혹은 저 아래에서, 바깥에서 달려온다고 말했거니와, 이 사건의 외부성은 시인에게 낯선 시간들로 감지된다. 하여, 순간의 시간을 봉인하고 있는 '사진' 속의 '공기'는 결코 사진의 외부로 연장되지 않으며, 때문에 '나'는 그것을 소유하거나 기억할 수 없다. 사진 속의 시간은 전적으로 그 내부의 인물에 의해서만 가능하다. "내가 그를 느끼고 있는 것이 아니라 그 사람이 지금 이곳을 느끼고, 기억해내기 위해, 안간힘을 쓰며 애쓰고 있기 때문"에 사진 속의 시간(공기)은 이쪽으로 전달될 수 있다. 현기증이란 "시간이 몸에 오는 인간의 물리(物理)에 다름 아니"(「그러나 어느 날 우연히」)어서 '나'의 의지와는 상관없이 불현듯 나타났다 사라진다. "인간은 기억을 기다릴 뿐 기억을 소유할 수 없다"(「비정성시」)에서처럼, 그것은 다만 기다림의 대상일 수 있을 뿐이다.

불을 끄고 방 안에 누워 있었다
누군가 창문을 잠시 두드리고 가는 것이었다
이 밤에 불빛이 없는 창문을
두드리게 한 마음은 어떤 것이었을까
이곳에 살았던 사람은 아직 떠난 것이 아닌가
문을 열고 들어오면 문득
내가 아닌 누군가 방에 오래 누워 있다가 간 느낌.

이웃이거니 생각하고
가만히 그냥 누워 있었는데
조금 후 창문을 두드리던 소리의 주인은
내가 이름 붙일 수 없는 시간들을 두드리다가
제 소리를 거두고 사라지는 것이었다

(…중략…)

언젠가 나도 저런 모습으로 내가 살던 시간 앞에 와서
꿈처럼 서성거리고 있을지도 모른다는 생각
이 방 곳곳에 남아 있는 얼룩이
그를 어룽어룽 그리워하는 것인지도

—「누군가 창문을 조용히 두드리다 간 밤」 부분

　‘나’의 바깥에서 “내가 이름 붙일 수 없는 시간들”이 날아온다. 극점에 도착한 등반가들은 얼음에 갇힌 ‘수세기 전 바람’(「바람의 연대기는 누가 다 기록하나」)을 먹고, 물속에서 건져 올린 돌의 무늬는 “물의 환상이 다녀간 시간”(「봉인된 선험」)이다. 이곳의 시간이 아니기에 ‘환상’이나 ‘환영’이리라. 시집 곳곳에 등장하는 ‘무늬’의 변주곡은 이 부재하는 시간들의 흔적들이다. 사진의 세계가 그렇듯이, 시간은 ‘공기’의 현재성을 벗어날 수 없지만, ‘바람’은 “살아 있는 모든 것들이 사라진 뒤에도 스스로 살아남아서 떠돈다”(「바람의 연대기는 누가 다 기록하나」) 하여, 시간은 바람처럼, 아니 바람으로 온다. 그러니 “바람에게 함부로 반말하지 말라”는 농담은 결코 농담이 아니다. 상이한 시간들의 충돌은 ‘시차’로 인해 ‘현기증’을 유발하지만 바람에 실려 온 낯선 시간들은 영원히 명명될 수 없는 비인칭의 시간일 뿐이다. ‘느낌’으로만 지각되는 낯선 시간에 ‘나’는 이름을 붙일 수 없다. 명명은 소유를 선언하는 것이기 때문이다. 하여, 인용시의 화자는 느낌에서 ‘나’ 아닌 누군가의 방문을 읽고, 먼 미래에 ‘나’ 또한 이곳의 시간들을 유령처럼 서성거릴 것임을 예감한다. 김경주 시에서 시간은 연민의 형식이다.

3. 몽상가의 별에서

　김경주의 시에서 삶의 시간은 소멸의 시간과 정확하게 맞아 떨어진다. 모든 “사람은 자신이 살아온 만큼 사라져가”(「우주로 날아가는 방 2」)기 때문이다. 살아온 만큼 소멸하기에 출생은 운명적인 상실의 출발선일 수밖에 없다. 삶의 실타래는 풀린 만큼 매번 되감기며, 시인은 망각의 저편으로 흘러가는 그 무수한 시간들에 '연민'의 옷을 입힌다. 기억 저편으로 사라진 시간들에 대한 연민은 김경주의 시를 이끌어가는 중요한 동력이다. 그러나 우리는 시집의 곳곳에서 상실된 시간이 잠재성의 형태로 침잠했다가 부단히 현실의 경계를 넘나드는 광경을 목격할 수 있다. 시인은 현실적으로는 부재하는, 그러면서도 잠재성의 차원에서 실재하는 이 시간들의 내방(來訪)을 환영의 '습격'(「몽상가」)라고 명명한다. 기억의 메커니즘이 그렇듯이, 이 낯선 시간들의 도래는 '나'의 의지와는 전혀 무관하다. 영정 속의 시간이 그랬듯이, "내가 알지 못하는 시간 속으로 유배된 자들이 내게 띄우는 편지"(「비정성시」)인 '바람'을 통해 상실된 시간은 '유령'처럼 '나'에게 다가온다. '나'가 기억을 통해 시간을 재구성하는 것이 아니라, 그 시간 속의 무수한 '나들'이 이곳을 기억해내기 위해 애쓰기 때문이리라. 김경주의 시에서 현재는 과거를 상실한 자들의 유배지이다. 유배자에게 '바람'은 '고아'(「기미(幾微)」)의 울음이지만, 역설적으로 연민의 시선을 통해 시인은 "고향과 나 사이의 시간이 / 위독함을 12월의 창문"(「드라이아이스」)에서 발견한다. "이번 생은 내내 불편할 것"이라는 낭만의 역설은 연민의 정서가 시를 통한 죽음에의 저항으로 폭발할 때 가능하며, 그때 '꿈'이란 "자신이라는 시차(時差)를 견디는 일"(「우주로 날아가는 방 3」)이자 "어떤 지도에도 나와 있지 않은 유배지"(「비정성시」)의 시간을 살아가는 일이 된다.

　　방을 밀며 나는 우주로 간다

　　땅속에 있던 지하 방들이 하나 둘 떠올라 풍선처럼 날아가기 시작하고 밤마다 우주의 바깥까지 날아가는 방은 외롭다 사람들아 배가 고프다

　　인간의 수많은 움막을 싣고 지구는 우주 속에 둥둥 날고 있다 그런 방에서

세상에서 가장 작은 편지를 쓰는 일은 자신의 분홍을 밀랍하는 일이다 불씨
가 제 정신을 떠돌며 떨고 있듯 북극의 냄새를 풍기며 입술을 떠나는 휘파람,
가슴에 몇천 평을 더 가꿀 수도 있다 이 세상 것이 아닌 것들이, 이 세상을 희
롱하는 방법은, 외로워해주는 것이다

　　외롭다는 것은 바닥에 누워 두 눈의 음(音)을 듣는 일이다 제 몸의 음악을
이해하는 데 걸리는 시간인 것이다 그러므로 외로움이란 한 생을 이해하는
데 걸리는 사랑이다 아버지는 병든 어머니를 평생 등 뒤에서만 안고 잤다 제
정신으로 듣는 음악이란 없다

　　지구에서 떠올라온 그네 하나가 흘러다닌다 인간의 잠들이 우주를 떠다니
는 동안 방에서 날아와 나는 그네를 탄다 내 눈 속의 아리아가 G선상을 떠다
닐 때까지, 열을 가진 자만이 떠오를 수 있는 법 한 방울 한 방울 잠을 털며

　　밤이면 방을 밀고 나는 우주로 간다
—「우주로 날아가는 방 1」 전문

　　밤마다 몽상가의 어두운 골방은 우주의 바깥, 즉 외계(外界)를 향해 날아간다. 지구라는 삶의 공간에서 영혼의 거처를 발견하지 못한 외로운 자들의 방이 남루한 삶의 시간을 싣고, 참혹한 시간의 무게를 끌어안고, 세상의 바깥을 향해 날아가는 것이다. 몽상가의 고독한 시선은 지구 전체를 거대한 움막으로 바꿔놓고, 시인은 지구의 바깥에서 '북극의 냄새'를 풍기며 떠다니는 휘파람을 듣는다. "엄마 내 우주는 끙끙 앓아요"(「늑대는 눈알부터 사란다」)에서 확인되듯이, 이방인의 세계인 '우주'는 희박해져가는 생을 앓고 있는 존재의 거처이다. 그들은 왜 우주로 날아가야만 하는가? 그것은 "사실 나는 귀신이다 산목숨으로서 이렇게 외로울 수는 없는 법이다"(「드라이아이스」)라는 진술에서 확인되듯이 '지구'가 그들의 공간이 아니기 때문이다. 살아 있으면서도 살아 있지 않은, 죽었으면서도 결코 죽지 않은 이 불온한 존재들의 거소는 지표면의 아래('맨

홀’)에 있거나 세상의 바깥에만 존재한다. 때문에 그들은 이 세상의 바깥에서 ‘시인의 별’을 발견할 수밖에 없다.

‘이 세상 것이 아닌 것들’은 이 세계의 타자들이다. 그들이 ‘세상을 희롱하는 방법’은 외로워하는 것이 아니라 ‘외로워해주는 것’이다. 시인은 말한다. 외롭다는 것은 “바닥에 누워 두 눈의 음(音)을 듣는 일”이며, “제 몸의 음악을 이해하는 데 걸리는 시간”이며, “한 생을 이해하는 데 걸리는 사랑”이라고. 김경주의 시에서 ‘바람’은 고독과 방랑의 메타포이고, 음악은 “외롭다고 느끼는 것은 자신이 아무도 모르게 천천히 음악이 되고 있다고 느끼는 것이다”(「비정성시」)에서 확인되듯이 외로움의 상징이다. 결국 제 몸의 음악과 한 생을 이해하는 데 걸리는 시간과 사랑이란 절대 고독의 확인이다. 시인의 외로움은 항상 ‘눈물’을 동반한다. 그는 ‘눈물’을 통해 “방금 내 곁을 흘러간 하나의 시간”(「비정성시」)을 예감한다. 유년이라는 ‘생의 르네상스’(「비정성시」)를 잃어버린 자에게 세상은 무간(無間)의 지옥이다. 선험은 봉인의 또 다른 이름에 불과하다. 하여, 시인은 밤마다 몽상을 통해 자신의 세계를 우주를 향해 밀어 올린다. 그는 ‘生을 버리고 성(聲)의 세계’(「부재중(不在中)」)로, ‘자신이 닿을 수 없는 음역’(「눈 내리는 내재율」)으로 날아간다. 거기에서 무엇을 할까? 자신의 외로운 살을 자감(自感)하며, ‘불가능한 감수성’에 대해 선언할 것이다.

풀씨 하나에 깃든 전체

백무산론

1. 생성

80년대는 '불'의 시내였다. 그것은 진위와 계몽의 '장작불'이었고, 억압의 사슬을 끊어내는 결전의 '꽃병'이었고, 착취와 억압을 넘어 도래할 해방의 여명을 알리는 '불덩이'였다. 우리가 그 불이 세상을 밝히는 프로메테우스의 불이면서, 제 자신을, 우리 모두를 태울 수 있는 재앙임을 깨달은 것은, 그것이 한 줌의 차가운 재로 변하고 난 다음이었다. "그 불이 우리의 길을 밝혔으나 / 우리 안에 훨훨 태워야 할 것을 태워버리지 못하였네"(「불의 유품」) 90년대는 '불의 유품'처럼 도래했다. 길의 단절, 벼랑, 경계, 그것은 비단 참혹한 패배의 인정만이 아니라 우리가 쌓아온 모든 시간들에 대한 애도(mourning)에 가까웠다. 백무산의 90년대 시편(詩篇)들은 고통스러운 기억을 자기화하는 고투의 과정과 그것이 도달한 사유의 경지였다.

90년대의 상징인 도단(道斷)과 경계(境界)는 불의 유품이 몰고 온 가혹한 시간의 공간적 표현이다. '옛 길'과 '새 길'이 동시에 사라져버린 '위기'의 시간, 그 환멸의 시간을 시인은 '비움'과 '확장'을 통해 견뎠다. 그 과정에서 그는 끊어진 옛 길은 "진작 허물어져야 했던 것"(「한 걸음」)이었고, 이미 지어진 집은 집이 아니었음을 깨달았다. 『인간의 시간』은 이 뼈아픈 자기 해체를 '생성'과 '긍정'으로 바꾸는 과정이었다. 그것은 "풀씨 하나에도 깃든 / 텅 빈 구멍"을 "통일과 생성"(「감은사지」)으로 사유하는 것이었고, 한 밤의 어둠을 "해를 부르기 위함"(「닭 울음소리」)로 인식하는 것이었다. 90년대 후반에 출간된 두 권의 시집(『인간의 시간』과 『길은 광야의 것이다』)은 이 비움과 확장이 동시적인 사건이었음을 보여준다. '비움'이란 버리는 것이며, 이미 존재하는 모델과 사상을 혁명으로 간주하지 않는 것, 나아가 이미 만들어진 '집'과 '길'에 얽매여 있는 '마음'을 살해하는 일이다. "마음이여 / 너를 살해한다"(「마음을 살해하다」) 혁명이란 권력으로 권력을 제압하고 결여된 무언가를 채우는 일이 아니라 자본주의적 욕망에서 벗어나 장차 올 존재(being-to-come)를 사유하고 구성하는 윤리적인 삶의 행위이다. 역사는 혁명이 결코 모델로 사고될 수 없음을 일깨워 준다. 현실사회주의의 실패는 생산관계의 변화가 곧 주체의 변화를 담보하는 것이 아님을 보여주었다. 혁명은 권력의 소유주체나 생산관계가 아니라 인간의 삶을 바꾸는 일이다. 그래서 '혁명'에서 어려운 것은 몸에 들러붙은 관성을 극복하는 일이지만, 그보다 더 어려운 것은 말뚝보다 요지부동이고 관성화된 '마음'을 내려놓는 일이다. "비울 건 몸밖에 없는데 / 마음이야 무슨 수로 비우나"(「몸」) 이러한 자각을 촉발시키는 대상이 바로 '자연'이다.

> 대지의 시간은 인간의 시간을 거역한다
> 소모와 죽음의 행로를 걸어온,
> 날로 썩어가고 황무지만 진전시켜온
> 죽은 시간을 전복시킨다
> 대지는 단절을 꿈꾼다
> 모든 것이 모든 것에 순응하는 지휘계통
> 대지는 이렇게 혁명을 하는 것
>
> 잠든 씨 알갱이들과 언 땅 뿌리들을
> 불러내는 것은 봄이 아니다
> 스스로 자신을 밀어올리는 것
> 생명의 풀무질을 충만하게 가두고
> 안으로 눈뜬 초미의 주의력을 늦추지 않는 것
> 시간과 봄은 생명력의 배경일 뿐
>
> 역사가 강물처럼 흐른다고 믿는가
> 그렇지 않다
> 단절의 꿈이 역사를 밀어간다
> ─「인간의 시간」 부분(『인간의 시간』, 창작과비평사, 1996)

백무산 시에서 '자연'은 관념 속에만 존재하는 원초적 자연도, 개발과 파괴의 대상인 '자본가적 자연'(「자연과의 협약」)도 아니다. 이들 두 가지 '자연'에는 공존의 전제, 즉 "대화와 공정한 나눔의 약속"이 없다. 그것들은 통일과 생성의 자연이 아니라 대상으로서의 자연일 뿐이다. 시인은 한 산문에서 '자연'을 이렇게 설명한다. "사실 자연만큼 변이가 다양하고 과격하기까지 한 활력은 인간 사회에서는 찾아볼 수가 없다. 자연은 변화 그 자체이며 요동과 혼돈 자체이다."(「영토전쟁의 기억을 넘어서」)

그는 자연을 선(善)이 아니라 혼돈(chaos)과 질서(cosmos)의 상호침투(omose), 즉 카오스모제(chaosmos)로 인식한다. 이는 혁명을 환경, 사회관계, 인간 주체성이라는 세 가지 작용영역의 윤리적·정치적 접합으로 사유함을 의미한다. 가령 "나뭇잎 하나에 나무 전체가 고스란히 펼쳐진다"(「모든 것이 전부인 이유」)에서의 '나무', "물음 쉬임없이 흐르고／풀잎의 혈관을 타고／나무의 심장을 지나 힘차게 푸른 잎을 나르고"(「물」)에서의 '물', "일사분란한 지휘계통도 없이／모든 것이 모든 것에 순응하는 지휘계통"(「인간의 시간」)으로서의 자연이야말로 백무산이 대안적 사상으로 제시하는 생성하는 자연이다. 생태학적 상상력에서 출발하는 이 새로운 윤리는 "안팎의 집을 다 허물고 더 이상 집을 지을 일이 없는／한 그루 나무 같은 사람"(「집」)처럼 혁명을 건축학이 아니라 생태학적으로 사유해야 함을 말해준다. 그것은 나무의 '침묵'과 물의 '흐름'을 닮는 일, 그리하여 혁명과 역사의 발전이라는 이름으로 인간이 자연에 가한 모든 폭력을 성찰하고 자연의 순리에서 생성의 잠재성을 보는 일이다. 여기에서 소모와 죽음의 행로는 생성과 긍정으로 바뀐다. 자연이 "인간이라는 특수한 존재에 대해 잔혹함과 비정으로 가득 차 있으며 개별적인 서식자들을 전혀 고려하지 않고서 진화한다는 것을 깨닫는 것이 중요"(피어슨)하다.

2. 잠재성

생태학적 전회 이후, 백무산의 시에는 '밀어올린다', '꽃피우는 것', '환하다', '꽃을 피워라', '피워올리는 거'처럼 개화(開花)를 의미하는 술어들이 집중적으로 등장한다. 이 시기, 그는 자연과 우주의 아날로지

(analogy)를 통해서 삶·역사·혁명의 방향을 시화(詩化)한다. 아날로지란 옥타비오 파스의 말처럼 우주를 상응의 체계로 보는 비전이다. 시는 이 세계를 드러내면서 다른 세계를 창조하는 언어행위인데, 아날로지의 시학은 이 '다른 세계'의 가능성을 자연과 우주에서 찾고, 그것들의 화성악에 기대어 인간과 자연의 관계를 사고한다. 가령 '굵은 가지'와 '작은 가지'의 체계를 '소우주'와 '인체', '부분과 전체'의 확장으로 사유하는 「모든 것이 전부인 이유」, 여름날 오후의 공단천변을 걷는 노동자의 형상을 한 그루의 '플라타너스'에 비유하는 「플라타너스」 등이 그것이다.

그러나 백무산의 시에서 자연과 우주는, 거기에서 출발하는 혁명은, 거대한 것이 아니다. 그것은 일관되게 작고, 여리고, 보잘 것 없는 형상으로 등장한다. 그러나 "영원의 조각도 영원"(「숲으로 간다」)이라는 시선에서 보면 '조각'은 결코 전체보다 작지 않다. "꽃은 한 송이라도 세상 가득함에 모자랄 것이 없습니다"(「매화가 지천인데도」) 수직적 초월성이 "사람과 마을들이 저리 하찮다"처럼 세속도시를 보잘 것 없는 부분으로 인식하는 반면, 백무산의 시편들은 부분에서 전체를 읽어냄으로써 초월론의 위험을 피해간다. "숲으로 가는 길은 세상을 등지는 일이 아니다 / 산에 오르는 일은 세상을 벗어나는 길이 아니다"(「세상의 중심은」) 그의 시에서 내재성은 이미−항상 초월성을 넘어선다.

『길은 광야의 것이다』에서 자연은 작고, 출렁거리는 대상으로 형상화된다. 시집의 첫 페이지에는 '작은 구멍'이라 불리는 '씨앗'이 등장한다. "이것은 씨앗이 아니라 / 작은 구멍이다 // 이 텅 빈 구멍 하나에서 / 어느날 빅뱅이 시작된다"(「풀씨 하나」) '씨앗'은, 가능성(possibility)이 아니라, 잠재성(virtuality)의 세계이다. 막연한 미래와 관계되는 가능성이 아직 현실이 아닌 것이라면, 그리하여 현실성과 대립된다면, 잠재성은 현재적이지는 않지만 언제나 현실의 일부를 이루는 것이다. 세상을 지배하는 것은 '거대한 것'이 아니다. "봄날 졸음보다 작은 힘이 / 꽃잎 떨어져 휘어진 물결보다 작은 것들이 / 어깨선 굽은 그 작은 곡선보다 미세한 굴곡"(「거대한 것인 줄 알지만」)이 세상을 좌우한다. "태산 같은 것을 들었다 놓았다 하는 것이 / 하찮고 하찮은 것"(「방심」)이다. 그러므로 '영원의 조각'이 그렇듯이, '작은 것'이 사소하다는 것을 의미하지는 않는다. "거대한 것, 국가니 세계니 그런 힘 아니라, 평화는 / 풀꽃 하나 어린 새 한 마리 품어 몸 적시는 일"(「풀씨처럼 우리가 가야할 땅」)이다. 백무산은 생명을 출렁거림이라는 용해와 유동의 비전으로 읽어낸다. 그리고 이 출렁거림이 시간의 아득한 역류를 가능하게 만들 때 "하늘이 출렁거리며 지구가 / 태양에 뜬 가랑잎처럼 흐르고"(「지구에 앉아 밥을 먹는다」) 같은 시적 상상력을 촉발시킨다. 가령 "인생은 길이 아니라 광장에서 / 다시 시작된다 / 생애는 시간이 아니라 바다에서 / 다시 출렁거리게 하라"(「참을 수 없는 또 한 시대가」)에서 '길'과 대비되는 '광장'이, '시간'과 대비되는 '바다'가 바로 그렇다. 이 출렁거림은 '인간'을 실체로 간주하지 않음으로써 '나'의 확장을 불러온다.

시집 『초심』에서 시인은 잠재성의 '작은 구멍'을 '소용돌이'로 변주한다. '소용돌이'는 균형과 질서의 세계가 아니다. "생명이란 물질이 기울어진 것"(「문」)이라는 사유에 의해 뒷받침되는 '소용돌이'는, "생명은 소용돌이였다 소용돌이는 우주였다 / 저들이 가둔 것은 바람이었다 / 권력은 저 소용돌이를 / 미치도록 싫어하는 것이다"(「바람은 한 그루 나무」)처럼, '우주'와 '생명'의 이명(異名)이다. 그리고 「물아」는 '물(水)'과 화자의 대화를 통해 자연의 창조성과 생성의 힘을 암시한다. 상선약수(上善若水)라고 했던가. 물은 자신의 '얼굴', 즉 정체성을 묻는 질문에 "흘러가는 형상"이라고만 대답한다. 휘어지고 굽이치고 솟고 가라앉는 물은 고정된 얼굴을 갖지 않지만, 그 얼굴—없음으로 인해서 "풀과 나무와 짐승" 들에게 생명의 소용돌이를 제공한다. 소용돌이는 생명 그 자체의 잠재성이다. 그것은 자본주의적 가치법칙이나 인식체계로 환원되지 않는 '외부'이며, 그 때문에 견고한 '권력—중심'은 '소용돌이'라는 측정불가능한 존재 자체를 견디지 못한다.

역사는 정제된 물줄기가 아니고 구정물과 똥물과 악취가 함께 흘러가고 그리하여 난 다시 발명가를 꿈꾼다 모든 영감은 허공에서 일어난다 눈길 한번에 저 고해의 쓰라린 가슴들이 허공중에 환히 밝아지고 허공만이 창조의 모태이나 이를 억압하는 인간과 인간 사이 권력의 중력장을 끊고 그리하여 온전하고 환한 하나인 생명을 꿈꾼다 어디에도 미치지 않은 곳이 없고 모공 하나 모자라지 않는 생명 하나 발명할 꿈을 꾼다
—「중력장」 부분(『길은 광야의 것이다』, 창작과비평사, 1999)

안타깝게도 권력에의 욕망과 사욕으로부터 스스로 정화하지 않고 어떠한 판단도 모색도 부질없는 것입니다. 역사 앞에서 우리는 끝내 빈손일 뿐입니다.
(…중략…)
이 우주에는 머무름도 없지만 사실 균형도 없습니다. 긴장이 낳은 흐름만 있을 뿐입니다.

그러므로 인간은 존재가 아니라 '어떤 상태'라고 나는 믿습니다. 그러므로 인간은 실체가 아니라 '어떤 종류의 성질'이라고 나는 믿습니다. '상태'와 '성질'이 촉감할 수 있는 그림자를 만들 뿐이라고 나는 믿습니다. 그러므로 인간에게 부여된 모든 것은 자유의 영역입니다. 끝없는 대지입니다.
—「겨울 조정환」 부분(『길은 광야의 것이다』, 창작과비평사, 1999)

우주와 자연에 대한 인식 변화는 인간 존재에 대한 이해의 틀을 바꾸는 일이다. 역사는 모든 것의 최종적인 의미가 도달되는 하나의 목적지, 즉 텔로스(Telos)를 지향하지 않는다는 것, 역사는 정제된 물줄기가 아니라 온갖 물줄기들이 목적 없이 흘러가는 과정이라는 것이 이 변화의 핵심이다. 역사는 잡다한 것들의 목적 없는 흐름일 때에만 생명의 '소용돌이'이다. 역사에 대한 인식의 변화는 혁명에 대한 새로운 정의를 요구한다. 이제 혁명은 근대적 진보개념에 기초한 단계론의 역사로 사유되지 않는다. 오히려 혁명이란 수많은 뿌리들이 초월적인 권력의 작동 없이 스스로 내재성의 공간을 구축해가는 새로운 장(場), 즉 리좀(rhizome)

으로 사유되어야 하며, 그런 까닭에 혁명은 완전한 이념과 위대한 지도
자, 전위와 대중을 전제하는 '권력'의 소유로 환원되어서는 안 된다.
"중심은 처음부터 무수하다"(「촛불 시위」) "권력 아닌 것으로 권력을 비우
라"(「선량한 권력」) 혁명은 권력을 빼앗는 것이 아니라 그것으로 포획되지
않는 삶의 창조하는 일이기 때문이다. 하여, 시인은 혁명을 '권력'이 아
닌 '생명'의 발명으로 이해하며, 그 가능성을 '허공'에서 발견한다. '허
공'이란 부재나 결핍의 텅 빈 공간이 아니라 모든 가능성이 득실거리는
충만한 공간(太虛)이다. 아니, 무한한 생성의 잠재성이 살아 숨 쉬는 출
렁거리는 공간이다. 시인이 '균형'을 버리고 발견한 '바다'("바다에 난 길
처럼 어디에나 있고 아무데도 없는 길을 택했습니다"(「겨울 조정환」))는 또 하나의
'허공'이다. 이처럼 출렁거린다는 것은 실체, 즉 견고함이 아니라 '상태'
와 '성질'의 세계이며, 세계에 대한 이 새로운 이해가 그를 대지와 광야
로 이끈다.

> 우리들의 삶은 그곳에서 더이상 측량되지 않는다
> 우리들 꿈은 더이상 산술이 아니다
> 길은 어디에나 있고 또 없다
>
> 길은 대지 위에 있으나
> 길은 자주 대지를 단순화한다
> 때로는 대지에서 자란 우리를
> 대지에서 추방하기도 한다
> 우리가 헤쳐온 길이 우릴 버리기도 한다
> 길은 자주 대지의 평등을
> 욕망의 평등으로 변질시키고
> 대지의 선한 의지를
> 권력의 사욕으로 타락시킨다
> (…중략…)

길이란 길은 광야 위에 있다
길 위에 머물지도 말고 길 밖에 서지도 말라
길이란 길은 광야의 것이다

삶이란 흐르는 길 위의 흔적이 아니다
일렁이어라 허공 가운데
끊임없이 일렁이어라 다시 저 광야의
끝자락에서 푸른 파도처럼 일어서는
길을 보리라
—「길은 광야의 것이다」 부분(『길은 광야의 것이다』, 창작과비평사, 1999)

'길'이란 무엇인가? 그것은 '광야'를 특정한 방식으로 분할하고 코드화한 결과물이다. 우리는 두 개의 초월적인 지점을 잇는 선분을 '길'이라고 명명한다. 거기에는 이미—항상 처음(기원)과 끝(목적)이 전제되어 있다. 그러므로 '길'은 아무리 많을 때조차 '하나'의 길에서 자유롭지 않다. '하나'는 대지의 욕망을 단순화한다. 이 단순화의 울타리 안에서 대지의 잠재성은 가능성으로 오해된다. 계층화된 수목(arbolic) 모델은 그 '하나'를 뿌리(근거, 원인)에서 찾는 초월성에 붙여진 이름이다. 길은 꿈틀거리는, 출렁거리는 생성의 공간이 아니라 사물의 흐름을 일방향으로 흐르게 만드는 '홈 페인 공간'이다. 그래서 '길'은 어디에나 있지만, 또 그 어디에도 없다. 반면 '대지'와 '광야'는 '길'을 잠재성의 차원에서 사유한다. 바다, 허공, 광야가 지시하는 잠재성이란, 정확하게, '길' 자체를 버림으로써만 사유될 수 있을 것이다.

끊어진 길, 즉 90년대의 곤혹스러움을 '단절'로 읽어내던 사유는 여기에서 '길'을 버리고 '대지'와 '광야'로 나아간다. 물론, 이것이 '길'에 대한 전면적 부정이라고 말하는 것은 거짓이다. '광야'는 길의 부정이라기보다는 너무 많은 길들로 얽혀 있는 '리좀'이기 때문이다. "리좀은 출발점이나 끝이 아니다. 그것은 언제나 중간에 있음, 사물들 사이에 있는

간(間)존재요 간주곡이다.”(G. 들뢰즈) 리좀은 일자의 중심을 제거함으로써 내재성으로 나아가는 방법이다. 시인은 모든 길이 ‘광야’ 위에 펼쳐져 있는 현실화된 잠재성이라는 것, 때문에 ‘길 위’나 ‘길 밖’처럼 잠재성을 현실성의 관점에서 이해하지 말아야 한다는 것, 오히려 현실성마저도 잠재성의 관점에서 이해해야 한다는 것을 역설(力說)한다. 균형을 버리고 발견한 ‘바다’, 잠재성의 공간인 ‘허공’과 ‘광야’는 여기에서 만난다. 지난날 ‘과학’과 ‘전위’의 이름으로 행해진 혁명의 모델이 간과한 것은, 그것이 민중권력이든 노동자계급의 권력이든, 자신들이 욕망한 대상(권력)이 사실은 자본의 기성품에 불과했다는 사실이었다. “뒤집어 지배한다고 이기는 것이 아니”(「그 아이 집」)다. 혁명이란 이미 주어진 여러 길 가운데 하나를 선택하는 문제가 아니다. 궁극적으로 혁명이란 낡은 척도에 근거하는 것이 아니라 ‘척도’ 자체를 바꾸는 것이다. 혁명은 ‘혁명’이라는 단어 이외의 어떤 술어로도 설명될 수 없다. 혁명의 유일한 술어는 혁명이다. 그것은 이전과는 전혀 다른, 그래서 ‘산술’이나 ‘측량’으로 포착될 수 없는 것을 창조하는 일이다. 그러므로 “광야의 / 끝자락에서 푸른 파도처럼 일어서는 / 길”은 ‘길 아닌 길’일 수밖에 없다.

3. 모든 길

　백무산의 최근 시편(詩篇)들은 생명의 잠재성을 ‘안’과 ‘밖’이라는 위상학의 문제로 변주한다. 이것은 “잠든 씨 알갱이들과 언 땅 뿌리들을 / 불러내는 것은 봄이 아니다 / 스스로 자신을 밀어올리는 것”(「인간의 시간」)이라는 인식의 확장이며, 나아가 자연학에 비추어 혁명의 윤리학을 다시 사유함을 의미한다. ‘안’이란 잠재성과 내재성의 사유를 가리키며,

동시에 혁명이 '밖'이 아니라 '안'의 문제이어야만 함을 가리킨다. 그러나 '안'은 '내면'의 세계가 아니다. 그것은 모든 생성과 생명의 출발점이다. "꽃은 나무가 피우는 것이 아니었습니다 / 터져 나오는 것은 나무의 것이 아니었습니다"(「나무의 창」)가 자연학의 영역이라면, "세월의 풍상이란 건 없다 / 스스로가 허물고 / 허망을 허망으로 허물고 나서"(「마음 한 그루」), "나 이제야 밖으로 나왔구나 / 밖을 나와 불 켜진 안을 보고 있구나"(「폐쇄회로」)는 윤리학의 영역이다. '안'이란 밖과 대비되는 '자아'의 공간이 아니다. 그것은 '혁명'이라는 '외부'를 '안(잠재성)'으로 사유하는 것일 따름이다.

봄을 기다리지 않은 겨울이 있었을까
그러나 지금 오는 저 봄을
피하고 싶어라 두려워라

봄이 봄이 밖에서 오면
병균이 먼저 풀리지
삿된 꿈만 앞다투어 깨어나지

아직은 아니야
꿈이 아직 익지 않은데
그대 아직 온단 말 없는데

아직은 아니야
봄이 밖에서 오면
욕망만 우북이 자라버리지
헛된 꿈만 앞다투어 피어나지

아직은 멀었어
더 쓰러져야 돼

안에서 부리로 쪼을 때까지
어둠에서 손짓해 부를 때까지

아직은 더 무너져야 해
저기 저 무너지고 있는 것 좀 보아

그런데 저기 저건 무어냐
아뿔싸, 저 무성하게 피어난 것들은 안이냐 밖이냐
푸르게 흔들고 있는 나무야
지천으로 피어 있는 들꽃들아
　　　　　　　　　—「봄이 밖에서 오면」 전문(『초심』, 실천문학사, 2003)

　풍상이 없다고 말하는 것은 옳지 않다. 그러나 그 풍상 때문에 혁명이 오고, 그 풍상 때문에 혁명이 멀어진다고 말하는 것은 더 옳지 않다. 밖에서 오는 바람이 왜 없겠는가? 그러나 밖에서 부는 바람에 "떠밀려 온 것은 그렇게 또 쓸려"(「태풍」)가고 말지 않는가. 생산관계의 변화가 삶의 혁명으로 이어지지 못했던 혁명의 역사가 그것을 증명한다. 혁명은 철저하게 '안'의 문제로 이해되어야 한다. 시인은 말한다. "모든 노동자는 단결하라 / ―말하기 전에 / 먼저 안으로 평등하라"(「스스로 미래가 되어라」)고. 혁명의 성공도, 실패도, 모두 '안'의 관점에서 이해되어야 한다. 겨울이 지나면 봄이 온다. 그러나 시간의 법칙에 떠밀려 도래하는 봄은 '병균', '삿된 꿈', '욕망', '헛된 꿈'만 불러올 따름이다. 이것들에 눈 멀 때, 혁명은 권력에 대한 집착과 욕망의 문제로 전락하고 만다. 그러므로 진정한 '봄'은, 어둠이 밝음을 부르듯이, '안'의 간절함에 의해서 외야 한다. 밝음을 부르는, 봄을 희구하는 '안'의 간절함이 없다면, 어둠은 더 오래 지속되어도 좋으리라. '밥'이 아니라 '무슨 밥'을 먹는가가 중요하듯이, '봄'이 아니라 '어디서' 오는 봄인가가 문제이다. 자유도 마찬가지이다. 일반적으로 '자유'는 외적 억압이 없는 상태로 이해된다.

그러나 "자신을 땅바닥에 바위처럼 붙들어둔 것은 / 중력장이 아니라 바로 자신의 손이라는 것을"(「길의 숲」)처럼 시인은 '자유'를 바깥이 아니라 '안'의 문제로 이해한다. 자유는 윤리의 문제이다. "자유라니, / 그 엄중한 / 검열이라니!"(「검열」) 그렇다면 이제 우리는 시인의 마지막 질문에 대답할 수 있을 것이다. 지천으로 피어 있는 들꽃들은 '안'인가 '바깥'인가? 정답은 "밖에 내다 건 / 생의 안쪽"(「달」)일 것이다.

이처럼 '밖'을 '안'의 확장으로 사유하면 '개체'는 실체로, 단자로 인식되지 않는다. 여기에는 견고한 '자아'의 개념이 투영되지 않기 때문이다. 시인은 '확장'하는 '나'의 경계를 이렇게 설명한다. "뜨거웠던 날들은 / 몸이 미치는 곳까지가 나 자신이더니 / 11월엔 / 사랑이 미치는 곳까지가 나 자신입니다"(「12월」) 그렇다면 어디까지가 '나'인가? 정답은 나의 사랑이 미치는 곳까지이다. 아니, "나 아닌 모든 것들이 / 내가 되어 피어나"(「느티나무」)는 것조차 '나'이다. "흘끗 돌아보니 아 저것은 / 내 얼굴이 아닌가 내가 아닌가"(「용서」) 그렇다면 이것은 자아의 제국주의, 즉 세계를 동일화하려는 자아의 폭력이라고 말할 수 있는가? 그러나 '안'이 '내면'이나 '자아'가 아닐 때, '나'와 '나 아닌 것'의 경계가 없을 때에도 동일화의 폭력이라는 비판은 정당할 것인가?

4.

나의 발길은 멀리서 흘러왔을 터인데 돌아보니 맨 그 자리였다 내가 짚고 일어설 곳도 그곳밖에 없었다 그곳에서 내가 딛고 일어설 집을 지었지만 허공에 뜬 자리였다 그렇다 이 허공이 바로 내가 오래 흘러온 자리가 아닌가 그러므로 내 집은 안거의 자리가 아니라 뗏목이 아닌가 안거가 아니라면 집 안에 내가 없고 그 구조의 밖에 있으니 내 집은 구조물이 아니라 한 척 뗏목이 아닌가

나의 사랑도 불빛 거리에 있고 내 그리움도 아직 저 먼지바람 이는 광야에 있으니 머물 것이 없는 집이 아닌가

5.

  낡아가는 것은 없다 다만 흘러갈 뿐이다 흘러가는 것들은 만날 수 없다 나
는 나를 만날 수도 너를 만날 수도 없다 나는 언제나 나를 아슬아슬 스쳐 지
나갈 뿐이다 비켜갈 뿐이다 나는 내가 낯설다 그리하여 언제나 끊임없이 그
리워할 뿐이다 달의 등은 끝내 볼 수가 없고 달의 얼굴은 한번도 같은 얼굴이
아니다 그렇게 나도 나의 집도 물결에 흔들리며 파도를 다 견디며 흘러갈 것
이다 건너갈 곳은 없다 흘러가는 것은 언제나 낯설고 아득해질 뿐이다 다만
언젠가는 물결 하나 다치지 않고 흘러가고 싶은 것이다
　　　　　　　　　　　　—「흐르는 집」 부분(『창작과비평』, 2007 여름)

  시집 『길 밖의 길』은 '모든 길'에 관한 이야기이다. 그것이 하나의 유
일성도, 여럿의 복수도 아닌, '모든 길'의 잠재성에 관한 이야기라는 사
실에 주목하자. "모든 길을 열어두겠다 / 그대에게 가는 길은 하나일 수
없다 / 길 밖의 허공의 길도 마저 열어두겠다"(「그대에게 가는 모든 길」) '하
나의 길'은 척도—권력의 길이며, '여러 개의 길'은, 선택이라는 기만을
동반하지만, 기존의 길이라는 점에서 반동적 길이다. 반면 '모든 길'은
길 아닌 길, 길 밖의 길, 그리하여 허공의 길마저 열어두는 길이다. 이
길을 긍정하는 것은 말처럼 쉽지 않다. "이 겨울 다 건너기 전에 / 네게
로 이르는 쉬운 길로 나는 나서지 않으련다"(「네게로 가는 길」)는 수사가
아니다. 그것은 "견고한 모든 것은 다 해체하고 / 다만 허공과 허공을 불
멸처럼 세우"(「무불사」)는 일만큼이나 어렵고 힘들다. 그렇기에 시인은
"삶은 언제나 길 위에 있다"(「이럴 줄 알았으면」)라고 말한다.
  인용시는 '집'에 관한 이야기이다. 백무산의 시에서 '집'의 형상을 발
견하기란 쉽지 않다. 화자는 유목민을 청산하고 정착민이 되기 위해
"집을 모셨다". 그러나 여기에 등장하는 집은 '뗏목'의 '집'이다. 그것은
'집'이라는 안정성과 견고함을 버린 '흐르는 집'이다. 이 집을 배경삼아
시인은 지금 '나'의 사랑과 그리움의 현주소를 묻는다. 그것들은 여전히
'거리'와 '광야'에 있기에 '집'은 '나'와 타인의 경계를 확정하는 자아의

거소가 아니다. '흐르는 집'은 '달관'이나 '초탈'의 비유가 아니다. 화자는 해탈은 "내 알 바 아니"고, "머물 저자도 없"다고 말한다. 그것은 화자가 살아온 삶의 이력을 가리킨다. "나의 발길은 멀리서 흘러왔을 터인데 돌아보니 맨 그 자리였다"라는 뼈아픈 각성이 그것이다. 이 각성의 뒷자리에서 시인은 모든 것이 흘러갈 뿐이며, 흘러가는 모든 것들은 운명적으로 만날 수 없음을 깨닫는다. 그리하여 '나'는 '나'가 아슬하게 비켜가고, '달의 얼굴'은 한 번도 같은 얼굴이 아니다. 이것은 회한(悔恨)인가? 그렇지 않다. 흘러감은 자연의 운명이기 때문이다. 다만, 흘러갈 뿐이다. 건너는 것은 없다.

불안의 감각

여태천론

　　여태천의 시는 지극히 우울하고 통념적인 도시—세계에 대한 감각의 해부학이다. 이 감각의 한 가운데에 '불안'이, '죄의식'이, 자리하고 있다. 그리하여 그의 시에선 쉴 새 없이 불안의 악취가 흘러나온다. 일반적으로 '불안'은 '죄'에 대한 심리적 기분과 관계된다. 그러나 여태천의 시에서 '불안'은 '죄'가 아니라 '죄의식'이라는 윤리적 태도에서, 나아가 타자와의 원초적인 단절감에서 기인한다. 19세기의 한 철학자는 이 불안의 교화에서 신앙의 구원을 확인했지만, 이미 귀의할 신성도, 신탁의 목소리도 상실해버린 현대인들에게는 오직 불안의 심연을 응시할 수 있는 고통스러운 자유만이 있을 뿐이다. 여태천의 시는 이 일상화된 도시적 삶의 불안을 '책/말(흔적)'의 언어적 대립, '안/밖'의 공간적 단절감, 그리고 감정의 세계인 '집'과 몰감정의 세계인 '거리'의 대립을 통해 표현된다.

갈릴레이는 세계가 기하학의 언어로 씌어진 한 권의 책이라고 말했다. 갈릴레이에서 말라르메에 이르기까지, 세계는 한 권의 '책'에 비유되어 왔다. 말라르메의 '책 Livre'이 그렇듯이, 비유로서의 '책'은 세상의 모든 것을 요약하는 소우주이자 대문자 진리의 세계였다. 여태천의 『국외자들』에는 유독 '책'에 관한 시들이 많이 등장한다. 「루시」의 화자가 읊조리는 "죽지 않은 꽃들은 쉬지 않고 빨리 자라 / 하늘의 별에 닿았지"라는 구절도 '책'에서 인용된 내용이며, 「제목 없는 책」·「책을 읽는 일」·「면과 면 사이에 일어난 일」 등도 직접적으로 '책'을 소재로 하고 있다. 그러나 시는 '책'이라는 대문자 진리의 세계를 추종하지 않는다. 모리스 블랑쇼가 지적했듯이, 말라르메의 '책 Livre'으로 상징되는 문학 —책은 대문자 진리의 세계이기 때문에 위대한 것이 아니라, 역설적으로 총체성의 부재를 실현하기 때문에 위대하다. '책'은 총체성이라는 대문자 진리의 세계인 동시에, 그것으로 환원될 수 없는 감각적 진리의 세계이다. 여태천의 시에서 '책'은 전자에, '말'은 후자에 해당한다.

나는 지금 도시의 어두운 구릉에서
보이지 않는 머나먼 적색별의 끝을 바라보네
너무 멀어 별의 말을 들을 수 없는
텅 빈 저 하늘을 가로지르는 비행선
꽁무니를 따라 인공의 구름이 흐르고
그 아래로 천천히 열을 지어 지나가는 사람들
끝없이 이어지며 바뀌는 표정들, 아이들, 우는
그 틈에서 나도 무릎을 펴고
한번도 걸어본 적 없는 땅위를 걷고 있을 거야

복숭아 향기 나는 오랜지색 이층버스를 타고
인공의 구릉과 호수를 건너
당신이 거닐었던 검은 땅으로

비행기, 버스, 밤하늘, 다이아몬드
내 입안에서 굴러다니는 이 새로운 단어들의 감촉을
어떻게 전해줄 수 있을까
루시, 내 말을 듣지 못하는

—「루시」 부분

　화자는 '책'의 언어를 중얼거린다. 이성과 대문자 진리로 씌어진 '책'에는 죽지 않은 꽃들이 자라나 하늘의 별에 닿는 이야기가, 새끼를 낳는 해변의 나무와 죽은쥐나무와 날카로운 발톱의 짐승들에 관한 이야기들이 등장한다. 한 자씩 손으로 짚어가며 파악하는 책의 내용/진리는, 그러나 "있지도 않은 이름"을 읽는 일처럼 공허하고 음산하다. 이러한 불안의 전조 위에 "도시의 어두운 구릉"과 "보이지 않는 머나먼 적색별의 끝" 사이의 절대적 거리로 암시되는 소통불가능성이 자리 잡고 있다. 화자는 이 절대적 거리의 저편에서 들려오는, 혹은 들려오는 것처럼 느껴지는, '별의 말'을 듣지 못한다. 이 절대적 침묵의 공간으로 인공의 구름과 비행선이 지나가고, 그 아래로 사람들의 행렬이 이어진다. 그러나 3백 20만년이라는 상이한 시간을 살고 있는 '루시'와 '나'의 소통불가능은 시·공간적 거리 때문일까? 여기에서 우리는 진리의 상징인 '책'과 구분되는 '단어'의 등장에 주목할 필요가 있다. "내 입안에서 굴러다니는 이 새로운 단어들의 감촉을/어떻게 전해줄 수 있을까". '책'이 대문자 진리의 동일성을 의미한다면, 총체성의 부재를 실현하는 문학적 유희인 '말'은 동일성의 이면에서 차이를 생산한다. 감각의 진실성을 의미하는 '감촉'이 바로 그것이다. 로맹 롤랑은 "가장 위대한 책이란 종이테이프에 찍히는 전문처럼 두뇌에 새로운 지식이 박히는 것과 같은 책이 아니고, 생명이 넘치는 충격으로 다른 생을 눈뜨게 하고, 또 다른 생에서 생으로 여러 가지 정수(精髓)를 공급해 주는 것"이라고 말했다. 시인은 이 '책'의 기능을 언어의 '감촉'에서 찾고 있다. 그러므로 화자가 '루시'에게 전달하려는 것은 결코 '의미'가 아니다. "복숭아 향기 나는 오렌지색 이층버스를 타고 / 인공의 구릉과 호수를 건너 / 당신이 거닐었던 검은 땅"에 도착한 화자는 비행기, 버스, 밤하늘, 다이아몬드 등처럼 '루시'의 시간과는 전혀 다른 세계의 언어들을 내뿜는 '감촉'을 전해주려 한다. '감촉'이란, 결코 '책'이라는 진리로는 번역되거나 전달될 수 없는 '수상한 말들의 씨'(「局外者 2」)이다.

'책'은 유일한 진리를 신봉하는 반면, '감촉'은 대문자 진리로 환원되지 않는 감각의 무한한 차이를 긍정한다. 그래서 '책'은 정서적 감응보다 차가운 이성을, 문학적 유희보다는 명확한 의미의 전달가능성을 선호한다. 「제목 없는 책」에서 사야할 책을 끝내 못 사고 집으로 돌아온 화자는 "몇 마디 부서지는 말을 그에게 건네고 / 몇 줄의 글"을 받아 적음으로써 자신의 내부에서 '욕망의 불빛'이 소멸하는 것을 경험한다. 그리고 '그'가 자리를 털고 일어섰을 때 비로소 "마음의 물이 다시 끓기 시작"한다. 「책을 읽는 일」에서 이 욕망의 사그라짐은 죽음의 그림자로 다가온다. 이 시에서 '책'은 도상학적 상상력에 근거하고 있다. 화자는 그 책−공간의 입구 / 출구에서 죽음의 그림자와 맞닥뜨린다. "이 길의 입구나 출구에서 파는 책에 적혀 있습니다". '큰 무덤의 주인'과 함께 죽은 처녀의 시퍼런 눈이 연출하는 길의 풍경은 '책'이 곧 거대한 죽음의 세계임을 암시한다. 시인이 "당신은 구체적으로 세상을 살았으니 / 이제 그 아버지의 이름으로 / 아버지를 지나 관념의 / 아버지에게로 가십시오"(「너무나 관념적인 사건」)라고 말할 때, 이 '관념의 세계'가 바로 '책'이다. 이 퇴락한 죽음의 세계를 지나면서 시인은 말한다. "조심하세요 가까이에서 길을 안내하고 있는 것들은 끝에 가면 늘 딴소리를 한답니다"라고. '책'의 대문자 진리는 대부분 마지막, 즉 하나의 결론을 향해 나아간다. 그러므로 '책'의 끝이 '딴소리'를 한다는 것은, 책은 더 이상 구원의 매개가 될 수 없음을 의미한다. 그렇다면 단어들의 '감촉'이 지니고 있는 구원은 어디에 있는가? 시인은 말한다, "어디에나"라고. '감촉'에도 진리는 있다. 이른바 우리가 시적 진리라고 말하는 것이 바로 그것이다. 시가 세계의 재현적 진실에 근거하지 않듯이, 시적 진리 역시 세계의 물리법칙에 종속되지 않는다. 책의 진리와 세계의 진리와 시적 진리가 상이한 층위를 형성하듯이, 그 각각의 표출 양상 역시 다를 수밖에 없다. 책의 진리가 '문자'에 근거한다면, 시적 진리는 문자 이전이나 이후, 즉 탈문자적인 것에 근거한다. 행과 행 사이에 기입되어 있으나, 결코 언표화될 수 없는 충만한 여백이 바로 그것이다. 그렇기 때문에 시에서 씌어진 것은 항상 씌어지지 않은 것보다 빈약할 수밖에 없다. 시인은 이 언표화될 수 없는 여백을 가리켜 "면과 면 사이에 일어난 일들은 여전히 기록되지 않았다"(「면과 면 사이에 일어난 일」)라고 쓰고 있다. 이처럼 '단어들의 감촉'을 통해 정서적 감응과 촉발을 지향하려는 여태천의 시적 욕망은 언어를 넘어서고 있으며, 이 탈기표적 욕망이야말로 소통불가능의 기원이라고 할 수 있다.

여태천의 시에서 '불안'은 일상적인 사건이다. 불안은 '늦은 전보'처럼 매일 찾아와 '집'으로 상징되는 일상의 세계에까지 긴 그림자를 드리운다. 이 일상적 불안감은 결국 '지금―이곳'으로부터 '방출'되었다는 소외감이나 타자와의 소통이 불가능하다는 단절감의 또 다른 표현이다. 이 소외감/단절감이 바로 국외자 의식의 기원이다. 시인은 이 국외자/외부자의 감각을 특정한 세계로부터 버림받았거나 그 세계에 안주할 수 없음이라는 형태로 드러낸다. 그는 스스로를 "요일을 규정하고 있는 저 해와 달의 세계"(「월요일에서 월요일까지」), "나를 받아주지 않는 거리"(「외도」)로부터 버림받은 존재라고 인식한다. 그러나 '국외자의식'은 '국외자'라는 주체의 문제이자 국외자라는 '의식'의 문제이다. 특정한 공간에 유폐된 주체의 상황은, 그러므로 불안과 소외감/단절감에 시달리는 시인의 의식이 만들어낸 무의식의 드라마이다. 그의 시에서 국외자, 즉 불행한 의식을 소유한 주체의 위치가 '밖'이 아니라 '안'으로 설정되는 이유도

이 때문이다. 여태천의 시에서 불행한 의식의 드라마는, 결국 자신의 삶과는 화해할 수 없는 타자를 발견할 때, 아니 타자들의 삶과 융합할 수 없는 자신을 발견하거나, 주체와 타자의 삶이 무한한 평행선을 그리고 있음을 깨닫는 순간에 시작된다. 시인은 극복 불가능한 타자와의 간극을 「월요일에서 월요일까지」에서 '붉은색 버스'를 타는 사람들과 '녹색버스'를 고집하는 '나'의 관계로 표현한다.

> 중년의 여자가
> 이쪽을 쳐다본다
> 플랫폼 뒤로 희미하게 그어진 선로가
> 흰색 테두리에 닿아 있다
> 이 안에서는 모든 게 단단하다
>
> 체제의 안과 밖을 드나드는 재빠른 몸놀림과
> 아주 잠시
> 그들이 보여주는 정지의 포즈
> 이럴 때 그들은 하늘에 꼼짝없이 붙어있는 흰구름이거나
> 얼굴의 주름마저 단단한 석고상이다
>
> 그들이 난장(亂場)에서 주고받는 말은
> 여기서 들리지 않는다
> 바깥의 소란을 단단하게 묶을수록
> 안쪽은 조용히 식어간다
>
> —「체제지향적인 얼굴」 전문

'불안'의 감각은 종종 공간적으로 암시된다. 「경야」의 '이곳'이나 「외도」의 '거리'가 그렇듯이, 단절감의 공간적 표현인 '국외'는 특정한 공간의 '바깥'에 한정되지 않는다. 그러므로 "가자 가자, 이곳만 아니라면"(「局外者 1」)이라는 외침에서, 중요한 것은 '이곳'의 정체를 파악하는 일이다.

시인은 "그림의 안쪽 / 허물어지는 건 밖의 문제도 / 시간 때문도 아니다 / 안쪽에서 바람이 불고 있었다"(「마음은 왼쪽으로 흘러내린다」)에서처럼 국외자의 감각이 작동하는 위치를 '바깥'이 아니라 '안'으로 설정한다. 이때 '안'은 불안에 의해 침식된 화자의 내면이자, '체제'의 내부라는 정치적 의미를 갖는다. 「체제지향적인 얼굴」에서 시인은 안─밖의 공간적 대립을 '흰색 테두리'로 상징되는 체제의 안과 밖으로 변주하고 있다. 안과 밖의 공간적 대립이 이러한 구도 위에서 조망될 때, '안'은 척도의 '안'이자 이성의 '안'이며, 나아가 통념적 사고의 내부를 가리킨다.

시인은 지금 플랫폼의 흰색 테두리를 경계로 안쪽에 위치하고 있다. 그는 열차나 지하철을 탑승한 상태에서 창문을 통해 바깥 풍경을 응시하고 있다. 열차의 바깥이 '난장'에 가까운 소음들의 세계인 반면, 열차의 내부는 그 모든 도시적 소음으로부터 철저하게 단절된 침묵의 공간이다. 우리의 일상적 경험이 말해주듯이, 지하철은 시선의 마주침마저 불편한 절대적 침묵과 고독의 세계이다. 우리는 그 고독과 침묵이 견디기 어려울 때마다 신문이나 책을 읽고 음악을 듣는다. 그 세계 내부에서 우리는 철저하게 자신이 혼자임을 경험한다. 시인은 이 고독한 존재의 경험을 "바깥의 소란을 단단하게 묶을수록 / 안쪽은 조용히 식어간다"라고 표현한다. 나아가 그는 이러한 도시적 경험을 통해 도시적 일상이 '감촉'의 친밀성을 잃었으며, 자본주의적 일상의 감각인 '불안'이 이 단독자의 경험에서 기원한다는 것을 보여준다. "방금 지나간 4725호 구름을 바라본다 / 저건 1시 45분이야"(「실종」)라는 구절처럼, 열차 / 지하철이라는 근대적 문명은 기호에 의해 지배되는 세계이다. 근대적 시간 체계가 처음 도입된 것 역시 열차시간표에서였다. 열차 속에서 사람들은 "신문을 사서 / 퍼즐을 풀거나 내일의 날씨와 운세를 점치고 / 어제의 사건을 확인"하면서 시간을 죽인다. 시인은 바로 그 첨단의 문명 속에서 "이곳의 말을 알아듣지 못하는 나"(「5분 동안의 외출」)를 발견한다. 그리하여 "가방을 가슴에 품고 허리를 구부리고 앉아있던 사람"은 "내가 건네는 인사말도 구애의 짧은 신호도 / 알아듣지 못"(「실종」)하고, 시인 역시 "번개를 타고 지나가는 / 저곳의 말"을 알아듣지 못한다. 시인은 서로가 서로에게 '부재의 사태'(「치명적인 부재」)로 존재하는 이 상황을 '실종'과 '외출'이라고 명명한다.

그렇다면 이 실종 상태는 '바깥'의 세계로 탈출함으로써 극복될 수 있는 것일까? 즉, 여태천 시의 화자들이 일제히 전철 / 지하철에서 내려 열차의 바깥세계로 나아가면 외출은, 실종은 끝나는 것일까? 「ROOM 504 - 거울나라」를 보자.

이 방에는 거울이 있는 그림이 있고, 무너져 내리는 그림의 집에는 거울이 있다 거울은 언제나 안과 밖 사이에 있다 거울로 바람이 불어오고, 그림의 집에서 나누는 사람들의 이야기가 들린다 누군가 복도를 걸어 다닐 때마다 느리게 음악이 흐르고

옆방에서 시끄러운 소리가 들리고, 삼일 째 계속 귀가 아프다 얼마 후 누군가 문 반대편에서 말했다 소리 나는 바깥이 궁금했으므로 창문을 열었다 커튼이 소리 내며 요동쳤다 웅웅거리는 밖의 소리, 비가 왔다

복도에서 마주친 긴 머리의 그는 어서 떠나라고 말을 하고 이내 사라졌다 나는 잠자코 짐을 쌌지만 출구를 몰랐다 허술한 창문을 비가 때리다 말다 계속했다 어딘가에 그는 아직도 있을 것이다 웅웅거리는 소리를 찾아서, 이 방 저 방을 들락거리며 누가 숨었는지 알아 볼 것이다

옆방에 누가 숨어있는지, 무슨 소리가 들리는지 아무도 의심하지 않는디 누구도 들어올 수 없을 뿐 처음부터 이 방엔 고독이란 없다 방을 나갈 때에는 거울을 감추고 그림을 지워야 한다 누군가 이 방을 훔쳐갈지도 모른다
— 「ROOM 504 - 거울나라」 전문

'전철'의 내부 공간은 '방'이라는 새로운 공간으로 바뀌었다. 그러나

시끄러운 바깥으로부터 철저히 유폐된 그곳은 전철의 내부와 별반 다르지 않다. 화자는 여전히 '안'의 세계에서 '바깥'과 단절되어 있다. 시인은 이 새로운 공간에 '거울'이라는 또 하나의 장치를 도입한다. 그러나 이 '거울'은 거울이 아니라 '거울이 있는 그림', 즉 그림 속의 거울이다. 거울은 그림인 동시에 거울이며, 거울인 동시에 그림인 셈이다. 흥미로운 점은, 이 그림—거울을 통해 바깥과의 소통이 이루어진다는 사실이다. 매끄러운 거울의 표면이 무한히 '안'의 세계만을 되비춘다면, 그림—거울은 '바람', '이야기', '음악'과 같은 소리를 통해 안과 바깥을 소통시킨다. 그리하여 안과 밖의 '경계'인 '거울' 속으로 바람이 불어오고, 사람들의 이야기가 들려온다. 이러한 소통에도 불구하고, 바깥에 대해 궁금증이 사라지지 않았음이 암시하듯이, 단절감은 해소되지 않는다. 화자는 소리 나는 바깥이 궁금해 창문을 열지만 '출구'를 찾지는 못한다. 창문은 가시성의 비전을 제시하지만, 그것이 곧 바깥과의 온전한 소통이라고 말할 수는 없다. 도시적 삶의 공간인 아파트가 그렇듯이, 이 '방'의 바깥은 또 하나의 '방'일 수밖에 없다. 이 탈출 불가능한 '방'의 세계에서 시인은 "삶 너머에서 풍기는 / 어제의 그 사람이 잊고 두고 간 흔적"(「냄새에 관하여」)을 찾기 위해 이 방 저 방을 들락거리지만, 그것은 "너무 멀리 가버린 파도를 / 불순하게 상상하는 것이다 // 모래를 다시 바다의 중심으로 옮겨보려는 욕심(「해변의 소파」)처럼 불가능하다.

집을 옮기자 하늘이 단풍을 거느리고
계단도 없는 베란다를 넘어 들어왔다
아내는 아버지의 죽음을 나보다 더 슬퍼했지만
집을 옮기는 일에 더 열심이었다
집을 옮기고 공짜로 보는 일간신문과
함께 들어오는 광고전단지를
아내는 잃어버린 보물을 찾듯 들여다보았다
어서 빨리 팔려야 할 물건들이 그때마다

집안 구석구석에 조금씩 쌓이기 시작했다
집에 있어도 다시 어디로 가야할 사람처럼
양말을 신은 채로 그냥 잤다
꾸역꾸역 세끼 밥을 챙겨 먹었는데도
아버지를 보내고 자꾸만 몸이 축났다
입고 있던 바지가 헐렁해지고
걸을 때마다 헛돌던 양말은
반쯤 벗겨져 있기도 했다
아무 말도 하지 않았지만
이상하게도 쓰레기를 버릴 때마다
아내의 물건이 조금씩 빠져나가는 게 보였다
한번도 간 적 없는 곳에서 연락이 오고
주소와 행적이 슬슬 사라지기 시작했다
누군가 우리 집을 훔쳐갈지 모른다고
이중으로 문을 잠그며 아내는 무서워했다
가슴에서 바람 소리가 난다고
숭숭 소리를 내며 새나가는 마음이 보인다고
아내는 밤마다 우는소리를 했지만
아침은 기어코 우리의 집을
조금씩 훔쳐가기 시작했다

—「불치의 병」 전문

　여태천의 시에서 '집'은 두려움과 죄의식의 공간이다. 집은, 이미 사라지고 없는 "어제의 그 사람이 잊고 두고 간 흔적"(「냄새에 관하여」)들을 간직하고 있는 혼종의 세계이다. 그리하여 시인은 새로 옮긴 집에서 '오랜만에 만난 친구'와 '어머니'의 목소리를 듣는다. 타자들의 목소리들은 현재적 삶을 긍정할 수 없는 시인의 내면이 만들어낸 윤리적 환영들이다. 이 죄의식이 밑바닥에 '아버지의 죽음'이라는 사건이 놓여있다. 시집의 3·4부에 집중되어 있는 죽음—「너무나 관념적인 사건」·

「냄새에 관하여」·「불명확한 사실에 관한 기록」·「불찰에 관한 어떤 기록」·「불치의 병」—의 이미지는 일차적으로 '아버지의 죽음'이라는 가족사에서 기원한다. 그러나 시인은 "그는 아주 멀리 떠나서 생을 마감했다고 전한다"(「局外者 1」)에서 암시되듯이, 아버지의, 국외자들의 죽음에서 자신의 운명을 예감한다. '집'이 "출렁거리는 눈"(「들여다 보다」)으로 상징되는 감정의 세계라면, '거리'는 "감정의 밑바닥까지 / 까맣게 태워버"(「외도」)리는 '포스트센티멘털'의 세계이다. 여태천 시의 화자가 '거리'의 삶을 선호하는 까닭도 이 때문이다. 그는 "늦은 밤 自身에 집중하는 동안 / 줄줄거리며 몸의 물이 새더니 / 거울 속의 몸이 납작해졌다 갑자기 / 아무 것도 걸치지 않은 몸이 두렵다 / 얼마나 오래 여기에 머물 수 있을까"(「들여다보다」)처럼 '집'을 두려움과 죄책감의 공간으로 인식한다.

인용시에서 아내는 '아버지의 죽음'보다 '집을 옮기는 일'에 더 열심"이다. 아내는 '잃어버린 보물'을 찾듯 광고전단지를 들여다보고, 그때마다 전단지 속의 물건들이 집안 구석구석에 쌓이기 시작한다. 아버지의 흔적을 밀어내는 아내의 속물성에서 시인은 모종의 두려움을 느낀다. "아무렇게 밥일이나 버리고 다녔을 나보다 / 아내가 더 끈적끈적해질까 두렵다"(「家系 밖에 있는 사람」) 그리고 이 두려움은 죄의식 / 죄책감을 거쳐 부끄러움으로 확장된다. "집에 있어도 다시 어디로 가야할 사람처럼 / 양말을 신은 채로 그냥 잤다"는 이 부끄러움과 죄의식의 극단적 표현이다. 죄의식을 떨쳐버리지 않는 한 '집'은 '집'으로 경험하지 않는다. 그는 집을 '거주'의 공간이 아니라 "얼마나 오래 여기에 머물 수 있을까"(「들여다 보다」)에서처럼 임시적인 체류의 공간으로 인식한다. 그러므로 "나를 받아주지 않는 거리에서"(「외도」)의 삶을 의미하는 '외도'는 일종의 탈줄 행위인 셈이다. 시인은 감정의 밑바닥까지 모두 태워버리는 '포스트센티멘탈'한 '길'의 세계에서 죄의식과 부끄러움을 보상받으려 한다. 그러나 "한 십 년 정신없이 그러고 살았다싶었는데 / 베란다에 들이치는 빗소리에 잠을 깼을 때”(「외도」)에서처럼, '거리'로의 탈출은 한갓 '꿈'에 그치고 만다. 이처럼 여태천의 시에서 일상적 불안과 죄의식에는 탈출구가 없다. '책'의 진리로 환원되지 않는 단어의 '감촉'은 전달될 수 없고, '방'의 바깥은 또 하나의 방에 불과하며, '거리'로의 탈출은 다만 꿈에 불과하다는 이 치명적인 암울함이 그의 시가 보여주는 불안의 정체들이다. 외부세계와의 소통을 상징하는 내면의 '창문'은 여전히 캄캄한 어둠으로 물들어있다.

나는 부재한다 고로 나는 존재한다

이원, 『세상에서 가장 가벼운 오토바이』

파울 클레는 회화를 "보이는 것을 보여주는 것이 아니라 보이지 않는 것을 보이도록" 하는 것이라고 정의했고, 들뢰즈는 "회화란 형상을 구상적인 것으로부터 잡아 뜯어내야 한다"라고 썼다. 이원의 시집 『세상에서 가장 가벼운 오토바이』는 회화적이다. 그의 시에서 숱한 회화(자화상)의 흔적을 발견할 수 있기 때문만은 아니다. 구상(具象)을 포기한 이원의 회화는 '대상'을 놓치는 대신 살아 있는 이미지를 얻는다. "육체가 실린 환상은 현실"(『그들이 지구를 지배했을 때』)이다. 이 환상의 현실성을 긍정할 수 있다면, 신체에서 기관을 제거함으로써 인간을 점차 반(反)유기체로 바꿔놓는 그의 시적 문법 역시 충분한 현실성을 지닌다고 말할 수 있다. 그의 시는 보이는 것을 보여주는 전통적인 묘사시의 전통에서 벗어나 보이지 않는 것을, 도달할 수 없는 것을 욕망한다. 시집 『세상에서 가장 가벼운 오토바이』에서 그것은 어둠의 환유로, 이미지의 살아 있음으로, 그리고 어둠에 젖어 있는 '내부'로 표현된다. 이를 위해 이원은 인간이라는 생명체를 '살덩어리'와 '얼굴'로 재규정한다. 이원의 시에서 이미지는 인간적인 시선에 지배되는 '대상'이 아니다. 그의 시에서 "이미지는 스스로 운동한다."

1. 몸 밖에서, 몸 안으로

이원 시에서 '신체'는 운동하는 이미지이다. 그의 시는 인간의 신체를 '기관'으로 포착하지 않는다. 베이컨의 회화가 인간의 신체를 끈적거리고 유동하는 '형상'으로 다루었듯이, 이원은 "여섯 조각으로 해체된 아이"(「나이키 2」), "몸통만 남은 말"(「밤의 놀이터」)처럼 종종 기관을 제거함으로써 신체를 '살덩어리'로 바꿔놓는다. '살덩어리'는 "진득진득하고 달콤하다"(「나이키 1」), "출렁거린다"(「사막에서는 그림자도 장엄하다」), "심장은 아직 붉다 물컹하다"(「퀵서비스맨」), "살이 뭉텅뭉텅 흘러내리다"(「모래의 도시」), "흘러내리는 살"(「쇠 난간에서는 비린내가 난다」) 같이 유동적인 이미지로 표현된다. 유동하는 살은 '관념'이나 '개념'이 아니라 살아 있는 현상으로서의 이미지이다. 이원의 시는 이 살아 있는 이미지의 묘사에 집중하며, 그것을 통해서 개념화되기 이전의 이미지를 현상한다. 이 살아 있는 이미지의 현상에서 '현재'라는 시간의 흔적을 읽는 일은 어렵지 않다. 묘사의 시선이 두드러지는 이원의 시에는 과거 시제가 등장하지 않는다. 그의 시에서 공간은 항상 '현재'라는 시간으로 바뀌어 표현된다. 이 현재의 시간은 시에서 '-있다'라는 문법적 형식으로 표현된다. 그는 현재라는 단일한 시간 속에 상이한 공간들을 펼쳐놓거나, 상이한 공간들에서 현재라는 단일한 시간을 포착한다. 묘사와 현재의 공모, 그것이 바로 이원의 시적 문법이다.

이원 시에서 살—이미지는 시간에 노출되어 있다. 시간은 ‘살’이 사변적 대상이 아님을, 그리하여 썩거나 죽을 수 있음을 증명한다. 말하자면 흐르는 시간 속에서 이미지는 자신의 시간을 상연하며, 그런 한에서 운동은 시간을 낳는다. ‘대지의 시간’(「거울이 얼굴을 뜯어 먹는다」) 속에서 움직이는 모든 이미지는 늙고, 썩고, 죽는다. 대지의 시간은 끊임없이 흘러가는 ‘어둠’의 시간이다. 반면 사변적 신체는 죽음을 알지 못하기에 썩지 않는다. “관념을 벗은 몸과 만날 수 있는 유일한 순간에 사람들은 먼저 제 죽음을 만난다”(「몸 밖에서 몸 안으로」) 하여, 죽음(실재)과 맞닥뜨린 몸은 썩는 살이다. “사람들의 몸은 죽음이 썩히고 있는 삶이다.”(「몸 밖에서 몸 안으로」) 음울하지만, 인간은 죽음과 부패를 긍정함으로써만 ‘몸 안으로’ 들어갈 수 있다. 이것은 ‘몸’을 대상화하는 하는 근대적 시선과는 다름은 상식이다.

검은 옷과 검은 헬멧의 퀵서비스맨 오토바이로 차들 사이사이를 비집으며 달린다 등 뒤에서 밀봉된 박스가 덜컹거리고 엉덩이 아래 양쪽에서 주황색 비상등은 쉴 새 없이 동시에 깜박인다 비상등은 허공의 맥박이다 몸의 주술이다 시간의 다급한 구토다 퀵서비스맨 쉴 새 없이 차선을 바꾼다 납작하고 가파른 사이드 미러에 차들과 허공을 담았다 뱉어버린다 차들의 사이드 미러에 느닷없이 들이닥쳤다 나와버린다 허공의 암벽에 시선을 척척 갖다 건다 퀵서비스맨 허공의 암벽을 뚫는다 소리가 울퉁불퉁하다 파편들이 사방으로 튄다 시간이 하혈한다 퀵서비스맨 몸이 줄줄 샌다 길은 계속 질주한다 퀵서비스맨이 흘리고 가는 몸을 차들이 짓이기며 간다 몸은 잘 다져진다 길에서 살냄새가 난다 몸이 빠져나간 바지와 점퍼가 펄럭인다 퀵서비스맨 곧 철거될 임시 천막 같다 어깨를 따라 둥글게 새겨진 성실퀵서비스가 타다 남은 뼈처럼 덜그럭거린다 낡은 오토바이의 비좁은 난간 위에 악착같이 붙어 있는 것은 두 발인가 굳어버린 절규인가 절망이라는 새살인가 바람이 천막의 앞가슴을 펄펄펄 치며 묻는다 텅 빈 몸 안에 바람의 근육을 달로 질주하는 퀵서비스맨 느닷없이 급브레이크를 밟는다 허공이 쭉 찢어진다 짙은 곰팡이 냄새가 난다 브레이크 등에서 흘러내리다 멈춘 쿽서비스맨의 심장이 펄떡거린다 심

장은 아직 붉다 물컹하다

─「퀵서비스맨」 전문

　이원의 시에서 인간은 질주하는 몸(살)으로 묘사된다. '질주'는 인간의 몸(살)을 출렁거리게 만드는 정황(situation)이다. 달리지 않는 몸(살)은 출렁거리지 않는다. 남자 아이와 중년의 여자가 각각 '버스'와 '아이'를 향해 뛴다.(「사막에서는 그림자도 장엄하다」) 한 무리의 아이들이 벽을 향해 질주한다. (「나이키 1」) 한 아이가 슬로우 모션처럼 달려간다. (「나이키 2」) 그리고 아이들이 폭우가 쏟아지는 광장으로 뛰쳐나온다.(「나이키─절벽」) 낡은 오토바이에 철가방을 실은 영웅은 표지판 너머로 질주한다(「영웅」). 그러나 '질주'는 길 위에서 행해지지 않는다. "상한 냄새가 진동하는 여자"(「한 여자가 간다」)가 몸에서 쉬지 않고 길을 뽑아내듯이, 질주하는 오토바이가 길을 만들면서 달리듯이, '길'과 '운동'은 동시적으로 생성된다. "생기는 순간마다 제 몸을 삼키는 것"이 시간이듯이, 길은 '운동'에 의해 생성된다. "우리에게 다리가 있다는 것은 길은 계속 증식된다는 뜻이다 길을 증식시키는 것은 바로 우리의 다리다"(「나는 부재한다 고로 나는 존재한다」) 무서운 속도로 오토바이를 몰고 짜장면을 배달하는 '영웅'이 "나는 표지판을 믿지 않아"라고 말하는 이유는 표지판이 가리키는 곳이 '이곳'이 아니라, '이곳 너머'이거나 '이 시간 이후'이기 때문이다. "달리는 속도의 시간은 지금 여기가 전부야"(「영웅」) 물론, 질주하는 인간만이 몸(살)을 가진 것은 아니다. 「아파트에서 1」에서 남자의 두 손에 잡힌 여자에게도, 여자의 어깨를 흔들고 있는 남자에게도 몸(살)은 존재한다. 여자의 몸에선 '철사'가 딸려 나온다. 전자사막과 모래의 도시에 사는 인간들에게는 '뿌리'가 없기 때문이다. 이원의 시에서 '몸(살)'은 인간의 특권이 아니다. 정확하게 말하면, 이원의 시적 주체는 한때 자신이 인간이었음을 기억하는 사이보그에 가깝다. 그의 신체는 물컹거리며 흘러내리는 '몸(살)'과 뿌리 없이 단단한 '기계'의 양방향에 열려 있다. 그

나는 부재한다 고로 나는 존재한다　165

것들은 사이보그의 몸에서 서로 '용접'된다.

시간은 검은 '어둠'을 낳고, '몸(살)'은 그림자를 토해낸다. 그림자는 '몸(살)'에서 빠져나온 신체이다. 그림자는 신체를 빠져나옴으로써 현존을 갖는다. "몸에서 떨어져본 적이 없는 그림자"(「나이키 1」) 몸(살)을 가진 것들에게는 항상 '그림자'가 있지만, 나는㈜ 것들에게는 그림자가 없다. "나는 것들은 그림자를 만들지 않는다."(「비닐봉지가 난다」) 이원의 시적 시선은 '대상'이 아니라 그것이 토해내는 그림자에 집중되어 있다. 가령 「매트리스, 매트릭스」 한 장면을 보자. 한 여자의 비닐봉지에서 굴러 떨어진 오렌지 하나가 매트리스를 향한다. 그러나 오렌지보다 앞서 매트리스를 향하는 것은 그림자이다. 이윽고 여자가 오렌지를 줍기 위해 쪼그려 앉는데, 그녀의 몸에서 "관절이 삭아 내린 낙타의 그림자"가 빠져나온다. '몸 냄새'를 갖고 있는 그림자는 몸(살)의 일부이지만, 그렇다고 그림자가 몸(살)의 내부에 속하는 것은 아니다. '꽃'이 뿌리와 줄기가 밀어낸 '죽음'이듯이, 그림자는 '몸'이 토해낸 현존의 흔적이다. 이 어둡고, 깊은, 그림자에서 시인은 아름다움을 발견한다. "때로 어두운 것은 아름다운 것이다 아니 때로 아름다운 것은 어두운 것이다"(「사막에는 그림자도 장엄하다」).

2. 거울 밖에서, 거울 안으로

거울이 등장하기 이전에 인간은 타인의 시선(언어)으로만 자신을 볼 수 있었다. 인간이 자신의 눈으로 자신을 보게 된 것은 거울이 발명된 다음의 일이었지만, 거울을 보는 모든 인간들이 거울 속에서 자신의 현존만을 목격한 것은 아니다. 자화상을 그린 화가들은 자신의 모습을 확인하기 위해 거울을 이용한 최초의 인간이었다. 그러나 회화사(史)를 장식하고 있는 숱한 자화상들이 증명하듯이, 거울은 '대상'이 아니라 '내면'을 영사하는 도구이다. 모든 자화상이 필연적으로 '왜상'인 까닭도 여기에 있다. 자화상을 그리기 위해 거울을 들여다보는 자의 시선은 밖이 아니라 안을, 외부가 아니라 내면을 향한다. 이 내부를 향한 맹목이 그의 눈을 멀게 한다. 그림자가 몸 안에서 몸 밖으로 나오는 것인 반면, 거울은 몸 밖에서 몸 안으로 들어가는 통로이다. 그러나 이원 시에서 '통로'는 이중적이다. 문의 정중앙에 "외마디 절규"인 손잡이가 없는 한, 문은, 문이 아니라, 벽이다. '문/벽'의 이중성은 두 번째 시집에 등장하는 '창/벽'의 변주이다. 전자 사막의 존재론인 웹브라우저에서 '창(window)'은 세계와의 소통을 의미하지만, 동시에 그것은 이전의 창들, 또 다른 창들을 가리는 '벽'이기도 하다. '문/벽'의 이중성은 '창/벽'이라는 결정불가능성을 반복한다. 때문에, 이원 시에서 거울은 하나일 때조차 '두 개' 이상이다.

제 얼굴을 들여다보고 있는 자는 타오르고 있는 자이다 타오르고 있는 자는 흐느끼고 있는 자이다 흐느끼고 있는 자는 더듬거리고 있는 자이다 더듬거리고 있는 자는 제 얼굴을 들여다볼 수 없는 자이다

제 얼굴을 들여다보고 있는 자의 시선은 안으로 향해 있다 제 안의 어둠이 유일한 경전이 되는 세계

제 얼굴을 제 손으로 파헤치는 자는 시간의 화상(火傷)으로 사는 자이다

어둠은 대지의 것이다 죽은 것들의 시체가 가득 찬 대지에서 씨앗들이 발아한다

얼굴은 제 안의 어둠이 자신을 먹고 있다는 것을 안다 얼굴은 어둠을 안으

로 몰고 올라와 스스로 폭풍이 된다 폭풍은 밖으로 부는 것이 아니라 안으로
분다 내부는 폭풍으로 타오른다

　천천히 어둠에 잠기고 있는 얼굴은 차분하고 고요하다 얼굴은 자신이 맨 처
음 태어난 곳이 어둠이라는 것을 알게 된 것이다
―「얼굴 속으로」 부분

거울이 있다. 거울은 "내가 들여다보면 내가 사라져버리는 벽 또는
언어"(「거울을 위하여」)이면서 "내가 밖으로 나와도 내가 사라지지 않는
내가 갇혀서 끓고 있는 진창"(「거울을 위하여」)이다. 그러므로 거울 앞에
서 제 얼굴을 들여다보는 자는 제 얼굴을 들여다볼 수 없는 자이다. 제
얼굴을 들여다보고 있는 자의 시선은 안으로 향해 있기 때문이다. '폭
풍'은 '밖'이 아니라 '안'으로 부는 바람이며, 모든 '시간의 화상(火傷)'은
본질적으로 외상(外傷)이 아니라 내상(內傷)이다. 자화상의 화가들이 꼭
그렇다. 거울 속에는 '얼굴'이 있지만, 그들이 보려는 것은 빛이 연출하
는 대상으로서의 '얼굴'이 아니다. 그들은 거울에서 '제 안의 어둠'만을
보는 자이며, 때문에 그들을 비추는 거울에는 아무런 상도 맺히지 않는
다. 남는 것은 오로지 "제 안의 어둠이 유일한 경전이 되는 세계" 뿐이
다. 그러므로 우리는 "제 얼굴을 들여다보고 있는 자는 타오르고 있는
자이다"라는 진술을 '제 얼굴을 들여다보고 있는 자는 눈 먼 자이다'라
고 바꿔쓸 수 있다. 눈 먼 자가 "제 얼굴을 들여다볼 수 없는 자"임은
당연하지 않은가. "나는 부재한다 고로 나는 존재한다."

거울과 마주하고 있는 것이 '몸'이 아니라 '얼굴'이라는 사실은 흥미
롭다. 시인은 "머리는 덩어리다 덩어리를 뚫고 나온 욕망이 얼굴이다"
라고 말한다. '얼굴'은 덩어리로부터 탈영토화됨으로써 비로소 '얼굴'이
된다. '그림자'가 '몸'과 관계한다면, '거울'은 '얼굴'과 관계한다. 여기
서 '덩어리'는 머리와 몸을 의미한다. 그러나 '얼굴'이 덩어리와 구분되

기 위해서는 또 하나의 조건이 필요하다. 그것은 바로 '표정'이다. 얼굴이 머리가 얼굴일 수는 이유는 표정을 지니고 있기 때문이다. 들뢰즈의 말처럼, '흰 벽-검은 구멍'의 체계로서의 얼굴은 그 자체로 잉여성이며, 지도이며, 표현기계이다. 표현기계로서의 얼굴에서 눈, 코, 입은 도구나 기능의 위치에서 벗어나, 서로 결합되면서 풍경을 연출한다. 그것들은 주체화가 관통하기 위해 필요한 구멍이다. '머리'가 '몸'과 관계한다면, '얼굴'은 '영혼'과 관계한다. 그러나 이원의 시에서 이 주체화는 과정은 '거울' 앞에서 지연된다. 통상적인 의미에서 주체화가 타인과의 관계인 반면, 이원 시에서 그것은 '거울'을 매개로 한 자신과의 관계, 즉 '안'과 '밖'의 문제이기 때문이다. 이원의 첫 시집『그들이 지구를 지배했을 때』에는 "김이 올라오고 있는 그 구멍이, 안과 밖을 이어주는 유일한 통로입니다"(「밥솥과 조직」)라는 구절이 등장한다. '구멍' 이외에도 그의 시에는 소통과 통로를 상징하는 장치들이 반복해서 등장한다. 그가 두 번째 시집에서 선보였던 전자 사막의 '유목주의'와 '접속'이라는 문제의식도 여기에서 크게 벗어나지 않는다. 물론, '접속'은 타인과의 문제인 반면, '구멍'은 안/밖처럼 한 개체에 국한된 문제이다. 첫 번째 시집의 제목을 빌려 말하자면, 그것은 "외부에서 내부로의 이동"의 문제인 것이다. 이런 점에서 '구멍'은 베이컨 회화의 '윤곽'에 해당한다.

사람들은 종종 타인의 얼굴에 시선을 자석처럼 붙이고 따라가며 구경한다 시간의 창이기 때문이다 사람들은 자신의 얼굴을 볼 때는 멈칫한다 시간의 벽이기 때문이다

질주하는 몸은 공포로 가득 찬 몸이다 거울 속으로 달려가면 거울 끝에 벽이 있다 질주하던 몸은 날계란처럼 터진다

사람들은 눈앞에 보이는 벽 때문에 바로 뒤의 벽을 떠올리지 못한다 진짜 벽을 감추기 위한 거울의 위장술이다 거울은 진화한다

거울을 스칠 때마다 얼굴이 베인다 거울에 베인 내 얼굴에는 시간이 핏물처
럼 스민다

거울의 꿈은 제 내부를 온전하게 텅 비우는 것이다 꿈은 이루어지지 않을
때까지만 꿈인 것이어서 거울은 계속 실존한다

벽 속에서 거울이 투명하게 썩어간다 거울 속의 나도 투명하게 썩어간다
— 「거울을 위하여」 부분

이원의 시에서 '거울'은 단순히 반사하는 표면이 아니다. 그것은 몸
밖에서 몸 안으로 들어가는 '구멍'이며 '통행로'이다. 이원 시의 인물들
은 반복해서 거울 속으로 들어가려 한다. 거울이라는 장치로 인해 이원
의 시에서 '나'는 두 개로 분리되는데, 그 하나는 내면을 가진 주관적인
'나'이며, 다른 하나는 그 주관적 내면을 가진 '나'를 응시하는 세인(世
人)으로서의 '나'이다. 그러나 닫힌 거울은 벽이기에 들어갈 수 없다. 닫
힌 거울만이 아니다. 인간은 어떤 식으로든 '살'의 물질성을 소거하지
못하는 한 거울 속으로 들어갈 수 없다. 베이컨의 회화는 거울이 보여
준 것이 곧바로 형상에게 일어나게 만듦으로써 거울로 하여금 변형을
책임지게 만들지만, 이원의 시에서 그러한 장치를 발견하기는 어렵다.
이원의 시가 거울—신체가 아니라 거울—얼굴의 관계에 집중하는 것도
신체가 지닌 물질성의 문제 때문인 듯하다.

이원 시의 인물들은 거울을 향해 다가가고, '거울—벽'에 부딪혀 튕겨
져 나오기를 반복한다. 가령 「거울을 위하여」에서 '질주하던 몸'은 거울
—벽에 부딪히는 순간 날계란처럼 터져버린다. '닫힌 거울'은 안을 보여
주기 않기 때문이다. 「거울의 춤」에서 '나' 또한 '거울의 방향'으로 달려
가지만, "거울에 몸이 들어가지 않"(「닫힌 것들」)는다. 거울 끝에 벽이 있기
때문이다. 거울은 두 개의 벽을 지니고 있지만, "사람들은 눈앞에 보이는
벽 때문에 바로 뒤의 벽을 떠올리지 못한다." 이것은 "진짜 벽을 감추기

위한 거울의 위장술"이다. 물론, 이따금씩 거울 속으로 들어가는 일이 발생하기도 한다. 「나는 그러나 어디에 있는가」의 화자는 "거울 속에 있으니 나는 거울의 몸이다"라고 선언하고, 「얼굴이 그립다」의 화자는 거울을 열고 들어간다. 이때 '거울의 몸'이자 '허공의 몸'인 '나'는 거울의 안을 들여다보는, 즉 '나'의 내부로 들어간 '나'이다. 앞선 두 권의 시집이 '전자사막'의 현재성을 포착하는 데 집중했다면, 세 번째 시집 『세상에서 가장 가벼운 오토바이』는 '나'를 들여다보고, '나'의 안으로 들어감으로써 "격렬한 내부"를 가진 언어를 만드는 일을 화두로 삼는다. 세인(世人)으로서의 '나', 주관적 내면으로서의 '나', 그리고 내면을 응시함으로써 '나'의 안으로 들어간 '나'. 각기 다른 세 명의 '나'가 '거울' 앞에서 펼치는 현존의 드라마는 '언어'에 관계된다는 점에서 '시'의 운명과 무관하지 않다. 물론 '기표'와 '관념'을 넘어선 물질성에 관한 관심은 앞선 두 권의 시집에서도 빈번하게 발견된다. "아이라는 기표를 불렀더니 / 아이가 그림자까지 붙이고 나타났다"(「아이라는 기표를 위한 상상」), "단단한 사과 하나가 새벽의 공기 위에 떠 있다 / 이 사과는 관념에 물든 사과다"(「허공에 떠 있는 것」) 같은 구절들은 언어-기호의 한계를 포착하고 그것 너머에서 시적 언어를 발견하려는 시도를 보여준다. 이번 시집에서 '언어'에 관련된 문제의식은 언어의 안으로 들어가는 것으로 확장되었고, 그것이 묘사의 시점이 아니라 '나'의 문제를 중핵으로 삼는다는 점에서 흥미롭다.

오이디푸스를 위한 무덤

조말선론

점멸등을 켠 자동차들이 도로 위에 각인된 권력의 선을 따라 행진한다. 개성과 자유를 최고의 가치로 숭배하는 도시인들의 발걸음은 출입 금지의 팻말 앞에서 부드럽게 꺾이고, 내일의 일상을 위해 고단한 몸을 누이는 가정의 식탁 위에도 자본의 질서는 깊게 음각되어 있다. 세속 도시에서 일상을 영위하는 자들의 절대 다수는 경쟁과 성공이라는 상징계의 논리 속에서 하루치의 안락함을 구가한다. 근대적 권력은 복화술사가 되어 우리의 삶을 정해진 방향으로 몰아가며, 우리는 상식·통념·질서·안정 등의 가치에 중독됨으로써 그것들을 쉽사리 '나'의 욕망으로 받아들인다. 억압의 사회적 기원이라고 말할 수 있는 이 척도는 이미-항상 우리의 삶을 권력의 질서에 맞추어 연출한다. 그리하여 차선과 차선 사이를 넘나들 때, 현세적 성공의 길에서 이탈할 때, 현대인들은 한없는 불안감을 느낀다.

조말선의 시는 질서의 권력과 탈주의 욕망 사이의 팽팽한 대립에서 출발한다. 그의 시에는 두 개의 기하학적 구도가 등장한다. 아버지의 이름을 상징하는 오이디푸스적 '가족 삼각형'과 분열의 각도를 상징하는 '사다리'가 그것들이다. 전자가 견고한 중력의 힘으로 모든 이탈의 가능성을 봉합하는 권력의 상징이라면, 후자는 낯선 궤도 속에서 새로운 자유와 생성의 가능성을 연출하는 클리나멘(clinamen)을 상징한다. 억압의 사회적 성격으로부터 분열의 정치적 의미를 포착하는 조말선의 시는 궁극적으로 이 두 개의 기하학적 구도를 중심으로 회전한다. '삼각형'이 훈육―권력에 의해 길들여진 현세주의자의 길이라면, '사다리'는 한 순간도 중력의 안정상태에 머물지 않으려는. 그러므로 불안과 분열을 고스란히 삶의 무게로 감당해야 하는 분열자의 길이다. 조말선의 시어가 보여주는 역설과 반어, 그리고 강박에 가까운 반복은 바로 분열의 언어적 표현이다. 그러나 그의 분열은 중력의 안정성을 욕망하지 않는다는 점에서 사뭇 정치적이다. '분열'은 삼각형으로 상징되는 상징계의 권력과 맞서는 화자의 무기이다.

관계자들이 왔다 흰옷과 마스크를 쓰고 관계자들이 왔다 관계자외 출입금지구역으로 관계자들이 왔다 관계자외 출입금지구역으로부터 관계자들이 왔다 나는 나의 기념일에 온 관계자들을 둘러보았다 나는 고개를 움직이지 못하도록 제지당했다 나는 나의 부모형제들을 찾아보았다 나는 눈알을 굴리지 못하도록 제지당했다 마스크가 관계자들의 표정이었다 흰옷이 관계자들의 성명이었다 모든 기념일은 관계자들의 날이었다 막다른 길 끝에는 늘 관계자외 출입금지구역이 있었다 나는 늘 금지구역까지 도달했다 경고문에 굴복했다 철조망에 무력했다 당신은 당신의 관계자가 아니오, 흰옷과 마스크가 말했다 당신은 당신의 출입금지구역이오, 흰옷과 마스크가 또 말했다 나는 억울하다고 말했다 나는 나의 기념일에 최초로 관계하고 싶다고 말했다 딱하다는 듯 흰옷과 마스크들이 흰옷과 마스크를 던져주었다 나는 흰옷과 마스크를 착용했다 나는 나의 관계자가 되자마자 사라져버렸다

'나의 기념일'에 '관계자들'이 찾아온다. 그들의 '흰옷'과 '마스크'는 권력의 표식이다. 그들의 권력은 '관계자외 출입금지'나 "나는 고개를 움직이지 못하도록 제지당했다", "당신은 당신의 관계자가 아니오"처럼 부정어를 통해 행사된다. 그들은 항상 '나'가 들어갈 수 없는 '관계자외 출입금지구역'으로부터 온다. 이 권력의 초월성으로 인해 '나'는 '나의 기념일'임에도 불구하고 정작 관계자에서 제외된다. 마스크와 흰옷, 그리고 표정과 성명으로 지시되는 권력의 억압적 성격은 결국 모든 기념일을 '관계자들의 날'로 바꿔버린다. 조말선의 시에 등장하는 '앞치마'(「앞치마를 두르고」)와 '정원사'(「오이디푸스나무를 위한 정원사」) 또한 화자를 '사육'(「벌써 몇백 년째」)하는 사회적 억압의 수행자들이다. 시적 화자는 삶의 막다른 길에서 '관계자외 출입금지구역'과 맞닥뜨리지만, 세계의 주인도, '나의 기념일'의 주인도 되지 못하는 화자는 관계자가 아니라는 이유에서 '경고문'과 '철조망'에 무기력하다. 카프카의 『성』을 연상시키는 이 거대한 불안 앞에서 화자가 취할 수 있는 태도는 두 가지일 것이다. 하나는 목숨을 걸고 표지판의 금기를 위반하는 것이며, 다른 하나는 권력으로부터 부여된 금지와 금기를 내면화함으로써 스스로 권력의 일부가 되는 것이다. 화자는 후자의 길을 선택한다. 그러나 '흰옷'과 '마스크'라는 권력의 표식을 받아들이는 순간, 다시 말해 '나'가 '나의 관계자'가 되는 순간 '나'는 관계자라는 비인칭 속으로 휘발되고 만다.

나는 얼음의 집에서 태어났다 태어나자마자 흘러가는 나에게 함부로 흐르지 마!라고 경고하는 집이었다 흘러서 투명해지며 풍경을 담고 싶은 나에게 아무것도 담지 마!라고 경고하는 집이었다 멀어져서 어느 한적한 강가에서 낯선 두 손을 씻고 싶은 나에게 절대 씻지 마!라고 경고하는 집이었다 나는 쓸

데없는 꿈이 많다고 걱정하는 집이었다……마!, ……마!, ……마! 하루종일
……마!가 비처럼 쏟아지는 집이었다 나는 ……마!를 비처럼 맞고 지냈다 마!
는 비처럼 나를 흠뻑 적셨다 주룩주룩 쏟아지는 마!비 폭우처럼 쏟아붇는 마!
비에 나는 마비되었다 나는 얼음이 되었다 나는 드디어 내 속에 갇힌 걸 축복
해주는 집이었다 나는 드디어 나 말고는 아무것도 비추지않게 된 걸 행운이
라고 여겨주는 집이었다 나는 드디어 내가 흘러가는 집을 가두고 있는 사실
에 모두 얼음이 돼버린 집이었다 나는 마비된 채로 내가 녹는 꿈만 꾸게 된
집이었다 나는 드디어 얼음의 집의 꿈과 내 꿈이 일치한다는 사실에 경악하
였다

—「마비」 전문

　　'마+비 = 마비'의 아나그램(anagram)을 활용하고 있는 이 시는 집(가족)
이 권력의 공간임을 폭로한다. '집'은 일상적인 안락의 공간이 아니라
'얼음의 집'이자 '경고하는 집'이기 때문이다. 조말선의 시에서 '집'은
권력의 축도이다. "세상을 이해하기 위해서는 집의 구조를 이해하는 게
빨랐죠"(「달팽이」). 이 시에서 '얼음'은 물의 결정체가 아니라 "흐르지
마!", "담지 마!", "씻지 마!"처럼 부정적 금지어를 의미한다. '집'으로 상
징되는 아버지의 이름은 화자에게 그 어떤 행동도 하지 않을 것을 명령
한다. '집'은 '꿈'이라는 화자의 탈영토화 욕망을 끊임없이 재영토화함
으로써 화자를 고립시킨다. 그리하여 마침내 화자가 "집의 꿈과 내 꿈
이 일치한다는 사실"을 받아들일 때 권력의 억압은 작동을 멈출 것이
다. "신호등 앞에서만 의견이 일치하는 사람들"(「망가진 침대」)은 얼마나
권력적인가. '나'의 관계자가 되자마자 '나'가 사라지듯이. 명령의 관점
에서 보면 '금지'와 '의무'는 동시적이다. 「적면증」의 화자는 '사과'가
아님에도 불구하고 끊임없이 '사과'일 것을 강요당함으로써 '사과'가 되
고, '사과'가 됨으로써 더 이상 '사과'에 대해 생각하지 않게 된다. "사
과들은 사과에 대해 생각하지 않았어요 드디어 나는 사과에 대해 생각
하지 않았어요".

조말선의 첫 시집에는 화자를 모종컵에 심는 아버지가 등장한다. 아버지—권력의 식목 행위는 "나는 수차례 나도 모르게 아버지가 되는 것이다 나는 수차례 나도 모르게 엄마가 되는 것이다"(「수프」), "아버지가 된 나를 나에게 비웠어요 꼭 맞아요 엄마가 된 나를 나에게 비웠어요 꼭 맞아요 내가 된 나를 나에게 비웠어요 꼭 맞아요"(「냉장고」), "나무의 한 각에 있는 그가 좀 더 예민해지고 / 한 각에 있는 그녀가 좀 더 예민해지고 / 한 각에 있는 내가 좀 더 예민해지고"(「오이디푸스나무와 죽은 고양이」)처럼 동일화의 권력을 의미한다. 그러므로 아버지—권력을 내면화하는 순간 아버지—엄마—나 사이의 구분은 무의미해지며, 마찬가지로 권력과 '나'의 경계 또한 사라지게 된다. 조말선의 시에 짙게 깔려있는 소통불가능성은 이처럼 권력의 일부가 됨으로써 '나'의 개체성을 상실된다는 인식에서 비롯된다. 그러나 사라지는 것은 '나'의 개체성만이 아니다. 조말선의 시에서는 엄마 또한 아버지 권력의 대행자에 불과하다. 가령 「푸른 토마토」에서 엄마는 '문'과 '열쇠'를 통해 화자의 '개방성'을 폐쇄성으로 바꿔놓고, 「가을」에서 엄마는 가을을 알고 싶어 하지 않는 아이들에게 가을을 강요한다. 권력에 대한 인식론으로 인해 조말선의 시는 생태학적 상상력과 여성성을 연계시키는 통상적 여성시의 범주에 포함되지 않는다. 뿐만 아니라 그의 시는 근대적 권력의 일반적 특징에 주목함으로써 가부장적 질서에 대한 비판에서 출발하는 여성시의 계보와도 일정한 거리를 유지한다. 「오이디푸스 나무」는 권력의 기하학적 구도인 삼각형이 무수히 많을 때조차 사실은 하나일 뿐임을 보여준다.

근대적 권력은 지배자 없는 지배이며, 생성과 차이를 질식시키는 동일성의 폭력이다. 그것은 "신체의 활동에 대한 면밀한 통제를 가능하게 하고, 체력의 지속적인 복종을 확보하며, 체력에 순종—효용의 관계를 강제"(푸코)함으로써 순종하는 신체를 생산하는 훈육(discipline)으로 작동한다. 그것은 모든 기하학적 도형들을 단 하나의 삼각형으로 환원시킴으로써 어떠한 이질성도 용납하지 않는다. 조말선의 시에서 '신체'가 중요하게 다뤄지는 것은 그곳이 바로 훈육 권력이 작동하는 곳이기 때문이다. 첫 시집 『매우 가벼운 담론』에는 다음과 같은 시가 실려 있다. "오전 여덟시에 나는 길이었고, 집으로 가는 중이었고, 아우성이었고, 법이었고, 꽃이었고, // 정오 열두시에 나는 사막이었고, 상영 금지된 영화였고, 부러진 꽃이었고, 겨울이었고, 실연이었고, 그래도 법이었고, 집으로 가는 중이었고, 길이었고,"(「가변차선」) '가변차선'이라는 제목이 암시하듯이, 조말선의 시에서 분열과 탈주 욕망은 무한한 생성과 변이의 점들을 통과한다. 무수한 접속사와 콤마의 연쇄로 이루어진 이 탈주의 선은 분열의 선으로 형상화되지만, 그것은 척도의 권력 바깥에서 새로운 삶을 사유한다는 점에서 생성의 선이다.

생성은 이미−항상 동일성의 권력을 앞질러 존재한다. 동일성의 권력은 동일화의 권력이라는 점에서 항상 화자의 분열 다음에 온다. 생성과 분열의 선차성에 주목한다는 점에서 조말선의 시는 프로이트적 정신분석학과 구별된다. 그리하여 권력이 있는 곳에 저항이 있다는 통념은 이제 생성 / 분열이 있는 곳에서 동일화의 권력이 작동한다는 새로운 테제로 바뀐다. 동일성과 차이, 재영토화와 탈주 욕망 사이의 대립은 시집 전체에서 '고정적인 시선' 대 '분산적인 시선'(「분산적인 시선을 보는 고정적인 시선」)으로, '흐르는 것' 대 '마비'(「마비」)로 변주된다. 그러므로 한편에는 분산·흐름·모호성으로 상징되는 생성의 운동이 있고, 다른 한편에는 질서·법·척도로 상상되는 동일성의 권력이 있다. 「풀밭」에서의 '조밀'은 바로 '고정적인 시선' 그것을 의미한다. "너는 / 웃음과 눈물과 비웃음과 딸국질을 표현하는 방식이 동일했다 // 한 가지 속옷과 한 가지 겉옷으로 몇 년을 버텼다"(「풀밭」) '너'로 지칭되는 동일성의 권력은 "들뢰즈와 바슐라르와 아버지를 읽는 방식"이 동일하다. 그래서 화자는 "벨벳자켓을 너무 오래 입"고 있는 동일성의 권력에게 "애인이 지겹지도 않대?"라는 조소 섞인 질문을 던진다. 이 오래된 패션은 「무덤들」에서 "쓰자마자 내가 잠기는 모자"가 되어 나타난다. "이 십년 동안 고루한 취향에 빠진 나 이 십년 동안 한 가지 생각에 집중한 나 지긋지긋한 모자!" 쓰기 전에는 일련번호가 달랐던 모자는 쓰는 순간 모두 똑같은 모자로 바뀐다. 이 모자의 마술은 「오이디푸스나무를 위한 정원사」에서의 정원사의 마법과 동일하다. 우산도, 모자도, 신발도, 그의 손에 닿는 순간 모두 삼각형이 된다.

앙토냉 아르토는 "부패한 사회는 정신병리학을 고안하여 자신에게 거추장스러운 선견지명을 지닌 월등하게 총명한 몇몇 사람의 탐구로부터 스스로를 방어한다"고 비판했는데, 시인 또한 정신분석학을 동일성의 논리로 간주한다는 점에서 아르토와 시선을 공유하고 있다. 「둥근 발작」에 등장하는 "곁가지가 뻗으면 반드시 철사 줄에 동여매세요 / 자기성향이 굳어지기 전에 굴종을 주입하세요 / 무엇보다 가장 중요한 것은 성장억제입니다"라는 구절은 산업사회에서 자연에 강요되는 동일성의 폭력을 가장 극명하게 보여준다.

아버지를 기다려요 아버지를 거절해요 아버지를 놓칠까봐 아버지를 따라가요 아버지의 따귀를 찰싹 갈겼어요 아버지의 등짝을 힘껏 떠밀었어요 정말 즐겁게 버림받네요 뿌리박힌 회전의자를 뱅뱅 돌리는 아버지 전속력으로 즐거운 아버지 전속력으로 만족한 아버지 아버지가 만든 법 아버지가 깰 순 없잖아요 나는 아버지의 법 안에서 안간힘을 쓴다 아버지를 허락하는 것은 아버지를 어기는 것 아버지를 버리는 것은 아버지를 지키는 것 아버지를 기다려요 아버지를 거절해요 아버지의 등짝을 더욱 퍽퍽 후려칠까요 나는 아버지를 즐기는 아버지를 즐기는 중이에요 아버지를 껴안으며 돌려세우는 거절의 고성방가 아버지로 인해 누리는 폭력의 정당방위 나는 즐겁게 당한다 저쪽에서 뛰어온 내가 버린 아버지를 이쪽에서 뛰어간 내가 버린다 헉헉거리며 나는 당한다

—「테니스」 전문

그러나 부정과 저항은 삼각형의 권력을 해체하는 과정이 아니다. 동일성의 권력과 차이의 긴장관계를 '테니스'에 비유하고 있는 이 시에서 아버지의 따귀를 때리고 등짝을 떠미는 행위는 권력을 해체하는 게 아니라 대체하는 개량적 행위에 불과하다. 하나의 권력을 다른 권력으로 대체하는 것, 그리하여 권좌의 주인을 갈아치우는 것은 권력의 이동이지 권력의 해체가 아니다. 이는 척도의 권력에 대한 투쟁이 기존의 척도에 대한 부정과 저항으로는 완결될 수 없음을 의미한다. 단일한 척도 자체가 곧 권력이기에, 척도에 대한 투쟁은 척도의 단일성을 해체하는 차이의 정치학에서 찾아야 한다. 아버지에 대한 부정과 저항은 매저키즘적 속성을 지닌 아버지, 즉 권력의 욕망이지 분열자의 욕망은 아니다. 권력 없는 세상은 결코 정당한 권력으로 부정한 권력을 제압함으로써 도래하지 않는다. 시인은 화자의 '적의'(「자라는 오이디푸스나무」)를 즐기는 아버지―권력의 모습에서 척도적 권력의 속성을 발견한다.

아버지를 부정하는 행위가 궁극적으로 아버지의 법 안(척도의 내부)에서 안간힘을 쓰는 것에 불과하다는 사실을 깨달은 화자는 척도의 권력으로부터 벗어나기 위해 새로운 전략을 등장시킨다. "아버지를 허락하는 것은 아버지를 어기는 것"이며 "아버지를 버리는 것은 아버지를 지키는 것"이라는 역설(paradox)이 바로 그것. 이제 화자는 기다림으로써 거절하고 따라감으로써의 놓치는 역설의 전략으로, "아버지를 즐기는 아버지를 즐기는" 방식으로, 아버지와의 일전(一戰)을 시작한다. 오서독스(orthodox)라는 척도의 권력을 무력화시키는 패러독스(paradox)의 힘. 하여, 「태풍의 식탁」에서 화자는 "그를 맞으러 나는 식탁 위로 올라갔디"라고 말하며, 「답례품」에서 화자는 억압에 대한 감사의 표시로 '오렌지'를 선물한다.

삼각형의 권력을 무화시키기 위해 시인은 분열자―되기를 선택한다. 여기에서 분열은 질병이 아니라 상징계의 권력이 동일화할 수 없는 어떤 상태가 되는 것이다. 주체성의 관점에서 보면, 조말선의 시는 정체성을 구성하는 데 노력하지 않고 그것을 해체시키는 데 집중한다. 희미한 주체, 그것은 「커튼」에서는 "분명함과 분명함 사이"의 모호함으로 표현된다. "나는 사라지고 나타나고 나타나고 사라진다." 권력의 표지인 '나'를 사라지게 만듦으로써 비로소 '나'가 나타날 수 있는 지독한 역설. 동일성의 권력이 차이의 이질성을 삼각형으로 환원하는 것이라면, 그것으로부터의 이탈은 환원불가능한 분열적 생성을 극대화하는 것일 수밖에 없다. 「나비」에 등장하는 '그러나'와 '또는'과 '그런데' 같은 '변태'적 종합들, 「번복하는 오이디푸스나무」에서의 수많은 나를 '번복'하는 수많은 나들, 「분산적인 시선을 보는 고정적인 시선」에서의 '분산적인 시선', 그리고 「의자의 얼굴」에서 "백 개의 나로 분열"하는 나 등은 모두 동일성의 권력에 무화시키는 이질성을 상징한다. 조말선의 시에서 주체는 이미–항상 분열되어 있으며, 그러므로 그것은 언제나 분열을 향해 잠행하는 희미한 그림자로서만 지각된다.

그날 아침, 무성한 아버지의 아를 떼어내 심었다 가랑이가 찢어진 겨드랑이가 찢겨진 그날 아침, 단호한 아버지의 버를 떼어내 심었다 심장이 쪼개진 간격이 벌어진 그날 아침, 새 아버지를 경작하였다 새 침대를 마련하였다 새 관습을 주입하였다 찢어진 아버지 벌어진 아버지 불구의 아버지가 태어나리라 불구의 아버지께 사식을 대접하리라 그날 아침, 아버지는 불구가 되었다 그날 아침, 아버지는 주저앉았다 야금야금 물을 주리라 간혹 식사시간을 잊으리라 회복이 빠른 아버지 낑낑대며 번식에 집착한 아버지 어느 날 아침 침대마다 무성할 아버지 똑같은 관습을 발육할 아버지 아버지의 아버지는 아버지가 아니에요 뿌리 없는 아버지 내가 경작한 아버지

—「이식」 전문

마침내 아버지–권력과 화자의 서열이 전도되었다. 화자는 아버지를 해체하여 새롭게 경작한다. 이식의 공간은 "아버지 당신께 꼭 맞는"(「모종컵」)이 적당하리라. 이식은 새로운 '침대'와 '관습'을 주입하는 것으로 시작된다. 표준과 질서가 아닌, "과잉과 결핍"(「온실용 식물 I」)으로 행해

지는 경작은 '불구의 아버지'를 탄생시킨다. 화자는 불구의 아버지에게 물을 주고 식사를 제공한다. 그러나 이것은 오이디푸스의 죽음이 아니다. 삼각형의 종말도 아니다. 「이식」은 권력에 대한 승리의 축가가 아니라, 권력과의 투쟁이 영구혁명일 수밖에 없음을 환기한다. 하여, 여기에는 승리에 대한 어떠한 도취감도 없다. '도끼'로 목을 쳐도 "나무는 구도를 바꾸지 않"(「오이디푸스나무의 신발」)듯이, 불구의 아버지는 똑같은 관습으로 발육하여 마침내 동일성의 권력으로 부활할 것이다. 권력이 물리적 폭력에 의지하는 억압적 정치권력이 아니라 척도의 권력인 한, 그것은 질서와 표준, 습속과 척도가 작동하는 곳이라면 어디서나 다시 태어나기 마련이다. 그렇기 때문에 새롭게 발육한 아버지의 기원이 낡은 아버지가 아니라 '나'라는 사실은 표면적 낙관성보다 훨씬 비장한 정서를 함축하고 있다.

모든 동일성의 권력은 표준화되고 척도화된 일상에서 기원한다. 뒤집어 말하면, 모든 탈영토화는 절대적 탈영토화로 나아가지 않는 한 척도의 권력에서 벗어날 수 없다. 일상의 안락함에 안주할 때, 표준화된 습속과 척도적 삶에 집착할 때, 모든 '나'는 이미−항상 권력의 기원이 된다. 이런 점에서 '반복'과 '번복'(「번복하는 오이디푸스나무」)의 대립은 매우 정치적이다. 여기에서 조말선의 시는 윤리적 주체로서의 '나'에 관한 질문으로 이어진다. 매순간 '번복'으로서의 삶을 구성하기, 그리하여 지각불가능한 것 되기. 이제, 삶은 척도의 권력을 선택하느냐 전혀 새로운 삶을 구성하느냐는 문제로 압축된다. 이 낯선 질문은, 감히 말하자면, 우리의 현대시가 일찍이 경험하지 못했던 새로운 질문이다.

다른 목소리들

3
부

재현적 리얼리티의 바깥 풍경들

아무래도 그녀는 미쳤다.
원고지 앞에 멍청히 쭈그리고 앉아 중얼거리는
아내는 미쳤다. 제발 현실을 직시하라구
할 때마다, 몽상가들이 꿈꾸는 것은 바로
현실입니다. 제발, 할 때마다
몽상가들이 꿈꾸는 것은 현실입니다.
　　　　—장정일, 「실비아 플라스에게 빠진 여자」 중에서

1. 귀환자의 진실

억압된 것들의 회귀는 정신분석학만의 진실은 아니다. 리얼리즘이라는
구각(舊殼)의 해체는 환상·엽기·욕망 등의 귀환자들을 양산하고 있다. 시
간이 지날수록 귀환자의 리스트는 더욱 늘어날 것이다. 재현(Representation)과

진리를 두 축으로 삼는 리얼리즘 미학은 재현 대상과 재현물 간의 일치 관계를 통해 진리에 접근한다. 물론 리얼리즘 미학에서의 현실이란 '리얼한 것'의 범주에 따라 두 가지로 나뉜다. 하나는 미메시스(mimesis)에 근거한 실재론적 현실이며, 다른 하나는 반영론에 근거한 총체성으로서의 현실이다. 캐스린 흄(Kathryn Hume)의 말처럼 서구의 미학은 '미메시스'와 '환상'이라는 두 충동의 산물이다. 비슷한 관점에서 미술사가 곰브리치(E.H.Gombrich)는 미술을 '아는 대로 그리는 것'과 '보이는 대로 그리는 것'으로 양분했고, 빌헬름 보링거(W. Worringer)는 예술을 '감정이입충동'과 '추상충동'의 두 가지로 설명했다. 예술의 본질을 발생학적인 충동의 논리로 해명하려는 이러한 이론적 고찰은 궁극적으로 두 충동의 비대칭성을 계기로 보편성의 이면에 은폐되어 있는 '억압된 것'의 존재를 확인시켜준다. 그 억압된 것을 비정상 혹은 타자라고 말해도 좋으리라.

아리스토텔레스 이래 서구 문학의 전통은 리얼리티의 재현이라는 관점에서 논의되어 왔다. 마르크스주의의 반영론 또한 반영물과 대상의 일치관계를 중심에 둔다는 점에서 모사론으로부터 완전히 자유롭지 않다. 물론 마르크스주의 미학이 소박한 의미의 모사론으로 환원될 수 없다는 점에서 반영론과 모방(mimesis)을 동일한 것으로 간주하기는 어렵다. 널리 알려진 것처럼, 포스트모더니즘은 시뮬라크르의 존재론을 통해 재현의 불가능성을 증명했으며, 마술적 사실주의는 라틴의 서사적 전통을 앞세워 서구적 모더니티의 외부에 존재하는 판타지의 중요성을 부각시켜 왔다. 특히 후자에 주목한 대부분의 논의들은 현실과 환상을 대립적 개념으로 설정함으로써 문학에서의 환상이 예술사에서 반복적으로 억압되었음을 보여주었다. 그러나 가르시아 마르께스는 「환상과 예술의 창조」에서 스페인 한림원 사전을 비판하면서 "라틴아메리카의 예술적 창조와 상상"에 관해 다음과 같이 이야기한다.

한 인간이 거대한 벌레로 변한 채 새벽녘에 깨어났다는 구상이 아무리 환상적이라 할지라도 그 누구도 카프카의 창조적 능력을 환상이라고 생각지 않을 것이다. 반면에 환상은 월트 디즈니가 즐겨 사용한 수단이었음을 의심할 여지가 없다. 나는 한림원 사전의 정의와는 정반대로, 상상이란 예술가들이 그들이 처한 현실에서 새로운 현실을 만들어내는 특별한 능력이라고 생각한다. 게다가 상상은 내가 타당하다고 생각하는 유일한 예술적 창조이다. 이제부터 라틴아메리카의 예술적 창조에서 상상을 얘기하겠다. 그리고 환상이라는 말은 되지 못한 집단이 사용하든 말든 상관하지 않겠다.

— 번역 : 현중문. http://www.latin21.com

비서구 지역의 문학을 '환상문학'이나 '마술적 사실주의'라고 명명하는 것은 변형된 서구중심주의라는 비판에서 자유롭지 못하다. 서구 아방가르드의 기원을 라틴아메리카에서 찾는 플로레스(Angel Flores)나 환상을 등치적 리얼리티(consensus reality)에서 벗어난 예술적 충동으로 정의하는 캐스린 흄의 논리가 바로 그것이다. 현실과 환상을 대립개념으로 설정하면 환상은 현실의 부정태, 즉 현실이 아닌 것으로 정의되고 만다. 이때 환상은 종종 현실 도피적인 행위나 현실에서의 불가능성을 보상받으려는 심리적 작용으로 이해된다. 그러나 지젝(Slavoj Zizek)이 『환상의 돌림병』에서 말한 것처럼 "환상이라는 것은 내가 딸기과자를 욕망하면서도 현실에서 얻을 수 없을 때 그것을 먹는 환상을 만들어내는 것을 의미하지는 않는다." 오히려 환상은 마르께스의 말처럼 현실을 변용함으로써 작가가 처해 있는 "현실에서 새로운 현실을 만들어"내는 '창조적 능력'이라는 점에서 상상력과 관계된다.

캐스린 흄은 작가는 자기 나름의 인식을 통해서 등치적 리얼리티(consensus reality)와는 다른 차원에서 리얼리티를 보려는 경향을 지닌다고 말한다. 등치적 리얼리티가 재현의 대상과 재현된 것 사이의 동질성, 자연과 작품의 내용 사이의 동질성을 가리킨다면, '다른 차원에서의 리얼리티'란 그것으로는 설명될 수 없는 상이한 차원의 리얼리티일 것이다. 그러므로 중요한 것은 이 새로운 리얼리티에 '환상'이라는 이름을 부여하는 명명에의 욕망이 아니라, 그것이 다른 차원의 리얼리티를 생산하며, 나아가 문학에서의 리얼리티가 현실의 재현이 아니라 구성의 산물임을 이해하는 일이다. 재현적 리얼리티란 하나의 예술적 관습에 불과하다. 화자의 통일성, 인과관계로 결속된 플롯, 그리고 결말을 향해 나아가는 스토리의 확실성, 이런 문학적 장치들의 집합적 배치가 소위 재현적 리얼리티의 근거이다. '다른 차원에서의 리얼리티'는 이러한 관습의 정상성을 위반하거나 일탈할 때 발생하지만, 그러나 서구적 맥락에서의 '환상'이 재현적 리얼리티의 관습을 의도적으로 위반하는 것과 달리, 라틴의 서사전통에는 위반의 의도가 없다. 그들은 서구와는 다른 시선으로 현실을 포착하고, 상상력을 통해 그것을 변용할 뿐 재현적 리얼리티를 전복하려하지 않는다. 이런 점에서 라틴문학의 상징으로 통용되는 '환상'은 축복이 아니라 재앙에 가깝다. 그들에게 '환상'은 현실의 바깥이 아니라 현실의 복수성, 즉 현실들 중의 하나일 뿐이다.

2. 재현적 리얼리티의 외부

"사물에 대한 묘사가 사물을 파괴한다."(로브그리예) 우리의 꿈이 '꿈─작업'의 결과물인 것처럼 사물에 대한 묘사는 재현적 리얼리티의 결과물에 불과하다. 사물에 대한 묘사는 항상 지각의 내용과 다르게 묘사된다. 우리는 지각되는 대로 묘사하는 것이 아니라 묘사되는 대로 지각한다. 그렇기 때문에 '다른 차원에서의 리얼리티'는 이미─항상 잉여적인 리얼리티이고, 동시에 사회적 맥락의 한계들에 대한 투쟁이다. 환상이 "문화적 속박으로부터 야기된 결핍을 보상하려는 특징"이라는 로즈마리 잭슨의 정의는 절반의 진실일 뿐이다. 환상은 문화적 속박, 즉 재현

적 리얼리티라는 '문화적 속박'에서 한 발 비켜 서 있지만, 그렇다고 그
것이 곧 결핍에 대한 보상이라는 심리적 동기에서 비롯되는 것은 아니
기 때문이다.

문학에서의 '환상'은 대개 신화·판타지·소설 등의 서사 장르에 국
한되어 논의되어 왔다. 토도로프의 '망설임'이나 톨킨의 '즐거움' 등이
바로 그것들이다. 로즈마리 잭슨은 '환상'을 실체화하고 장르화하는 이
들의 태도가 환상물을 통해 잃어버린 도덕적 사회적 위계를 되돌아봄
으로써 그것들을 복원하고 부활시키려는 선험주의에 근거하고 있다고
지적한다. 서사 장르에서의 환상성이 즐거움의 문제와 밀접한 관련을
지닌다면, 시에서의 환상성은 참혹한 화자의 내면을 언어화하려는 의도
에서 기원한다. 믿어 달라고 말하기도, 언어로 표현하기도 어려운, 상상
을 능가하는 그 심리적 현실에서! 환상문학론자들은 세계를 올바로 알
기 위해서는 미메시스만이 진실한 문학이라는 가설을 포기해야 한다고
말하지만, 장르로서의 시는 그 출발점에서부터 미메시스적 재현과는 일
정한 거리를 두고 있다. 등치적 리얼리티가 유일한 법칙이었다면 오늘
날 동일성의 이데올로기나 세계의 자아화라고 비판받는 서정시의 세계
조차 성립되기 어려웠을 것이다. 이는 소설에서의 환상이 시에서의 그
것과 동일하지 않다는 것을 의미한다. 시는 재현이 아니라 구성적 현실
을 표현하는 장르이며, 그런 만큼 재현적 진실의 영토화로부터 상대적
으로 자유롭다. 시의 독자들이 의미론이 아니라 감각의 논리에 따라 시
를 이해해야하는 이유가 여기에 있다.

우리는 '환상'을 제명(題名)으로 삼은 넻몇 시인들을 알고 있다. 또 우
리는 이른바 '환상성'의 징후를 강하게 드러내는 몇몇 시인들의 시를
예의주시해 왔다. 이들의 시적 진술은 재현적 리얼리티를 위기에 빠뜨
린다. 동시에 그것은 재현적 리얼리티와는 다른 차원에서 리얼리티를
구성한다. 무심코 펼친 남진우 시집의 첫 페이지에는

깊은 밤 내 낡은 모자에 귀를 갖다 대면
기적 소리와 함께 시커먼 화물 열차가 달려 나오기도 한다
내 낡은 모자를 안고 오늘 나는 시장에 갔다
하지만 해 저물도록 아무도 사는 이 없어
나는 구름과 놀다가 기차를 타고 훌쩍
머나먼 사막으로 떠났다

—남진우, 「모자이야기」 부분

라는 구절이 등장한다. 깊은 밤의 모자 속에서 전설처럼 화물 열차가
달려 나오고, 끝내 팔지 못한 모자와 함께 구름과 놀다가 기차를 타고
사막을 향해 떠난다는, 재현적 리얼리티와 무관한 이 시적 진술을 어떻
게 이해해야 할까. 물론 이 시를 재현적 리얼리티의 방식으로 독해하는
것도 가능하다. 이 시가 보여주는 불편하고 낯선 세계를 무의식의 판타
지라고 명명하고, 그것을 정신분석학적 상징으로 환원하면 되기 때문이
다. 또한 등치적 리얼리티와 무관한 이 시적 진술을 무의미한 말장난이
라고 말하는 것 또한 불가능한 일은 아니다. 재현적 리얼리티의 세계에
익숙한 독자들에게 그 '문화적 속박'은 속박이기 이전에 유일한 출구이
며, 따라서 그것을 벗어난 세계는 포착되지 않거나 무의미한 것으로 인
식될 수밖에 없기 때문이다. 그러나 시적 진술을 통해 새롭게 구성되는
리얼리티는 그러한 독법을 이미−항상 초과한다. 시는 논리가 아니라
감각의 산물이기 때문이다. 그래서 언어화하기 어려운 만큼 납득시키기
도 어려우며, 또 시인이 그것을 독자들에게 반드시 납득시켜야 하는 의
무도 없다. 시적 진술이 언어 바깥의 세계와의 상관성, 즉 재현적 리얼
리티의 일치관계와는 무관하게 작품 자체의 내적 논리에 의해 이해되
는 것은 이 때문이다.

최근 시에서의 환상은 주체의 균열과 동일성의 해체라는 관점에서
집중적으로 논의되고 있다. 환상을 통해 확인되는 균열된 주체성이 주

체와 타자라는 근대적 이분법을 관통함으로써 탈근대적인 해방의 에너지를 표출하고 있으며, 동일성의 미학이 추구하는 자아와 세계의 합일로부터 서정적 절대주체의 권위를 회수하고 있다는 진단이 그것들이다. 시의 실정성이 불변의 진리가 아닌 한에야 이러한 인식 자체가 틀린 것은 아니다. 확실히 2000년 이후의 시적 경향은 재현적 리얼리티의 바깥에서 내면적 진실을 표현하려는 경향을 강하게 드러내고 있다. 말하자면, 주체의 내면, 즉 감각의 리얼리티를 언어화하기 위해 비재현적인 방식을 선택하는 경우가 급증하고 있는 셈이다. 그러므로 '환상'을 강조하는 것과 '리얼리티'를 강조하는 것은 모순이 아니라 양면적이다. 환상은 현존하지 않지만 실재한다는 점에서 리얼리티를 갖고 있으며, 그렇기 때문에 리얼리티 자체와 대립하지 않는다. 환상과 리얼리티를 두 개의 실체로 간주하는 태도는 매우 피상적이며, 이때 하나는 다른 하나에 의해 부정되기 마련이다. 그것이 현실이 아니라는 이유로 문학의 존재성 자체를 부인하는 태도와 무엇이 다르겠는가. 우리는 문학에서의 현실은 복수적으로 존재한다는 것, 그리고 재현적 리얼리티가 존재하는 것처럼 비재현적·비등치적 리얼리티 또한 가능하다는 것, 특히 시적 진술에서는 후자가 훨씬 중요하다는 것을 잊지 말아야 한다.

어려운 호흡이 몸으로 들어와, 빗소리만 듣는데도 주사바늘이 꽂혀 간호사 누나, 키스할래? 자꾸 엉덩이만 만지지 말고…… 나비바늘이 필요해요 나비야 나비야 내 몸을 찌르고 너는 죽잖아, 내 영혼도 찔러줄 수 있니 죽기 전에 핏방울 매달고 춤추는 나비야 거즈는 너의 무덤, 내가 줄 수 있는 건 피밖에 없구나 …… 그런데 어디서 자꾸만 바람 소리가 들려, 어려운 호흡이 몸으로 들어와, 주치의는 춘천으로 가고 아버지는 일 나갔지요 비 오는 날 나비는 어디서 잠자나, 내 몸 안에서 자지, 근육이완제 같은 건 필요 없어요 나비가 팔딱거리기 때문이잖아 나는 피우다 만 꽃이야 뿌리로 돌아가기엔 너무 멀고 꽃망울 터뜨리기엔 毒이 너무 많잖아 당신, 기이이인 하아루 지나아아고, 언덕 저편에서 나비 떼 몰고 당신 올 때면 나는 웃을 수도 없고 울 수도 없고 아 아 간호사가 몸 만질

때마다 신음소리, 몸에 주렁주렁 매달린 나비무덤 간호사 누나, 창녀야? 마음은
딴 데 두고 몸만 만지니? 당신이나 나나 지루한 새벽 지친 바람 줄기처럼
—박진성, 「나비가 몸으로 들어와」 전문

　　어려운 호흡이 몸으로 들어온다. 주사바늘이 꽂히고 그 위태로운 호
흡 속으로 나비가 날아든다. 엉덩이를 어루만지는 간호사의 손길이 에
로틱한 느낌으로 다가오고, 나비처럼 날아드는 주사는 '나비바늘'이라
는 황당한 상상을 불러일으킨다. 어려운 호흡 속에 유행가와 신음이 섞
여 들고, 나비가 날아드는 몸은 피우다 만 꽃으로 경험된다. 질병은 재
현적 리얼리티의 극한이다. 공황장애로 인해 하루 네 번 12개의 알약을
삼켜야 하고 극도의 공포와 호흡곤란, 균형감 상실에 시달려야 하는 사
람에게 리얼리티란 어떤 것일까? 괴테의 '병원의 시'를 떠올리지 않아
도, 병적 낭만주의의 광적인 충동을 상기하지 않아도, 우리는 병적 상태
에서 경험되는 공포와 혼란이 그것을 경험하는 자에게 유일하고도 절
박한 현실일 수밖에 없음을 직감할 수 있다. 박진성의 시는 질병이라는
반일상적 경험을 '앓음으로써의 문학'으로 확장시키고, 몸과 정신의 비
정상적 반응들에서 기인하는 이질적인 상상력을 통해 정상과 비정상을
가르는 척도의 권력이 병원이라는 근대적 억압장치와 공모관계에 있음
을 폭로하는 데로 나아간다. 이런 점에서 병적 반응이란 리얼리티의 임
계점이다. 공황장애라는 질병은 일상의 재현적 리얼리티를 송두리째 뒤
흔들어 놓고 그것과는 전혀 다른 세계를 연출한다. 이 병적상태의 상상
력을 환상이라고 말할 수도 있으나, 질병은 그것을 경험하고 고통 받는
자에게는 '환상'이 아니라 '현실'로 다가온다. 악몽을 꾸다 깨어난 자들
에게 꿈이 환상이 아니라 현실이듯이, 우울증이나 분열증 같은 심리적
질병으로 인해 고통 받는 자들에게 우울과 분열의 세계가 너무나도 뚜
렷한 현실이듯이 말이다. 파리의 눈에는 세계가 휘어진 채로 지각된다.
그 휘어진 세계가 파리에게 현실이 아니라면 무엇이겠는가. 이처럼 환

상은 현존하지 않는 경우에도 이미-항상 실재하는 현실이다.

공황장애라는 질병이 다소 극단적이라면 종종 문학의 출발점으로 간주되는 상처와 고통의 경험은 어떨까? 한 개인의 상처와 고통이 온전하게 객관화될 수 없음은 주지의 사실이다. 설령 하나의 사건을 함께 경험했다고 할지라도 그것이 개인들의 내면에 각인되는 방식, 한 개인이 그것을 현실화하는 방식은 다르기 마련이다. 일회적 사건 속에는 무수한 차이들이 응축되어 있다. 상처나 고통은 그것이 사회적 의미를 지닐 때조차 각각 다르게 경험된다. 이는 상처의 고통을 현실화하는 과정을 통해 한 개인의 내적 세계로 진입할 수 있음을 의미한다. 가령 김신용의 『환상통』에 실려 있는 몇 편의 시들은 한 개인의 상처와 고통이 어떻게 새로운 현실의 기원이 되는가를 분명하게 보여준다.

새가 앉았다 떠난 자리, 가지가 가늘게 흔들리고 있다

나무도 환상통을 앓는 것일까?
몸의 수족들 중 어느 한 부분이 떨어져 나간 듯한, 그 상처에서
끊임없이 통증이 베어 나오는 그 환상통,
살을 꼬집으면 멍이 들 듯 아픈데도, 갑자기 없어져 버린 듯한 날

한때,
지게는, 내 등에 접골된
뼈였다
木質의 단단한 이질감으로, 내 몸의 일부가 된
등뼈.

언젠가
그 지게를 부수어버렸을 때, 다시는 지지 않겠다고 돌로 내리치고 뒤돌아섰을 때
내 등은,

텅 빈 공터처럼 변해 있었다
그 공터에는 쉬임없이 바람이 불어왔다

그런 상실감일까? 새가 떠난 자리, 가지가 가늘게 떨리는 것은?

허리 굽은 할머니가 재활용 폐품을 담은 리어카를 끌고
골목길 끝으로 사라진다
발자국은 없고, 바퀴 자국만 선명한 골목길이 흔들린다

사는 일이, 저렇게 새가 앉았다 떠난 자리라면 얼마나 가벼울까?

물끄러미 쳐다보고 있는 창 밖,

몸에 붙어 있는 것은 분명 팔과 다리이고, 또 그것은 분명 몸에 붙어 있는데
사라져 버린 듯한 그 상처에서, 끝없이 통증이 스며 나오는 것 같은 바람이
지나가고

새가 앉았다 떠난 자리, 가지가 가늘게 흔들리고 있다
— 김신용, 「환상통(幻想痛)」 전문

시인은 가늘게 흔들리는 가지에서 나무의 '환상통'을 지각한다. 환상통, 사라진 신체의 부분에서 전달되는 고통의 감각이 지금 나뭇가지의 여린 떨림을 통해 화자에게 전달된다. 부재를 통해 현존의 시간을 증명하는 가지의 역설적 떨림이 그렇듯이 상처는 현존하지 않는 방식으로 실재한다. 김신용의 시에서 '고통'의 시간은 현재에 국한되지 않으며, 이미—항상 주체의 감정과 감각을 지배하고 있다. 그에게 '상처'는 물 빠진 강바닥의 퇴적물처럼 흘러가지 않고 '눈'에 박혀 있거나 "몸의 수족들 중 어느 한 부분이 떨어져 나간 듯한" 상실감으로 존재한다. 그러나 여기서의 결핍감은 결코 심리적인 상처만은 아니다. 환상통은 육체

에 붙어 있지 않은 신체가 느끼는 고통이라는 점에서 철저하게 신체적인 것으로 포착되기 때문이다. 고통의 신체성을 강조하기 위해 시인은 등과 지게의 분리를 강조한다. 그리하여 '상처'는 "잊지 말라고, 아무리 세월이 흘러도 결코 잊지 말라고, 더 아프게 흡혈의 발자국"(「飛蚊症 1」)을 신체에 각인한다. 흥미로운 사실은 '비문증'과 '환상통'이 타인에 의해 확인되지 못함으로써 등치적 리얼리티의 세계를 벗어난다는 점이다.

 "사는 일이, 저렇게 새가 앉았다 떠난 자리라면 얼마나 가벼울까?"라는 구절에서 드러나듯이 시인에게 고통의 연대기와 삶은 동일하다. 시인은 지금 삶의 시간을 온전히 고통으로 물들인 자의 시선으로 세계와 상처를 응시하는 것이다. 이윽고 시인은 나뭇가지에 투여되었던 상실의 감각을 자신에게 되돌려 놓는다. 한때 몸의 일부처럼 자신의 삶을 버텨 주었던 '지게'와, 그것을 부수어버리고 돌아섰을 때 느꼈던 공터와 같은 상실감이 그것이다. 생존과 고통의 이율배반이었던 생산수단의 부재는 시인의 등을 공터로 만들었고, 지금 시인은 그 공터에서 불어오는 바람을 느끼며 삶의 상실감을 경험하고 있다. 이처럼 삶의 고통은 종종 물리적 시간의 경계를 넘어와 현재라는 삶의 시간을 황폐하게 만들어버린다. 삶은 어떠한 경우에도 새가 앉았다 떠난 자리처럼 가벼울 수 없기 때문이다. 물끄러미 창 너머를 쳐다보고 있는 순간에도, 팔과 다리가 몸에 붙어 있는 순간에도 사라져 버린 듯한 상처의 시간에서는 끊임없이 바람의 시간들이 흘러나온다. 김신용의 시에서 주목해야 할 것은 환상의 현존이 아니라 고통의 실재성이다. 서정시의 문법에 충실한 이 시에는 '환상성'으로 정의되는 최근의 시적 경향늘에서 목격되는 주체의 분열이나 탈근대성의 징후를 찾아보기 어렵다. 나뭇가지에서 한때 등에 붙어 있었던 지게를 보고, 가지의 흔들림에서 사라진 지게의 고통을 떠올리는 상상력의 문법은 우리에게 매우 익숙하다. 그의 시는 존재론에 입각하여 현실을 구성하지만, 그렇게 구성된 현실에서 비재현적 리얼리티는 '고통'이라는 현실을 구성하는 두 가지 방식으로 등장할 뿐이다.

3. 미친, 감각의 제국과 리얼리티

이처럼 재현적 리얼리티의 외부가 '환상(성)'이라면 모든 시적 진술은 환상일 수밖에 없으며, 이때 현실과 환상의 구분은 무의미해진다. 그렇다면 최근 시에 관한 논의에서 '환상'은 왜 문제적이며, 무엇이 문제인가? 가령 다음의 시를 한 번 살펴보자.

녹물이 흐르는 계단에서 햇빛이 솟아오른다
지느러미를 흔들며 뭉게구름이 공장 지붕을 통과하고
반투명의 창문처럼 그가 계단에 앉아 있다
죽은 날벌레들이 달라붙은 얼굴
내가 탄 지하철은 그의 목을 가르며 지나간다
그는 검다

블록마다 늘어선 공장 쪽문 계단에는
눈이 깊고 검은 남자들이 앉아 있다
지난 밤, 무수하게 잘린 손가락이
공중에서 떨어진다
옛집의 기억을 더듬으며
계단 위로 기어가는 손가락
그들의 축축한 엉덩이를 만지작거린다
점심시간
잠깐의 몽상이 토막난 햇살 속에 떠돈다
그들의 내장이 새까맣게 타고 있다

공장의 기계음이 흘러들 때
나는 지하철 창에 얼굴을 대고 있었다
안양역 가는 길

개찰구 계단에서 짧은 손가락들이 꾸물거린다
검게 물든 내 얼굴을 더듬으며
손가락이 계단을 올라간다

뜨거운 공중에는 컨베이어벨트가 돌아가고
블록마다 고여 있는 휴식은 불안하다
그들의 목이 썩어가고 있다

—이영주, 「밀입국자」 전문

　이영주의 「밀입국자」는 '공장'이라는 생산의 공간을 배경으로 삼고 있지만 결코 노동시가 아니다. 그의 시는 폭력적인 세계의 단면을 그로테스크한 이미지의 폭력을 통해 표출하고 있다. 하여, 이 시가 보여주는 잔혹성은 잘려져 쏟아지는 손가락들의 행렬과 무관하다. 안양역 가는 길, 지하철 창밖으로 공장지대의 풍경이 흘러간다. 녹물이 흐르는 계단, 거기에 반사되는 햇빛, 그리고 공장 지붕 위를 지나가는 뭉게구름. 지하철 계단에는 검은 얼굴의 사내들이 반투명의 창문처럼 앉아 있고, 스치듯 지나가는 지하철의 창문으로 그들의 얼굴이 죽은 날벌레들처럼 달라붙는다. 그렇게 지하철은 그들의 목을 가르듯 수평의 힘으로 역을 빠져나간다. 역사(驛舍)를 빠져 나온 열차는 공단거리를 관통한다. 즐비하게 늘어선 공장 쪽문의 계단마다 눈이 깊고 검은 밀입국자들이 앉아 있다. 화자는 그 풍경을 바라보면서 지난 밤 무수하게 잘린 손가락들이, 영화 〈매그놀리아〉의 한 장면처럼, 쏟아져 내리는 상상을 한다. 화자의 상상은 여기에서 그치지 않는다. 잘린 손가락들은 '옛집의 기억'을 더듬으며 공장의 계단을 기어오르고, 몽상이 토막 난 햇살 속을 떠도는 한낮의 시간 속에서 그들의 내장은 새까맣게 타들어 간다. 공단의 하늘에는 컨베이어가 돌아가고 불안한 휴식을 취하고 있는 밀입국자들의 썩어간다.

　최근 시인들의 시에서 '환상(성)'은 이처럼 낯선 비유와 이미지들의 효과에 의해 연출된 것이다. 정재학과 이민하처럼 다소 극단적인 방식으로 그것을 실험하는 경우도 있고, 이영주처럼 상상력의 계열화를 통해 비교적 안정감을 획득하고 있는 경우도 있다. 인용시 외에도 이영주의 『108번째 사내』에서는 이미지를 병치·충돌시킴으로써 그로테스크한 풍경을 연출하거나, 두 개 이상의 이미지가 하나로 섞여듦으로써 불가해한 장면을 연출하는 예들을 쉽게 목격할 수 있다. 젊은 시인들의 시를 젊은 시인들에게서 폭넓게 확인되고 있는 이러한 시적 장치는 확실히 전통적인 서정의 문법에 근거하여 시를 썼던 이전의 세대와는 구분되는 특징이라고 할 만하다. 환상소설이 연대기적 서술과 삼차원성을 제거하고, 자아와 타자, 삶과 죽음의 경계를 가로지름으로써 시공간의 통일성을 해체한다면, 시에서의 '환상(성)'은 이미지들의 불협화음과 극단적 과장을 통해 내면의 고독과 세계의 공포를 잔혹하게 표현한다. 이 잔혹한 서정이 재래의 서정 문법으로 설명되기 어려운 것은 사실이지만, 그 난해함이 곧 현실(실재)과 환상의 이분법을 정당화하지는 못한다.

김행숙의 말처럼 현실이 리얼리티를 산출하는 것이 아니라, 리얼리티의 감각으로 구성되는 것이 우리에게 현실로 받아들여진다. 현실은 리얼리티의 감각으로 구성된 실재이다. 주체의 외부에 안정적으로 이미 존재하는 것이 현실이라는 주장은 하나의 이데올로기에 지나지 않는다. 주체에 의해 구성된 것이 현실이라는 논리는 곧 정신분석학적 판타지나 질병 상태에서의 감각이 환상이 아니라 가장 구체적인 현실임을 의미한다. 올리버 색스의 책에 등장하는 노부인(한 블럭 거리를 걸어가면서 40~50명의 사람들을 흉내 내는 여자)에게 '튜렛 증후군'이 그렇듯이, 프로이트의 책에 등장하는 꼬마 한스의 '동물―되기' 또한 환상이 아니다. 게임을 연상시키는 현대전의 스펙터클·가상공간(syber space)·가상현실(virtual reality) 등은 모니터의 바깥에서 효과를 발휘한다는 점에서 충분히 현실적이다. 이처럼 현실을 구성하는 리얼리티의 감각은 결코 단수가 아니다. 시인들이 언어와 비유, 이미지를 통해 현실을 구성하는 감각 또한 마찬가지이다. 비재현적인 방식, 때로는 미로처럼 얽힌 이미지들의 연쇄로 표출되는 그들의 욕망이 연출하는 이미지의 난해성이 비판의 대상이 되고 있지만, 그 비판은 그들의 시에서 '리얼리티의 감각'을 문제 삼음으로써만 가능할 것이다. 이런 점에서 비현실적이라는 비판과 환상이라는 평가는 사실상 한 동전의 양면에 불과하다.

나는 고아다

1. 왜 가족인가?

90년대 문학에서 '가족'은 온갖 사회적 모순의 결절점으로 인식되었다. 특히, 페미니즘 이론의 등장은 가부장적 가족 제도의 폭력성과, 그 속에서 여성들이 감당해야 했던 질곡의 시간을 서사화하는 데 결정적 계기를 제공했다. 그러나 90년대 여성문학의 중요한 근거였던 '가족'은 IMF라는 새로운 국면의 등장으로 인해 새롭게 굴절되기 시작했다. IMF라는 새로운 현실은 전통적인 가족 구조 내에서의 성역할에 획기적인 변화를 가져왔다. 특히 구조조정이나 명예퇴직 같은 경제적 현상은 가부장적 가족 모델 내에서의 성역할을 바꿔놓았으며, 경제적 조건에 따른 이혼의 급증은 편부/편모의 이중핵가족화 현상으로 이어졌다. 물론 가족 제도의 분열과 재조합은 산업화 시대를 특징적 현상이다. '돈'이라

는 자본주의적 가치를 중심으로 재편되는 가족의 모습을 형상화한 이명
랑의 「까라마조프가의 딸들」이나, 해체의 위기에 직면한 가부장적 가족
모델을 희화화한 김영하의 「오빠가 돌아왔다」 등은 '보호'의 대상조차
되지 못하는 우리 시대 '가족'의 위기를 단적으로 보여준다. 옛 것이 가
고 새 것이 오지 않은 상태가 '위기'라면, 지금 '가족'이야말로 최대의
위기에 처해 있는 셈이다. 연일 매스컴을 통해 보도되는 가족의 해체 현
상은 거의 병적 징후라고 말해도 과언이 아니다. 그럼에도 불구하고, 몇
몇 보수적 논객을 제외하면, 대다수의 사람들은 위기에 처한 우리 시대
의 가족에 대해 심각하게 사유하지 않는다. 왜 그럴까? 그것은 여전히
'가족'이라는 제도가 우리에게 불편한 대상으로 느껴지기 때문이다.

IMF를 전후하여 새로운 가족 모델들이 하나 둘씩 등장하기 시작했다.
이혼율이 급증하면서 편부/편모 가족이 꾸준히 증가하고 있고, '개인'
의 욕망에 대한 긍정은 독신의 유행으로 이어지고 있다. 전통적 가족
제도의 해체와 재구성 외에도 공동체 가족이나 다세대 가족, 이중핵가
족, 동거가족, 개방가족 등의 대안적 가족 모델이 실험되고 있지만, 그
럼에도 불구하고 우리의 가족 관념은 여전히 가부장과 핵가족이라는
구각으로부터 자유롭지 못하다. 동성가족 역시 저널리즘의 관심의 대상
은 될지언정 새로운 가족 모델로 정착하지는 못하고 있다. 신자유주의
의 등장으로 인해 자본은 민족국가 단위를 넘어서 전지구적으로 확장
되고, 자본의 흐름을 따라 노동력의 이동 역시 세계적인 규모로 진행되
고 있다. 여전히 단일민족의 혈통적 순수성이 강조됨에도 불구하고, 자
신이 태어나고 자란 곳에서 직장생활을 해야 한다거나, 삶을 마감하겠
다는 식의 사고방식은 더 이상 설득력을 얻지 못하고 있다.

한편 국가 간의 자유로운 이동과 경계의 해체는 이주노동자 가족이
나 국제결혼의 급증으로 이어지고 있다. 농촌에서 동남아 및 중국 여성
들과의 국제결혼은 더 이상 예외적인 현상이 아니다. 그러나 아직 이들
에게는 문학적 시민권이 주어지지 않았으며, 또 주어질 가능성도 거의

없어 보인다. 한편 조기 유학열풍은 '기러기아빠'를 양산하고 있다. 기러기아빠의 죽음이나 탈선에 관한 이야기는 종종 매스컴을 통해 우리의 안방으로 흘러든다. 최근 발표된 몇몇 작품들에서 '기러기아빠'의 존재가 목격되는 것은 사실이지만, 여전히 조기유학은 특정한 계층에 국한된 이야기일 수밖에 없기 때문에 문학에서 본격적으로 다뤄지지 못하고 있다. 이처럼 90년대 후반 이후에 등장한 새로운 가족 모델들은, 그 사회적 실체화는 별개로 아직 문학(시) 속으로 들어오지 못하고 있다.

2. 새로운 가족 모델은 가능한가?

90년대 이후, 시에서 가족은 대략 두 가지 모습으로 그려진다. 하나는 실존적 안식처로서의 가족이며, 다른 하나는 무의미한 도시적 일상이 영위되는 세계로서의 가족이다. 비교적 최근에 등단한 젊은 시인들의 등단작이나 첫 시집에서는 한 가지 공통점이 발견되는데, 그것이 바로 가난으로 얼룩진 유년의 가계를 시적 대상으로 삼는다는 것이다. 문학이 한 개인의 실존적 상처에서 출발하는 것이라고 할 때, 유년의 상처와 기억은 종종 한 시인의 문학적 원적이 된다. 그래서 대다수의 시인들에게 유년은 비록 가난으로 얼룩졌을지언정 현재적 삶을 지탱하게 해 주는 원동력이거나 그의 영혼이 편히 쉴 수 있는 이상적 세계로 그려진다. 특히, 유년이 이상적 세계로 인식될 때, 대개 그 세계는 '아버지'라는 가부장적 질서가 아니라 '할머니'나 '어머니'와 동일시되는 모성적 세계로 형상화된다. 이처럼 유년이 이상적 세계로서 자리 잡을 때, 지금—이곳의 현실은 언제나 결핍의 시·공간으로 그려지며, 이 과거와 현재의 간극으로 인해 그리움의 정서가 표출된다. 그러나 유년 또는 기억 속의 '가족'은, 과거가 아무리 현재의 투영이라고 할지라도, 지금―
이곳의 가족 관념이나 모델을 대신할 수는 없다. 한편 90년대를 지나오
면서 '가족' 관념은 상당한 굴절을 겪었다. 특히 개인의 욕망이 최고의
가치로 평가되는 현실에서 제도로서의 '가족'은 한 개인에게 어떠한 위
안도 되지 못한다. '가족'적 가치와 질서를 지키려고 노력하는 사람들이
없는 건 아니지만, 대부분의 현대인들은 '가족'이 개인의 욕망을 충족·
실현하는 데 있어서 장해물이 된다고 생각한다. 이 불편한 감각이야말
로 90년대 문학의 '가족' 관념이라고 할 수 있다.

> 밖에선
> 그토록 빛나고 아름다운 것
> 집에만 가져가면
> 꽃들이
> 화분이
>
> 다 죽었다
>
> ―진은영, 「가족」 전문(『일곱 개의 단어로 된 사전』)

　진은영의 시는 위기에 처한 '가족'의 모습을 가장 극단적으로 보여준
다. 이 시에서 가족(집)은 거대한 죽음의 공간으로 인식된다. '밖'에서 아
름다운 것이란, 문맥상으로는 '꽃'과 '화분'을 가리키지만, 그것이 무엇
이든 '집'에서는 죽어버린다. 중요한 것은 밖에서 빛나는 것의 정체가
아니라 '집'이 죽음의 공간이라는 사실이다. 통상적으로 '죽음'이 검고
탁한 무채색의 세계라면, 죽음 바깥, 즉 집의 외부는 빛나고 아름다운
'생'의 세계라고 할 수 있다. 개인의 욕망과 생을 잠식하는 '집(가족)'이
라는 관념을, 그러나 2000년대의 새로운 가족 모델이라고 말할 수는 없
을 듯하다. 가족적 질서와 가치가 개인의 욕망 실현을 가로막는 장해물
이거나, 집이 생을 소진시키는 죽음의 공간이라는 상상력은 다분히 90

년대적이라고 할 수 있다. 이처럼 '가족' 모델을 중심에 놓고 본다면 2000년대의 시는 여전히 90년대의 그늘로부터 자유롭지 못한 것처럼 생각된다. 물론, 2000년대 이후의 시에 새로운 가족 모델이 등장하는 경우도 있다. 다음의 시를 보자.

> '달 밝은 가을 밤에 기러기들이
> 찬 서리 맞으면서'
>
> 집으로 간다.
> 지난 겨울 어린 보리 잎 쪼아 먹고
> 날갯죽지 파릇해진 선배들도
> 줄지어 퇴근한다.
>
> 두고 온 깃털이나, 떠나보낸 부리들
> 먼 곳에서 흔들리며 춥지 말라고
> 바삐 바삐 둥지에 닿아
> 온몸으로 군불 지피는 사람들.
>
> 온돌이 조금씩 데워지는 동안
> 깨금발로 처마 끝 바라보는 모습 뒤로
> 거울 속 나무 기러기 한 쌍
> 찡긋하며 마주 보고 눈을 맞춘다.
>
> ─고두현, 「기러기 나라」 전문(『물미해안에서 보내는 편지』)

　인용시는 90년대 중반 이후 조기유학 열풍으로 인해 생겨난 '기러기아빠'를 소재로 하고 있다. 굳이 가족적 관점에서 보자면, 기러기가족이나 기러기아빠는 (부정적인 의미에서) 새로운 가족 모델이라고 할 수 있다. 많은 사람들이 조기유학을 떠나고, 또 중년 이상의 기러기아빠들의 죽음/자살, 외도 등이 이따금씩 매스컴을 통해 소개되지만, 그럼에도 불구하고 조기유학은 여전히 일부 계층·계급에 한정된 이야기일 뿐이다. 소설에 비해 현실대응력이 높은 시 장르에서 '기러기가족'이 소재로 다뤄질 수는 있겠지만, 그것이 시인 자신의 직접적인 경험에서 발화되기는 쉽지 않은 현실이다. 그것은 시가 주관성의 장르이기 때문이다. 시에서 사회적 현실은 화자의 시적·주관적 변용을 거칠 수밖에 없는데, 자신의 체험과 결부되지 못하는 사회적 현상은 자칫 소재를 대상화할 위험을 지니기 마련이다. 그렇기 때문에 설령 많은 시인들이 '기러기가족'을 모티프로 한 시를 쓴다고 할지라도, 그것이 단순한 사회적 현상이나 세태의 묘사에 그친다면, 그것이 시에서 새로운 가족 모델의 등장을 알리는 징후라고 평가하는 데는 분명 한계가 있을 수밖에 없다.

고두현의 「기러기 나라」는 중년에 접어든 한 가장의 쓸쓸한 내면 풍경을 형상화하고 있지만, 그 쓸쓸함이 직접적으로 가족과의 이별에서 발생하는 것은 아니다. 동요의 한 구절을 인용한 서두도 그렇지만, 무엇보다도 이 시에서 중년의 쓸쓸함은 "지난 겨울 어린 보리 잎 쪼아 먹고 / 날갯죽지 파릇해진 선배들도 / 줄지어 퇴근한다"라는 공동의 운명에서 비롯된다. 이 쓸쓸함의 정체가 가족과의 이별에서 발생하는 것이든 그렇지 않든, 중요한 것은 화자의 눈에 비친 '선배'들의 모습이다. 화자는 지금 그 옛날 날갯죽지가 파릇했던 선배들이 줄지어 퇴근하는 모습을 바라보고 있으며, 그 익숙한 풍경에서 모종의 회한을 느낀다. 화자는 선배들의 퇴근 풍경 속에는 자신의 모습을 발견하고 있다. 이 쓸쓸한 퇴근 풍경과 "두고 온 깃털이나, 떠나보낸 부리들"에서 암시되는 이별의 정서가 겹쳐짐으로써 쓸쓸함의 정서가 증폭된다. 화자를 포함한 그들 모두의 발길이 향하는 곳은 텅 빈 집일 것이다. 그들은 하루의 고된 노동에도 불구하고 "바삐 바삐 둥지에 닿아" 체온으로 집을 데운다. 집에 돌아온 화자는 깨금발로 처마 끝 어딘가를 응시하는데, 그때 거울 속으로 나무 기러기 한 쌍과 시선이 마주친다. 이 시에서 가을밤을 날아가는 동요 속의 기러기와 이미 생기를 잃어버린 날개로 퇴근하는 선배들의 모습,

그리고 거울 속의 기러기가 하나의 시적 연쇄를 형성하고 있다.

　한편 국민 국가의 주권이 쇠퇴와 자본의 전지구화 현상은 국제결혼의 확산을 야기했다. 신자유주의의 등장으로 인해 자본은 잉여가치를 창출하기 위해 국가의 경계를 넘어서 전 지구적으로 움직이기 시작했으며, 국민 국가의 경계가 느슨해지면서 노동력 역시 전 지구적 단위로 이동하기 시작했다. 그러나 자본과, 자본의 움직임에 연동되어 있는 노동력의 움직임은, 마치 물이 그렇듯이, (잉여가치가) 높은 곳에서 낮은 곳으로 흐르고, 그것은 다시 몇몇 자본과 노동의 거점을 형성하게 된다. 신흥 공업국가인 한국이 아시아 시장에서 하나의 거점으로 부상되고 있는 이러한 이유에서이다. 한 통계에 의하면, 90년대 이후 한국에 입국한 외국인 부부가 8만 쌍 이상이며, 한국에서 국제결혼을 통해 새롭게 생겨난 가정은 약20만 쌍에 달한다. 50만에 육박하는 이주노동자와 국제결혼으로 입국한 외국인의 숫자를 합치면 100만을 훨씬 넘으며, 이러한 추세는 꾸준하게 상승곡선을 그리고 있다. 멀지 않은 미래에, 아니 농촌의 경우에는 이미 현실이 되었는데, 국제결혼으로 인해 생겨난 코시안(kosian)들과 다문화가정 2세는 한국사회에서 새로운 주체로 등장할 것이다. 도시와 농촌의 극단적 양극화는 농촌에 거주하는 미혼남성이 동남아 및 중국 여성들과 결혼할 수밖에 없는 새로운 조건을 양산했다. 이는 단일 민족 국가의 혈통적 순수성을 강조해 왔던 지난날의 모습과는 매우 상이한 모습이다. 그러나 이주노동자의 등장과 국제결혼의 증가가 시에서 새로운 가족 모델의 등장으로 곧바로 이어지지는 않는다. 이는 '작가'의 사회적 위치와도 관계가 있다. 시가 주관적 장르라는 할 때, 이중노동자 가족과 국제결혼이 문학적으로 형상화되기 위해서는 그들 스스로가 문학의 주체로 등장해야 한다. 그러나 이주노동자의 문학 행위가 원천적으로 봉쇄된 상황에서 이들 새로운 가족은, 최근 발표된 하종오의 「외국인노동자병원 가는 길」(『현대시학』, 2005.11)이 보여주듯이, '타자'로서 대상화될 뿐이다. 여전히 이주노동자라는 존재는 사회의 부조리와 자본의 억압적 성격을 보여주는 증거에 머물고 있으며, 어느 누구도 그들에게 시민권/주권을 부여하려 하지 않는다. 그들에게 이 권리가 주어지지 않는 한, 그들의 삶의 형태가 새로운 가족 모델로 담론화될 가능성은 거의 없다.

3. 우리는 모두 고아다

2000년을 전후해서 등단한 젊은 시인들의 시는 오늘날 우리에게 '가족'이 어떤 의미인가를 한층 명확하게 보여준다. 최근 젊은 시인들의 시는 '가족'에 자의식이 충만하다. 산업화 시대 이후에 태어난 이들 시인들에게 가장 중요한 것은 '나'의 정체성을 확인/확보하는 문제이다. 소설가 김경욱이 "상처 없는 세대는 아프기 위해 글을 쓴다"고 말했듯이, 이들 새로운 세대에게 문학은 자신의 정체성을 확인하기 위한 하나의 수단이다. 물론, 이들이 보여주는 정체성의 논리는 프라이버시(privacy)라는 근대적 관념에 근거하고 있으며, 이때 '나'의 범위는 가족 구성원과 어떠한 외연도 공유하지 않는다. 많은 시인들이 가족(집)을 '불편'한 세계로 간주하는 이유는, 무엇보다도 '가족'이라는 제도가 '나'의 정체성을 불안정하게 만든다는 감각 때문이다. 프라이버시라는 자기-세계로 무장한 현대인들에게 가족은 위기의 공간에 시나지 않는다.

젊은 시인들에게서 공통적으로 목격되는 '고아 의식'은 오늘날의 '가족'의 위상을 가장 극명하게 보여준다. 유형진의 「피터래빗 저격사건−목격자」에서의 '고향−없음'("나에겐 고향이 없지"), 배용제의 「엄마, 이름이 엄마인 엄마」에서 엄마의 이름을 잊어버리는 행위("애를 써도 엄마의 이름이 생각나지 않는다"), 이승원의 「회현소녀대」(『세계의문학』, 2005 겨울)에서의 '엄마 없음'("어머니가 없다"), 김이듬의 「뒤주 속의 아리아」에서의 '계모'("고분고분 할게 / 머리만은 잘라 끓이지 말아요 / 아 어머니라 부를게"), 이민하의 「가면놀이」(『문학과사회』, 2005 겨울)에서의 '가면'("당신이 내 엄마인가요?") 등이 단적인 예이다. 이들 시의 화자가 고아인지, 고향이 없는지, 또는 그가 실제로 엄마의 이름을 잊었는지, 그의 엄마가 계모인지를 확인하는 것은 무의미하다. 중요한 것은 그들이 '가족' 내부에 자신을 위치시키려 하지 않는다는 사실, 즉 고아 '의식'으로 무장하고 있다는 점이다.

화장대 앞에 앉은 엄마가 달군 다리미로 주름살을 펴고 있습니다 나는 ZIPPO 라이터로 어항 속에서 건져낸 금붕어들의 부레에 불을 붙이고 있습니다 이 썩을 년들아, 나 왔는데 문 안 여냐? 현관 열쇠 구멍 속에 죽은 아빠의 핏발 선 눈알이 낄낄거리고 있습니다 여보, 오늘은 5분 일찍 도착이네요 달군 다리미를 슬쩍 브래지어 속에 감춘 엄마가 현관문을 열고 있습니다 슬라이스 치즈처럼 네모나게 썰린 죽은 아빠의 몸이 조간신문에 찍혀 들어오고 있습니다 엄마가 홀짝홀짝 신문을 펼칠 때마다 헛둘헛둘 죽은 아빠가 일어나 기지개를 켜고 있습니다 이 썩을 년들아, 나 왔는데 인사도 안 하냐? 죽은 아빠가 엄마의 볼따구니를 고기작거려 고깃살을 늘리고 있습니다 여보, 또 오셨군요 엄마가 몰래몰래 달군 다리미의 온도를 높이고 있습니다 죽은 아빠가 내 팬티 속에 손을 넣어 클랙슨을 눌러대고 있습니다 죽은 아빠, 안녕? 내가 몰래몰래 ZIPPO 라이터에 오일을 들이붓고 있습니다 여보, 진지 드시죠 엄마가 죽은 아빠의 놋요강에 밥을 퍼 담고 있습니다 죽은 아빠, 물 말아먹어 내가 밥이 담긴 놋요강에 오줌을 누고 있습니다 죽은 아빠가 아이 고소해, 아이 고소해, 후루룩 짭짭 밥을 떠먹고 있습니다 엄마와 나는 금붕어가 물어다 준 진자주색 꽃방석 위에 앉아 회칼을 갈고 있습니다 죽은 아빠가 후다닥 밥숟가락을 집어던지며 화투를 치차고 조르고 있습니다 엄마와 내가 살래살래 고개를 내젓고 있습니다 죽은 아빠가 엄마의 입술과 내 잠지를 한번 더 꿰매버리겠다고 링거 바늘을 찾고 있습니다 엄마와 내가 갈던 회칼로 잇속을 쑤시고 있습니다 죽은 아빠가 삽날 같은 고드름 수염이 난 음경을 뚝 떼서 엄마와 내게 맡기고 있습니다 진자주색 꽃방석이 방실방실 돌아가고 있습니다 죽은 아빠와 엄마와 내가 송편 빚는 사람들처럼 등허리를 꼬부리고 앉아 있습니다 패를 돌리는 죽은 아빠가 히죽거리며 자꾸만 뒤패를 뒤집어보고 있습니다 죽은 아빠가 쓰리 고에 피바가지 쓰더니 화투가 널려 있는 진자주색 꽃방석을 뒤엎어버리고 있습니다 에이 씨발, 내 끗발 다 물어내 나는 태우다 만 금붕어들을 죽은 아빠의 입 속에 꾸역꾸역 쑤셔넣고 있습니다 죽은 아빠가 뒤집어진 물방개처럼 발발거리고 있습니다 엄마가 씩 웃으며 달군 다리미로 죽은 아빠의 몸을 주름 잡아 다리고 있습니다 나도 따라 씩 웃으며 ZIPPO 라이터로 죽은 아빠의 주름 잡힌 몸을 지글지글 지져대고 있습니다 죽은 아빠가 뻐끔뻐끔 금붕어 물 빠는 소리를 내고 있습니다 엄마와 내가 죽은 아빠를 번쩍 들어올려 어항 속에 처넣고 있습니다 죽은 금붕어들이 어항 속에 빠져 죽은 아빠를 뱅뱅 돌려가며 뜯적뜯적 뜯어먹고 있습니다 배 터져 죽은 금붕어들이 또 배 터져 죽어가고 있습니다 방실방실 돌아가는 진자주색 꽃방석 위로 화투패가 나눠지고 있습니다 엄마와 내가 고─고─고 금붕어 사내기 맞고를 칠 때의 일입니다

—김민정, 「매일매일 놀러 오는 우리 죽은 아빠」 전문
(『날으는 고슴도치 아가씨』)

　　'가족'에 대한 불편함의 정서는 김민정의 시에서 가장 극단적으로 표출된다. 김민정의 시세계는 분열된 '나들'을 '완전한 나'로 통합하는 정체성 찾기에 집중되어 있다. 그러므로 「검은 나나의 추억」의 '나나'는 '나+나'로, 「두 겹의 好好」의 '好好'는 '女+子+女+子'로 읽을 수 있다. 그의 시를 읽을 때 느끼는 정서적 불편은 분열된 주체의 병적 상태를 드러내는 특유의 장치에서 기인한다. 김민정의 시에서 주체의 분열은 대부분 '엄마─아빠─나'라는 가족 삼각형에 투사된다. 그래서 그의 시에서 가족 구성원 모두는 이미─항상 죽은 존재들로 명명된다. 근대성의 내밀한 장소인 집은 어느덧 '죽은 아빠'와 '죽은 엄마', 그리고 '이미 죽은 나'가 함께 살아가는 시체공시소(morgue)로 바뀐다. 그러나 망자들의 집합소인 '모르그'와 달리, '집'은 생(生)을 사(死)로 바꿔버리는 공

나는 고아다　209

간이다. 즉, 집은 죽은 자들의 집합소가 아니라 모든 살아 있는 것들을 죽음으로 몰아가는 공간인 것이다. 가족(집)에 투사된 죽음의 흔적은, "이 썩을 년들아"나 "에이 씨발"처럼 욕설과 비어로, 또 "ZIPPO 라이터로 죽은 아빠의 주름 잡힌 몸을 지글지글 지져대고 있습니다" 등이 절단 이미지로 표현된다. 특히 대상─인간을 절단하고 해부하는 등의 폭력적 이미지는 그의 시적 특이성이라고 할 수 있다. 이 폭력적 이미지 속에서 '엄마'의 위치를 확인하는 것은 매우 중요하다. 만약 '엄마'가 화자의 판타지 속에서 자유롭다면, 화자의 분열은 직접적으로 남성적·가부장적 세계와 연관된다고 할 수 있다. 물론, 가부장적 세계에서 '엄마'는 '아빠'의 공모자이거나 닮은 꼴일 수도 있지만. 김민정의 시에서 '엄마'가 상대적으로 자유로운 위치에 놓여 있는 것은 사실이다. 그러나 그녀의 자유로움은, "아버지는 오늘도 쥐약 먹은 개처럼 날뛰었다"(「그러나 죽음은 定時가 되어야 문을 연다」)나 "下官은 이제 끝났어요, 아버지 그만 아가리 닥치고 잠이나 퍼자요"(「마지막 舌戰」)처럼 공격의 대상이 '아버지'에게 집중되어 있기 때문에 가능한 것처럼 보인다.

해질 무렵 어머니가 엽총을 들고 돌아왔다 겁에 질린 아버지가 기다란 꼬리를 끌며 구석을 옮겨 다닐 때마다 미역 비린내가 코를 찔렀다 총을 가진 여자가 두려워 하는 이름도 얻지 못한 아이를 옷장 속에 처넣고 제길 제길 붉은 발자욱들을 지웠다 어머니 어서 한 방 갈겨버리지 그래요 달도 꽉 찼는데 노란 방을 흔들며 나는 그렇게 떠들어대고 있었다 아버지가 지그재그로 날뛰었다 입 닥쳐 다음은 네 차례야 총구를 겨누고 있던 어머니가 소리치자 옷장 속에서 더벅머리의 벌거숭이 사내아이가 뛰쳐나왔다 놀란 어머니가 휘청거리며 방아쇠를 당기고 창문이 날아가고 화약 연기 속으로 부리나케 달아나는 아버지 우물쭈물하는 어머니에게서 총을 빼앗아 든 사내아이가 개머리판을 휘둘러대었다 이 에미 애비도 없는 자식 어머니가 방문을 박차고 아버지를 뒤쫓는 어둠 속 달이 기울고 있었다
—황병승, 「벤치 스텝핑(Bench Stepping)」 부분(『여장남자 시코쿠』)

황병승의 「벤치 스텝핑(Bench Stepping)」 역시 가족 내부의 불화를 폭력적인 판타지를 통해 표현하고 있다. '절단'이라는 하위문화적 상상력은 비단 황병승만의 특이성은 아니다. 이러한 하위문화적 상상력은 김민정·김이듬·이민하 등의 시에서 동일하게 반복된다. 김민정의 시가 '나'를 '절단'의 주체로 상정하고 있는 반면, 인용시에서 그 주체는 '엄마'로 설정된다. 엽총을 든 엄마와 겁에 질린 아버지가 연출하는 살벌한 풍경은 그들의 전도된 위상을 반영한다. 그러나 이 시에서 폭력은 하나의 계열을 이루고 있다. 겁에 질린 아버지는 총을 든 엄마의 위협으로 인해 극도의 공포감에 사로잡혀 있지만, '총을 가진 여자'인 엄마는 '나'가 두꺼운 책을 덮고 자궁 밖으로 밀어낸, '이름도 얻지 못한 아이'를 두려워한다. 이로써 '이름을 얻지 못한 아이―총을 가진 여자―겁에 질린 아버지'는 폭력의 계열을 형성한다. '네 발로 걷는 아버지'와 개머리판을 휘둘러대는 '사내아이'가 연출하는 시간의 전도, 그리고 어느새 스무 살이 된 더벅머리 사내아이가 생일을 맞은 화자의 머리를 겨냥하고 있는 모습은 이 시가 비단 가족 내부의 폭력만을 형상화하고 있는 게 아님을 말해준다. 그러므로 이 시를 이해하는 핵심은 '이름을 얻지 못한 아이'가 이름을 얻은 모든 이들을 제압한다는 사실 자체를 이해하는 것이리라.

이름이 없다는 것은 곧 정체성을 부여받지 못했다는 것이다. 그리고 정체성이 없다는 것은 동일성의 세계 바깥에 위치한다는 것을 의미한다. 그러므로 이 시는 동일성과 타자성의 충돌이라는 맥락에서 읽을 수도 있다. 문제는 동일성과 타자성이 '가족'이라는 제도 속에서 정면충돌하고 있다는 사실이다. 가령 황병승은 「스위트」에서 가족 구성원들이 연출하는 한 장면을 이렇게 형상화했다. "콧김을 뿜어대는 열두 사람이 한 집에 살면서 / 서로를 흉내내지 않으려고 웃지도 않았다 여행 온 사람들처럼 / 매일매일 일박을 묵었다"(「스위트」) 불을 가진 열두 사람이 만드는 한 편의 거대한 침묵은 '가족'을 여행객으로, '집'을 '일박'의 공간으로 바꿔놓는다. 그러나 「주치의 h」에서 시인은 이 거대한 침묵마저 시끄러워 "나는 입의 나라에 한번씩 다녀올 때마다 가족들과 함께 하는 침묵의 식탁을 향해 / '제발 그 입 좀 닥쳐요' 소리가 목구멍까지 올라왔다"(「주치의 h」)고 말한다. 이 침묵 너머의 침묵, 이것이 황병승 시의 화자가 지향하는 가족적 세계는 아닐까? 장경린은 「가족」에서 "나는 그곳에서 추방되었다 / 내가 그곳에서 추방되었기 때문에 / 그곳은 파괴되지 않고 / 원만하게 잘 돌아갈 것이다"(「가족」)라고 말했지만, 황병승은 가족 구성들에게 절대적 침묵을 강제함으로써 그들을 추방시켜버린다.

4. 가족, 그 참혹한 풍경

옛날이라면 두 손 잡고 걸었을 낙엽 길을
각자의 주머니에 손을 넣고 걷네

그림자는 길고 길어
각자의 시선 또한 멀고 멀어
무릎 관절이 알아서 찾아가는
우리 둘이 사는 집

현관문을 따고 들어가
너는 테레비를 켜고
나는 컴퓨터를 켜고

밥 먹을래?
누가 먼저 말 건넬 때까진
뒤통수와 뒤통수만이

다정하게 마주하는 저녁
—김소연, 「백년해로 3」 부분(『문학사상』, 2005.12)

아들놈은 제 방에 나는 내 방에
남편은 남편 방에 제각각
문 닫고 면벽하는 날들이 늘어간다
온갖 문들은 꽝꽝 닫히고
벽들만 줄줄이 스크럼을 짜고 쳐들어온다
앞날이 닫힌 문의 저쪽처럼 아득하다
전자 벽시계만

쏴아아
쏴아아아아아

파도친다
들어보니 저쪽에서 아까부터 끊임없이 무슨 기계음 들린다
아들놈(님?)이 무슨 게임이라도 하는지
따가닥따가닥따가닥따 …… 소리가 끝이 없다
죽은 피붙이들이 조막만한 말을 타고 달려오는 소리 같기도 하고
어디 베가성쯤으로 날리는 모스부호 같기도 하다,
나도 손가락으로 톡 톡 톡
책상을 두드려본다 가라앉았던 공기가 톡 톡 톡
튀어오른다 가라앉았던 마음이 톡 톡 톡
일어나고 톡. 톡. 토톡.
잊혔던 슬픔이 튀어오르고 툭 …… 투툭
잊기로 했던 쓸쓸함도 분연히 일어선다

저쪽에서는 계속 따가닥따가닥따가닥
말들이 뛰어다니고 모스부호가 날아다니고
왠지 나는 자꾸 처연해져 톡…톡…툭…툭…
죄없는 책상을 두드려보는 것인데 ……

나는 고아다　213

그래, 한생의 저녁나절이 이렇게
따가닥따가닥 톡 톡 툭 툭……
이라면!
—이경림, 「톡톡 토톡」 전문(『창작과비평』, 2005 겨울)

　김민정의 황병승의 시가 보여주듯이, 젊은 시인들에게 '가족'(집)은 종
종 추방하는 주체와 추방당하는 주체가 폭력적으로 부딪치는 공간으로
묘사된다. 반면 김소연과 이경림의 시에서 '가족'(집)은 최소한의 부딪힘
마저 사라져버린 무미건조한 공간이다. 프라이버시라는 근대적 개념의
등장과 개인의 욕망에 대한 무한한 긍정이라는 사회적 분위기는 '집'을
'방'들의 집합으로 바꿔 놓았다. 개체의 욕망만을 숭배하는 현대인들의
프라이버시는 '집'이 아니라 '방'이라는 공간을 단위로 구획된다. 김소
연의 「백년해로 3」은 제목이 암시하듯이 청춘의 열정을 상실한 한 중년
부부의 이야기이다. 시인은 '옛날'과 '지금'이라는 상이한 시간의 풍경
을 보여줌으로써 성찰 없는 일상의 무의미함을 반추한다. 현대인들에게
'집'이란 하루의 일상이 시작되고 끝나는, 출발지이자 종착지라는 의미
를 갖는다. 그러므로 그들의 귀가는, 집을 나가는 행위가 그렇듯이 "무
릎 관절이 알아서 찾아가는" 습관적 행위에 속한다. 어디 그 뿐인가. 거
실이라는 공동의 공간을 제외하면, 집에서의 일상이란 대개 "너는 테레
비를 켜고 / 나는 컴퓨터를 켜고"처럼 "뒤통수와 뒤통수"만의 다정함으
로 귀결된다. 이 참혹한 풍경이 오늘날 우리가 경험하고 있는 '가족'의
모습이다.
　한편 이경림의 「톡톡, 토톡」에서 "뒤통수와 뒤통수"의 다정함은 새로
운 관계로 형상화된다. 김소연이 '부부'라는 2인 관계를 통해 일상의 무
미건조함을 드러내고 있다면, 이경림은 '아들-남편-나'라는 핵가족의
표상을 통해 커뮤니케이션을 상실한 가족생활의 한 단면을 보여준다.
이경림의 시에서 형상화되는 가족의 풍경은 우리가 일상적으로 경험하

고 있는 바로 그것이다. 가족 구성원들은 '집'이라는 공간을 공유하고 있지만, 실제로 그 공간은 여러 개의 '방'으로 분할되어 있다. 분할의 단위인 '방'은 곧 프라이버시의 경계이기도 하다. 그러므로 어느 순간 가족구성원들은 각자의 방에서 각자의 소리를 내며 살아간다. 아들의 방에서 흘러나오는 "따가닥따가닥따가닥따"와 화자의 손톱 끝에서 생성되는 "톡…톡…툭…툭"이 바로 그것이다. 시인은 각각의 방에서 흘러나오는 이 소리에 "어디 베가성쯤으로 날리는 모스부호 같기도 하다"라는 의미를 부여한다. 이러한 의미 부여를 통해 건조한 일상의 상징인 '소리'는 새로운 맥락을 형성한다. 시인은 이 각각의 소리에서, 파편화된 상태로 고립된 현대인들의 구조 요청을 듣는다. 그것이 컴퓨터에서 들려오는 기계음이든, 손톱 끝에서 울려 퍼지는 자연음이든, 모든 소리에는 타자와의 단절을 극복하려는 소통에의 의지가 포함되어 있다는 것이다. 시인은 파편화된 채 일상을 살아가는 존재들이 내는 '소리'에 새로운 의미를 부여함으로써 단절 너머를 상상한다. 그러나 시인은 이러한 상상력은, 역설적으로 우리가 그속에서 살고 있는 가족의 참혹한 풍경을 확인시켜 준다.

개인이라는 척도, 혹은 '나'라는 자폐적 이기성

자신의 이름으로 무언가 말한다는 것, 그건 아주 신기한 일이야. 왜냐하면 자신을 하나의 자아, 하나의 인격, 혹은 주체로 여긴다고 해서 자기 이름으로 말을 하게 되는 것은 아니거든. 반대로 개인은 엄격한 비개성화 연습을 거쳐, 자신을 온통 가로지르는 다양함, 자신 속을 헤집는 강렬함들을 향하여 스스로 열린 상태가 될 때 비로소 진정한 자기 이름을 얻게 되는 것이지. 그 같은 강렬한 다양성의 순간적 포착으로서의 이름, 그것은 철학사가 강요하는 비개성화와 반대되는 것으로, 복종이 아닌 사랑의 비개성화라네. 알지 못할 깊은 곳으로부터 자기 속의 저개발지대 밑바닥으로부터 말이 나오게 되는 셈이지.

—질 들뢰즈, 「어느 가혹한 비평가에게 보내는 편지」, 『대담』

1. 지형도

젊은 시인들의 상상력에 대한 비평은 세 개의 꼭지점을 중심으로 진지전의 양상을 보이고 있다. '다른 서정'(이장욱)·'환상'(김행숙)·'감각'(권혁웅·김수이)이 그것들이다. 이장욱의 '다른 서정'은 "사물과 의미에서 소실점과 위계질서를 설정하려는 시적 무의식"을 거부하는 '이질적인 자아들'의 감각이 현시됨에 주목[1]하고, 김행숙의 '환상'은 "물리적이거나 심리적인 체계들 사이의 벽을 쉽게 뚫으며 주파해내는 이행의 능력"으로 정의되는 환상이 "주체의 균열과 분산이라는 탈근대적인 현상을 현시"함에 주목하고 있다.[2] 최근 권혁웅은 '환상'·'엽기' 등과는 다른 차원에서 '감각의 길'이라는 새로운 독법을 제시했다.[3] 그리고 신형철의 "지금은 서정의 시대가 아니다"라는 주장과 이장욱의 "문제는 서정이 아니라, 서정의 '권위'다"라는 진술은, 서정시를 대하는 입장의 차이에도 불구하고 이 의미화의 트라이포드를 관통해서 소위 '전통 서정'의 죽음을 선언한다는 공통점을 보여준다. 이들 의미화의 꼭지점들 중에서 김행숙의 '환상'과 이장욱의 '다른 서정'은 단연 관심의 대상이 되어 왔다. 김행숙이 이들의 시에 동일성 이데올로기의 균열이라는 철학적 의미를 부여한다면, 이장욱은 서정적 자기동일성의 해체를 통한 근대의 극복과는 달리, 이들의 시가 서정적 진리와 권위를 거부함으로써 사물의 세계와 이질적 자아를 드러낸다고 주장하며 미학적 의미를 부여한다.

한편 서정성의 탈각과 환상을 중심으로 논의되던 젊은 시인들의 시는 권혁웅이 감각에 의한 세계의 실감적 구축이라는 새로운 논점을 제기함으로써 새로운 양상으로 확장되고 있다. 권혁웅은 젊은 시인들의 시를 '일군의 특징'이라는 집단적 방식이 아니라 '개별적인 성과'라는 개체석 수준에서 접근해야 한다고 주장한다. 그는 시가 감각을 통한 세계의 지각이며, 감각에 의한 세계의 재구성이라는 점에 근거히어 '감각'과 '전언'의 차별성에 주목한다. 시인 개개인의 시에서 감각의 논리를 읽어야 한다는 권혁웅의 주장은 유사성이나 경향성이 종종 동일성으로

---

1) 이장욱, 「꽃들은 세상을 버리고─다른 서정들」, 『창작과비평』, 2005 여름.
2) 김행숙, 「환상의 힘」, 『시와 사람』, 2005 봄.
3) 권혁웅, 「미래형 시로의 여행을 위한 히치하이킹 안내서 1」, 『현대시학』, 2006.2.

환원되는 위험을 지적하고 있다는 점에서 주목할 필요가 있다. 그러나 경향성은 동일성이 아니며, 동일성으로 환원될 수 없는 시적 특징들을 부정하지도 않는다. 그러므로 '감각' 또는 '감각들'에서 일정한 경향성을 발견할 수 있다면, '개별적인 성과'와 '일군의 특징'을 교직시키는 작업 또한 필수적이다. 시인 강정은 이러한 질문에 적극적인 해답을 제시하고 있다.

> 나는 더 이상 시가 '시대의 아픔에 반응하는 예민한 성감대'라느니 하는 말들을 믿지 않는다. 시는 시대의 아픔에 반응하기보다는 한 개인의 아픔과 고뇌를 세상 전체의 아픔으로 변용시키는 힘을 '때때로' (자주 쓸 수 있다면 그건 힘이 아니다)가졌을 뿐이다. 그럼으로써 자신의 아픔을 객관화하고 삶의 무미한 디테일들을 유의미하고 가치 있는 것으로 전환시켜 스스로의 내구성을 다지는 행위인 것이다. 그런 의미에서 최근 젊은 시인들의 시에서 엿보이는 자폐적인 이기성[강조 인용자]을 나는 존중한다. 동시에, 천성적인 유약함을 내밀한 읊조림으로 치환하여 스스로의 껍질을 두텁게 하는 그들의 타고난 '비사교성'에 더 강퍅한 지지를 보낸다.
> —강정, 「'시인공화국'의 젊은 바퀴벌레들」,『무비위크』199호, 2005.10)

강정에게 시는, 고통의 자기현시를 통해 세계를 고통으로 물들이는 자기 확장이다. 많은 비평가들이 최근의 시적 경향에서 근대를 횡단하는 탈주체의 흔적을 발견하고, 서정의 권위를 해체하는 철학화된 미학을 발견하는 데 반해, 그는 그들의 시가 '자신의 아픔'을 객관화하고, 스스로의 내구성을 강하게 한다는 사실에 주목한다. 사실, 황병승의 시를 제외한다면, 대부분의 젊은 시인들, 그리고 그들의 시에서 전면화되는 '감각'의 '새로움'이란 세계에 대한, 타자에 대한 '자폐적 이기성'의 산물이다. 최근의 시에 대한 논란은 바로 이 '자폐적 이기성'를 어떻게 평가할 것인가의 문제이다. 권혁웅이 주장하는 '감각'의 논리는 여기에서 강정의 주장과 마주치게 되는데, 그것은 "기존의 텍스트들을 자기 식대로 원용하고 변용하고 비틀"4)어서 '자아의 영역'을 확장시키는 자폐성과 이기성이 '감각'에서 점화되기 때문이다.

자폐적 이기성을 통한 자아의 확장은 시뮬레이션 게임을 연상시킨다. 이들의 시적 감각을 대중문화적 취향이나 영상/인터넷 세대 등의 명명을 통해 정의하려는 경향이 있는 것은 사실이다. 이들의 시에서 대중문화나 영상/인터넷 등은 단순한 대상이 아니라 내면성을 구성하는 문화적 무의식에 해당한다. 시뮬레이션 게임의 감각이 바로 그렇다. 시뮬레이션 게임을 통해 우리는 비루한 일상과 혼탁한 세계에서 벗어난 '나'의 세계를 구성하고, '나'가 세계의 창조자가 되는 초월적 위치를 경험한다. 시뮬레이션 게임은, 자신의 의지와는 상반되는 삶을 강요당하는 대다수의 사람들에게, '나'를 중심으로 세계를 구성하고, 그 세계의 주인으로서 살아갈 수 있는 기회를 제공한다. 이처럼 시뮬레이션 게임의 심층에는 일종의 나르시시즘(Narcissism)이 작동하고 있다. 프로이트는 자기의 육체, 자아, 자기의 정신적 특징이 리비도의 대상이 되는 것, 즉 자기 자신에게 리비도가 쏠려 있는 이 상태를 나르시시즘이라고 정의했다. 프로이트에 따르면, 인간의 성장 서사는 리비도가 자기 자신에게 집중되어 있는 1차적 나르시시즘에서 출발하여 리비도가 외부의 대상(어머니/이성)에게 투여되는 대상애의 과정으로 전개된다. 그러나 리비도가 외부의 대상을 향하지 못할 때 그것은 다시 자기 자신에게로 되돌아가는데, 이 두 번째 자기애가 바로 2차적 나르시시즘이다. 최근의 시들에서 드러나는 주체의 분열상은 이러한 극단적 나르시시즘의 문학적 징후이며, 방향성을 상실한 이 전도된 이성애가 '자아'에 대한 극단적 강조로 이동함으로써 발생하는 현상인 것이다.

---

4) 강정, 「시인들의 은밀한 사생활」, 『한국일보』, 2005.12.12.

2. 감각의 행로, 자기 명명의 정치학

지난 90년대, 시는 자기 현시에 대한 욕망과 세계에 대한 발언 사이에서 거칠게 유동했다. 그때, 문학은 거대담론에 의해 억눌려 있던 개인의 욕망이 폭발하는 장소였으며, 동시에 생태 / 생명담론처럼 근대적 / 자본주의적 욕망에 대한 비판과 성찰이 촉발되는 공간이었다. 그러나 생태 / 생명시는 담론과 윤리의 정당성에만 집착함으로써 미학적 긴장을 상실했고, 결국 실감이 부재하는 "매트릭스에 갇힌 서정시"5)라는 비판에 직면하고 말았다. 2000년대의 시가 보여주는 '감각'의 카니발은 바로 이 매트릭스에 대한 비판에서 발화(發火)된다. "감각으로 사유하는 종(種)들" (유형진, 「표본실의 나비들」)이 등장했다. 이제 세계는 선험적으로 주어진 이념이나 윤리가 아니라 감각의 직접성과 확실성에 의해 지각된다. 김민정의 『날으는 고슴도치 아가씨』, 유형진의 『피터래빗 저격사건』, 황병승의 『여장남자 시코쿠』 등은 이 새로운 종의 전위부대들이다. 새로운 종 / 주체성의 등장은 문학 제도에도 커다란 변화를 가져왔다. 신춘문예로 일원화되어 있던 등단 과정이 '신춘문예'와 '문예지'로 분화되고, 문예지 출신들의 감각이 집중적으로 비평의 조망을 받고 있다. 바퀴벌레 / 미래파로 호명되는 시인들의 절대 다수가 『현대문학』·『Para21』·『문학동네』·『문예중앙』 등의 문예지 출신이라는 사실에 주목하자. 이러한 현상을 문단의 권력구조가 투영된 결과라고 말하는 것은 쉽다. 그러나 문예지 출신들의 시적 감성과 감각이 신춘문예 출신들의 그것과는 비교할 수 없을 만큼 독특하고 자극적임은 부인할 수 없다. 그러므로 '감각'을 통한 시의 독법이란 일면 적확하다.

시의 역사는 감각의 역사이다. '감각'으로 사유한다는 진술이나 '감

---

5) 김수이, 「자연의 매트릭스에 갇힌 서정시」, 『파라21』, 2004 겨울.

각'의 논리로 시를 이해한다는 주장이 새로운 것은 아니다. 19세기 중반 한 소설가는 "진실한 것은 느껴지는 것뿐이다"라고 말했다. 그가 말한 진실, 즉 '느껴지는 것'을 우리의 언어로 번역한다면 '실감'에 해당할 것이다. 그렇다, 세계는 실체나 관념이 아닌, 실감으로 존재하며, 또 그렇게 존재해왔다. 그렇다면 이러한 사유가 감각과 전언의 분리를 의미하는가? 아니다. 시에서 '감각'과 '전언'은 별개지만 결코 분리되지 않는다. 그것은 계몽적 의도가 짙게 투영된 경우를 제외한다면, '전언'은 '감각'의 표현형식이다. 그러므로 문제는 '감각' 자체가 아니라 그것의 궤적, 즉 감각의 행로(권혁웅은 이를 '감각의 운동방식'이라고 명명한다)를 포착하는 일이다. 그렇다면 최근 감각의 행로에 무슨 일이 발생했는가?

외팔이 소년은 제 한 팔을 갈아먹은 고기 써는 기계에 내 한 다리를 쑤셔넣고는 오늘도 영구 흉내를 내보인다 띠리리리리리 띠리리리리리 바람이 외팔이 소년의 손 없는 팔에 퉁퉁 불린 소매를 달아준다 똑같지? 아니아니 하나도 안 똑같애 외팔이 소년은 불어난 소매 끝에 갈고리를 끼워 내 목둘레를 둘러 긋기 시작한다 똑같은 거야, 알았어? 덜렁덜렁해진 모가지로 끄덕끄덕하며 나는 호주머니에서 연필을 꺼내 외팔이 소년의 혀를 꾸욱 하고 찍어버린다 구멍 난 혀를 면도칼로 짤라 신주머니에 넣으며 나는 매일매일 학교에 간다 덜렁덜렁해진 모가지에서 빨간 물감에 절인 빗물 같은 피가 숙제장 위로 뚝뚝 떨어진다

— 김민정, 「엄마, 학교 다녀오겠습니다」 부분

김민정의 시에서 '감각'은 심리적 상처를 육체적 고통으로 전이시키는 변압기(transformer)의 역할을 맡고 있다. 심리적 상처가 유발하는 분열의 풍경을 육체적인 '감각'으로 표현하는 것, '마음'과 '육체'의 경계를 지움으로써 상처를 물질화하는 것은 김민정의 스타일(style)이다. 그러나 "고분고분 할게 / 머리만은 잘라 끊이지 말아요"(김이듬, 「뒤주 속의 아리아」)나 "무거운 몸뚱이를 톱질하는 사람, 너덜너덜 토막난 몸으로 냉장고 문

을 열고 들어가는 사람, 딸기 쟁반 사이로 종이입술을 끼우고 이마에서 대롱거리는 열두 개의 눈알을 뽑아 얼음박스에 담는 사람"(이민하, 「들어가는 사람」), "오른쪽부터 낡은 눈알을 뺍니다 텅 빈 안구. 왼쪽 눈의 동공이 활짝 열립니다 파 속의 진액처럼 미끈거리고 끈적거리는 낡은 눈알을 맨손으로 만져봅니다"(유형진, 「푸른 안구를 선물로 받았습니다」)처럼, 감각을 통한 심리적 상처의 물질화는 젊은 시인들에게서 공통적으로 나타나는 현상이다. 특히, 이들의 트랜스(ransformer)한 감각들은, '토막난 몸'이나 '뽑혀진 눈알', '구멍난 혀'처럼 명시적으로 신체의 유기체화를 거부한다. 물론 파편화된 신체라는 현상적인 유사성보다 중요한 것은 그것을 의미화하는 화자의 시선이다. 따라서 절단되고 파편화된 신체들이 봉합/통일에의 의지를 갖고 있는지, 그리고 파편화된 신체들이 심리적 현상의 감각적 전이물인지를 확인하는 작업이 필요하다. 이민하에게 절단된 신체는 '환상하는 주체'(김수이)의 육체이며, 김민정에게 절단된 신체는 분열된 자아의 가시화이다.

절단된 신체들의 위상학적 차이에도 불구하고 자아의 분열상이 절단이라는 반(反)유기체적 신체로 표현된다는 사실은 매우 징후적이다. 많은 시인들이 현재의 삶을 고통과 분열, 결핍으로 경험하고 있다. 그들의 시는 하나같이 '상처의 시'이다. 문학은 상상력을 통해 현재의 삶과는 다른 삶을 살려는 의지의 산물이다. 그러므로 시는 '상처의 시'일 때조차도 '치유의 시'이다. 시가 '상처'에 주목하는 것은 신생에의 의지 때문이다. 그러나 최근의 시들에서 치유에의 의지는 희미하고, 역설적으로 상처는 '자폐적 이기성'(강정)의 원인이 되고 있다. "자아는 무엇보다 육체로서의 자아이다"(프로이트)라는 말이 환기하듯이, 감각의 직접성은 '자아'나 '나'라는 관념은 밀접한 관련을 지니고 있다. 그것이 심리적 고통이건 육체적 고통이건, 상처에서 발생하는 고통은 이미—항상 '나'를 세계로부터 분리된 단독자로 경험하게 만든다. 그리하여 상처받은 존재들에게 '나'는 감각의 표면인 동시에 상처로부터의 도피처로 인식된다. “세계는 실감으로 존재한다”라는 진술은 경험적 차원에서 진실이다. 그러나 세계가 ‘나’라는 감각의 주체에 의해 재구성된 방식으로 경험된다는 사실에는 ‘개인’을 척도화할 위험이 내재되어 있다. 세계가 무수한 ‘나들’의 산술적 합산이며, ‘개인’이 세계의 원자라는 식의 사유가 그것이다. ‘개인’을 세계의 원자로 상정하고, 세계가 그 원자들 각각의 감각에 의해 실감되는 방식으로 존재한다고 할 때, 개인과 개인의 관계는 어떻게 되는가? 타자에 대한 이러한 대상화가 다시 ‘나’라는 개인에게 정당성을 부여하며, 이러한 정당성이 극단화될 때 시는 영원히 주관성에로 함몰될 수밖에 없을 것이다.

　

(달이 동네 개들을 다 잡아먹었구나 쿵쾅쾅 천장을 달리며 외로운 숙녀 시코쿠)

　

쉽게 말하거나 어렵게 말하거나 모두 진실이었으므로
똑같이 나의 고백은 아름답다

　

6은 9도 된다

　

잊지 못할 이여 가구처럼 있다가 노루처럼 튀어오르는
가지도 오지도 않는 당신이여 속삭이는 두려움이여

　

(너무도 키스를 원하는데 프랑스에서 프렌치 키스를 잔뜩 배웠는데 아무도 입술이 없구나 호주에서 호치키스나 배울 걸 수챗구멍에 대고 외로운 신사숙녀 시코쿠)

　

말할 때 코를 만지는 자는 자기 세계에 갇혀 있는 자요 무릎을 긁는 자는 익살꾼이며
　상대의 얼굴을 꿰뚫는 자는 초월한 자이다, 라고
　꿈속의 소년이 말했다

새 이름을 지어주러 왔니
코를 만지며 내가 물었다

대답 대신 소년이 건네는 한 장의 사진,

시코쿠가 기차에 오르고
잘 가 나를 잊지 말아라
시코쿠였던 자가 역에 남아 손을 흔든다

죽을 때까지 어떠한 이름으로도 불려지지 않으리
속삭이는 두려움이여 나를 풍차의 나라로 혹은 정지

(일 년 열두 달 내가 움켜쥐고 있던 것들이 제자리로 돌아가려 할 때, 금세
밋밋해지던 나의 목소리여 손바닥을 칼로 푹 찌르며 외로운 신사 시코쿠 시
코쿠)

당신만 죽어 없어진다면 나도 내 자리로 간다!

그러나 세계를 이해한다는 건 애초부터 그른 일. 사로잡히다, 라는 건 무슨
뜻일까요
아저씨의 세계를 내어주세요
꿈속의 소년이 돌아섰다

—황병승, 「시코쿠」 부분

황병승의 시는 '선언문'이다. 그리고 선언이란 타자의 명명을 거부하
는 자기 명명의 행위이다. '명명'은 대상에 이름을 부여하는 권력행위이
다. 이때 명명하는 자와 명명당하는 대상은 비대칭적 관계이다. "죽을
때까지 어떠한 이름으로도 불려지지 않으리"라는 단호한 선언이 보여
주듯이 시코쿠에게는 타자의 명명을 받아들이려는 의사가 전혀 없다.
그의 시에서 '나'는 "선언의 천재"(「사성장군협주곡」)이기 때문이다. '나'가

타자의 명명을 수락하는 자가 아니라 자신을 포함한 모든 존재들에게 이름을 부여하는 권력의 출발점이라는 것, 이러한 사유는 비단 황병승만의 것은 아니다. 김민정의 "날으는 고슴도치 아가씨"와 유형진의 "피터래빗 저격사건", 황병승의 "여장남자 시코쿠"는 모두 자기 명명의 산물들이다.

'명명'은 이름을 부여받고 부여하는 행위라는 점에서 정체성의 논리와 맞닿아 있다. 타자의 명명을 긍정한다는 것은 곧 타자가 나에게 부여한 정체성을 받아들인다는 것을 의미한다. '나'의 '이름'을 짓는 주체가 내가 아니듯이 '정체성' 또한 나의 언어는 아니다. 그것은 '나―타자'라는 관계의 산물이며, 이때 명명은 전적으로 타자의 몫이다. 그러므로 어떠한 이름으로도 불리지 않겠다는 것은 타자에 의해 호명되는 정체성을 거부한다는 것이다. 이처럼 자기 명명은 기성의 질서에 대한 거대한 부정을 함의하고 있다. 또한 그것은, 그것이 자본주의든 근대 일반이든, 권력이 강제하는 현재적 삶을 해체하고 새로운 삶을 구성하려는 의지를 함축하고 있다. 이런 점에서 젊은 시인들의 시에서 확인되는 자기 명명은 사뭇 정치적이다. 문제는 이러한 자기 명명이 '자폐적 이기성'이나 '자아의 확장'으로 귀결되고 만다는 점이다. 대상을 상실한 리비도가 자기애로 귀결되듯이, 타자와의 관계를 거부하는 순간 '나'는 '자아'와 동일시된다. 자아는 동일성의 영역이다. 그것은 어떠한 외부적 시선에 대해서도 방어적인 자세를 취한다는 점에서 동일화하는 힘이라고 할 수 있다. 이런 점에서 김민정·유형진·김이듬의 자기 명명과 황병승의 자기 명명은 정반대의 방향을 향하고 있다.

"6은 9도 된다". 이것이야말로 자기 명명의 극단적 발화형태이다. '6'과 '9'가 다른 숫자라는 것은 정확하게 '나'의 바깥, 즉 세계/상식의 논리이다. 그러므로 타자의 명명을 거부하는 '나'가 세계의 논리를 따를 이유가 없다. 마찬가지로 "나의 고백"은, 난해성의 차원을 떠나서 '나'의 고백이기 때문에 진실이고 아름답다. 이처럼 '나'의 세계와 '타자'의 세계, '나'의 언어와 '타자'의 언어는 황병승의 시에서 명확하게 구분된다. "쉽게 말하거나 어렵게 말하거나"에서 화자는 언어의 난해성이 세계의 상이함에서 발생하는 것임을 밝히고 있다. '나'의 세계가 독자(청자)라는 '타자'의 세계와 다르다는 것, 따라서 '나'의 진실을 쉽고 어려움으로 판단할 수 없다는 것이다. 그리하여 '외로운 숙녀 시코쿠'는 '외로운 신사숙녀 시코쿠'가 되었다가, 다시 '외로운 신사 시코쿠 시코쿠'로 거듭 태어나게 된다. '시코쿠'와 '시코구였던 자'의 만남과 이별 역시 마찬가지이다. 황병승의 시코쿠는 정체성의 여러 지점들을 지나가지만, 결코 어떤 점에도 고착되지 않는다는 점에서 유목적 주체이다. '외로운 숙녀 시코쿠', '외로운 신사숙녀 시코쿠', '외로운 신사 시코쿠 시코쿠' 등은 기표들을 잠정적으로 고정시켜 의미작용을 가능하게 만드는 라깡의 '고정점(point de capiton)'들이다.

황병승의 시에서 주체는 이미−항상 과정적 주체이다. 그(녀)는 여자이면서 남자이고, 숙녀이면서 신사이다. 시인은 시코쿠의 반(反)정체성에 대해 의심하는 독자들을 향해 이렇게 말한다. "열두 살, 그때 이미 나는 남성을 찢고 나온 위대한 여성 (…중략…) 그대여 나에게도 자궁이 있다 그게 잘못인가 / 어찌하여 그대는 아직도 나의 이름을 의심하는가"(「여장남자 시코쿠」). 그러나 시코쿠의 반(反)정체성 전략은 정체성을 부정할 때조차 부정이 아니다. 또한 시코쿠의 부정은 결핍이 아니라 너무 많은 방향을 긍정한다는 점에서 이미−항상 과잉이라고 말해야 한다. 그는 이것도 아니고 저것도 아니라고 말하지 않는다. 오히려 그는 이것이면서 저것이고, 이것이기도 하고 저것이기도 하다라고 말한다. 시코쿠는 존재(being)가 아니라 생성(becoming)을, 양식(bon sens)이 아니라 역설(para-doxa)을 긍정한다. "앨리스 맵(map)"(「앨리스 맵(map)으로 읽는 고양이좌(座)」)이란 바로 이 생성과 역설의 세계를 의미한다.

3. '자아'에 갇힌 분열자의 초상

자기 명명이 곧 정체성에 대한 부정은 아니다. 황병승의 시에서 '나'의 '세계'는 타자에게 이해불가능한 세계이다. 그것은 일차적으로 '나'가 '고정점(point de capiton)'에 의한 임의적 지시대상에 불과하기 때문이다. 황병승의 시에서 '나'는 '자폐적 이기성'이라고 할 수 있는 정체성, 즉 '자아'를 갖고 있지 않다. 황병승은 자아와 정체성으로부터 자유로운 자기 명명의 예외적인 경우에 해당한다. 시코쿠는 여러 형상들 위를 지나가지만, 그는 이주민이나 망명객이 아니다. 그러므로 상반된 두 방향을 동시에 긍정하는 그의 역설을 분열이라고 말해서는 안 된다. 이것이 바로 황병승의 '시코쿠'가 김민정의 '나나'와 다른 점이다. 김민정의 '나나'는 분열된 '나'의 이름이다. '나나'의 분열이 시코쿠의 역설과 다른 이유는 '나나'가 '완전한 나'(「나의 '완전한 나'를 찾아서」)라는 정체성과 자아의 동일화를 지향하기 때문이다. 시인은 말한다. "내 안의 '나'를 찾고 싶었어요."6)라고.

불지 마 꺼질 것 같아
건드리지 마 다칠 것 같아
상처 옆에 눈이 내린다 창문을 두드린다
한밤중에 일어나 눈동자를 열고 모니터를 꺼낸다
붉고 싱싱한 잘 익은 놈으로
너에게 줄게 아무것도 먹지 마
이것만 있으면 모니터 속 아이리스

---

6) "내 안의 '나'를 찾고 싶었어요. 시를 쓰기 시작하면서부터 지금까지 '과연 '나'는 무엇일까?'라는 물음이 한 번도 제 머리를 떠나지 않았습니다. 꿈꾸는 '내'가 다르고, 꿈에서 깨어난 '내'가 다르고, 일어나 글을 쓰는 '내'가 다르고, 그렇게 내 자신이 하나가 아닌 전혀 다른 '나'로 이루어진 것일 거라는 생각이 들었어요."(김민정, 「내 안의 나, 그 지독한 세계」, 『문예중앙』 제21회 신인문학상 시부문 당선소감 중에서)

보라색 꽃잎 가장자리 휘어진 엷게 눈웃음치는
이슬보다 영롱한 0과 1
샤갈의 마을에 내리는 눈은 녹지도 않고
나의 모니터 속에 쌓인다
눈보다 차가운 아이리스 눈이 없는 꽃
천만 개쯤 되는 눈들을 달고
늘 살아야 되는 꽃
수미산 꼭대기에 피어나고 싶어
불지 마 거봐 날아가잖아

—유형진, 「모니터킨트—yeyless.jpg」 전문

　유형진의 『피터래빗 저격사건』은 한 권의 자기 명명이다. '모니터킨트', 그리고 무수히 등장하는 이니셜들—애버뉴b, 애주가h, 미끄럼타기 좋아하는 m—은 화자에 의해 명명된 대상/세계의 이름들이다. 유형진의 시에서 '모니터'의 안과 밖은 대립된다. "이슬보다 영롱한 0과 1의 세계", 그곳은 가장자리가 휘어진 보라색 아이리스가 눈웃음을 치는 세계이다. 반면 모니터 밖은 "마셔도 마셔도 줄지 않는 녹물이 가득 차"(「녹슨 컵」) 있고, "거리엔 검은 나비들의 잔해가 흩어져"(「폭우 속에 시간을 잃다」) 있고, 나의 병이 "도시의 하수구를 떠돌다 아픈 시궁쥐들과 떠돌이 고양이들에게 발견"(「병」)되고, "숨바꼭질 술래를 정하면서 아이들은 삶의 부조리"(「감자에 싹이 나서 잎이 나서,」)를 습득하게 되는 세계이다. 상이한 두 세계의 대립, 그리고 모니터 속의 세계가 모니터 밖의 세계보다 훨씬 긍정적으로 인식되는 세계에서 시인은 스스로를 '모니터킨트'라고 명명한다. 그러므로 '모니터킨트'의 의미는 세대론 이상이다. 그것은 현실 세계에 대한 적극적인 부정이면서, 동시에 용인할 수 없는 세계로부터 이탈하려는 욕망을 암시한다. 유형진의 시에서 현재적 삶으로부터의 탈주는 동화적 상상력을 수반한다. 「Somewhere Over The Rainbow!—출가」에서 시인은 세계를 '오즈의 마법사'라는 한 권의 텍스트에 비유한다. 그러나

"이곳엔 문이 없어. 지금, 여기를 즐기는 것뿐"에서 암시되듯이 지금-이곳의 삶에는 '출구'가 없다. 현재적 삶을 유지하려는 권력은 다만 '여기'를 즐기라고 말할 뿐이다. 그러므로 이 시에서의 '출가'는 아무도 없는 집으로부터의 출가이면서 또한 부조리한 세계로부터의 출가이다. 그러나 그의 출가는 '출구'가 없다는 점에서 이중적으로 봉쇄되어 있다. 시인은 인정할 수 없는 세계와 출구의 부재라는 이중적 결핍의 상황에 노출되어 있는 존재들을 응시하고 있다.

'출구' 찾기가 탈주의 공간적 형식이라면, '기억'은 탈주의 시간적 형식이다. 「내가 가장 예뻤을 때 나는 바나나 파이를 먹었다」가 바로 그것. 시인은 현재적 삶이 강요하는 분열과 결핍의 상처를 "돌아오지 않는 시간의 안부"(「피터래빗 저격사건─목격자」)를 묻는 행위를 통해 봉합하려 한다. '기억'에 의한 자기동일성의 확인은, 박상수의 『후르츠 캔디 버스』가 보여주듯이, '자아'가 가장 선호하는 방법이다. 어제의 '나'와 오늘의 '나'가 같다는 것, '그때의 나'와 '지금의 나'가 같다는 것이야말로 자아가 동일성을 증명하는 방식이다. 그러나 우리의 삶은 어느 한 순간에도 '나'의 동일성이 존재할 수 없음을 보여준다. 그러므로 "내가 가장 예뻤을 때 나는 별자리 이름의 바나나파이를 먹었는데 / 이제 바나나파이 같은 건 어디서도 팔지 않고 검게 변한 바나나는 할인매장에 쌓여만 간다"(「내가 가장 예뻤을 때 나는 바나나 파이를 먹었다」)처럼 유년의 시간을 통한 탈주의 가능성이 봉쇄되어 있는 것은 지극히 당연하다. 이 당혹스러움의 절망이 바로 유형진이 세계와 대면하는 태도이다.

> 너를 만지기보다
> 나를 만지기에 좋다
> 팔을 뻗쳐 봐 손을 끌어당기는 곳이 있지
> 미끄럽게 일그러트려지는, 경련하며 물이 나는
> 장식하지 않겠다

자세를 바꿔서 나는
깊이 확장된다 나를 후비기 쉽게 손가락엔 어떤 반지도
끼우지 않는 거다
고립을 즐기라고 스스로의 안부를 물어보라고
팔은 두께와 결과 길이까지 적당하다
　　　　─김이듬, 「지금은 자감(自感) 중이라 통화할 수 없습니다」 부분

　김이듬의 자기 명명은 '자아'라는 자기동일성의 세계를 구성한다. 이
것은 '자폐적 이기성'의 극단적인 양상이다. 그의 시는 '가족'에서 기원
하는 하나의 상처(trauma)를 지속적으로 응시하고 있다. "아 어머니라고
부를게"(「뒤주 속의 아리아」)나 "어떤 모성은 잔인한 과대망상이다"(「거리의
기타리스트」), "신원을 알 수 없는 엄마"(「Third Eye」), "계모는 책을 뺏어간
다"(「조문객」)에서 암시되듯이 그의 상처는 '어머니'라는, 타자에 의해 강
요되는 호칭의 수락 여부를 둘러싸고 전개된다. 화자는 '계모'에 의해
강요되는 '어머니'라는 호칭 앞에서 자신의 출생을 부정한다. "내가 태
어난 것은 나와 관련 없는 사건이었을 거야, 뻔해"(「고야와 나의 오월」) 김
이듬의 시에서 단적으로 확인되듯이, 상처는 인간을 개별화시킨다. 시
는 우리의 삶을 현재의 상태에 묶어두려는 외부적 힘에 대한 부정과 위
반의 욕망이며, 이미 항상 그러한 억압적 힘을 가로지르는 잠재성으로
다른 삶의 지도를 그리는 행위이다. 그러나 상처의 힘은 그러한 기획을
송두리째 무력화시킴으로써 우리를 '자아'라는 창살 속에 가두어 버린
다. 김이듬의 시에 등장하는 '노래하는 뒤주'(「뒤주 속의 아리아」)가 바로
그곳이다. 어린 화자는 "여기에 숨으면 / 언니도, 아빠도 아무도 날 못
찾지"에서처럼 스스로를 유폐시킴으로써 즐거움을 느낀다. 이러한 자기
유폐는 자폐적 이기성, 극단적인 자아의 동일화로 이어짐으로써 '자감'
이라는 자기 명명으로 귀결된다. 대상을 상실한 리비도가 그렇듯이, 김
이듬의 시에서 '자아'는 고립을 즐기면서 세계를 자아화한다. 그러나 개

체와 자아가 동일화되는 이 순간, 새로운 삶의 지도를 그리려는 욕망
역시 봉합되고 만다.

자기동일화의 관점에서 작성된 지형도의 한 극단에는 황병승이, 다
른 극단에 김이듬과 김민정이 위치하고 있다. 유형진은 위치는 바로 이
양극단의 사이이다. 황병승이 정체성과 자아라는 관념을 부정하는 자기
명명자라면, 김이듬과 김민정에게 자기 명명은 정확하게 정체성과 자아
라는 관념에 근거하고 그것들을 유일한 척도로 내세우는 명명법이다.
그리고 후자, 즉 정체성과 자아라는 관념에 근거한 자기 명명은 현재적
삶을 부정할 때조차도 척도의 권력을 그대로 승인한다는 점에서 정치
적 의미를 상실하고 만다. 이런 점에서 젊은 시인들의 분열적 언어가
새로운 주체성의 등장이라는 평가는 재고되어야 한다. 주체성은 분열이
라는 현상의 문제가 아니라 그것과 대면하고 있는 자아의 관점에서 사
유되어야 한다.

4. 두더쥐의 저항

시에서의 자기 명명은 '언어'와 '문법'의 문제를 함축한다. 김민정의
분열증적 언어가, 황병승의 반(反)정체성의 언어가, 그리고 김이듬의 자
아의 언어가 그렇듯이. 이제 어느 누구도 언어가 투명한 의사소통의 수
단이라고 믿지 않는다. 그리하여 자기 명명은 언어와 문법에 대한 해체
와 재구성의 전략을 동반한다. 오늘날 시는, 언어는, 권력의 전장이다.
"사물과 의미에 대해 소실점과 위계질서를 설정하려는 시적 무의식을
피하는 것이 중요하다"7)라는 진술은 최근의 시적 경향에 대한 정확한
지적이다. 하나의 고정된 의미가 발생하기 위해선 발화 주체와 그 주체

의 시선, 즉 원근법과 소실점이 함께 필요하다. 최근의 시들이 전통적인 의미화에 저항한다고 할 때, 그것은 이 주체의 자명성과 원근법을 불안 정하게 만드는 것을 의미한다. 젊은 시인들의 시에서 공통적으로 목격 되는 자기 명명은 세계라는 외부적 힘에 대한 저항이자 그것에 대한 주 체적 응전이라는 점에서 긍정적인 현상이다.

그러나 자기 명명이 모두 "사물과 의미에 대해 소실점과 위계질서를 설정하려는 시적 무의식"에 대한 저항은 아니다. 그러한 권력적 의미화 를 해체하는 방식은 매우 다양하지만, 그리고 그 기획의 유사성 또한 인정할 수 있지만, '자아'의 문법을 통해 위계적 의미화에 저항하는 것 에는 한계가 따른다. 자아의 문법에 근거한 저항은 결국 위계적 의미화 가 갖고 있는 권력을 '자아'에게 양도하는 것에 지나지 않기 때문이다. 자기동일성의 방식으로 작동하는 '자아'는 '나'의 세계, '나'의 언어를 구성하지만, 그 세계에는 '나'를 제외한 어느 누구도 들어올 수 없다. 이 러한 과정은 '내'가 '타자'라고 명명하는 또 다른 '나들'에서도 동일하 게 반복되기 마련이다. "그리하여 나는 내 관념으로 세계를 둘러싼다. 세계의 모양을 만들고, 꾸미고, 꿰뚫고, 이해하거나 이해한다고 생각한 다. 그러나 갑자기 깨어 일어나보면 캄캄한 깊은 어둠 속에 혼자 있는 것이다."[8] 이러한 모델은 정확히 중심으로 중심을 대체하는 권력의 이 양과정일 뿐이며, 지극히 근대적인 발상으로 근대를 극복하려는 논리에 지나지 않는다. 이 거대한 주관성에의 함몰이 시인 강정이 말하는 '자 폐적 이기성'은 아닐까?

> 내가 나와 함께 있는 너에게 총구를 겨누며
> 나는 힘이 세다가 그대 이름인가 묻자
> 바위는 말이 없다가

---

7) 이장욱, 앞의 글, 85면.
8) 데이비드 하비, 김병화 역, 『모더니티의 수도, 파리』, 생각의 나무, 2005, 90면.

내 직함이란다

자정이 훨씬 지나 그들이 들이닥치기 전
바위는 말이 없다가 다시 이른다
돌이 무섭지도 않나가
그대 친구요?

오래 살기 위해서는
나와 상관없는 내 애인이니
부디 데려오지 말기를, 그러나 그것은
가책받아 마땅한 자의 가면이 아니라고

미간을 중심으로
서너 군데 빨간 불이 들어왔을 때
마지막 경고 없이 들어오는 그대 부하들의
진짜 이름은 한두 명이 아니고

그 사람, 그 방에서 증발해버린 내가 보았던 것은
지속되고 속되고 변함없는 빗물처럼,
살고 싶지 않으면 무기를 버려라
였는지도

—김언, 「납치」 전문

　김언은, 황병승의 더불어, 자아나 정체성의 관념에 근거하지 않고 세계를 응시하는 유일한 시인이다. 황병승이 명명／선언이라는 초월적 전략을 사용하는 반면, 김언은 의미／지층에 구멍을 만드는 두더쥐의 전략을 사용한다. 그가 주장하는 "주어가 하나 더 있거나 술어가 엉뚱하게 달려 있거나 앞뒤가 안 맞는 문장들. 팔다리가 하나 더 있거나 머리가 둘이거나 아무튼 정상과는 거리가 먼 문장들"(김언, 「詩도아닌것들이—

문장 생각」)이 바로 그것이다. '불구의 문장들'은, 황병승의 시코쿠가 그
렇듯이, 결핍이 아니라 과잉이다. 이 불구의 문장들이 동음이의어에 국
한된다는 사실은 안타깝지만, 그럼에도 불구하고 김언은 이러한 언어의
과잉화 전략을 통해 전통적인 의미화의 구도를 지속적으로 불안정하게
만든다.

　이 시에서 '나'는 단순한 발화주체 이상이 아니다. 그러므로 '나'와
'너'는 지속적으로 자리바꿈을 반복한다. 발화주체는 "나는 힘이 세다"
가 그대의 이름인가라고 묻고 있다. 그리고 화자의 질문에 "바위는 말
이 없다"가 직함이라고 대답한다. 문맥상으로 볼 때 화자가 상대하고
있는 '그대'의 이름은 "나는 힘이 세다"이며, 그의 직함은 "바위는 말이
없다"이다. 나와 너의 경계를 흐릿하게 만들고, 명명과 재명명을 문장
단위로 바꾸어버림으로써 시인은 의미의 고정화를 불가능하게 만든다.
2연에서도 사정은 마찬가지이다. 말을 하는 사람은 "바위는 말이 없다"
이며, 그는 "돌이 무섭지도 않니"가 그대의 친구냐고 묻는다. 이 진술에
서 발화의 주체인 '나'와 대화의 대상인 '너'를 확정짓는 것은 사실상
불가능하다. 그대 부하들의 진짜 이름이 "한두 명이 아니고"인지, 방에
서 증발한 자가 "살고 싶지 않으면 무기를 버려라"인지도 "정확히 확
인하는 순간 너 역시 쏜다／그러나 그것은 이미 사라지고 없다"(「쏜다」)
처럼 김언의 시에서 주체는 과정적인 모습으로만 형상화될 수 있다. 그
는 이 '깜빡거리는 주체'를 '유령－되기'라고 명명한다. "그가 유령인
것은 중요하지 않아요／다만 어느 시대를 살고 있느냐가 문제겠지요／
나는 중요하지 않아요"(「유령－되기」) '뒤주'를 자기동일성의 거소로 설정
하고 그 세계 속에서 독백의 아리아를 부르며 만족하는 김이듬의 화자
와 '나'는 중요하지 않다고 말하는 유령－되기의 화자가 보여주는 세계
에 대한 감각은 이처럼 다르다.

　결국 문제는, 자기 명명이 '자아'라는 주관성으로 함몰되고 마느냐의
여부에 달려 있다. 자기 명명이 '자아'와 '정체성'의 관념에 포획될 때,

자기 명명이란 캄캄한 극장의 안락의자에 깊숙하게 등을 묻고 있는 원자화된 개인들의 알리바이에 불과하게 된다. 척도로서의 개인을 내세우고 개인과 내면성을 일치시킴으로써 모든 존재들을 원자화시키는 것, 이것이야말로 근대적 억압권력이 원하는 지금—이곳의 현실이다. 이것은 '시'가 '나'의 감각에 근거하면 안 된다는 말이 아니다. 이미—항상 동일한 '나'를 중심으로 설정하는 공허한 자기동일화의 과정이어선 안 된다는 것이다. '나'에서 출발한 서정의 언어가 '나'를 돌파하는 것, 그리하여 '나'라는 고독한 근대적 개인에게 새로운 지도로서의 삶을 제공하는 것, 이것이 우리에게 필요한 시적 덕목이다. "개인은 엄격한 비개성화 연습을 거쳐, 자신을 온통 가로지르는 다양함, 자신 속을 헤집는 강렬함들을 향하여 스스로 열린 상태가 될 때 비로소 진정한 자기 이름을 얻게 되는 것이지."(들뢰즈)

서정시를 위한 변명 2

최근 젊은 시인들의 시에 대한 몇 가지 단상

1.

젊은 시인들의 시에 대한 이야기가 끊임없이 들려온다. 뉴밀레니엄을 전후해서 등단한 70년대 생 시인들의 첫 시집이 쏟아진 2005년 한해, 시단과 시 비평계는 그들의 새로움에 고무되어 활기를 띠었다. '새로움'이라는 모던의 미학과 '환상'이라는 포스트―모던한 미학의 양편에 걸쳐 있는 이들의 상상력과 언어 문법은, 문학적인 평가 이전에 특유의 난해성과 파격적인 이미지로 인해 집중적인 관심의 대상이 되었다. 그리고 이들 70년대 생들이 보여주는 특유의 상상력과 언어 미학은 당분간 지속될 추세이다. 90년대 이후 시 장르가 폭발적인 관심을 받은 것은 이번이 처음인 듯하다. 그들의 시가 비평의 집중적인 조명을 받은 이유는, 무엇보다도 그들이 보여준 새로움의 강도가 그 어느 때보다 강하며 문제적이었기 때문이다. 그래서 그들의 시를 둘러싸고 선망과 의혹의 눈초리 역시 그 어느 때보다 날카롭게 부딪혔는데, 이 과정에서 많은 비평가들은 그들의 새로움에 전폭적인 지지를 보냈다.

사실, 모든 시가 곧 서정시는 아니지만, 오랫동안 시에 대한 우리의 통념은 서정시에서 근거하고 있었다. 시에 대한 이 오래된 통념은 포스트모더니즘과 해체주의가 대중들의 관심이었을 때에도, 그리고 시 장르 자체가 위협받고 있는 지금에도 많은 사람들이 공유하고 있다. '시 = 서정시'라는 통념이 관성에 불과한 것인지, 시 장르에 대한 진실을 담고 있는지는 별도의 논의가 필요하다. 다만, 최근 집중적인 조명을 받고 있는 젊은 시인들의 시가 '시 = 서정시'라는 장르적 통념에 커다란 균열을 내고 있음은 사실이다. 최근 시 비평계에 빈번하게 등장하는 '실정성의 변화', '외계어', '환상', '다른 서정' 등은 이 균열을 의미화하기 위해 동원된 개념들인데, 논자에 따른 개념의 차이는 있지만, 대체로 그들의 시가 내장하고 있는 새로움의 파괴력에 긍정적인 의미를 부여하고 있다. "젊은 시인들의 새로운 상상력에 대한 비판적 점검"이라는 편집자의 요청은 이들 화려한 비평적 조명이 만들어놓은, 크기를 알 수 없는, 맹목의 지점을 읽어달라는 것이다. 빛보다는 그것이 만들어내는 그늘에 주목해달라는 것.

오해를 피하기 위해 먼저 몇 가지 밝혀두고자 한다. 나는 이미 몇몇 지면을 통해서 이들 70년대 생들의 시적 가능성과 새로움에 대해 진지하게 고민했으며, 넓은 의미에서 이들의 시에 긍정적인 의미를 부여하려 했다. 예술의 새로움이란, 그것이 절대적 새로움이 아닌 한에야, 이전 세대 혹은 시대와의 비교에서 의미화 되기 마련이다. 이들의 시가 보여주는 가능성은 이전 세대와는 확연하게 다른 감수성의 등장을 보여준다는 점에서 분명 하나의 사건이라고 평가할 수 있다. 특히, 세대론의 지평에서 논의되든 개별 시인의 차원에서 논의되든, 그들의 시가 시인 자신의 세계상, 즉 특이성을 구성하고 있다는 사실은 눈여겨 볼 필요가 있다. 그들은 이미 자신만의 언어문법을, 시적전략을 소유하고 있다. 그들의 시는 새로운 감성 특유의 도발성을 갖고 있지만, 그것은 결코 투박하거나 촌스럽지 않다. 그 어떤 기성 시인들보다 안정된 언어를 구사하며 자기 세계를 구축하고 있는 모습은 무섭기조차 하다. 그들의 시적 성취는 중요하다. 그러나 새로움 이상의 관점에서 그들의 시를 읽을 때에는 몇 가지 의문이 생긴다. 이 글은 바로 이 의문에서 시작되며, 나아가 젊은 시인들의 시집을 읽으면서 느낀 나의 고민을 펼쳐 보이는 장소가 될 것이다.

2.

유난히 눈이 많았던 지난해 겨울, 나는 한 시인의 죽음 소식을 접했다. 하루에도 무수한 생과 사가 반복되고, 삶과 죽음마저 사물화 되어 되어버린 이 땅에선 한 평범한 인간의 죽음은 일상적인 뉴스조차 되지 못했다. 그럼에도 그의 죽음은 오랫동안 나의 뇌리를 떠나지 않았다. 생전에 그가 수첩 속에 넣고 다녔다는 작은 메모 때문이었다. "잔혹한 서정시, 그러나 따뜻한 서정시, 내가 써야할 시 …… 어려운 말을 버려라. 간결하고 쉽게, 하지만 깊이 있게 …… 말장난을 하게 되면 시인의 생명은 끝이다." 한 시인의 추구하고자 했던 시적 진실 앞에서 나는 한없이 작아지는 경험을 했다. 그리고 그 경험의 끝자락에서, 우리 시대에 시란 무엇이며, 무엇이어야 하는가에 대해 새삼 생각했다. 그가 쓰고 싶었던 잔혹하면서도 따뜻한 서정시가 무엇인지는 나는 모른다. 그러나 '잔혹'과 '따뜻'이라는, 이 양립불가능한 단어의 조합이 가져다주는 울림은 예상외로 컸다. 그 울림은, 이어지는 "어려운 말을 버려라. 간결하고 쉽게"

라는 구절과 겹쳐지면서 한층 뚜렷하게 다가왔다. '어려운 말'과 '말장난' 이상의 시, 그것은 과연 무엇일까.

짧은 삶을 살다간 시인의 메모는 "시의 기술은 양심을 통한 기술인데 작금의 시나 시론에는 양심은 보이지 않고 기술만이 보인다"(「난해의 장막」)라는 김수영의 말을 연상시켰다. 김수영은 윤리가 뒷받침되지 않는 '기술'은 기실 오해된 '현대성'에 불과하다고 말하고 싶었던 듯하다. 그리고 이 지적은 지금도 유효하다. 김수영 식으로 말하자면, 나는 윤리에 근거하지 않는 기술이나, 기술이 없는 맹목적 윤리를 신용하지 않는다. 시인은 새로운 시각으로 세계를 바라보는 자요, 사물의 현상에서 이면을 투시하는 미적 감각과 사유의 깊이를 지닌 존재이다. 이 새로운 시각에 윤리가 결합되지 않으면 시는 감각의 장난에 지나지 않게 되고, 미적 감각이 사유를 동반하지 않으면 평범한 계몽적 진술로 떨어지고 만다. 시인은 언어를 통해 사유하는 자이지만, 그에게 언어는 '소통'이라는 언어의 보편적 용법을 넘어서는 초언어적 언어이다. 그렇기 때문에 시에서 중요한 것은 진술된 언어의 배열이 아니라 행간을 읽는 일이며, 그 행간을 통해 하나의 울림을 경험하는 일이다. 또 중요한 것은 시어의 사전적 의미가 아니라 그것이 다른 말들과 맺고 있는 관계이며, 나아가 그 언어가 만들어내는 독특한 정서에 공감하는 일이다. '말장난'이 시인의 생명을 끝장내는 이유는 그것이 언어에 대한 자의식의 산물이 아니라, 단순한 수사와 기교에 뿌리내리고 있는 임기응변이기 때문일 것이다. 지난 한 해, 젊은 시인들의 시집을 읽으면서 새삼 '가독성'과 '난해성'의 문제에 대해 생각했다. 비단 그들의 시만이 아니라, 최근에 출간되는 시집의 대부분이 난해성의 흔적을 지니고 있다. 물론 문학이, 시가, 쉬워야 한다는 원칙은 없다. 마찬가지로 시가 어려워야 한다는 원칙 역시 없다. '난해성'의 기준 자체가 독자의 주관적 판단에 의지할 수밖에 없기에, 난해성 일반을 문제 삼는 것은 적절하지 않다. 아울러 쉬운 시가 어려운 시에 비해, 혹은 그 반대의 경우가, 좋은 시라고 말할 근거도 없다. 그러므로 문제는, 김수영의 지적처럼, '기술'과 '윤리'의 관계를 따져보는 일일 것이다. '기술'과 '윤리'가 결합되지 못한 시는 형식실험 내지 추상적 자기만족으로 떨어지고 만다.

　많은 사람들이 젊은 시인들의 시가 어렵다고 토로한다. 시가 어렵다는 얘기는 비단 독자의 '수준' 문제만은 아니다. 바야흐로 시 읽기가 힘들어진 시대가 된 것이다. 최근 시들에서 목격되는 난해성은, 시가 '재현'보다는 '표현'에 근거한다는 장르적 특성에서 기인한다. 소박하게 말하자면, '서정'이란 시인의 감정이나 정서를 주관적으로 표현한 것이다. '감정'이나 '정서'는 주체와 외부 현실／세계의 마주침에 근거하지만, 그것은 현실／세계의 모사가 아니라 주관적 변용이며, 이 변용의 언어적 표현이 곧 시이다. 그렇기 때문에 한 시인의 시를 이해한다는 것은 주관적 변용의 문법을 이해하는 것이며, 시적 감동이나 공감이란 이 주관적 변용의 문법이 일정한 보편성을 획득할 때 발생하는 공명 현상인 셈이다. 주관적 경험이 그 경험의 바깥에 위치한 존재들에게 그대로 받아들여지는 것이 어려운 것은 사실이다. 그러나, 그렇기 때문에, 시가 절대적 주관성의 세계로 함몰되는 순간 이해나 공감의 가능성은 사라진다. 시 독자의 급감은 바로 이것을 의미한다. 시인이, 시가, '어려운 말'과 '말장난'을 버려야 하는 이유도 여기에 있다. 문학에서의 주관성이란 주관적인 객관성이자 객관적인 주관성이다. 문제는, 이 주관과 객관의 경계를 어떻게 설정하느냐에 달려 있다. 한때 문학의 위기라는 말이 유행처럼 떠돌던 시대가 있었다. 문단과 출판계를 중심으로 퍼진 문학 위기론의 요체는 독자들이 책을 안 읽는다는 것이었다. 문학의 위기가 곧 출판·유통의 위기는 아니지만, 설령 그렇다 하더라도 문학의 위기는 작가들과 문학매체들이 자초한 느낌이 없지 않다. 시인들이 주관의 세계에 함몰되어, 주관적 언어로만 표현할 때, 그 난해의 장막을 헤집고 들어가 시를 읽을 독자들은 없을 것이기 때문이다. 문학을 제도라고 규정할 때, 거기에는 독자의 몫 또한 엄연히 존재한다. 독자를 전제하지 않는 시란, 들리지 않는 외침처럼 주정적인 감정의 토로나 절규 이상이 될 수 없다. 수용에 대한 고려가 시인의 주관적 감정을 침해하거나 부정하는 것은 아니며, 뛰어난 시란 그 미묘한 경계에서 새로운 감수성으로 공감을 형성하는 작품이다.

또 하나의 책임은 시 비평에 있다. 몇몇 문예지의 편집 위원들과 문명(文名)을 얻은 시인들이 '등단' 과정을 독점함으로써 특정한 취향의 작품들을 양산하는 것도 문제지만, 작품의 좋고 나쁨에 대한 판단을 회피하는 시 비평계의 무능은 더욱 심각하다. 가령 지난해 많은 문예지들은 2005년에 첫 시집을 출간한 젊은 시인들의 시세계를 조명하는 데 엄청난 지면을 할애했다. 문예지들이 앞을 다투어 젊은 시인들의 시에 대해 주목했다는 것은 그들의 시가 가능성과 새로움이라는 두 가지 덕목을 모두 갖추고 있음을 증명하는 것이다. 그러나 그 많은 지면들 어디에서도 그들의 작품에 대한 평가의 목소리를 발견할 수가 없었다. 물론 비평가의 평가 기준 역시 주관적일 수밖에 없으므로 비평가의 평가 자체가 그대로 작품의 질에 대한 판단이라고 말하기는 어렵다. 그러나 어떤 비평가도 그들의 작품이 왜 좋은지에 대해서 말하지 않았다는 것은 다시 생각해 볼 문제이다. 사석에서 만난 많은 비평가들은 최근의 젊은 시인들의 시가 지나치게 어려우며 전문 독자의 한 사람인 자신도 이해할 수 없는 부분이 많다는 어려움을 토로한다. 어쩌면 이 어려움이 시와 비평의 거리를 만들고, 텍스트 비평을 양산하는 직접적인 원인인지도 모르겠다. 사실, 한 권의 시집으로 묶인 시인의 시세계에서 '주관적 변용의 문법'을 발견하고 설명하는 일은 그다지 어려운 일이 아니다. 아니, 2005년에 첫 시집을 출간한 시인들의 경우에는, 이 최소한의 이해마저도 어려웠던 게 사실이다. 하나의 경향으로 묶을 수는 없지만, 젊은 시인들의 시가 생태주의라는 윤리적 정당성에 묶여서 지루한 동어반복으로 일관하던 시단에 긴장과 활력을 제공했으며, 그것이 시 비평계의 분발을 촉발시켰다는 점은 충분히 평가받아 마땅하다. 나는 그들의 시적 감수성이 생태주의 이후를 사유하고 있으며, 현대시의 빛과 그늘이 그 속에 내장되어 있다는 점에서 일정한 공감을 갖고 있다. 그러나 이 원칙적 긍정과 비평적 공감은 다른 차원에 속한다.

개별 작품의 중요성은 '의미'와 '의의'의 비산술적 합산 효과이다. 골드만은 특정 작품의 중요성이란 결국 그것을 발견해 줄 명제, 즉 시대정신이 당대의 비평에 존재하지 않는다면 당대에는 발견될 수 없다고 말했다. '의미'란 개별 작품이 함축하고 있는 세계상과 내용, 형식 등을 말하며, '의의'란 시대정신이라는 맥락 속에서 해당 작품이 차지하는 위상을 의미한다. 원론적으로 말하자면, 문학적 감동이란 '의미'와 '의의' 두 차원 모두에서 발생할 수 있지만, 한 사람의 독자의 입장에서 본다면 시의 감동은 대개 '의미'의 영역에서 발생한다. 한 시인이 형상화한 세계, 그리고 그 세계를 구성하기 위해 시인이 사용한 언어적 용법, 그것들의 깊이가 현상적 이면의 불투명성을 뚫고 심연의 새로운 의미에 도달할 때 독자는 그 작품에 동감한다. 나는 지금 문학의 대중성에 대해 말하고 있거니와, 대중성이 곧 통속성을 의미하는 것은 아니다. 차라리 그것은 대상/세계에 대한 주관적 변용이 이해될 수 있는 최소한의 고려, 즉 간주관성을 의미한다. 그러므로 수용에 대한 배려가 시인의 주관적 감정이나 정서의 세계를 부정하는 것은 아니다. '공명'이 두 에너지의 마주침에서 발생하는 현상이라고 할 때, 그것은 개별 작품의 역사적 의미보다는 그 작품이 표현하는 문학적 진리에서 발생할 가능성이 높다. 그러나 2005년 한 해 동안 집중적인 비평의 대상이 되었던 젊은 시인들의 시는 대개 '의의'의 차원에서만 조명되었다. 어쩌면 이것이 텍스트 비평의 한계인지도 모른다.

3.

    2005년에 출간된 시집 중에서 황병승의 『여장남자 시코쿠』는 비평의 조명을 가장 많이 받은 시집 중의 하나이다. 시집뿐만 아니라 그가 문예지에 발표한 신작들은 매분기마다 〈문예지게재 우수작품 지원사업〉에 선정될 정도로 주목을 받았다. '앨리스 맵'으로 상징되는 시코쿠의 세계는 두 방향을 동시에 긍정하는 역설의 세계상을 통해 새로운 주체의 탄생을 예고했다. 특히 현란한 이미지의 절합과 대중의 통념을 넘어서는 새로운 주체의 형상화는 시의 새로움이 보여줄 수 있는 한 극단을 제시했다고 생각한다. 그것이 분열된 주체의 모습이든, 새로운 주체의 등장이든, 그의 시는 새로운 시적 감각과 언어 문법을 통해 동일성의 영역에 갇혀 있던 시 장르 자체에 혁신을 가져왔다. 나 역시 다른 지면(「환상이라는 유령, 환상의 리얼리티」, 『서정시학』, 2005 겨울)을 통해 황병승의 시가 보여준 새로움이 견고한 주체의 자기동일성을 횡단함으로써 새로운 시적 주체의 등장으로 이어지고 있음에 주목했다. 황병승의 시는 자연에 대한 지나친 동일시나 감정이입, 가난했던 유년의 가족사에 고착되어 있던 현대시에 일대 충격으로 받아들여졌다. 특히 그의 시는 새로운 주체와 언어 문법의 등장이 일정한 연관성을 지니고 있다는 점, 이러한 시적 모색이 하나의 일관성을 형성함으로써 시적 감수성의 변화를 예고한다는 점에서 주목할 만한 성과임은 분명하다.

    그러나 황병승의 시적 성취에 대한 논의 역시 '의의'의 차원에 한정되어 있는 것이 사실이다. 즉, 그의 시가 감동적인가 아닌가, 좋은 시인가 아닌가의 문제는 여전히 논의의 바깥에 버려져 있다. 그는 '놀이' 내지 '취미'의 하나로 시를 쓰는 시인이다. 그의 시는, 놀이나 취미가 그렇듯이, 독자 대중보다는 시인 자신과의 소통이라는 측면에 빠져 있다. 즉, 주관적 변용의 문법이 지나치게 내면 지향적이라서 독자의 접근 자체를 가로막고 있다는 느낌을 지우기 어렵다. 물론 황병승의 시집이 출간 6개월 만에 2쇄를 찍었고, 매계절마다 〈문예지게재 우수작품 지원사업〉에 선정되었으며, 많은 비평가들이 지면을 할애하여 집중적인 조명을 했다는 사실을 근거로 반론도 가능할 것이다. 그러나 황병승 시집의 판매량은 문예지들의 집중적인 조명과 등단을 준비하는 예비 시인들의 가세에 힘입은 바가 크다.

김민정의 『날으는 고슴도치 아가씨』 또한 2005년에 가장 주목받은 시집의 하나이다. 등단작 「검은 나나의 꿈」부터 현재까지, 그의 시는 '완전한 나'의 발견이라는 문제의식을 이어나가고 있다. 특히 분열된 '나들'(나+나)이라는 악몽의 기원을 가족과 생물학적 성에 투사함으로써 자기 분열을 사회적 맥락으로 확장시키고, 이러한 분열이 자신은 물론 타자에 대한 폭력이라는 금기의 영역을 관통하고 있음은 주목할 대목이다. 트레이드마크(trade mark)인 특유의 언어유희와 욕설, 비속어의 남발, 비통사적 언어 사용 등은 시에 대한 대중의 통념을 여지없이 해체시켜버렸다. 이 도발적인 상상력은 언어의 통사적 법칙보다는, 언어가 환기하는 이미지의 인접성을 따라서 무한히 확장됨으로써 독서 행위 자체에 저항한다. 그렇기 때문에 그녀의 시는 종종 분석을 거부하는, 혹은 분석자의 간계를 이미 알아버린 영리한 환자의 전략처럼 느껴지기도 한다. 그녀의 시에 등장하는 욕설과 비속어는 외부의 위협으로부터 스스로를 방어하기 위한 언어적 전략에 가깝다. 말하자면, 김민정의 시에서 수다스러움은 전략, 즉 어떠한 상처와 진실을 은폐하는 동시에 드러내기 위한 전략인 셈이다. 그렇기 때문에 그녀의 시를 대면하는 순간 우리는 종종 스핑크스의 수수께끼와 대면하는듯한 느낌을 갖게 된다. 그리고 오이디푸스의 지혜를 소유하지 못한 우리는, 번번이 그 수수께끼가 말하고자 하는 '의미'의 영역 앞에서 무너지는 좌절을 경험을 한다. 특히 그의 시적 특징인 수다스러움과 비유의 비약성은 독자가 '의미'의 세계에 진입하는 것을 지속적으로 방해한다. 일반적으로 서정시가 생략과 압축을 통해 행간 사이에 의미를 은닉시킴으로써 독자의 접근을 어렵게 만드는 반면, 김민정의 시는 전통적인 생략과 압축의 전략 대신 언어와 언어 사이에, 혹은 행간 사이에 숱한 이미지와 이질적인 언어들을 끼워넣음으로써 시적인 효과를 생산한다. 이 수다스러움의 전략이 전통적인 서정시의 말없음에 대한 적대감의 노골적 표현임은 물론이다. 이러한 전략이 특유의 시적 효과를 발휘할 수 있는 이유는 시가 곧 주관성의 순정한 표백이기 때문이다.

그러나 주관의 순정한 표백이 종종 독자들에게 난해함으로 다가오는 것은 사실이며, 김민정의 시 역시 예외는 아니다. 이미지의 비약적 연쇄를 충실하게 따라간다면, 김민정의 시가 말하고자 / 보여주고자 하는 것을 이해하는 것은 그다지 어렵지는 않다. 그의 시가 말하고자 하는 '나'의 분열이 일정한 보편성을 획득하고 있기 때문이다. 문제는, 이 최소한의 이해마저도 힘든 상황이 발생하고 있다는 점이다. 김민정의 시를 읽은 독자들이 토로하는 불만이 이를 말해준다. 독자들의 불만이 남발된 비속어와 욕설 때문인지, 수다의 전략으로 폭력적 세계에 맞서는 시인 특유의 태도 때문인지는 명확하지 않다. 원론적으로 말하자면, 시에서 비속어와 욕설을 사용하는 행위 자체가 문제는 아니다. 욕설과 비속어는 그 특유의 정서적 파급력을 지니고 있으며, 적절한 맥락에서 그것들은 그 어떤 표현보다도 빠르고 날카로운 힘을 발휘한다. 그러므로 그것을 사용하느냐 마느냐의 문제는 언어에 대한 시인의 자의식에 달려 있다. 시어와 일상어의 기계적 구분 역시 마찬가지이다. 시가 반드시 아름다워야 하는 것은 아니며, 자본주의적 질서가 우리의 일상을 점령한 이후에는 더더욱 그렇다. "이것이 과연 시가 될 수 있느냐"는 식의 독자의 비판은, 그러므로 그가 김민정의 시에서 기대한 모종의 '감동'이 여지없이 무너졌다는 사실에 대한 분개이며, 만약 시인이 그런 효과를 의도했다면 시인의 시적 전략이 적절했다고 평가할 수도 있다. 그럼에도 불구하고 김민정의 시가 보여주는 현란한 이미지의 비약이 독자 대중의 접근을 어

렇게 만드는 것은 사실이다. 시인의 표현 욕망을 긍정해서, 시가 다만 주
관의 순정한 표백에 불과하며 그것 자체를 긍정해야 한다면, 우리는 더
이상 독자들에게 시 읽기를 요구할 수가 없게 된다. 어떤 감동도, 공감도,
공명 효과도 생성하지 못하는 시를 독자들이 읽어야 할 의무는 없기 때
문이다. 비평가 역시 마찬가지이다. 새롭게 등장한 시인들의 작품을 예의
주시하고 그 감수성의 변화를 문학사적 맥락에 안착시킴으로써 개별 작
품이 지닌 '의미'와 '의의'의 비산술적 합산 효과를 밝히는 것은 비평가
의 임무이다. 그러나 그 임무가 끝났을 때, 어떠한 개인적 감응도 존재하
지 않는 시를 다시 읽을 확률은 지극히 낮다. 비평가 역시, 비평가이기
이전에 한 사람의 독자이기 때문이다. 어쩌면 직업윤리와 개인적 취향의
절대적 단절이야말로 지금—이곳에서의 시의 운명을 보여주는 단적인
예인지도 모르겠다.

　이민하의 『환상수족』은 처음으로 시 읽기의 어려움을 느끼게 한 시집
중의 하나이다. 2005년에 출간된 문예지들의 시 특집은 '환상'이라는 기
법 / 표현형식에 집중되었는데, '환상'이라는 제목을 전면에 내세운 이민
하의 시집은 거기에 힘입어 집중적인 조명을 받았다. 이미 두 편의 글(「서
정시를 위한 변명 · 1」, 『작가와비평』 4호; 「환상이라는 유령, 환상의 리얼리티」, 『서정
시학』, 2005 겨울)에서 밝혔듯이, 시적 주관성의 변용이 재현의 리얼리티를
척도로 삼지 않는 한, 그것의 표현방식이 환상이냐 아니냐를 따지는 일
은 무의미하다. '환상'이라는 개념 / 용어가, 재현의 리얼리티를 유일한
현실로 간주함으로써 그 바깥의 영역을 통칭하는 것으로 사용될 때 문제
는 더욱 심각하다. 최근의 시 비평은 테마 혹은 기법의 공통성만을 좇음
으로써 개별 시인들의 시 세계가 지닌 '차이'를 놓치고 있으며, 텍스트에
대한 담론적 접근만을 시도함으로써 시가 지녀야 할 '소통'과 '감동'의
측면에 대해서는 상대적으로 소홀히 취급하고 있다.

　이민하의 『환상수족』은 기하학적 대칭성이라는 형식을 빌어 구조적
긴밀성을 유지하고 있는 시집이다. '환상수족'이라는 제목 자체가 그렇듯

이, 이민하의 '환상'은 상처의 흔적이다. 그의 시에서 소위 '환상'이라고 명명되는 절단의 이미지들은 대개 상처의 언저리에서 발생한다. 그래서 그의 '환상'은 상처를 치유하고자 하는 주체의 의지가 현실을 주관적으로 변용하는 순간 시작된다. 비슷한 시기에 출간된 김신용의 『환상통』이 삶의 문제로 밀착해 들어오는 느낌을 주는 반면, 이민하의 『환상수족』은 끊임없이 보조 텍스트들을 끌어들임으로써 의미의 연쇄망들을 형성한다. 가령 그가 즐겨 사용하는 이니셜과 기호들, 그리고 무수한 의미의 미끄러짐, 아니 어쩌면 의미 발생의 원천일지도 모르는 음악과 회화적 요소의 차용은, 시집 전체의 밀도를 높여주는 요소인지는 몰라도 가독성의 차원에서는 재고될 필요가 있을 듯하다. 김기림이 말했듯이, 모던한 시대에 예술은 자연발생적이기보다는 '제작'의 산물이다. 한 권의 시집이 일정한 기획에 따라 만들어져 나오는 최근의 출판 관행이 이를 잘 보여준다. 시인이 한 권의 시집을 기획에 따라 묶는다는 사실 자체는 그다지 중요하지 않은 문제일지도 모른다. 다만, 그 기획의 완성도를 높이기 위해 사용되는 시적 장치들이 맥락을 상실한 스펙터클이나 액세서리로 전락하지는 않았는지, 나아가 그것이 독자의 혹독한 불신을 가중시킬 위험은 없는지에 대한 고민은 필요할 것이다. 이런 점에서 "시는 독자로부터 멀어지면 멀어질수록 더욱더 비의적 문화 권력의 성격을 지닌다"(박수연, 「균열과 봉합의 비평을 넘어」, 『창작과비평』, 2005 가을)는 충고는 새겨들을 필요가 있다.

4.

다시, "잔혹한/따뜻한 서정시"로 돌아오자. 오늘날 우리에게 서정의 의미는 무엇인가? 젊은 시인들의 시세계가 보여주는 그로테스크한 이미지의 환영들은 '서정' 자체에 대한 도전을 함축하고 있다. 이들의 시가, 근대성에 대한 성찰과 윤리적 정당성에 의해 추동되는 환경 / 생태적 상상력 이후에 등장했다는 사실에 먼저 주목하자. 전통 서정에 대한 젊은 시인들의 반발이 소위 서정시의 온정주의나 '착하니즘'에 대한 혐오와 맞물려 있음은 쉽게 짐작할 수 있다. 그러나 '다른 서정'(이장욱)이나 '신서정'이라는 개념이 설득력을 지니듯이, 서정은 그 표현에 있어 사뭇 다른 방식으로 드러날 수 있다. 최근의 시들을 읽으면서 나는 '서정'의 다양한 표현형식이 시인 개인의 성장 환경에 밀착되어 있음을 직감했다. 즉 최근 활동하고 있는 젊은 시인의 대부분은 산업화 시대 이후에 태어났지만, 그들의 시에서 확인되는 상이한 경향은 동시대라는 시간적 층위보다는 비동시성의 동시성이라는 공간적 차이에서 비롯되는 측면이 강하기 때문이다. 비슷한 연배임에도 불구하고 박성우·손택수·문태준 등의 시적 감수성과 이민하·김민정·황병승·유형진 등의 시적 감수성은 매우 다르다. 흥미로운 사실은 최근 시단에서 목격되는 세대교체가 그 내부에 출신 / 성장 지역의 교체를 내포하고 있다는 사실이다. 최근 활발한 창작활동을 하고 있는 젊은 시인들의 다수는 서울 및 수도권에서 나고 자랐으며, 성장기 경험의 차이는 결국 '서정'의 차이로 드러나고 있다. 오늘날에 있어서 '시 = 서정시'라는 통념은 더 이상 설득력을 얻지 못하고 있지만, 이는 '서정' 자체의 문제라기보다는 그것의 상이한 표현형식의 차이에서 비롯되는 현상이다. 따라서 근대 이전의 감수성에 근거한 전통 서정의 관점에서 도시적 감수성에 근거한 서정을 비판하는 행위는 설득력을 갖기 힘들다.

　20세기 초반, 서정시의 불가능성을 예언했던 세 사람이 있었다. 아도르노와 벤야민, 그리고 브레히트가 그들이다. 그러나 동시대를 살았던 그들이 서정시의 불가능성을 예고했던 맥락은 사뭇 달랐다. 널리 알려진 것처럼, 아도르노는 아우슈비츠라는 근대적 참상이 모든 인간적 가치를 파괴했으며, 더 이상 인간적 가치가 존중될 근거가 없음을 깨닫고

난 후 "아우슈비츠 이후 시(詩)를 쓴다는 것은 야만이다!"라고 말했다. 브레히트 역시 「서정시를 쓰기 힘든 시대」라는 시를 통해 "아우슈비츠 이후 서정시는 불가능하다"고 역설했다. '행복'과 '경악'이라는 대조가 말해주듯이, 브레히트는 고통으로 충만한 세계에서 서정의 아름다움을 노래한다는 것은 허위이거나 죄악에 가까운 행위라고 주장했다. 아도르노와 브레히트가 아우슈비츠라는 계몽의 폭력에 근거해서 서정시의 불가능성을 예언한 반면, 벤야민은 '근대'라는 경험적 구조의 변화에 근거해서 서정시의 불가능성을 예고했다. 그는 몰락의 위기에 처한 서정시의 운명을 보들레르의 시에서 읽었는데, 그가 말하는 조건의 변화란 집단의 지혜인 '경험'이 개인의 파편화된 '체험'으로 대체되고, 예술의 비의적 요소인 '교감'과 '아우라'가 상실되는 세계상의 교체를 의미한다. 자연이 한낱 정복과 파괴의 대상이 되고, 신의 세계가 거부되고, 나아가 인간과 인간이 파편화된 관계로만 관계하는 군중의 시대에 서정시는 불가능하다는 것이 그의 예언이었다.

그러나 서정시의 불가능성에 대한 그들의 예언 이후에도 여전히 서정시는 씌어졌으며, 또 씌어지고 있다. 문제는, 아우슈비츠 이전과 아우슈비츠 이후의, 근대 이전과 근대 이후의 '서정'이 다를 수밖에 없음을 직시하는 일이다. 한 평론가의 말처럼, 지금 우리는 시인이 숲으로 가지 못하는 시대에서 시를 쓰고 읽는다. 아우슈비츠 이후, 또는 돌아갈 숲을 상실한 지금—이곳의 서정은 이전의 서정과 다를 수밖에 없다. 물론, 인간과 자연의 관계를 복원하거나, 자연/생태를 통한 근대의 극복과 성찰은 여전히 유효하다. 그러나 그것이 현대시의 원칙이 될 수는 없다. 우리 시대의 서정이 종종 그로테스크한 이미지로 범람하는 것도 이 때문이다. 이제 우리는 세상이 아름답지 않다는 것을 안다. "잔혹한/따뜻한 서정시"란 이 아름답지 않은 세상을 냉철하게 바라보되, 시가, 문학이, 그 추악한 세계의 현실에 어떻게 맞설 것인가라는 고민을 지닐 때만이 도달할 수 있는 세계일 것이다. 그 고민이 시인 한 사람에 그치지

않고 독자/대중과 정서적 공명을 일으킬 때 더욱 빛을 발하리라. 지금
―이곳의 젊은 시인들에게 요구되는 덕목도 바로 이것이다.

서정시를 위한 변명 3

최근 젊은 시인들의 세계관과 자의식에 대하여

1.

시(詩)가, 세상을 바꿀 수 있다고 생각했던 적이 있었다. 그때, 시는 미학이면서 윤리학이었고, 한 개인의 언어이면서 만인의 무기였다. 그 때, 문단의 경계는 상대적으로 느슨했고, 시는 시인들만의 전유물이 아 니라 모두의 것이었다. 그리고 지금, '문인'은 시대의 흐름에 역행하는 직업인으로 전락했고, 문학은 문인들만의 것이 되었다. 새삼 좋았던 옛 날을 추억하려는 게 아니다. 도대체 무슨 일이 있있딘가? 현실사회주의 가 붕괴되었고, '민중'이라는 집단적 주체성 아래에 억눌려 있던 '개인' 들이 '욕망'의 이름으로 귀환했다. 90년대 이후 문학은 자율적 개체, 즉 해방의 구호에 의해 가려져 있었던 '개인'에 주목하기 시작했고, 개별자 의 윤리는 세계와 대면하는 유일한 척도가 되었다. 어쩌면 '개인'과 상처로 얼룩진 그들의 '내면'이야말로 근대문학의 출발점이자 종착점인지도 모른다. 문학은 상처받은 자들의 도덕적 정당성을 증명해주는 것이었고, 어느 누구도 세계 속에서, 타자와의 관계 속에서 그 상처를 치유하려 하지 않는다. 문학은 그렇게 상처받은 내면을 응시하는 태도와 동일시되었고, 사인(私人)은, 바로 그 암울하고 고독한 내면에 스스로를 유폐시킴으로써 점차 수인(囚人)이 되어 갔다. '개인'은 그렇게 하나의 공화국이 되었다.

최근 젊은 시인들의 시는 철저하게 '개인'이라는 감각에 의존하고 있다. 그들의 시는, 세계와의 합일을 주장하는 전통 서정시와도, 재현과 반영에 사로잡혀 있던 민중시와도, 신서정의 도시적 감수성과도, 생태주의의 윤리적 세계관과도 질적으로 다른 세계를 보여준다. 의도적인 비문과 언어실험, 사춘기 화자들의 고아의식, 절단의 페티시즘과 죽음충동, 현실에 안착하지 못하는 분열된 자아들의 초상……. 이들이 전면화하고 있는 '개인'이라는 감각은 80년대의 '우리'에 대한, 그리고 90년대의 '생태'에 대한 전복적 태도를 함의하고 있다. 그리하여 우리는 그들이 상연하는 낯선 감각의 판타지에서 상처 입은 '개인'의 그림자를 목격한다. 고독한 내면세게에서 홀로 자신의 몸에 새겨진 상처를 응시하고 있는 존재들. 이 참혹한 풍경 속에서 좀처럼 '삶'에의 의지가 느껴지지 않는 것은 왜일까?

시는 삶을 거울에 비추는 행위이다. 이때 강조점은 '자신의 삶'이 아니라 '거울'에 있다. '거울'은 자아의 한계인 '타자'를 상징한다. 그러므로 시는 '나'의 삶을 타자와의 관계 속에서 성찰하는 사유 행위이며, 그것을 통해 세계의 새로운 의미를 발견함으로써 현재의 삶과는 다른 삶을 욕망하는 글쓰기라고 할 수 있다. 시에서 삶에 대한 새로운 자각이 감정의 표백(表白)만큼이나 중요한 것은 바로 이 때문이다. 하여, 시는 '상처'가 아니라 '치유'의 언어이며, '죽음'이 아니라 '삶'의 언어이다. 시는 '상처'를 통해 '치유'를 욕망하고 '죽음'을 통해 '생'을 긍정한다.

이는 '미학'과 '윤리'에 대한 새로운 질문이기도 하다. 역설적이지만, 최근 젊은 시인들의 시에서 '상처'의 강도(強度)는 급증하는 반면 그것에 대한 치유의 의지나 욕망은 발견하기 어렵다. 더구나 그들의 고통스러운 단말마는 한 개인의 실존적 상처에서 발성되는 것이기 때문에, 타자의 어떠한 개입도 불가능한 것처럼 느껴진다. 상처는 그 어떤 정서보다 강한 전염력을 갖고 있다. 상처는 웃음의 속도보다는 느리지만 인간을 철저하게 개별화시키는 능력을 지니고 있다. 그것은 '상처'가 개체적 수준에서 경험되기 때문이다. '상처'에 노출된 존재일수록 스스로를 고독한 개별자로 인식하려는 경향을 강하게 지닌다. 그러나 '개인'은 개인화의 산물이다. '개인'을 자명한 출발점으로 삼고 있는, 그리하여 문학을 그 개인들의 고통스런 창조물이라고 간주하는 우리 시대의 통념은 다시 생각될 필요가 있다. 이 자명성을 넘어설 때, 문학은 고독한 개인의 내면을 표백하는 행위가 아니라 '내면'과 '자아'를 구성하는 과정으로 인식될 수 있다.

하나의 '나'가 있고, 그 하나의 '나'가 '외부'와 대립한다는 논리야말로 개체의 발생을 개체화된 원리로부터 추론하는 것만큼이나 비정상적이다. 집단을 구성하는 원자로서의 '개인'이란 자유주의적 개인주의의 가설에 의해 요청된 허구에 불과하다. 오히려 삶의 과정에서 개인은, 하나의 관계적 실재 내지 존재의 어떤 한 국면이거나, 전개체적인 존재에 개체화의 힘이 가해짐으로써 생산된 산물일 뿐이다. 이는 '개인'이 다른 개체들과 독립적으로 존재할 수 없음을 의미하는 동시에 고전적인 자아의 내면성과는 전혀 다른 방식으로 주체화될 수 있음을 의미한다. 개인을 개체적 수준이 아닌, 관계적 실재나 개체화의 산물로 정의한다는 것은 무엇을 의미하는가? 그것은 삶을 잠재성으로 이해한다는 것이다. 만일, 개인을 관계적 실재라고 규정한다면, 삶이란 그 관계의 구체적 양상에 따라 매번 달라지게 마련이며, 또한 그 관계의 양상에 따라 개인화의 형식 또한 달라질 것이다. 개인을 개체화의 산물로 규정하더라도 사정은 마찬가지이다. 원자론적 가설을 제외한다면, 개체화의 과정은 전개체적인 존재에 특정한 형식의 힘이 부여되는 것이며, 이렇게 해서 생산된 개체가 전개체적 존재와 일치하지 않는 한 새로운 개체화의 능력은 항상 남기 마련이다. 어느 경우를 선택하더라도, 개인의 삶에는 개인화의 범위를 벗어나는 잉여가 존재하게 되며, 그런 한에서 삶은 현재의 모습과는 다른 가능성으로서만 정의될 수 있다.

2.

'개인'은 세계의 자명한 출발점이 아니다. 또한 그런 한에서 개인과 집단은 대립하지 않으며, 개인과 개인 역시 대립하지 않는다. 오직 개체를 개인화하는 힘과 그것으로부터 벗어나려는 힘의 대립만이 있을 뿐이다. '개인'은 주어지는 것이 아니라 생산되는 것이다. 가라타니 고진의 말처럼, 집단 또한 하나의 개체에 불과하다. 개인화하는 힘의 선차성을 이해하는 것, 그리하여 '개인'이 이미 / 항상 존재하는 불변의 조건이 아니며, 따라서 개인들의 산술적 합과 집단이 무관함을 이해하는 것은 그다지 어려운 일이 아니다. 그런데도 우리는 세계가 무수한 개인들의 총합이며, 그 개인들의 상호연관이 특정한 집단을 형성한다는 착각에 빠지곤 한다. 우리가 스스로를 '개인'으로 지각하게 되는 것은 '감각'의 직접성 때문이다. 우리는 삶이 기쁨으로 충만하거나 행복하다고 느낄 때 스스로를 개별적 존재라고 생각하지 않는다. 반대로, 상처의 기원이 무엇이든, 스스로가 상처받았다거나 불행하다고 느낄 때, 타자와의 단절을 경험한다. 이는 개인의 내면이 '나'의 '바깥'과 대립되는 의미에서 이미―항상 존재하는 것이 아님을 의미한다. 내면 역시, 상처든 고통이든, 삶의 과정을 통해서 만들어지는 결과물일 뿐이다.

'나'와 타자의 대립 역시 마찬가지이다. 타자는 이미―항상 '나'의 바깥에서, '나'와 대립하는 방식으로 존재하는 대상이 아니다. 그런데 왜 우리는 '나'와 '타자' 사이에 극복할 수 없는 거리가 있다고 느끼면서 살아가는가? 그것은 고통이 감각적으로 육체에 직접 작용하기 때문이다. 심리적인 고통이든 육체적인 고통이든, 고통은 직접적으로 육체에 흔적을 남긴다. 상처의 강도가 클수록 개인화의 힘 역시 커지며, 이러한 과정을 통해 개체는 개인이 된다. 최근의 시들이 보여주는 감각적인 예민함이란 바로 이것, 즉 타인과 공유할 수 없는 상처와 고통을 의미한다.

이미죽은내가 잠든 엄마아빠의 이부자리 속을 파고든다 이미죽은내가 엄마아빠를 국자로 떠와 차례차례 변기에 담근다 이미죽은내가 엄마아빠의 잠옷을 벗기고 속옷을 벗기고 바리깡으로 몸에 난 모든 털을 깎는다 이미죽은내가 엄마아빠를 깨끗이 물에 헹구고 탈수기에 넣어 탈탈 말린다 이미죽은내가 쇠도끼로 엄마아빠의 머리뼈와 종지뼈를 쳐내 그걸 고아 프림색 국물을 우려낸다 이미죽은내가 엄마아빠의 살을 조근조근 손톱깎이로 뜯어 홈을 판다 이미죽은내가 엄마아빠의 뜯긴 살집에 손을 넣어 큼직큼직하게 살점을 떼어낸다 이미죽은내가 떼어낸 살점을 조물조물 납작납작 주물러서 국솥에 떨어뜨린다 이미죽은내가 엄마아빠의 깎아놓은 털에 말간 뇌수액을 붓고 끈적끈적한 혈장을 버무려 양념장을 만든다 이미죽은내가 엄마아빠의 발라놓은 뼈에 비계칠을 하고 불을 붙여 국솥의 아궁지를 달군다 이미죽은내가 링거바늘로 뽑아둔 엄마아빠의 피로 국물 간을 맞춘다 이미죽은내가 엄마아빠의 살수제비가 팔팔 끓고 있는 국솥 앞에서 감사의 기도를 올린다 이미죽은내가 엄마아빠의 엄마아빠의 살수제비를 후후 불어 떠먹기 시작한다 이미죽은내가 엄마아빠의 쫀득쫀득한 살수제비를 양념장에 찍어 이 삭도록 씹어댄다 이미죽은내가 엄마아빠의 살수제비 국물을 후루룩 후루룩 솥째 마셔버린다 이미죽은내가 솥을 내던지고 부른 배를 땅땅 두드리며 이를 쑤신다 이미죽은내가 부른 배를 안고 엄마아빠의 이부자리 속에 드러눕는다
　　―김민정, 「살수제비를 끓이는 아이」 부분(『날으는 고슴도치 아가씨』)

  김민정은 감각을 가장 극단적인 방식으로 사용한다. 그는 심리적 자극조차도 육체적 고통으로 표현함으로써 감각을 극대화한다. 욕설과 비속어, 절단된 신체들과 성적 금기의 위반, 이것들은 상징계의 권력에 의해 분열된 화자의 내면이자 무의식적 방어기제이다. 김민정은 '가족'과 '사회'에서 작동하는 상징계의 억압적 권력／질서가 한 개인, 특히 여성들에게 어떤 폭력으로 다가오는가를 보여줌으로써 억압의 기원을 정치화한다. 김민정의 시에서 사회적 억압기제는 정체성의 위기와 관련된다. 그의 시에서 억압은 여성에게 자신의 성적 욕망을 투사하려는 남성들의 성적 폭력이거나, 남성 권력의 아이콘(icon)인 가부장적 가족 제도로 구체화된다. 김민정 시의 화자, 즉 '나나'나 '이미죽은나'는 남성—권력에 의해 특정한 방식으로 여성화된 삶을 강요당하는 그녀들의 분열상이라고 할 수 있다.

  '엄마—아빠—나'로 구성된 근대적 가족제도는 여성성을 위협하는 대표적인 남성적 세계이다. 이 시에서 '가족'은 죽음의 공간이다. "오븐을 닦다가 오븐 속으로 빨려"들어가 죽임을 당한 '나'는, 이제 '이미죽은나'라는 새로운 주체성으로 '엄마아빠'에게 잔혹한 복수를 시작한다. 김민정의 시에서 '엄마'는 '엄마아빠'처럼 '아빠'의 짝패나 분신으로 등장한다. 그러므로 가족 내에서 그들은 둘이 아니라 하나이다. '이미죽은나'는 '엄마아빠'를 변기에 담그고, 세탁을 하고, 쇠도끼로 뼈를 쳐내 국물을 우려낸다. 그리고 손톱깎이로 살을 저미고, 살점을 뜯어낸 다음 그것으로 '살수제비'를 끓인다. 이처럼 '이미죽은나'의 복수는 부모의 육체를 절단하고 해체해서 먹는 과정으로 끝난다. 김민정의 시에서 주목할 점은, 그녀의 화자들이 대개 성장을 멈춰버린, 그리고 점차 퇴행하여 마침내 엄마의 자궁 속으로 들어가려는 '소녀'라는 사실이다. 김민정의 시에서 소녀—화자들은 남성들의 세계로 나아가기를 거부하고 있으며, 자신의 분열된 정체성을 시간적 연속성 속에서 발견하려는 모습을 보인다.

  한편 「엄마, 학교 다녀오겠습니다」에서 남성의 폭력은 사회 전체로 확장된다. 이 시는 한 여학생의 일상을 기본적인 내러티브로 설정하고 있다. 이 시에서 그녀와 남성들의 만남이 모두 성적인 과정으로 묘사된다는 사실에 주목하자. 이 시에서 정육점 앞의 '외팔이 소년', 학교의 '선생님', 하교길의 '대머리 물미역 장수' 등은 그녀의 일상을 위협하는 '남성성'의 표상이다. 그들은 '나'를 성적 대상으로 삼는다는 점에서 동일하다. 그러나 이 시에서는 남성들의 폭력성과 그것으로 인한 화자의 상처라는 도식적인 과정보다는 그 상처 / 폭력에 대응하는 화자의 심리적 상태에 주목할 필요가 있다. 세 명의 남성들에 대한 화자의 자기방어는 각각 "나는 호주머니에서 연필을 꺼내 외팔이 소년의 혀를 꾸욱 하고 찍어버린다 구멍 난 혀를 면도칼로 짤라 신주머니에 넣으며 나는 매일매일 학교에 간다", "나는 호주머니에서 연필을 꺼내 선생님의 손등을 꾸욱 하고 찍어버린다 구멍 난 손등을 면도칼로 잘라 신주머니에 넣으며 나는 매일매일 학교에 간다", "나는 호주머니에서 연필을 꺼내 대머리 물미역 장수의 성기를 꾸욱 하고 찍어버린다 구멍난 성기를 면도칼로 짤라 신주머니에 넣으며 매일매일 나는 학교에 갔다"와 같은 극단적 폭력이다. 동일한 패턴의 반복을 통해 우리는 '나'의 상상의 복수가 얼마나 참혹하고 끔찍한 장면을 연출하고 있는가를 확인할 수 있다.

　김민정의 시에서 통념의 경계를 위반하는 극단적 폭력은 상징계의 질서 / 권력이 개체에게 강제하는 심적 압박의 정도를 말해주며, 동시에 개체가 그러한 폭력으로부터 스스로를 방어하기 위해 얼마만큼의 에너지를 투여하고 있는가를 상징적으로 보여준다. 김민정의 시는 개체의 수순에서 작동하는 질서 / 권력의 정치성을 예리하게 감지하고 있다. 이런 점에서 위의 시들에 등장하는 '상처'는 지극히 정치적이다. 그러나 그는 "나의 '완전한' 나를 찾아서"라는 제목에서 확인되듯이, '정체성'의 확인을 통해 분열의 상태로부터 벗어나려 한다. '정체성'이라는 관념이 등장함으로써 그의 분열증은 편집증의 다른 이름으로 바뀌게 되고, 가부장적 질서 / 권력의 문제는 '나'의 문제로 축소된다.

여기에 숨으면
언니도, 아빠도 아무도 날 못 찾지
억지로 웃지 않는 달의 마스크
가면을 뜯어내지
엄마라고 부르고 얻은 밥을 토해
삭지 않은 쌀벌레들
바글바글 나방 나방이 달빛이
반쪽을 갉아먹힌 몸의 뒤주
아아 머리가 밖으로 튀어나가
들키기 싫어
고분고분 할게
머리만은 잘라 끓이지 말아요
아 어머니라고 부를게
삶아먹고 한 광주리 남은
살, 살들 삐죽삐죽 나온
이제 두개골 속에 들어가
노래하는 뒤주
즐거운 비명의 아리아
너덜거리는 혀
달에 휜 나무의 뼈
출렁출렁거리네
　　　　　　―김이듬, 「뒤주 속의 아리아」 전문(김이듬, 『별 모양의 얼룩』)

　　김이듬의 시에서 '집'은 '어머니'의 공간이다. 그런데도 김이듬의 시
에서, "어머니라고 부를게"가 암시하듯이, 어머니는 어머니로 호명되지
않는다. 왜? 그것은 '이복동생'(「나는 내가 사라지는 것을 보았고」)이라는 호
칭에서 드러나듯이, 그녀가 생모(生母)가 아니기 때문이다. 김이듬의 시
에서 '집'이 불행과 상처의 기원이 되는 것은 이 때문이다. 시인은 어머
니의 공간인 '집'이 야기하는 고통을 이렇게 표현한다. "고분고분 할게

/ 머리만은 잘라 끓이지 말아요 / 아 어머니라고 부를게”. 김민정의 시에서 가부장적인 남성 / 권력이 그랬듯이, 김이듬의 시에서도 ‘어머니’라는 존재는 화자에게 특정한 방식의 삶을 강요한다. ‘어머니’라는 호칭의 사용이 그것이다. 흥미로운 점은, 화자가 ‘어머니’라는 권력이 야기하는 폭력을 “머리만은 잘라 끓이지 말아요”처럼 절단의 감각으로 표현한다는 사실이다. 물론, 김이듬 시의 화자는 ‘이미죽은나’처럼 폭력을 통해 복수극을 기도하지는 못한다. 한없이 왜소한 화자는 ‘어머니’에게 저항하기보다는 ‘뒤주’라는 공간으로의 도피를 선택한다. ‘뒤주’는 “여기에 숨으면 / 언니도, 아빠도 아무도 날 못 찾지”에서처럼 유년의 화자가 선택한 유폐의 공간이다. 그러나 그에게 ‘뒤주’는 감금이 아니라 해방의 공간이다. 하여, 그는 빛도 없는 그곳에서 “즐거운 비명의 아리아”를 부른다.

‘엄마’라는 호칭을 발음함으로써 얻은 ‘밥’을 토해냈을 때 목격되는 ‘쌀벌레들’과 ‘나방’의 바글거림, 그것은 ‘새엄마’ 앞에서 무기력할 수밖에 없었던 유년의 치욕을 암시한다. 그래서일까? 김이듬의 시에서 감각은 철저하게 ‘나’에게 고착되어 있다. 가령 「지금은 自感 중이라 통화할 수 없습니다」를 살펴보자. “너를 만지기보다 / 나를 만지기에 좋다 / 팔을 뻗쳐 봐 손을 끌어당기는 곳이 있지 / 미끄럽게 일그러트려지는, 경련하며 물이 나는 / 장식하지 않겠다 / 자세를 바꿔서 나는 / 깊이 확장된다 나를 후비기 쉽게 손가락엔 어떤 반지도 / 끼우지 않을 거다 / 고립을 즐기라고 스스로의 안부를 물어보라고 / 팔은 두께와 결과 길이까지 적당하다”. ‘자감’과 ‘통화’의 대립이 말해주듯이, 이 시의 화자는 타자와의 대화보다는 자신의 내면을 ‘후비기’를 즐긴다. 하여, 화자는 ‘너’를 만지는 것보다 ‘나’를 만지는 일에 골몰한다. 자감, 그것은 상처 입은 짐승이 스스로 자신의 상처를 어루만지는 행위를 연상시킨다. 그리하여 ‘반지’가 상징하는 타인과의 어떠한 관계맺음도 그는 거부한다. 왜? 고립을 즐기고 스스로의 안부를 묻기 위해서. 김민정이 그랬듯이, 김이듬에게도 ‘집’은 상처의 세계이다. 김민정 시의 화자처럼 ‘이미죽은나’를 등장시켜 복수를 감행하지도 못하는 그는, '도피'를 통해 그 세계로부터 벗어나려 한다. 여기에서 우리는 어머니로부터 상처받은 한 소녀가 어떻게 '나'의 세계로 함몰되어 가는가를 목격하게 된다. 상처 입은 존재들에게 '나'는 숨어 있기 좋은 최상의 방이기 때문이다. 이것은 개인에 대한 상처의 선차성을 의미한다. 즉, '개인'보다 상처가 먼저 존재하며, '개인'은 상처의 산물인 것이다.

3.

"시란 단순한 감정의 표현이 아니라 세계가 숨기고 있는 모든 가치로운 존재와 현상을 감지하는 인식의 표현이다." 오규원의 『현대시작법』에 등장하는 구절이다. '개인'이 '집단'을, '일상'과 '욕망'이 '거대담론'을 대체하면서부터, 시에서 세계와 타자에의 관심은 급격하게 사라져갔다. 혹자는 '일상적 개인'이 '거대담론'과 '집단적 정체성'에 억눌려 부재로 살아왔다고 말한다. 그리하여 '나'의 세계에 최대한 밀착되어 있는 것들만이 문학과 욕망의 이름으로 떠다니고 있다. 최근 시에서 극단적인 방식으로 표현되고 있는 자기 현시(顯示)에의 욕망은 이와 무관하지 않다. 그러나 통념과 달리 '개인'은 '집단'에 대립하지도, 또 '개인'을 포함하고 있지도 않다. 집단은, 동물들의 무리가 그렇듯이, n개의 구성요소들을 함축하고 있지만, 이때의 n개란 형식화되지 않은 강도(强度)일 뿐이다. 어떤 면에서는, '집단' 역시 개인처럼 단일한 외형을 지닌다. 앞서 지적했듯이, 이 단일체로서의 집단을 특정한 방식으로 분절하는 형식/힘이 가해졌을 때, 비로소 '개인'은 만들어진다.

'자기현시'란 무엇인가? 그것은 '나'를 드러냄이며, '나'를 중심으로 세계를 의미화하는 행위이다. 고백의 진성성이 그렇듯이, '자기현시'의 진정성 역시 '나'에 의해서만 확인된다. 최근의 시들에서 자기 현시는 대략 두 가지로 표출되고 있다. 첫째는 '상처'의 실존적 의미를 강조하는 것이며, 둘째는 타자와 공유불가능한 '세계'를 구축하는 것이다. '상처' 자체를 문제 삼으려는 게 아니다. '상처'는 여전히 중요한 문학의 출발점이며, 앞으로도 그럴 것이다. 다만, 그것을 의미화하는 맥락에 따라 '상처'는 '자기현시'와 '치유'라는 선택지에 놓이게 된다. 이는 김민정과 김이듬의 시에서 이미 확인했다. 후자, 즉 타자와 공유불가능한 세계의 구축은 시가 재현의 언어가 아니라는 사실에 의해 뒷받침되고 있다. 총체성의 불가능성이 바로 그것이다. 그렇다, 시는 재현의 언어가 아니라 표현의 언어이다. 그러나 '무엇'의 표현인가? 개인의 '개성'이나 '주관성'의 표현이라는 주장은 절반의 진실에 불과하다. 시는, 예술은, 우리의 삶을 특정한 형태로 분절하고 고착시키는 힘(개인화의 형식)에 대한 부정이며, 따라서 예술은 이미 항상 그러한 분절을 가로지르는 삶의 잠재성을 표현함으로써 새로운 삶의 가능성을 제시한다. 들뢰즈는 "예술은 결코 목적이 아니라 삶의 선을 그리기 위한 도구다. 즉 그것은 단지 예술 안에서만은 생산되지 못하는, 그 모든 현실적인 생성(되기)이고, 또 예술 안에서 도피하거나 예술 안에서 피난처를 찾지 않는 그 모든 능동적인 탈주며, 예술 위에서 재영토화되는 것이 아니라 비기표적이고 비주체적이며 얼굴 없는 지대를 향해 예술을 끌고 가는 그 모든 긍정적인 탈영토화를 그리는 도구"라고 말했다. '도구'라는 표현이 지나치다면 '방법'이나 '과정'이라고 바꿔도 상관없다. 예술이 표현하는 가능성으로서의 삶으로 인해 우리는 "세계가 숨기고 있는 모든 가치로운 존재와 현상"을, 현재적 삶과는 다른 삶을 경험하게 된다. 시는 '재현이' 아닌 것처럼, '대화'도 아니다. 시인은, 독자는, 결코 대화하지 않는다. 대화는 최대의 성공을 거둘 때조차도 '합의'라는 소극적 의미만을 생산할 뿐이다. 시는 '대화'가 아니라 '공감'이며 '감응'이다.

네온 램프로 장식된 'club Rainbow' 앞에서 토토가 도로시의 구두에 흰 거품을 토하며 쓰러진다. 도로시는 아픈 토토를 안고 따뜻할 것 같은 네론램프의 'R'을 만진다. 손끝에 전해오는 드라이아이스 같은 차가운 때문에 도로시는 소스라친다. 음악에 맞추어 헤드뱅잉을 하는 소년들, 긴 의자에 앉아 맥주를 마시는 소녀들. 아무도 나에게 말 붙이지 마! 라는 표정들이다. 공연을 마친 'club Rainbow'의 전속 밴드 베이스 연주자가 무대에서 내려온다. 기타의 코드를 뽑고 있는 그에게 도로시가 다가간다. 이곳에서 나가는 문이 어디 있나요? 토토는 도로시 품에서 헥헥거리고 있다. 문이라고? 이곳엔 문이 없어. 지금, 여기를 즐기는 것뿐. 나의 토토는 죽어가고 있는데 지금, 여기를 즐기라니. 도로시의 눈물방울이 베이스 기타에 씌어진 'club Rainbow'의 'c'에 떨어진다. 'c'가 도로시의 눈물방울로 볼록해져 'C'로 변하자 주위는 꽁꽁 언 겨울의 오피스타운이다. 목도리를 한껏 추켜올리고 퇴근하는 사람들, 적당한 피곤으로 절이고 알맞은 고통으로 간을 한 참치캔 같은 얼굴들을 달고 총총히 사라진다. 그들의 등 뒤로 'club Rainbow'의 공연 안내장이 바람에 나부끼고 있다.
　　—유형진, 「Somewhere Over The Rainbow!」 부분(『피터 래빗 저격사건』)

　담배를 피워. 공중에 도넛이 튀겨져. 손가락에 달콤한 환각을 끼워봐. 헛된 약속의 고리야. 거품처럼 사라지는 칠성.

　사이다를 마셔. 입 안 가득 퍽퍽 터지는 별빛이야. 전갈이 혀에 맹독의 문자를 새겨. 붉은 언어가 욱신거려. 가위눌린 오리온.

　비틀즈는 츄잉캔디야. 사과맛 존 포도맛 폴 오렌지맛 조지 레몬맛 링고가 새콤달콤하게 씹혀. 워크맨이 우주를 가로질러. 별들이 리버시를 타고 날아와 박혀. 고막을 부풀리는 갤럭시.

　시계가 25시를 가리켜. 우주 미아 철이의 행방이 묘연해. GS25의 고독한 우주인이 신라면을 감아올리고 있어.
　　—장희정, 「Across The Universe」 부분(『문학동네』, 2005 겨울)

성장을 멈춰버린 소년 / 소녀들과 시간이 정지된 동화적 세계, 이것들은 최근 젊은 시인들의 시에서 공통적으로 목격되는 특징이다. 이런 점에서 황병승의 '앨리스', 유형진의 '도로시', 그리고 장희정의 '비틀즈'는 매우 징후적이다. 이들의 시에선 '죽음'과 같은 극단적 상처가 발견되지 않는다. 물론, 그것은 아이가 죽음을 자각하지 못하기 때문일 것이다. 혹자는 성장을 멈춰버린 이 새로운 주체들에게 '아이-되기'라는 횡단적 성격을 부여한다. '앨리스'와 '오즈'의 세계가 보여주듯이, '동화'는 논리적 인과성이 아니라 우연과 역설, 아이러니가 지배하는 세계이다. 하여, 동화적 세계를 배경으로 한 시적 진술이 인과성이나 문법적 질서에서 벗어나는 것, 그리고 '감각'과 '상상'이라는 비(非)의식의 논리에 충실하다는 것은 이상한 일이 아니다.

낯선(?) 세계에 안주하려는 동화적 상상력은, 그러나 단순한 취향 이상의 사회적 의미를 갖고 있다. 확실히 이러한 시적 경향에는 지금-이곳의 세계에 대한 불편함이 짙게 투영되어 있다. 그러므로 동화적 세계로의 도피, 혹은 동화적 세계의 구축에 지금-이곳으로부터의 탈주 욕망이라는 적극적인 의미를 부여할 수도 있을 것이다. 그러나 횡단성을 의미하는 '-되기'는, 지금-이곳의 세계와 절연된 새로운 세계를 구성하는 것이 아니다. 오히려 그것은 지금-이곳을 새로운 세계로 재구성하는 능력이며, 이런 점에서, 그것이 환상이든 몽상이든, 타자와의 공속성을 거부하고 동화의 세계로 스스로를 유폐시키는 행위는 심리적 퇴행이라고 할 수 있다. '동화적 세계'는 세계와의 단절을 욕망한 그들이 선택한 대안적 세계이자, 어떤 상처로부터도 자유로울 수 있는 '나'의 공화국이다. 하여, 타자가 배제된 '나'의 세계는 '모노로그'의 언어를 음악화한다. 시의 음악화, 또는 시와 음악의 경계를 해체하는 일은 이제 상식적인 감각에 속한다. 그러므로 모노로그, 그것은 '뒤주' 속에서 부르는 '아리아(aria)'의 변주곡인 셈이다. 성장을 거부한 '나', 그리고 '나'의 '아리아', '나'의 감각은 최근 시들의 시적 무의식에 해당한다. 이들

시에서, 언어는 분명 '감각'의 행로를 충실하게 뒤따른다. 그러나 '감각'
이 과연 나와 타인이 깃들여 있는 세계에 대한 무감각함에서 출발하는
것일까? 지금, 우리가 되물어야 할 질문은 바로 이것이다. 세상을 바꾸
는 것, 그것은 어쩌면 '나'의 감각이 특권화되지 않는 곳에서 시작되는
조용한 균열은 아닐까.

서정시를 위한 변명 4
관계를 사유하는 새로운 시적 모색들

1. 별과 별자리 혹은 나무와 숲

산업화 시대에 도시에서 태어나고 자란 나는 유독 자연의 질서에 둔 감하다. 계절을 바꿔가며 피고 지는 꽃과 나무의 이름을 외우는 일이며, 철따라 나타났다 사라지는 곤충들의 종류를 일일이 구분하고, 울음이나 외모만으로 새들의 이름을 부르는 일은 해명할 수 없는 자연의 수수께 끼를 푸는 행위 그 자체였고, 일상의 바깥에서 만나는 자연은 아리아드 네의 실조차 허락되지 않는 미로처럼 느껴지곤 했다. 한 여름 밤, 하늘 의 둥근 지붕에 촘촘히 박혀 있는 별들의 이름을 외우고 찾는 일은 얼 마나 어지러웠던가. 횔덜린이 "숭고한 밤의 기적적인 호의"라고 찬양했 던 그 세계는 나에게 어떠한 시적 감동도 안겨주지 않았다. 현기증의 원인은 자연의 질서에 대한 무지 때문이었다. 나는 '나무'와 '숲'이 다르고, '별'과 '별자리'가 다르다는 사실을 알지 못했다. 나무들의 군집은 숲이 아니며, 분절된 숲은 그냥 '분절된 숲'일 뿐 나무는 아니다. 이러한 자연의 '다름'은 실체적인 차이라기보다는 그것을 바라보는 방식의 상이함에서 비롯된다. '나무'와 '별'이 개체에 중심을 두는 방식이라면, '숲'과 '별자리'는 관계를 중심으로 한 이해방식이다. 그러므로 '별자리'를 보기 위해서는 '별'에서 눈을 떼어야 하며, '숲'을 보기 위해서는 먼저 '나무'에서 물러나야 한다. '별'을 보는 순간 우리는 '별자리'를 지각할 수 없고, '나무'를 보는 순간 우리는 '숲'을 볼 수 없다.

90년대 문학은 '개인'의 가치에 대한 발견에서 출발했다. 비유컨대, '개인'은 '나무'와 '별'의 사회적 비유였다. 현실사회주의의 붕괴는 '민족', '민중'과 같은 집단적 주체성에 대한 근본적 회의로 이어졌고, 거대 담론의 붕괴로 생긴 이념적 공백은 '개인'이라는 근대적 주체의 가치에 대한 긍정으로 채워졌다. 사실상, 90년대 문학에서 '개인'은 모든 가치의 원천이자 척도였으며, 하나의 별인 동시에 성좌(星座)였다. 이러한 가치의 이동의 이면에는 별을, 나무를, 인간을 포착하는 방식의 변화가 전제되어 있다. '감각'의 다양성에 초점을 맞추고 있는 최근의 시적 경향은 개인을 개체의 관점에서 의미화 한다는 점에서 90년대의 연장선 위에 있다. 그러나 별은 하나의 별일 때조차 성좌, 즉 관계 속에 놓여 있다. 이는 보는 방식의 차이가 관점의 다양성이 아니라 세계에 대한 적확한 인식과 이해를 결정한다는 것을 의미한다. "별자리를 보려면 별에서 눈을 떼어야 한다." 이것은 하나의 관점이 아니라 '별'에 관한 유일한 관점이다.

'숲'이 '나무'를 부정하지 않듯이 '별자리'는 '별'을 부정하지 않는다. 마찬가지로 '관계'에 대한 사유는 '나'의 중요성을 부정하지 않는다. 다만 '나'의 삶이 이미—항상 사람들과의 관계 속에 있기에 '나'에 관한 올바른 이해가 거기로부터 시작되어야 한다는 것을 의미할 뿐이다. 많은 시인들이 실존적 고통을 호소한다. 확실히, 고통은 인간을 개별화시키는 힘을 지니고 있다. 고통 속에서 '나'가 타자와, 세계와 연속적인 관계를 형성하고 있음을 인정하는 것은 얼마나 어려운 일인가. 그러나 '나'가 감당해야 할 슬픔과 고통이 타자와의 관계에서 비롯되며, 슬픔을 인내할 수 있는 기쁨 역시 타자와의 관계에서 발생된다는 것 역시 사실이다. 세계에서 상처받은 영혼들이 '자아'라는 동일성의 세계로 도피하는 것은 지극히 당연한 일이지만, 그 세계에 머무는 한 상처는 결코 치유되지 않는다.

2. 기댄다는 것

하루의 끝을 향해 가는
이 늦은 시간,
버스나 지하철을 타고 집에 가다 보면
옆에 앉은 한 고단한 사람 졸면서 나에게 기댈 듯 다가오다가
다시 몸을 추스르고, 몸을 추스르고

한 사람이 한 사람에게 기대올 때
되돌아왔다가 다시 되돌아가는
얼마나 많은 망설임과 흔들림
수십 번 제 목이 꺾여야 하는
온몸이 와르르 무너져야 하는

잠든 네가 나에게 온전히 기대올 때
기대어 잠시 깊은 잠을 잘 때
끝을 향하는 오늘 이 하루의 시간,
내가 집으로 가는 가장 빠른 길은

한 나무가 한 나무에 기대어
한 사람이 한 사람에게 기대어
나 아닌 것을 거쳐
나인 것으로 가는, 이 덜컹거림

무너질 내가
너를 가만히 버텨줄 때,
순간, 옆구리가 담장처럼 결려올 때
　　　　—고영민, 「나에게 기대올 때」 전문(『악어』, 실천문학사, 2005)

　고영민의 시에는 '관계'에 대한 감각이 있다. 도시적 일상과 농경사회의 유대감에 뿌리내리고 있는 그의 시에서 '나'와 '타자'는 이미—항상 '관계'라는 이름으로 함께 살아간다. 고영민의 시에서 '관계'에 대한 감각은 해체된 유대감을 재구성하려는 의지와 다르며, 의지가 아닌 만큼 당위적인 가치도 아니다. 오히려 그것은 '생계의 운율'(「계란 한 판」)처럼 생에 대한 의지에 근거하여 '삶'을 정의하는 방식에 가깝다. 삶을 정의하는 새로운 방식, 그것이 고영민의 시에서 '관계'에 대한 감각으로 표현된다. 고영민 시의 새로움은 이처럼 삶을 정의하고 포착하는 시선의 새로움에서 출발한다. 그의 시에서 '관계'에 대한 인식은 농촌과 도시라는 위상학적 차이를 가로질러 삶에 대한 새로운 정의로 이어지곤 한다. 이는 그의 시가 일상적인 삶의 영역에 밀착되어 있음에서도 확인할 수 있다. 그의 시에서 예술은 삶과 경쟁하지 않고, 미학과 윤리학은 본질적으로 구분되지 않는다.

　자본주의적 관계는 '화폐'라는 척도에 의해 매개된 관계이다. 그러나 시인은 화폐에 의해 분절된 삶의 이면에서 화폐—관계로 설명될 수 없는 삶의 원초적인 관계성을 사유한다. 자본주의적 '관계'가 '교환'으로 대표되듯이 주고—받음의 관계라면, 고영민의 시에서 '관계'는 교환과는 상관없는 윤리적 판단과 행위에 속한다. 삶을 관계로 이해한다는 것은 현재적 삶의 변화가능성, 다시 말해 삶을 잠재성으로 정의하는 것이기도 하다. 인간의 삶은 자본주의적 배치에 의해 지배될 때조차도 이미 —항상 '잉여'를 갖고 있다. 잉여성이 없다면 삶에서 새로운 사건은 발생하지 않으며, 삶 또한 지금의 상태에서 변화될 수 없다. 고영민의 시가 보여주는 관계성에 대한 감각이 자본에 의해 매개된, 자본의 욕망을 자신의 욕망으로 오인하고 살아가는 현재적 삶에 대한 성찰과 비판의 성격을 띠는 것은 이 때문이다. 또한 그것은 삶을 '지금'이라는 제한적 시·공간이 아니라 잉여성이 열어 보이는 미래적 관점에서 정의한다는 것을 의미한다. 이를 위해서 그는 먼저 일상의 공통감각을 통해 '나'와 '타자'의 삶이 연속적이며, 이러한 연속성이 존재론적 공명의 출발점이라는 사실에 주목한다.

버스나 지하철로 대표되는 대중교통은 '나'와 '타자'의 삶이 연속적임을 경험할 수 있는 공간이다. 늦은 저녁, 우리는 귀가 길에서 종종 옆사람의 피곤한 육체가 '나'를 향해 무너져오는 경험을 한다. 시인은 그들의 몸이 위태롭게 흔들리는 모습에서 '망설임'을 읽는다. 시인에 따르면, '망설임'은 "잠든 네가 나에게 온전히 기대"기 위해서 감당해야 하는 '자기부정'의 징후이다. 시인은 서로 다른 육체가 기대어 깊은 잠을 자기 위해서는 "온몸이 와르르 무너져야 하는" 자기부정이 먼저 필요하다고 말한다. 여기서의 '자기'는 동일성의 방식으로 작동하는 '자아'와 '정체성'을 가리킨다. 뒤집어 말하자면, '자아'나 '정체성'이 부정되지 않는 한 온전히 기대는 행위는 불가능하다는 것이다. 그러므로 기댄다는 것은 대화(communication)적 관계가 아니다. 대화가 두 명의 서로 다른 주체를 요구하는 반면, 기댐은 두 사람이 각각의 정체성으로부터 벗어남으로써만 실현될 수 있다. 대화에서 자아나 정체성은 필요충분조건인 반면, 기댐에서 그것들은 철저하게 부정되어야 할 가치들이다. 그러므로 자아의 관념을 신봉하는 존재는 결코 자신과 대화적 관계를 형성할 수 없으며, 자아의 관념에 근거해서 세계를 바라보는 사람에게는 어느 누구도 대화의 대상으로 포착되지 않는다. 그에게는 오직 '자아'와 '자아의 분신'들만이 존재할 뿐이다. 그리고 이때 '자아'의 극한은 타자의 타자성이라는 방식으로 경험된다. 서정시를 '세계의 자아화'라는 원리에 입각하여 비판할 때, 그것은 정확히 자아의 '동일성'에 대한 비판이다. 자아의 극한으로 경험되는 타자를 전제하지 않는다면, 자아의 모든 언어는, 설령 그것이 대화적인 형식을 취하고 있을 때조차도, 독백에 불과하다.

인용시의 후반부에서 '기댄다는 것'의 의미는 '나무'를 거쳐 '한 사람'이라는 일반적인 수준으로 확장된다. 시인은 "나 아닌 것을 거쳐 / 나인 것으로 가는, 이 덜컹거림"을 '가장 빠른 길'이라고 명명한다. 현상적인 차원에서 이 진술은 옆 사람에게 기대어 자다가 깼을 때 느끼는 지각된 시간의 속도를 가리킨다. 시인이 옆 사람에게 기대는 행위를 "나 아닌 것을 거쳐 / 나인 것으로" 가는 것이라고 말하는 이유도 이 때문이다. 그러나 다음 구절, 즉 이러한 덜컹거림이 "무너질 내"가 무너지는 '너'의 지지대가 된다는 것에 주목하자. 시인은 무너짐이 또 다른 무너짐을 막아내는 이 아이러니컬한 경험을 "순간, 옆구리가 담장처럼 결려올 때"라고 암시적으로만 표현하고 있다. 옆구리의 결림을 통해 시인은 두 사람의 기댐이 만들어내는 예각(鋭角)이 인간 삶의 본질적 조건임을 환기한다. 아울러 자신을 향해 무너져오는 옆 사람을 피하거나 뿌리치지 않는다는 점에서 이 예각의 형성은 윤리적이다. 서로가 서로에게 기댄 채 집으로 흘러가는 인간 군상들은 '기댐'을 통해, 그리고 '덜컹거림'을 통해 하나의 삶의 리듬을 형성한다. '덜컹거림'이란 삶의 고단함을 암시하는 사회적인 조건인 동시에, 그들의 삶을 하나로 묶어주는 운명의 리듬이다. 이 삶의 운율로 인해 그들은 서로가 서로에게 의미 있는 존재임을 새삼 확인하게 된다.

막차 안에서 내 어깨에 기대오는 낯선 사내의 머리

정류장 지날수록 무거워진다
내가 그의 탈각을 지탱해줄 척추가 된 것은
잠을 자야만 우화할 수 있는 누에의 꿈을 엿본 뒤였다
해직 통보를 밥상으로 변태시키려는 그의 꿈이
겨드랑이 속에 구겨져있던 기름때 낀 손톱을 밀어낸다
썩지 않으려 자신을 절여 둔 알콜 모두 발효시키면
양 날개를 펴 말릴 수 있을까?
결속을 흔들어대던 운전사마저 떠나간 버스에서
하염없이 그의 우화를 기다리는 것인데
습자지 같은 그림자는 짙어지지 않고
한기는 왜 안쪽으로만 들이닥치는지
그가 겨드랑이 속으로 다시 날개를 움츠린다
뱐덕눈으로 길을 지우고 막막한 종점
어른벌레 파들어 간 듯한 골목이 외등 쪽으로 기울 때
다리부터 사람으로 돌아가는 막잠 누에가 다가와
죽지에서 편 맨손으로 사내의 팔짱을 겯고 간다
그들의 맞기댄 발자국이 다시 골목을 파먹는 동안
된바람은 왜, 골목으로만 들이닥치는지
왜, 팔 움츠려야만 뒤뚱걸음이라도 걸을 수 있는 것인지
명주실 같은 눈발이 지붕과 지붕의 사개를 감는 밤
네온십자가 지워져 더없이 환한 밤
　　　　　　—차주일, 「쌍잠」 전문(『내일을 여는 작가』, 2006 봄)

　차주일의 시에서 '관계'는 한층 사회적인 의미로 확장된다. 화자인 '나'는 지금 심야의 버스 안에서 낯선 사내의 머리를 어깨로 떠받치고 있다. '나'와 '사내'는 '탈각'에의 힘과 그것을 지탱시키는 '척추'의 관계를 형성하고 있다. 이 당혹스러운 상황은 '나'에게 모종의 결단을 요청한다. 그의 어깨를 밀쳐 내느냐 아니면 사내의 머리와 더불어 '탈각-척추'의 관계를 긍정하느냐의 선택이 바로 그것이다. 이런 점에서 이

시에서 관계는 '나'의 윤리적 판단에 근거하고 있다. 버스 안에서 낯선 사내의 머리가 기대어오는 것은 유쾌하지만은 않은 경험이다. 고영민의 「나에게 기대올 때」와 비교한다면, 차주일의 「쌍잠」에서는 화자의 윤리적 결단이 한층 중요하게 작용한다. 그러나 낯선 존재들의 육체가 만들어내는 각도의 관계성에 주목한다는 것, 그 관계가 '막차'나 늦은 시간의 '버스나 지하철'처럼 경험된다는 것, 그리고 이러한 몸 기댐이 삶의 리듬이라는 공통의 운명에 대한 발견으로 확장된다는 점에서 두 편의 시는 묘한 일치점을 지니고 있다.

기대어 옴이라는 현상 자체에 주목하고 있는 고영민의 시와 달리, 차주일의 「쌍잠」에서 화자는 사내에게서 "잠을 자야만 우화할 수 있는 누에의 꿈"을 목격한 다음에 '척추'가 될 것을 결심한다. 사내의 잠이 의미하는 '누에의 꿈'이란 "해직 통보를 밥상으로 변태"시키려는, 다시 말해 절망적 현실을 희망으로 바꿔놓으려는 삶에의 의지를 가리킨다. 화자가 낯선 사내의 잠에서 '누에의 꿈'을 발견하게 되는 것은 "겨드랑이 속에 구겨져있던 기름때 낀 손톱" 때문이다. '잠'이란 무엇인가? 그것은 몽환적 시·공간을 통해 현재와는 다른 삶을 꿈꾸는 행위이다. '해직통보'와 '기름때 낀 손톱'으로 상징되는 자본주의적 일상의 피로가 현재적 삶이라면, 잠을 통해 갱신되는 '누에의 꿈'은 눈 내리는 겨울의 창밖에서 눈 쌓인 골목길을 가로질러 사내를 닮은 막잠누에 한 마리가 다가와 사내의 팔짱을 겯고 골목으로 사라지는 풍경처럼 '결속'이라는 '관계'를 암시한다. 화자가 "운전사마저 떠나간 버스"의 '종점'에서 발걸음을 떼지 못하고 사내의 '우화'를 기다리는 까닭도 사내에게서 이 새로운 삶에의 의지를 발견했기 때문이다. 이처럼 차주일의 시에서 '관계'는 타인의 삶을 이해하는 데서 시작된다. '이해'란 타인의 삶이 자본주의적 일상을 살아가는 모든 사람들이 직면할 수밖에 없는 운명적 형식으로 인식될 때, 그리하여 '너'와 '나'의 삶이 동일한 운명으로 묶여 있음을 자각할 때 생기는 '감응'이라고 할 수 있다. 그러므로 이 이해의 끝에서 발화되는 "된바람은, 왜 골목으로만 들이닥치는지 / 왜, 팔 움츠려야만 뒤뚱걸음이라도 걸을 수 있는 것인지"라는 질문은 보편성을 띠게 된다.

3. 스며든다는 것 혹은 물든다는 것

　고영민과 차주일의 시는 '척도로서의 개인'을 전제하고 '자폐적 이기성'으로 함몰되는 최근의 시적 경향과는 사뭇 다른 행로를 보여준다. 그들의 시는 삶의 관계성을 당위적 차원에서 주장하지도 않고, 세계를 자아확장의 무대로 간주하는 폭력성을 드러내지도 않는다. 이런 점에서 이들의 시적 경향성은 2000년대의 한국시가 보여주는 하나의 가능성임에 틀림없다. 주목할 사실은 이들의 시가 형상화하고 있는 '기댐의 관계성'에 주체의 윤리적 판단이 중요하게 작용한다는 점이다. 「나에게 기대올 때」에서 존재의 '덜컹거림'이 온전한 기댐이 되기 위해서, 그리고 「쌍잠」에서 탈각의 힘이 '탈각―척추'의 관계로 바뀌기 위해서는 화자의 판단이 절대적이다. 이런 점에서 '기댄다는 것'은 삶을 관계성으로 이해하려는 주체의 윤리적·성찰적 태도를 돋보이게 한다.
　이승희의 시가 보여주는 '스며듦'은 삶의 관계성을 보여주는 또 하나의 모델이다. 그러나 '스며든다는 것'에서는 주체의 윤리적 판단이 중요하지 않다. '스며듦'은 일종의 감응이며, 이 감응의 속도는 '판단'이라는 이성의 속도보다 훨씬 빠르고 본질적이다. 이승희의 시에서 자기 부정과 성찰은 '나'와 '타자'라는 실체적 구분에 대한 부정으로 확장된다. 주지하듯이, '나'와 '타자'의 구분은 흔히 '집'이라는 공간적 표상을 통해 드러난다. '집'은 '나'의 소유물인 동시에 '나'라는 주체가 구성하는 세계의 상징이기도 하다. 그러나 시인은 "갇히는 것과 보호받는 것의 차이란 결

국 집의 또 다른 이름”(「벽과 놀기」)이며, 따라서 집을 짓는 행위는 궁극적
으로 '나'의 세계와 '타자'의 세계를 명시적으로 구분하려는 욕망의 산물
이라고 말한다. 그리하여 그는 '집'을 거부한다. 이승희의 『저녁을 굶은
달을 본 적이 있다』(창비, 2006)에서 '집'은 “아무도 살지 않는”(「산수유네 집
에 가다」) 곳이며, “공기를 기둥으로 세워”(「공기의 집」) 만든 무정형의 공간
이다. 여기에서 “아무도 살지 않는”은 부재나 결핍의 부정적 의미가 아
니라, 아무도 살지 않기 때문에 누구나 살 수 있는 무한한 긍정의 의미를
갖는다. 그는 집을 모든 존재들이 드나드는 열린 공간으로 바꿔놓음으로
써 '자아'의 영역에 갇혀있던 '집'에 새로운 의미를 부여한다. 공기로 만
든 집은 '만져지지 않는 집'이며, 그렇기 때문에 “이 집에 살려면 몸을
헐고, 영혼만 와야” 한다. 공기의 집은 '달'의 집이며, '바람'의 집이며,
'새'의 집이며, 모든 것들의 집이다. 시인은 이 새로운 세계로서의 '집'에
서 “수도 없이 열린 길들”(「집에 오니 집이 없다」)이 자신을 맞이하는 것을
경험한다. 자신의 세계를 배타적으로 고집하지 않을 때, 비로소 타인은,
세계는 시인을 향해 활짝 열린다. 집이 없을 때, 또는 집을 포기할 때
'길'은 곧 '집'이 된다. “길도 집이 될 수 있다는 생각이 문득 길 위에 서
있을 때 들었습니다”(「집은 없다」)라는 진술은 그러므로 삶에 대한 새로운
사유이자 삶의 관계성에 대한 깨달음이라고 할 수 있다.

스며드는 거라잖아.
나무뿌리로, 잎사귀로, 그리하여 기진맥진 공기 중으로 흩어지는 마른 입맞춤.

그게 아니면
속으로만 꽃 피는 무화과처럼
당신 몸속으로 오래도록 저물어가는 일.

그것도 아니면
꽃잎 위에 새겨진 무늬를 따라 꽃잎의 아랫입술을 열고 온몸을 부드럽게 집

어넣는 일. 그리하여 당신 가슴이 안쪽으로부터 데워지길 기다려 당신의 푸르렀던 한 생애를 낱낱이 기억하는 일.

또 그것도 아니라면
알전구 방방마다 피워놓고
팔베개에 당신을 누이고 그 푸른 이마를 만져보는 일.
아니라고? 그것도 아니라고?

사랑한다는 건 서로를 먹는 일이야
뾰족한 돌과 반달 모양의 뼈로 만든 칼 하나를
당신의 가슴에 깊숙이 박아놓는 일이지
붉고 깊게 파인 눈으로
당신을 삼키는 일.
그리하여 다시 당신을 낳는 일이지.
　　—이승희, 「사랑은」 전문(『저녁을 굶은 달을 본 적이 있다』, 창비, 2006)

이승희의 시에서 '나'의 실존은 이미—항상 타자의 세계를 향해 열려 있다. 이는 '나'와 '타자'의 만남이 '나'의 실체를 전제하는 소유가 아님을, '자아'의 자기 확장으로서의 동일화가 아님을 의미한다. 시인은 이 소유로부터 벗어난 '사랑'을 '스며드는 거', '저물어가는 일', 그리고 '서로를 먹는 일'이라고 명명한다. 이 시에서 시인은 '사랑'에 대한 가치론적 정의를 "그게 아니라면", "그것도 아니라면" 같은 구절을 사용하여 끊임없이 미끄러지게 만들고 있다. 1연에서의 정의를 2연이, 2연에서의 정의를 3연이, 그리고 3연에서의 정의를 부정함으로써 '사랑'은 고정되지 않고 지속적으로 변주된다. 그러나 여기서의 부정은 가치의 고정화에 대한 부정이다. 그러므로 그것은 부정이기보다는 변주에 가까우며, 따라서 사실상 무한한 긍정의 형식에 가깝다. 궁극적으로 시인은 '사랑'이 "스며드는 거"이자 "저물어가는 일"이며, "기억하는 일"이자 "푸른 이마를 만져보는 일"이며, "서로를 먹는 일"이자 "당신을 삼키는 일"이라는 것이다. 비록 부정의 형식을 취하고 있지만, 이러한 명명의 전후관계는 부정이 아니라 긍정의 연쇄를 통해 의미를 확장하고 있다.

확장된 '사랑'의 의미가 마침내 "당신을 낳는 일"이라는 생성의 사건으로 귀결된다. 「관계, 물들다」에서 시인은 이 생성을 '물드는 것'으로 정의한다. "너의 눈썹을 타고 그 끝에서 새들 무수히 날아가고 / 붉은 꽃잎 따서 네 열 손가락 물들이면 / 손가락 끝에서 점점 커지며 자라나는 동그라미 하늘에 올라 뭉게구름 되고 / 나도 그 꽃잎을 따라 네게 물들거나 구름 위로 몸을 누인다. / 물든다. / 물든다는 거"(「관계, 물들다」) 이러한 '스며든다는 것' 내지 '물든다는 것'이 이미―항상 상호적이라는 사실에 주목하자. 앞에서 말했듯이, '기댄다는 것'에서 '나'를 향해 다가오는 한 사람의 행동은 윤리적 판단을 요구하며, 이 판단의 여부에 따라 '나'와 '타자'가 자아의 경계를 허물고 관계의 형성하게 된다. 고영민과 차주일의 시에서 공통적으로 드러나듯이, '나'를 향해 다가오는 타자는 언제나 수면 중이기 때문이다. 반면, 이승희의 시에서 '스며든다는 것'이나 '물든다는 것'으로 정의되는 '사랑'은 이미―항상 상호적 관계에 의해서만 가능한 관계이며, 따라서 촉발은 항상 상호적으로만 발생한다. 그것은 마치 "물방울이 물방울을 만나 그 투명한 방 속에 간장 종지 같은 살림살이를 들여놓고 살림을 차리는" 것처럼 서로가 '나'를 버리고, '나'에서 '너'로, '우리'로 거듭 태어나는 과정이다.

시인은 물방울과 물방울이 만나 '우리'로 거듭 태어나는 과정을 '모여지는 것'이 아니라 '맺혀지는 것'이라고 말한다. "물방울은 왜 모여지는 것이 아니라 맺혀지는 것일까? 맺힌다는 그 말 속에 들어 있는 단단한 뼈 같은 마디들에 대하여 생각해보면, 하나의 맺힘이 있기까지 그 오랜 습기의 기억들은 어느 바람 속, 어느 쓸쓸한 저녁의 이름으로 돌아온 것일까. 얼마나 사무쳤기에 저리도 둥글어진 것이냐. 물방울을 사랑하지 않는 것은 죄다. 그러므로 사랑은 물방울이 다른 물방울과 만나는 것처럼 그런 것이어야 한다."(「물방울」) 모여지는 것이 '나'라는 실체를 부정하지 않는 '1+1 = 2'의 양적인 세계라면, 맺히는 것은 '나'와 '너'의 경계가 동시에 사라지는 '1+1=1'의 질적인 세계이다. 그러므로 물방울의 맺힘이 '하나의 맺힘'이다. 시인은 이 둥글어지는 것의 심연에 '사무침'이 있고, 이 사무침이 타자와의 만남을 통해 생성, 즉 새로운 삶을 낳는 힘이 된다고 믿는다. 이처럼 삶의 관계성이 생성으로 이어진다는 사유는, 가령 고영민의 「섶다리 사랑」에서도 동일하게 나타난다.

> 무엇이든 걸쳐놓으면 다리가 된다 너와 나, 강 사이, 물이 줄어든 겨울 초입에 왕래를 위해 통나무를 세우고 솔가지를 덮고, 진흙을 올려 다리는 만든다 길이 한결 가까워졌다 너에게 마실을 간다 너와 나, 발을 디딜 때마다 흔들거려 위태롭고 폭이 좁아 너로부터 오는 다른 이라도 만나면 옆으로 비켜줘야 하는, 방심하다가는 차디찬 강물로 풍덩 빠지기도 하는 강 사이, 이 길 그러나 황소가 지나가도 끄떡없다 못을 박지 않고 도끼와 끌로만 기둥과 들보를 만든 이 다리, 여름철 불어난 물에 자연스럽게 떠내려가면 그만이다 그리워하지 않는다 하지만 이미 꽃은 다리를 건너 이 마을의 꽃이 저 마을에 가서 피고 이 마을의 누렁이는 이 닮고 저 닮은 새끼를 밤새 끙끙, 낳은 사랑
> ─고영민, 「섶다리 사랑」 전문(『악어』, 실천문학사, 2005)

'관계'에 대한 감각 자체를 시화(詩化)하는 이승희와 고영민의 시가 우연 이상의 친연성을 갖고 있다. 이 시에서 '섶다리 사랑'은, 이승희의 「사랑은」이 그렇듯이, "끙끙, 낳는 사랑"의 생산을 지향하고 있다. 시인은 강의 이편과 저편을 연결하고 있는 '섶다리'의 관계성에 '사랑'이라는 또 하나의 관계성을 부가함으로써 '다리=관계=사랑=생성'이라는 의미론적 도식을 만들어 낸다. '다리'는 특유의 상징성으로 인해 단절된 두 세계 사이의 조화로운 삶을 형상화한다. 다리로 인해 "이 마을 꽃이 저 마을에 가서 피고 이 마을의 누렁이는 이 닮고 저 닮은 새끼"를 낳는다. 그러므로 '다리'는 단순한 '소통'도, '대화'도 아니다. 커뮤니케이션의 일

종인 대화와 소통은, 앞서 지적했던 것처럼, 둘 이상의 발화주체를 전제한다. 많은 대화들, 소통들이 보여주듯이, 그들 발화주체 사이의 거리는 극단적으로 좁아질 때조차 결코 겹쳐지지 않는다. 겹쳐지는 순간 '대화'는 독백이 되기 때문이다. '대화'는 이처럼 각각의 동일성들 사이의 대화일 수밖에 없다. 그러나 시인은 '다리'의 관계성에서 동일성이 아니라 이질성의 결합을 목격하고 있다. "이 마을의 꽃이 저 마을에 가서 피"는 것이 그렇고, "이 마을의 누렁이"가 "이 닮고 저 닮은 새끼"를 낳는 장면이 그렇다. 이처럼 '다리'는 '이'와 '저' 사이를 연결시켜 주지만, 그렇게 연결된 관계성 속에서 '이'는 '저'가 되고, '저'는 '이'가 된다. 시인은 '사랑'을 자기동일성의 영역을 벗어나 '이'와 '저'를 동시에 긍정하는 삶으로 형상화한다. 물론 관계에 대한 사유를 통해 자아의 자기동일성을 극복하는 방식에서 두 시인의 시세계는 미묘한 차이를 보이고 있다. 고영민의 시가 '사랑'을 '이'와 '저'의 동시 긍정으로 파악하는 반면, 이승희의 시는 '사랑'을 "당신을 삼키는 일 / 그리하여 다시 당신을 낳는 일"처럼 자기 부정과 타자의 긍정으로 의미화 한다. 그러나 이들의 시에서 '사랑'은 타자의 타자성을 '나'의 동일성에 귀속시키는 자기 확장도 소유도 아니다. 그것은 '관계'에 대한 사유가 증명하듯이 윤리적 교감을 통한 감응의 세계이다. '감응'은 인식 이전의 세계이며, 시각마저도 촉각적으로 바꿔버림으로써 새로운 삶의 방식을 보여준다.

4. 부빈다는 것 혹은 껴안는다는 것

최근 김신용이 '도장골 시편' 연작을 통해 보여주는 서정의 새로운 영토는 하나의 문학적 사건에 비견할 만하다. 척도로서의 개인에 근거하고 있는 '감각의 카니발'과 '자폐적 이기성'으로 요약할 수 있는 최근의 시적 경향에서 '서정'은 일차적으로 '극복'의 대상으로 취급되고 있다. 지난 환멸의 시대, 서정시가 새로운 가능성보다는 '생태'라는 윤리적 정당성에 매달림으로써 독자 대중과의 괴리감을 증폭시켜 온 것은 사실이다. 그러므로 최근의 시적 경향은 세계에 대한 응전력을 상실한 90년대의 서정성에 대한 비판이라는 의미를 갖는다. 특히 '서정 = 세계의 자아화'라는 그릇된 통념은 반(反)서정화 경향에 이론적 정당성을 부여했는데, 그것은 서정시가 보여주는 통합적 세계인식이 분열을 경험하고 있는 비루한 개인들의 정서를 표현하기에 부절적하다는 판단과 연관성을 지닌다. 그러나 현대시의 '서정'은 동일성을 강조하는 '세계의 자아화'가 아니라 세계와 자아, 자아와 또 다른 자아 사이에 간극과 불협화음이 존재한다는 '부정적 동일화'를 시화(詩化)해 왔다. 이런 점에서 극한의 자기분열을 지나온 김신용의 시가 보여주는 서정의 새로운 영토는 무척 흥미롭다.

안개가
나뭇잎에 몸을 부빈다
몸을 부빌 때마다 나뭇잎에는 물방울들이 맺힌다
맺힌 물방울들은 후두둑 후둑 제 무게에 겨운 비 듣는 소리를 낸다
안개는, 자신이 지운 모든 것들에게 그렇게 스며들어
물방울을 맺히게 하고, 맺힌 물방울들은
이슬처럼, 나뭇잎들의 얼굴을 맑게 씻어준다
안개와
나뭇잎이 연주하는, 그 물방울들의 화음(和音),
강아지가
제 어미의 털 속에 얼굴을 부비듯
무게가
무게에 몸 포개는, 그 불가항력의

표면 장력,
나뭇잎에 물방울이 맺힐 때마다, 제 몸 풀어 자신을 지우는
안개,
그 안개의 입자(粒子)들

부빈다는 것

이렇게 무게가 무게에게 짐 지우지 않는 것

나무의 그늘이 나무에게 등 기대지 않듯이

그 그늘이 그림자들을 쉬게 하듯이
　　　　─김신용, 「도장골 시편─부빈다는 것」 전문(『문예중앙』, 2006 봄)

　김신용의 시는, "딱따구리여, 날아오라 / 내 몸에 벌레 키워, 너를 힘껏 안아주겠다"(「도장골 시편─목탁조」)에서 드러나듯이, '관계'에 대한 사유를 전면화하고 있다. 이 시에서 '부빈다는 것' 역시 관계에 대한 사유의 하나라고 할 수 있다. '부빈다는 것', 그것은 타자에게 말을 건네는 행위이다. 아니, '나뭇잎'에 몸을 부비는 '안개'의 모습은 언어화할 수 없는 촉각적 감응의 세계를 보여준다. 그러므로 '부빈다는 것'에는 말건넴이라는 언어적 표상 이상의 의미가 내재되어 있다. 감응은, 이승희의 '스며드는 것'이 그렇듯이, 독립적으로 존재하는 개체를 전제하지 않는다. 감응이란 개체의 존재성 자체를 촉각화 / 신체화함으로써만 가능한 공통의 리듬 같은 것이기 때문이다. 집합적 신체를 신체들의 결합으로 분리할 수 없듯이, 촉각화된 신체에 의해 의미화되는 '부빈다는 것' 역시 개체의 논리로는 설명할 수 없다. 그러므로 그것은 두 개체의 정체성을 전제하는 '소리'의 주고받음이 아니다. '부빈다는 것'은 몸과 몸의 부딪힘이며, "안개는, 자신이 지운 모든 것들에게 그렇게 스며들어 / 물

방울을 맺히게 하고, 맺힌 물방울들은 / 이슬처럼, 나뭇잎들의 얼굴을 맑게 씻어준다”에서 확인되듯이, ‘나’라는 공화국의 주권을 해체함으로써 타자에게 ‘스며드는 것’이다.

김신용의 시에서 ‘안개’와 ‘나뭇잎’은, 인간의 언어적 한계로 인해 개별체로 간주되지만, 그것들은 이미—항상 몸을 부비는 관계 속에 놓여 있다. 우리는 여기에서 별과 별자리의 관계를, 나무와 숲의 관계를 다시 한 번 상기할 필요가 있다. ‘부빈다는 것’은 존재감 전체를 타자에게 개방하는 사건이며, 그러한 사건을 통해 “불가항력의 / 표면 장력”을 횡단하는 신생의 운동이다. 김신용의 시는, 정확하게, ‘부빈다는 것’의 의미를 통해 개인이라는 동일성의 공화국이 해체되는 과정을 보여준다. ‘나뭇잎’에 스며드는 ‘안개’와, ‘안개’를 향해 자신을 개방하는 ‘나뭇잎’은 이미 하나의 배치를 형성하고 있다.

시인은 안개와 나뭇잎의 몸 부빔을 통해 ‘관계’라는 새로운 서정의 영토를 영사한다. 이는 일정한 거리를 상실하면 불쾌감을 드러내는, 그리하여 타자와의 무관심이 심리적인 안정감을 주는 도시적 감각과는 확연히 구분된다. 시인이 굳이 ‘물방울’이라는 이미지에 주목한 것도 이 때문이다. 시인은 제 몸을 풀어 ‘자신’을 지우고, 또한 자신이 지운 모든 것들에게 스며듦으로써 ‘물방울의 화음’을 연주하는 안개에게서 새로운 삶의 가능성을 발견한다. 물방울이 연출하는 이러한 생성의 이미지는 이승희의 시, 가령 “물방울은 왜 모여지는 것이 아니라 맺혀지는 것일까”(「물방울」)나 “물방울이 물방울을 만나 그 투명한 방 속에 간장 종지 같은 살림살이를 들여놓고 살림을 자리는 거라네”(「관계, 물들다」)에서도 거의 동일하게 나타난다. 이런 점에서 고영민·차주일·이승희·김신용의 시에서 드러나는 ‘관계’에 관한 사유는 분명 징후적 의미를 갖고 있으며, 그것은 ‘개인’이라는 감각의 너머에서 새로운 삶의 가능성을 발견하려는 시적 모색이라고 말할 수 있다. 또 하나, 이들의 시가 보여주는 ‘관계’의 사유가 ‘상처’에 의해 매개되지 않는다는 사실에 주목할 필요가 있다. 시에서 흔히 ‘관계’는 상처에 의해 매개된다. 그리하여 상처가 ‘연대’라는 집단적 의식이나 ‘우리’라는 집단적 주체성으로 확장된다는 식의 사유는 종종 있어 왔다. 그러나 김신용의 시가 보여주듯이, 이들의 시에서 관계는 ‘상처’와는 무관하다. 시인은 말한다. ‘부빈다는 것’은 “무게가 무게에게 짐 지우지 않는 것”이라고. ‘나무’와 ‘나무의 그늘’의 관계가 그렇듯이, 한 편의 풍경을 구성하고 있는 사물들의 세계는, 하나가 다른 하나에게 등을 기대는 관계가 아니다. ‘그늘’은 상처의 이면이 아니라 새로운 삶의 방식이다.

> 나무들은 굳세게 껴안았는데도 사이가 떴다 뿌리가 바위를 움켜 조이듯 가지들이 허공에 불꽃을 튕기기 때문이다 허공이 가지들의 氣습보다 더 단단하기 때문이다 껴안는다는 것은 이런 것이다 무른 것으로 강한 것을 전심전력 파고든다는 뜻이다 그렇지 않다면 나무들의 손아귀가 천 갈래 만 갈래로 찢어졌을 리가 없다 껴안는다는 것은 또 이런 것이다 작은 것이 크고 쓸쓸한 어둠을 정신없이 어루만진다는 뜻이다 그런데도 이글거리는 포옹 사이로 한 사나이를 고요히 지나가게 한다는 뜻이다 필경은 한 사나이와 나무와 허공을, 딱따구리와 저녁바람과 솔방울들을 온통 지나가게 한다는 뜻이다 구멍 숭숭 난 숲은 숲字로 섰다 숲의 단단한 骨多孔症을 보라 껴안는다는 것은 이렇게 전부를 통과시켜 주고도 고요히, 나타난다는 뜻이다
> —이영광, 「숲」 전문(『현대시학』, 2006.3)

이 시는 「부빈다는 것」에 등장하는 ‘안개’와 ‘나뭇잎’의 관계를 ‘나무’와 ‘허공’의 관계로, ‘부빈다는 것’을 ‘껴안는다는 것’으로 변주하고 있다. 고영민이나 이승희와 달리, 이영광은 관계를 일체성으로 포착하지 않는다. 그리하여 시인은 나무들의 껴안음에서 ‘틈’과 ‘여백’을 본다. 이영광의 시에서 “껴안는다는 것”, “파고든다는 것”, “어루만진다는 것”, “지나가게 한다는 것”은 사실상 동일한 의미이다. 이 시는 표면적으로 상이한 이 언설들의 이면에서 가치의 유사성을 발견함으로써 그것들을

단일한 의미로 계열화한다. '껴안는다는 것'은 무엇인가? 일차적으로 그
것은 나무와 숲의 존재론적 차이에서 비롯된다. 숲은 이미-항상 나무
들의 껴안음으로만 드러난다. 따라서 숲을 보는 것은, 숲에서 나무를 보
는 것은 곧 관계성의 배치를 본다는 것을 의미한다.

　시인은 나무들의 집합적 신체인 숲의 수평성에 한 걸음 나아가 그것
들이 수직적으로 찢겨져 있음을 응시한다. 허공을 향해 뻗은 가지와 흙
속에 헤집는 나무의 뿌리가 그것들이다. 이 찢겨짐의 형상에서 시인은
쓸쓸한 어둠을 어루만지는 나무의 손길을 느낀다. 일반적으로 껴안음이
란 크고 단단한 것이 그렇지 않은 것을 감싸는 행위를 가리킨다. 그러
나 시인은 이러한 통념을 뒤집음으로써 껴안음의 새로운 의미를 발견
한다. 이제 '껴안음'은 "무른 것으로 강한 것을 전심전력 파고"드는 것
으로, "작은 것이 크고 쓸쓸한 어둠을 정신없이 어루만지"는 것으로 의
미화된다. '껴안음'이 의미하는 의미의 전도에는 단순한 새로움 이상의
의미가 내재되어 있는데, 그것은 크고 단단한 것의 껴안음이 타자의 타
자성을 부정하는 동일성으로 귀결되는 반면 작고 부드러운 것의 껴안
음은 '사이'나 '허공'처럼 타자성의 잉여를 허락한다는 사실이다. 마치
어루만짐과 파고듦의 형식으로 표현되는 '이글거리는 포옹'이 어떠한
힘의 위계도 허락하지 않듯이 ……. 시의 후반부에서 시인은 '숲'이라는
글자의 형상에서, 모든 것을 껴안지만 동시에 어떠한 것도 동일화시키
지 않는 자연의 껴안음을 읽어낸다. 상형문자로서의 '숲'이라는 글자를
연상해보라. "숲의 단단한 骨多孔症을 보라 껴안는다는 것은 이렇게
전부를 통과시켜 주고도 고요히, 나타난다는 뜻이다". 상형문자로서의
'숲'은 자신의 신체에 정신의 윤리를 각인하고 있다. '정신의 윤리'란
바로 '숲'이라는 글자를 가능하게 만드는 구멍들을 가리킨다. 시인은 그
구멍들 사이에서 무수한 타자들의 유영(遊泳)을 본다. 나무들의 집합적
신체인 '숲'은 '골다공'의 '구멍'들로 구성됨으로써 어떠한 동일화의 의
지도 드러내지 않는다. 시인은 '숲'이 보여주는 반(反)전체화의 윤리에서

새로운 삶의 가능성을 읽어낸다. 그리하여 나무와 나무, 나무와 허공의 껴안음은, 인간의 그것과는 달리, '한 사나이'와 '나무'와 '허공'과 '딱따구리'와 '저녁바람'과 '솔방울'의 통행을 거부하지 않는다. 시인은 이 구멍들의 세계에서 '관계'라는 새로운 삶의 방식을 사유하고 있다.

　고영민에서 이영광에 이르기까지, 인간의 삶을 관계성으로 이해하고, 관계에 근거하여 삶의 변화가능성을 모색하는 시적 전회에는 동일하게 개인이라는 감각을 넘어서려는 지향이 내재되어 있다. 이런 점에서 최근의 시들에서 목격되는 '관계'에로의 전회는 징후적이다. 그것은 '개인'이라는 감각을 넘어서는 곳에서 서정시의 새로운 가능성이 열릴 것을 예고하고 있다. 굿바이! 인디비주얼.

반전통과 서정

1. 단절의 전통

"근대시의 역사는 탈선의 역사이다." 옥타비오 파스(O. Paz)의 말이다. 근대(시)가 전통과의 단절, 즉 연속성을 부정하는 '단절'의 논리를 통해 스스로를 구성해 왔음은 널리 알려진 사실이다. 그러나 오해와 달리 근대(시)는 전통에 대한 부정에서 그치지 않고 부정 자체를 자신의 전통으로 삼았다. 그래서 근대를 전통에 대한 단절이라고 설명하는 것은 절반의 진실에 불과하다. 근대는 단순히 전통을 부정한 것이 아니라 이전과는 다른, 자신의 전통을 세움으로써 단절에 대한, 부정에 대한 이중적 운동을 지속해 왔다. 한 걸음 더 나아가 우리는 '전통' 자체가 반전통의 산물임을 지적할 필요가 있다. 통념과 달리 전통의 형성과 그것에 대한 비판은, 엄밀하게 말하면, 동시적인 사건이다.

2000년대의 시(비평)는 반(反)전통과 서정의 문제를 제기한다. 근대 이후 반전통의 문제는 반복적으로 논의되어 왔는데, 이는 근대가 전통에 대한 단절과 비판을 통해 스스로를 정립시켜 왔다는 사실과 무관하지 않다. 특히 최근의 시적 징후는 '서정'의 개념 자체에 대해 회의적인 태도를 보여준다는 점에서 주목할 만하다. 반전통의 문제는 서정(시)에 관한 오해와 밀접하게 연관된다. 오늘날 많은 논자들은 모더니즘시와 서정시를 대립적인 것으로 이해함으로써 마치 모더니즘이 서정과 무관한 것인 것처럼 주장한다. 특히 모더니즘을 형식 실험과 동일한 것으로 간주할 때 상황은 더욱 악화된다. 그러나 서정시의 반대 개념이 모더니즘시라는 것은, 모더니즘의 반대가 리얼리즘이라는 것만큼 비생산적이고 근거 없는 주장이다. "아우슈비츠 이후 서정시를 쓰는 것은 불가능하다"라는 아도르노의 진술은 서정시 자체가 불가능성을 가리키는 것이 아니라 "과꽃에 대한 감동의 정서"(브레히트)로 상징되는 전통서정시의 불가능성을 의미하는 것으로 이해되어야 한다. 전통서정시가 서정시와 동일한 것은 아니다. 전통서정시는 서정시가 특정한 역사적·시대적 조건에 따라 변하는 한 양상에 불과하다.

2. 서정, 두 개의 기원

서정이란 무엇인가? 오늘날 우리가 사용하는 '서정'의 개념에는 두 개의 이질적인 기원이 착종되어 있다. 리리시즘(lyricism)의 번역어로서의 서정(抒情)과 서경(敍景)의 대응어로서의 서정(敍情)이 그것이다. 나는 우리가 사용하는 '서정'의 용법 속에 두 가지 기원이 모두 포함되어 있다고 생각한다. 서정시는 lyric poetry의 번역어이다. 이 번역에 충실하려면

서정(抒情)이라고 표기하는 것이 타당할 것이다. 실제로 많은 문학 사전들은 서정시의 기원을 리라(lyra)라는 고대의 현악기에서 찾는다. 서정시는 고대의 노래가사였으며, 이것이 시와 음악의 상관성을 해명해 준다는 이야기이다. 그러나 "실제 오늘날 보편적으로 사용되는 장르상의 명칭인 서정시lirik은 예컨대 독일에서도 19세기의 30년대까지 등장한 적이 없다"(디이터 람핑)라는 말처럼 고대의 음악적 전통과 현대의 서정 개념은 동일한 것이 아니다. 설령 서정시의 초기 형태가 노래가사였다고 해도 사정은 크게 달라지지 않는다. 시학 사전들에 따르면 초기의 노래가사는 많은 사람들을 대상으로 가창되었기에 개인적인 감정보다는 대중이 즐길 수 있는 자연풍물이나 경축제전, 보편적 정서와 생각 등을 담았다. 이는 우리가 알고 있는 '서정'의 개념이 리라라는 현악기의 노래가사와 무관할 수도 있다는 가능을 보여준다.

그렇다면 서정(敍情)의 경우는 어떠할까? 고대적인 기원과의 연관성을 생략한다면 오늘날 우리가 사용하는 '서정' 개념은 대략 18~19세기 독일 고전주의와 낭만주의 시기에 만들어졌다. '서정'과 '서정시'는 다른 층위의 문제이지만, 대부분의 연구자들은 서정시를 '주관의 범주'와 동일한 것으로 간주한다. 서정(시)이란 본질적으로 자기 발언, 즉 주관적이고 자기-표현적인 발화라는 것이다. 서정시를 동일성의 관점에서 설명하는 논리들, 가령 "주체와 대상의 서정적 혼융"(슈타이거), "세계의 자아화"(조동일), "자아와 세계의 동일성"(김준오)은 모두 서정을 주관성의 범주와 동일화한다. 오랫동안 이러한 정의는 헤겔과 슈타이거에 의해 뒷받침된다. 헤겔은 『헤겔미학』에서 '서정시'가 내면성으로서의 자신에 머물고, 그 때문에 주체의 자기 발언을 유일한 형식이라고 정의했고, 슈타이거는 '서정적인 것'을 "주체와 대상의 서정적 혼융"이라고 정의했다. 그러나 슈타이거의 시학 이론은 독일 고전주의와 낭만주의 시를 대상으로 삼고 있으며, 『헤겔미학』 3권 또한 '낭만적 예술'에 관한 서술이라는 점을 환기할 필요가 있다. 헤겔은 시를 서정시·서사시·극시로 구분하는 3분법에 기초했는데, 이때의 '시'는 형식으로서의 시보다는 문학 일반에 가까운 개념이다. 헤겔과 슈타이거는 장르로서의 서정시가 아니라 서정 또는 서정적인 것을 해명하는 데 집중했다는 점, 그리고 철저하게 18~19세기를 배경으로 했다는 점 등을 간과하지 말아야 한다. 장르로서의 서정시와 '질감'(슈타이거)으로서의 서정은 다른 문제이며, 때문에 슈타이거의 말처럼 서정시와 서정적인 것이라는 개념은 원칙적으로 서로 관련 없이 규정될 수도 있다. '정조(情調)'·'회감(回感)' 등은 장르로서의 '서정시'가 아니라 질감으로서의 '서정(적인 것)'을 설명하기 위해 도입된 개념들임에도 불구하고 우리는 종종 그것이 서정시의 본질을 해명하기 위해 도입되는 장면들을 목격한다.

3. 서정과 낭만주의

18~19세기 독일 낭만주의를 거치면서 '서정'이라는 개념은 주관성의 표현이라는 의미로 굳어졌다. 독일 낭만주의가 유포시킨 주관성의 표현으로서의 서정 개념은 '주관'·'자기-표현'·'자기 발언' 등처럼 이미-항상 특정한 주체상을 전제하고 있다. 디이터 람핑은 『서정시-이론과 역사』에서 개인성을 통해 서정시를 정의하는 전통에 대해 회의적인 시선을 보이는데, 그에 따르면 헤겔은 시인과 서정시에서 말하고 있는 시적인 주체를, 함부르거는 사실적인 자아인 시인-자아와 서정적 자아의 현실 진술을 동일한 것으로 간주한다. 물론 화자와 시인의 관계는 또 다른 논의를 요구하는 문제이다. 고전주의와 달리 낭만주의에서 '세계'와 '개인'은 형식적으로 대등한 위치를 점한다. 낭만주의가 근대 개인주의의 출발점으로, 혹은 근대에 대한 강력한 비판점으로 인식되는

까닭도 이 때문이다.

모방(mimesis)에 대한 부정에서 출발하는 독일 낭만주의는 무한한 자기의식, 주체성, 내면성 등을 지고의 가치로 내세웠다. "기상천외한 일, 그것은 자신의 내부를 통해 외부를 바라보는 일이다. 깊고 어두운 거울이 인간의 내부 깊은 곳에 있다. 끔찍한 명암이 거기에 있다. 영혼에 의해 반사된 것은 직접 보이는 것보다 훨씬 현란하다"라는 빅토르 위고의 발언만큼 낭만주의에서 내면성의 의미를 명확하게 보여주는 것은 없다. 고대의 모방이 주체와 세계 사이의 문제였던 반면 독일 낭만주의의 자기-표현은 현실의 그 무엇도 무한한 자기의식을 담아낼 수 없다는 반(反)모방론적인 입장에서 출발한다. "낭만주의는 라틴어를 쓰지 않는 국가들에서 탄생했고 그 절정을 이루었다. 당시까지 서구의 중심이었던 그리스-로마 전통으로부터 단절된 새로운 전통이 출현한 것이었다."(파스) 낭만주의자들은 현실과 사회의 기준에 의해 제약될 수 없는 인간의 주체성이 존재한다고 믿었고, 그 무한한 자기의식을 주체성이나 내면성이라고 불렀다. 그들은 특유의 상상력으로 세계를 나의 '외부'에서 '내부'로 가져왔으며, 낭만주의의 중요한 문학적 모티프인 '꿈'은 무의식적인 시 그 자체였다. 그들에게 '세상'은 '꿈'이었고, '꿈'은 '세상'이었다.

소크라테스에서 출발하는 주체의 자유의식이라는 관념은 이후 셸링·피히테·헤겔 등의 독일관념론에 이르러 자기의식이라는 개념으로 자리 잡았다. 그리하여 독일 낭만주의자들은 문학에서 표현되는 것은 외부의 존재나 사실이 아니라 자유로서의 자기의식이며, 이러한 점에서 문학은 사회의 인간군상을 모방하는 것이 아니라 인간의 내부에 있는 내면의 영원성을 표현하는 것이라고 생각했다. 슐레겔은 "프랑스 혁명보다도 자기의식에 대한 사유가 더 중요하다."고 말하지 않았던가. 물론 문학과 철학이 동일한 것은 아니어서 가령 피히테의 철학에서 자기의식의 주체는 사유하는 인간이지만, 낭만주의에서 자기의식의 주체는, 무한한 자유를 지향하는 시적 정신으로 등장한다. 독일 낭만주의에 대해 장황한 설명을 늘어놓은 까닭은 19세기에 형성된 '서정'의 개념이 특정한 주체를 전제하고 있다는 사실을 말하기 위함이다. 그렇다. 독일 낭만주의는 서정적 자아라는 독특한 주체를 전제하고 있는데, 낭만주의는 자기의식의 주체이기도 한 이 서정적 자아에 세계의 요소로 환원되지 않는 절대적 권위를 부여한다. 이때, 세계와 동일한 위치에 놓인 자아는 세계와 근본적인 불화 관계를 형성한다.

주체성의 관점에서 보면 서정이란 곧 서정적 자아의 문제이다. 이 서정적 자아의 존재로 인해 서정시는 세계와 자아 사이의 거리소멸, 세계의 자아화 등처럼 동일성의 시학으로 귀결되곤 한다. 유럽 근대정신의 산물인 이 서정적 자아라는 관념이 근대 초기 일본을 거쳐 박래품(舶來品)의 하나로 수입되었다는 것은 지나친 억측일까. 물론, 당시 일본과 조선의 사상적 지형이나 물적 토대를 고려한다면 수입의 과정에는 논리적으로 설명할 수 없는 우연성이 개입되었을 가능성이 크다. 1920~30년대의 시에서 목격되는 상실과 비애의 정서에는 이미 자아와 세계를 불화의 관계로 설명하는 독일 낭만주의의의 자아 개념이 투영되어 있다. 그러나 알다시피 세계와 자아가 동일한 지위를 점할 때 자아는 현실에서 존재의 근거를 상실하고 만다. 서정적 자아에게 지금—이곳의 현실이란 한갓 '불화'의 대상일 뿐 자신의 영혼이 깃들일 세계가 아니기 때문이다. 우주와 자연, 무한 같은 영원성은 낭만적 영혼의 출구였던 셈이다. 이는 근대 초기의 서정시에 등장하는 하늘, 새, 구름의 자연 세계가 현실 반영의 산물이 아니라 현실에서 존재의미를 발견하지 못한 자아가 존재의 의미를 발견하기 위해 자신을 귀속시키려했던 이상적 세계였음을 의미한다. 이런 점에서 "현대인에게는 향토는 없다. 그들은 영원한 보헤미안이다. 그들의 향토는 향토에 대한 향수가 아니라, 시대감의 반동으로 일어나는 영원에 대한 향수이다"라는 시인 김종한의 발언은 의미심장하다.

4. 서정적 자아를 넘어서

'반전통과 서정'의 문제는 종종 '아비 부정'의 심리적 매커니즘으로 설명된다. 이는 '반전통'이, '반전통이라는 전통'이 앞 세대에 대한 부정적 대타의식으로 현실화된다는 것을 의미한다. 반전통과 근대는 앞 세대를 부정한다는 점에서는 외형상 동일하다. 하지만 근대는 전통에 대한 부정만이 아니라, 부정 자체를 전통으로 삼은 최초의 시대이지 않은가. 근대는 전통과의 단절을 통해 스스로를 구성했지만, 실상 근대의 전통 부정이란 전통에 대한 최초의 발견을 의미하는 것이었다. 이 부정의 이중성을 간과하고 전통을 말한다는 것은 순진한 본질주의에 불과하다. 재발견되기 이전부터 면면히 이어져 내려온 한 민족, 혹은 한 국가의 전통이라는 것은 과연 무엇일까. 반전통이라는 부정의 이중성에는 또 하나 추가되어야 할 것이 있다. 그것은 "순간이 순간을 죽이는 현대"(「비」)라는 김수영의 말처럼, 근대가 내부에 '비판'이라는 자기 부정의 매커니즘도 갖고 있다는 사실이다. 엄격하게 말하면, 반전통과 근대의 자기 부정은 별개의 운동이다. 오이디푸스라는 신화적 맥락과는 달리, '아비 죽이기'라는 비평적 개념은 반전통의 전통이라는 근대의 자기 부정(갱신)으로 이해되어야 한다. '반전통과 서정'은 잘못 출제된 문제인 셈이다.

그렇다면 반전통이라는 문제는 '서정'의 틀 속에서 사고될 수 없는 것일까? 이 문제를 사고하기 위해서는 '서정'이라는 개념의 역사적 변화에 주목할 필요가 있다. 앞서 밝혔듯이 그리스—로마의 '서정' 개념은 낭만주의와 독일관념론을 통과하면서 '내면적 주관성'이나 '자기—의식의 표현' 같은 주관성의 표현으로 바뀌었다. 독일 낭만주의의 주체성인 '서정적 자아'라는 관념에는 그리스—로마의 전통과는 다른, 프로테스탄티즘의 세계관이 전제되어 있다. 낭만주의자들은 현실이 아니라 꿈을, 지금—이곳의 세계가 아닌 영원성의 세계를 지향함으로써 자아와 세계를 불화의 관계로 설정했다. 알베르 베갱의 『낭만적 영혼과 꿈』이라는 제목은 얼마나 상징적인가. 독일 낭만주의의 '서정' 개념은 정확히 그리스―로마라는 전통에 반(反)하는 새로운 전통의 출발을 알리는 신호탄이었다. 그렇다면 우리 시대의 '서정' 개념은 어떠한가? 많은 학자·비평가들은 서정시가 개인적인 주관성을 표현하는 일인칭의 문학이며, 이때 그것의 내용은 순간적인 감동의 형상화이거나 내면성의 자기 고백이라는 정의에 쉽게 동의한다. 이는 우리 시대의 '서정' 개념이 낭만주의의 '주관성'을 공유하고 있다는 것을 의미한다. 우리는 여전히 낭만주의의 혈통을 물려받은 전통적 존재들은 아닐까.

서정의 틀 속에서 이해되는 반전통의 문제는 명확하다. 반전통이라는 문학적 사건은 우리 시대가 공유하고 있는 낭만주의적 '서정' 개념이, 혹은 서정적 자아라는 관념이 굴절되는 지점에서 발생한다. 이런 점에서 전통 서정시와 그 외부, 또는 리얼리즘적인 서정시와 모더니즘적인 서정시 같은 구분은 비본질적이고 무의미하다고 할 수 있다. 이렇게 묻자. 김소월·이육사·이상화 등의 시에 등장하는 서정적 자아가 현대시의 그것과 본질적으로 달라졌는가? 그렇기도 하고 아니기도 하다. 우리 시대의 서정시는, 한 발은 낭만주의의 전통에, 다른 한 발은 낭만주의에 바깥에 두고 있다. 최근 평단에서 주목받고 있는 젊은 시인들의 시가 바로 그렇다. 물론 여기에는 '미래파'라고 명명되는 모든 시인들의 시가 낭만주의의 전통에서 자유로운 것은 아니라는 단서가 필요하다.

내가 나와 함께 있는 너에게 총구를 겨누며
나는 힘이 세다가 그대 이름인가 묻자
바위는 말이 없다가
내 직함이란다

자정이 훨씬 지나 그들이 들이닥치기 전

바위는 말이 없다가 다시 이른다
돌이 무섭지도 않느가
그대 친구요?

오래 살기 위해서는
나와 상관없는 내 애인이니
부디 데려오지 말기를, 그러나 그것은
가책받아 마땅한 자의 가면이 아니라고

미간을 중심으로
서너 군데 빨간 불이 들어왔을 때
마지막 경고 없이 들어오는 그대 부하들의
진짜 이름은 한두 명이 아니고

그 사람, 그 방에서 증발해버린 내가 보았던 것은
지속되고 속되고 변함없는 빗물처럼,
살고 싶지 않으면 무기를 버려라
였는지도
　　　　　　　—김언, 「납치」 전문(『거인』, 랜덤하우스중앙, 2005)

　많은 평자들은 최근의 시적 현상을 90년대의 시적 경향, 즉 자연과 인간의 유기적 관계를 시화(詩化)하려 했던 생태주의에 대한 반발과 연관 짓는다. 물론, 근대시의 자기 비판(갱신)이라는 점에서 적절한 분석이다. 하지만 생태주의에 대한 반발보다 중요한 것은 몇몇 시인들에게서 낭만주의의 전통인 '서정적 자아'의 모습을 발견하기 어렵다는 섬이다. 실제로 2000년대 젊은 시인들의 시에서는, 의도적이든 아니든, 서정적 자아의 모습이 희미하거나 목격되지 않는다. 가령 김언의 시가 대표적이다. 인용시 「납치」는 동일성의 흔적을 훼손하는 방향으로 진행됨으로써 의미의 고정화를 연기한다. '납치'의 주체인 '나'는 납치의 대상인 "나와 함께 있는 너"와 본질적으로 구분되지 않는다. 그들은 모두 '나'라는 동일성의 기표로 명명되지만, 그때마다 '나'의 지시대상은 바뀐다. 연기되는 것은 정체성만이 아니다. '나'의 질문에서 '그대 이름'은 "나는 힘이 세다가 그대 이름인가"처럼 모호하게 이중화되고, "바위는 말이 없다가 / 내 직함이란다"처럼 대답의 적실성 또한 희미하다. 이 진술의 주체는 '나'인가 "바위는 말이 없다"인가? "오래 살기 위해서", "돌이 무섭지도 않니", "한두 명", "살고 싶지 않으면 무기를 버려라"와 같은 표현은 인간에 대한 새로운 명명법인 동시에 진술을 연결시키는 구절들이기도 하다. 이 시에서 그것들을 구분하는 것은 애초부터 불가능하다.

그렇다면 이 시에는 '서정적 자아'의 흔적이 있을까? 이 시는 '서정적 자아'의 내면적 주관성을 자기─고백의 방식으로 말하고 있을까? 이러한 질문은 사실상 무의미하다. 이 시에는 상실감이나 주관성의 표지가 등장하지 않는다. 서정을 "자기의 감정이나 정서를 그려냄"이라는 좁은 의미로 이해하더라도, 최소한 이 시에서 '자기'·'감정'·'정서'의 개입을 발견하기는 쉽지 않다. 이 시의 목소리에는 "과거적 시간에 대한 회감의 정서"(슈타이거)도, 자아라는 동일성의 관념도, 꿈이라는 영원성에의 지향도 없다. 이처럼 김언의 시는 낭만주의라는 전통에서 벗어나 서정시의 새로운 문법을 연출한다. 그리고 이러한 시적 태도는 90년대라는 비단 90년대만이 아니라 근대 서정시의 문법을 벗어난다는 점에서 반전통이라고 할 수 있다. 그리고 이들의 시와 함께 '서정'의 두 번째 굴절점이 도래할 것이다. 브레히트는 묻는다. "어두운 시대에도 역시 노래가 불려질 수 있을 것인가." 그리고 대답한다. "어두운 시대에 대한 노래가" 불려질 것이라고. 나는 묻는다. "서정적 자아의 죽음 이후에도 서정시는 가능한가." 나는 대답한다. "서정적 자아 이후의 서정시"가 쓰여질 것이라고.

타자의 시선으로

몽골·티벳·인도·마야의 여행시들을 중심으로

1. 한국문학의 확장과 여행시

한국문학이 '한국'이라는 국가적·민족적 울타리를 벗어나 아시아와 그 주변지역으로 시선을 넓히고 있다. 오랫동안 한국문학은 냉전체제의 영향 아래에서 '지금―이곳'이라는 현실의 좌표를 한반도의 남쪽에 국한시킬 것을 강요받아 왔다. 해외여행 자유화 이전 한반도의 국경을 벗어나는 경험은 매우 특별한 동경의 대상이었다. 그러나 자본의 흐름이 국경을 넘나들고, 삶의 반경이 급속하게 팽창되면서 지금 해외 체류 및 여행의 경험을 문학적 상상력의 동력으로 삼는 일은 더 이상 낯선 풍경만은 아니다. 이러한 공간의 확장이 곧 문학의 확장인지에 대해서는 의문의 여지가 있지만, 낯선 이국의 풍경과 상이한 삶의 방식이 문학의 시민권을 획득하고 있는 현상은 주목할 만한 일이다. 최근의 한국소설은 캐나다·호주·몽고·베트남 등을 공간적 배경으로 설정하거나 한국에 체류하고 있는 이주노동자의 존재에 주목함으로써 이전과는 다른 방식의 목소리를 내고 있다. 한국문학이 사유하지 않았던, 그러나 자본의 전 지구적 확산이 보편화되고 있는 오늘날 우리의 삶이 회피할 수 없는 타자에 대한 질문이 시작된 것이다. 지금 한국문학은 '실감'의 차원에서 타자와 마주하는 경험의 의미에 대해 묻고 있다.

시의 경우도 예외는 아니다. 오랫동안 시인들은 산·바다·절(寺)·마을을 찾아다니며 일상의 바깥을 응시했다. 그러나 이제 '여행'은 국경 바깥으로 확장된다. 이방(異邦)의 삶을 이해하려는 작가들의 모임이 결성되고, 해외문학과의 접촉이 일상이 되고 있다. 오정국의 「다만, 타클라마칸 사막이라고 불리는」(『멀리서 오는 것들』, 세계사), 박상순의 「인디아의 노래」(『시인세계』, 2007 봄), 고은의 「울란바타르의 여름」·「울란바타르의 마음」·「울란바타르 밖에서」(『문학들』, 2007 봄), 정일근의 「서울, 히말라야, 베이스캠프」(『문학과사회』, 2003 가을), 전성호의 「허기」(『캄캄한 날개를 위하여』, 창비) 등의 여행시는 그 대표적인 사례이다. 나는 여행시를 그다지 좋아하지 않는다. '―에서'나 '―가는 길' 같은 상투적 제목으로 비일상적 경험에 특권적인 지위를 부여하는 시를 신뢰하지 않는다. 대개의 여행시는 일상의 경계를 문제 삼기보다는 일탈 자체에 시선을 빼앗겨버린다. 여행자의 시선은 '타자'의 삶에 다가서기보다는 이국적인 풍경이 발산하는 매혹에 이끌리거나 거기에 자신의 감정을 투사하는 데 급급하다. 이러한 감정의 과잉투사는 종종 타자의 삶을 나의 정체성을 구성하기 위한 대상으로 격하시키는 비의도적인 폭력으로 귀결되곤 한다. 여행이란 타인을 보기 위해 떠나는 것이 아니라 '나'를 알기 위해 떠나는 것이라고들 말한다. 하지만 여행의 진정한 의미는 자신을 익숙한 세계의 바깥에 위치시키는 낯선 경험이다. 여행은 우리에게 새로운 시각과 사유를 강제한다. 여행은 가이드북에 의지하여 이국의 낯선 풍물들을 소비하는 행위가 아니라 일체의 선입견과 관념의 바깥에서 세계를 응시함으로써 익숙함의 이름으로 우리의 삶을 붙들고 있는 일상에 대해 근본적인 물음을 던질 것이다. 이것이 진지한 여행자의 삶이 항상 아마추어 상태일 수밖에 없는 이유이다. 여행시들은 '삶'을 한낱 풍경으로 언어화하는 위험을 안고 있다. 여행시에 어김없이 소재주의의 혐의가 따라다니는 이유도 이 때문이다. 타자의 삶의 공간에서 낯선 풍경에 접하는 여행자들은, 풍경 앞에서 고개를 조아리고 자신이 살아온 내력에 반성의 시선을 던지거나, 자신의 선입견과 관념을 풍경에 투사하여 그것을 자기 삶의 알리바이로 구축하려는 태도를 보인다. 어느 쪽이든 기만적인 시선에 의해 지배되기는 마찬가지이다. 이 글은 최근 발표된 일련의 여행시편들을 한국시의 확장이라고 평가할 수 있는가라는 어려운 물음을 간직한 채 시작된다.

2. 시선의 윤리—최승호, 『고비』

티벳·인도·몽고·캄보디아·베트남······. 최근에 발표된 여행시들에서 가장 빈번하게 등장하는 지명들이다. '그곳'은 후기 자본주의적인 가치가 우리의 무의식마저 지배하고 있는 '이곳'의 비루한 현실과 극명한 대조를 이루면서 비자본주의적, 비일상적 공간의 표상으로 떠오르고 있다. 우리가 몸담고 있는 문명의 가치가 틈입하지 못하는 세계, 인간과 자연이라는 근대적 절단선이 작동을 멈추는 대자연의 세계, 기계장치에 의해 분할된 근대적 시간관념이 수천 년 영겁(永劫)의 시간 앞에서 일순간 녹아내리는 세계, 종교와 삶이, 인간과 신이 단절되지 않은 불가사의한 세계, 그 거대한 세계 앞에서 모든 여행자는 심한 충격에 휩싸인다. 그것은 마치 한 편의 문명 다큐멘터리를 접했을 때에 느끼게 되는 경탄과 유사할 것이다. 가령 실크로드보다 200년 앞서 중국의 원난[雲南]에서 티벳 고원을 지나 히말라야·네팔·인도로 이어지는 '차마(茶馬)고도'의 아스라함은 고대 문명의 장엄함과 험난하면서도 아름다운 삶의 원형들을 복원시켜주지 않는가. 박명(薄明)의 어둠을 배경으로 차가운 수직선을 그려내는 시아헤 묘지(Xiaohe Tombs)와 속눈썹을 그대로 달고 있는 미이라는 4천년에 융성했다가 사라져버린 룰란(Loulan)왕국의 흥망성쇄를, 11세기 찬란한 불교 문명을 꽃피웠던 투르판(Turfan). 바람의 민족으로 불렸던 우순(Wuson)족의 봉인된 시간을 각인하고 있는 '신실크로드'의 장엄함은 현대문명의 화려함이 무엇을 대가로 가능했는가를 보여주지 않는가. 한 편의 다큐멘터리가 그럴진대 이 엄청난 시간의 퇴적층과 주름들을 마주하는 충격적인 경험 앞에서 '문명'의 견고함을 지켜내기란 얼마나 어려운 일일 것인가.

시집 『고비』(현대문학, 2007)는 현대인의 초상을 "돌아갈 모천(母川) 없는 / 사막의 연어들"(「황사」)에 비유했던 최승호가 몽골의 고비 사막을 여행하면서 쓴 시편(詩篇)들이다. 이 시집의 지배적인 정서는 '황량함'이다. 그의 시편(詩篇)들을 읽을 때마다 페이지에서 서걱거리는 사막의 모래바람이 불어온다. 황량함은 '사막'이라는 이국적 풍경이 환기하는 신비감에 도취된 자의 언어가 아니다. 그것은 거대한 사막 한가운데에서 자신을 구성하고 있던 익숙함의 세계가 송두리째 무너지는 경험에 대한 윤리적 표현처럼 느껴진다. '고비'는 "저녁 어스름이 장엄하다고 / 말했던 노시인의 죽음을 넘어서"(「저녁 어스름」) 저녁 어스름이 찾아오는 곳, "대평원은 황량하다"라는 말이 "황량한 대평원과 일치하지 않는"(「황량한 대평원」) 곳이다. 몽골어로 '풀이 자라지 않는 거친 땅'을 뜻하는 고비(Gobi)에서 인간의 길은 한 줄기 모래바람에도 흔적도 없이 지워지고, 그리하여 인간의 길보다 언어의 길이 먼저 끊어진다. 그는 언어도단(言語道斷)의 세계에 들어선 것이다. "그 풍경과 일치하는 말이 있지 않을까 / 대평원은 황량하다 / 이런 말은 황량한 대평원과 일치하지 않는다 / 막막하다 / 묘사를 하려

해도 막막하고 / 진술을 하려 해도 막막하다 / 그 풍경과 일치하는 말이 없을까 / 오늘은 이 정도 생각하고 잠을 자야겠다.”(「황량한 대평원」) 이방인의 시선에 목격된 고비사막의 풍경은 그러므로 더 이상 풍경이 아니다. “어느 날 내가 눈을 떴을 때 / 사방이 텅 비어 있었다 / 아무것도 없었다 / 나는 놀랐다 / 어떻게 사방에 아무것도 없을 수 있단 말인가.”(「지평선」) 여기에는 ‘풍경’이라는 말이 환기하는 대상화의 거리가 없다. “오줌보가 부풀어오르면 차를 세우고 아무데나 오줌을 눠야”하고 “배가 고프면 차를 세우고 아무데서나 먹어야 하”는 곳, “아무리 둘러봐도 망망할 뿐 / 가야할 길을 찾으려 해도 어디로 가야 할지 알 수가 없”(「그림자」)는 곳, 그리하여 “죽은 이의 해골만이 길을 가리키는 지표”가 되는 그곳에서 시인은 무(無)의 충격에 사로잡혀 있다. 최승호의 시들이 ‘있다’라는 현재형이 아니라 ‘있었다’라는 흔적의 언어로 일관하고 있는 까닭도 이 때문이다.

고비에서는 고비를 넘어야 한다
뼈를 넘고 돌을 넘고 모래를 넘고
고개 드는 두려움을 넘어야 한다

고비에서는 고요를 넘어야 한다
땅의 고요 하늘의 고요 지평선의 고요를 넘어야 한다
텅 빈 말대가리가 내뿜는 고요를 넘어야 한다

고비에는 해골이 많다
그것은 방황하던 입덩이들의 잔해

고비에서는 없는 길을 넘어야 하고
있는 길을 의심해야 한다
사막에서 펼쳐지는 지도란
때로 모래가 흐르는 텅 빈 종이에 불과하다

길을 잃었다는 것
그것은 지금 고비 한복판에 들어와 있다는 것이다
———「고비의 고비」 전문

　　고비(Gobi)는 몽골어로 '풀이 자라지 않는 거친 땅'을 의미한다. 그런
데 시인은 뜻과 무관하게 고비(Gobi)를 고비(苦悲)라고 명명한다. 어느 쪽
이든 척박하고 황량하긴 마찬가지이기 때문이다. 시인은 사막에 도착해
서야 그곳이 "어디로 가든 그게 그거인 사막"(「쌍봉낙타」)임을, 자신이
"마땅히 갈 곳도 없고 그렇다고 가지 않을 수도 없는 사막", 즉 고비의
한복판에서 이르렀음을 알게 된다. 유목민들에게 사막은 삶의 장소이지
만 여행자에게 그곳은 죽음의 장소로 경험된다. 모든 것이 무(無)이며,
무(無)가 된다는 사실을 발견하는 일은 얼마나 두려운가. "만약 내가 고
비였다면 나에겐 아무런 두려움이 없을 것이다."(「고비」) 그러나 "나는
유목민도 아니도 가축도 아니다 / 나는 뭔가 / 아무것도 아닌 자로서 나
는 사막에 있다"(「낙타는 내 형제」), "나는 고비도 아니고 돌도 아니다"(「고
비」)는 존재 사실에 대한 이해에 부딪히는 순간 고비(Gobi)는 고비(苦悲)가
된다. 그는 "고개를 숙이면 돌, 모래, 시든 풀, 그리고 고개를 들면 눈부
신 뙤약볕이 이글거리는 적막 속에서 나는 다시 고개를 늘어뜨리고 느
릿느릿 걸어가다가 언젠가 내가 쏟아놓은 똥무더기를 발견하고는 아직
도 내가 살아 있다는 사실에 놀라 갑자기 이상한 울음소리를 내며 울었
을지도 모른다"(「쌍봉낙타」)처럼 자신이 쏟아놓은 배설물에서 생존을 확
인해야 하는 한 마리의 무능한 생명체가 된다.
　　사막에서는 지도가 소용이 없다. 길이 없기 때문이다. '길'이란 대지
위에 인간이 새겨놓은 흔적이다. 그런데 고비에서는 "인간의 흔적이 무
슨 없애야 할 원수라도 되는 것처럼 노여운 바람이 분다."(「황갈색 노트」)
길이 없기 때문에 모든 곳이 길이 된다는 말은 사막에서 통하지 않는다.
"어제 있었던 길이 오늘은 없다."(「증발」) 시인은 도처에 흩어져 있는

'뼈'에서 "죽음이 농담처럼 가"(「의자」)볍다는 사실을 깨닫는다. 하여, 고비에서는 "너무나 많은 것들을 죽"(「고비」)여도 죄의식에 시달리지 않고, "양들 수천 마리. 낙타 수백 마리가 죽어가도" 무심과 무자비로 일관할수 있다. '나'가 고비였다면 말이다. 사막은 죽음의 상징인 '뼈'가 "더러움과 깨끗함 그 어느 쪽에도, 그 중간에도 속하지 않는"(「가벼운 뼈」)곳, 그리하여 도살장 냄새를 풍기는 양치기 노인의 눈빛이 선하게만 느껴지는 곳. 사막에서 살아남는 법은 "반복이 반복되고 또 반복"(「옷」)되는 사막의 리듬과 "리듬을 같이 하는 것"(「강물」)밖에 없다. 아니면 반복의 지루함을 견디기 위해 '잠'을 자야 한다. 그렇다면 사막은 다만 죽음과 황량함, 고독의 공간일 뿐인가. 시인은 「기다림」에서 자신의 가슴 속에서 "북어가 명태로 부활"하려는 느낌을 지각한다. 사람들이 신비로움을 투사하는 사막여행은 시인에게 "지루하기 짝이 없는 사막 횡단"에 불과하고, 기다림과 지루함이 증가할수록 청색 스펙트럼으로 출렁거리는 제주도의 바다에 대한 갈망도 짙어진다. 그리하여 마침내 시인은 여섯 마리의 어린 낙타들이 응시하는 지평선에서 모래의 망망대해를, 돌아오지 않는 에미에 대한 목마름을 읽는다. 그 순간, 그는 메말랐던 감정에 물기가 스며들고 있음을 깨닫는다.

  만약 늑골이 현이었다면, 그리고 등뼈가 활이었다면, 바람은 하나의 등뼈로 여러 개의 늑골들을 긁어대며 연주를 시작할 수도 있을 것이다. 적막이라는 청중으로 꽉 찬 사막에서 뼈들의 마찰음과 울림은 죽은 늑대의 뼈나 말의 뼈와 공명할 수도 있었을 것이며 적막이라는 청중의 마음을 깊이 긁어놓았을지도 모른다. 내가 생각하는 뼈의 음악은 그렇다. 아무런 악보도 없이 뼈로 뼈를 연주해 텅 빈 뼈들을 뒤흔든다. 청중으로는 적막이 제일이고 연주자로는 바람이 적합하다.

—최승호, 「뼈의 음악」 전문

  사막은 '뼈'의 공간이다. 아니, 사막은 '고요'의 공간이다. "보이는 모

타자의 시선으로　301

든 것을 / 고요가 꿰뚫고 있다”(「되새김질」) 시인은 “적막 속에서 적막 속
으로 걸어가며 / 고요의 무늬들”(「무늬」)을 상상한다. 그 상상 속에서 시
인은 “적막이 포효하는 소리”(「포효」)를 듣는다. 모든 소리를 씹어대는
적막의 이빨과 모든 의미를 빨아들이는 적막의 목구멍만이 존재할 따
름이다. 이 고요와 적막의 세계에서 시인은 ‘뼈’를 발견한다. “뼈 외에
는 모든 것이 때다”(「빨래」) 사막의 바람은 뼈만 남을 때까지 몰아친다.
시인은 도처에 흩어져 있는 뼈의 형상에서 바람의 연주를 듣는다. 적막
이라는 청중이 가득 들어찬 사막 한 가운데에서 연주되는 뼈를 스치고
지나는 바람의 음악을 상상해보라. 사막에서는 산 것들의 소리가 모두
적막에 파묻히고, 오직 죽은 것들만이 소리를 낸다. ‘음악’은 형상을 그
리워하는 무(無)의 소리일까? 그러나 시인의 말처럼 사막은 말이 없기에
그 어떤 인간적 질문에도 대답하지 않는다. 인간은 이름 붙일 수 없는
것에 이름을, 의미 없는 것에 의미를 붙인다. 그러나 사막은 “의미 있는
것에서 의미를 지워버린다.”(「별똥별」) 그것이 “사막의 초대”법이다. “밤
의 적막을 가르며 적막 속으로 떨어진다.” 「별똥별」의 한 구절이다. 사
막이 그렇듯이, 사막을 경험하는 시인의 시선도 이토록 무심하다. 아니,
그것은 무심을 가장한 시선의 윤리이다. 최승호 시의 이국의 풍경에 어
떠한 낭만을 투사하지도 않는다. 마찬가지로 어떠한 의미를 부여하지도
않는다. 가장 깨끗한 윤리, 그것은 무심(無心)의 상태인지도 모른다.

3. 오래된 시간—신대철, 『바이칼 키스』

신대철의 시집 『바이칼 키스』는 시베리아의 바이칼 호수에서 출발하
여 알래스카의 극지(極地)와 몽골의 초원, 백두산을 거쳐 지리산에 이어

지는 긴 여정에 관한 기록이다. 시베리아의 바이칼 호수와 몽골의 대초원을 오가는 그의 시적 여정은 인간과 자연을 한 풍경 속에 겹쳐놓음으로써 원초적인 세계의 시간을 열어 보인다. 그리고 이 시원의 끝에 "할머니의 머나먼 할머니"(「바이칼」)로 상징되는 오래된 시간이, 그 아름다웠던 유년의 세계가 봉인되어 있다. 시인에게 '여행'이란 낯선 풍경을 바라보는 일이 아니라, 현재라는 시간의 구각(舊殼)을 거슬러 올라가 "우리가 있기 전에 우리가 오고 / 우리가 있기 전에 우리가 그리워한 곳 / 오래오래 꿈꾸어도 / 물결 소리 들리지 않으면 / 영혼이 머물 수 없는 곳"(「바이칼」)으로 들어가는 일이다. 봉인(封印)된 시간의 문을 여는 주문이다.

시집의 첫 페이지를 넘기면 "은빛 물빛"이 조용히 내려앉은 바이칼이 모습을 드러낸다. 「바이칼」의 화자는 바이칼 호수의 "은빛 물빛"에서 그 옛날 할머니의 눈가에서 반짝이던 물빛을 본다. 바이칼과 유년의 세계가 오버랩(overlap)되면서 천천히 봉인된 시간의 문이 열린다. 나지막한 분지에 포근히 들어앉은 후지르 마을의 형상은 견고한 시간의 틈을 비집고 화자를 "자장가 소리에 보얗게 저녁 연기가 피어오르"는 옛 마을로 데리고 간다. 「눈부신 소리」에서 여행자는 문풍지를 울리듯 생나무 연기를 뒤흔드는 살바람에서 "고향의 어린 동무"들을 본다. "바이칼 뜨거운 피"(「바이칼 키스 1」)는 그렇게 여행자를 "맑혀진 영혼들 불길 타고 하늘로 올라가고 몸 타고 태초의 어둠이 내려"오는 세계로 안내한다. 그러므로,

자작나무 숲 속에 햇빛이 들어온다.
나무와 나무 사이 여백이 밝아진다.

바이칼 소년이 빛을 등지고 웃고 있다. 엊저녁 꺼져가는 난로 속에 통나무를 세우고 매운 연기 속에 후우우 바람을 불어 넣던 소년, 불 피운 뒤에도 밤 늦도록 불가에 앉아 가슴 깊이 불기운을 들이마시던 소년,

(호수 건너 머나먼 곳을 꿈꾸다
엊그제 오물 잡으러 간
아버지의 무사귀환을 빌었을까?)

소년이 나가자 천장 높아지고 누우면 옛집처럼 한없이 방바닥이 내려앉았
다. 떠돌이들이 구멍 뚫린 창문에 슬며시 남기고 가던, 저 떨리는 목소리 같은
흰 별빛, 바람 속의 바람 소리, 그 옛날 산소년들은 한밤에 떠돌이들을 찾아
얼마나 눈 속을 헤맸던가. 흩어진 산길을 한 줄로 몰아 마을 쪽으로 돌려놓고
가슴 속의 풀과 나무와 짐승 이름을 아무도 모르게 사람 이름으로 바꿔놓고
그 이름 지워질 때까지 다시 돌아오지 않던 그리운 이웃들,

바이칼 소년은 웃다 말고 나무와 나무 사이 여백에 박혀 있고 나는 그 떠돌
이 이웃들처럼 자리를 뜬다. 번쩍 소년이 내 몸속으로 들어왔다 나간다. 바이
칼, 바이칼,

소년이 들어왔다 나간 몸속에 은빛 푸른 영혼이 돈다.
내가 지상에 오기 전에 핏속에서 오래 기억하고 그리워한

　　　　　　　　　　　　　　　　　　　　　　—「바이칼 소년」 전문

에서 '소년'의 의미는 이중적이다. 여행자를 위해 난로에 불을 피우고
밤늦도록 불가에 앉아서 뜨거운 기운을 들이마시던 '소년'의 형상은 시
의 후반부에서 어느덧 화자의 유년 모습과 겹쳐진다. 여기에는 '바이칼'
에 대한 외경심이 없다. 이국적인 풍경에 시선을 빼앗기는 여행자의 맹
목(盲目)도 없다. 다만, 한 인간과 한 인간이 시간의 경계를 가로질러 만
나고, 그들의 일체감이 연출하는 시간의 아득함이 있을 뿐이다. 화자에
게 바이칼은 모든 여행자들이 기대하는 신비롭고 낯선 풍경을 보여주
지 않는다. 여행시의 일반적인 문법과 달리 신대철의 시에서 '여행'은
익숙한 세계를 발견하는 과정으로 형상화된다. 그에게 '황야'의 붉은 흙
내는 친숙하다 못해 '포근'하고(「황야에서 1」), 거대한 바이칼 호수는 "바

이칼 호수가 양수처럼 노인과 아기를 감싸는군요. 호수가 문득 은은해지고 있습니다.”(「바이칼 키스 2」)처럼 따듯하고 안온하게 느껴진다. 최승호 시의 화자가 고비(Gobi)를 죽음의 공간으로 경험한다면, 신대철 시의 화자는 바이칼을 삶의 공간으로 경험한다. 바이칼에서 자연과 인간은 분리되지 않는다. 자연이 인간 삶의 아름다운 배경으로 제 모습을 드러내는 곳, 자연세계의 법칙을 거스르는 삶이 존재하지 않는 곳, 그리하여 죽음의 비극마저 자연에 의해 위로받는 곳, 그곳이 바로 바이칼이다. “사람 똥은 냄새만 피우지만 말똥은 열기와 냉기를 조절한다고, 사람도 자연에 가까울수록 쓸 데가 많다고”(「황야에서 5」)에서 확인되듯이, 그곳에서 모든 생명체의 삶과 죽음은 자연의 질서에 내맡겨져 있다.

  하라호룸으로 가는 길이었습니다. 다리 밑 풀밭에서 나는 잠시 쉬고 있었습니다. 낙타 몇 마리에 가재도구와 보따리를 싣고 목민 한 가족이 개울을 건너오고 있었습니다. 풀을 찾아간다고 하였습니다. 햇볕에 살짝 그을린 아이들 볼웃음이 싱그럽게 바람에 날려 왔습니다. 아이들은 양떼에 섞여 떠 있는 듯 걸었습니다.

  낙타와 양떼와 목민들 자취를 따라
  초원이 줄기를 이루어 흐르고 있었습니다.

  흐르는 초원에 노란빛에
  나는 가만히 누웠습니다.
  풀벌레 같은 무슨 소리들이
  쇳덩이 몸을 가볍게 들어올리곤 하였습니다.

—「흐르는 초원」 전문

  화자는 지금 하라호룸[花林]으로 향하고 있다. 몽골여행에서 빠뜨릴 수 없는 관광지인 하라호룸은 13세기 징기스칸이 통치했던 몽골제국의 옛 수도이다. 몽골이라는 이름은 끝없는 초원과 황량한 사막, 그리고 한 가롭게 풀을 뜯는 가축떼와 유목민이 조화를 이룬 전원 풍경을 연상시킨다. 화자는 그 아름다운 풍경의 한 가운데에서 짧은 휴식을 취하고 있는 듯하다. 이윽고 '풀'을 찾아 떠나는 유목민 가족이 등장하고, 유목민 아이들의 건장한 웃음에서 화자는 싱그러운 바람을 느낀다. 여행 중 잠깐의 휴식을 틈타 찾아온 사건을 한편의 풍경화처럼 포착하고 있는 이 시의 지배적인 시선은 여행자의 그것이다. 그런데 '풀'을 찾아 떠도는 유목민 가족과 '하라호름'이라는 관광지를 찾아가는 화자의 여정이 묘한 대조를 보여주고 있는 이 시에서 느껴지는 불편함의 정체는 무엇일까? 어쩌면 그것은 마지막 연에 등장하는 것처럼 자연과 인간이 하나되는 경험이 이방인을 비롯한 모든 사람에게 차별 없이 열린다는 낙관적인 시선에 대한 저항감 때문이 아닐까. 초원은 "사람에 다친 상처 / 흔적 없이 아문다"(「아기 순록」)처럼 치유의 공간이지만, 여기에는 자본주의의 일상에 오랫동안 노출되어 있었던 여행자가 느끼게 마련인 불편함이 없다. 여행자는 대자연과 자본주의라는 상반된 가치의 충돌을 어떻게 견뎌낼 수 있을까. 이것이 궁금하다.

4. 티벳에 대한 두 개의 시선—이문재와 이용한의 시

　세계의 지붕이라고 불리는 티벳은 오늘날 세계인의 망명정부가 되고 있다. 죽음의 순간에 단 한 번 듣는 것만으로도 영원한 해탈에 이른다는 최고의 경전인 『티벳 사자의 서』가 존재하는 성스러움과 평화의 세계. 달라이 라마와 히말라야, 해발 5,000미터를 넘는 산봉우리와 만년설, 티벳 최고의 불탑인 간체 쿰붐과 팔코르 사원이 있는 세계의 오지. 종

교와 삶이 분리되지 않는 신비로운 이야기의 세계, 강가의 조약돌 하나
에서도 충만한 생명력이 느껴지는 생명의 세계, 모든 인간의 삶이 자연
앞에서 겸손함을 배우는 성스러운 세계, 이것들이 책과 미디어를 통해
우리가 티벳에 대해 갖고 있는 표상들이다. 화려한 원색의 옷감들과 그
물도 잡을 수 없는 바람, 세계에서 가장 하늘 가까운 곳에 위치한 티벳
은 오랫동안 서구인들의 오리엔탈리즘에 노출되어 있었고, 지금도 사람
들이 단연 최고의 여행지로 꼽는 곳의 하나이다. 무심히 찍은 한 장의
사진이 예술이 되어 돌아오는 곳.

　　가지 않은 곳은 모두 미래다
　　그날 만나지 못했던 그 사람도
　　읽지 않은 그 책의 몇 페이지도
　　옛날이 아니다
　　시간과 공간은 떨어지지 않는다
　　내 지나간 미래, 티벳

　　인적 없는 깊은 산중에서 얼음이 얼 때
　　얼음은 얼음 속에서 얼음 속으로
　　샹그리라, 라고 발음하는 것 같다
　　샹그리라-오래된 투명한 단단함이
　　내장하고 있는 깊은 소리
　　만년설의 맨 아래를 지탱하는 소리
　　내 오래된 미래, 샹그리라

　　티벳 히말라야 파미르
　　아무도 모르게 주문처럼 외운다
　　안나푸르나 칸첸충가 시샤 팡마 초오유
　　화살기도하듯이 소리 내어 중얼 거린다

마음의 진동이 알파파로 바뀌고
이름 붙이기 어려운 이 평지에서의 몇 년 간
샹그리라, 샹그리라
내 전생들이 천산북로에 오르고 있다
저 앞에 있다
—이문재, 「티벳여행안내서」 전문(『문학사상』, 2001.2)

샹그리라(Shangri-la)는 장족(藏族)어로 '마음의 해와 달'을 뜻한다. 한때 티벳의 땅이었으나 모택동의 인민해방군이 점령한 이후 중국의 운남성으로 편입된 불국정토(佛國淨土)의 세계. 한때 서양인들은 히말라야의 설산을 넘어가서 샹그리라에 닿으면 영원한 젊음과 평화로움을 누릴 수 있다고 믿었다. 화자는 샹그리라로 대표되는 티벳을 "지나간 미래"라고 부른다. 근대적인 시간 관념에 따르면 "지나간 미래"란 하나의 역설에 불과하다. 그러나 달라이 라마의 환생처럼 오래된 시간들이 순환되는 티벳에서 '옛날'은 '미래'가 된다. 가지 않은 곳, 만나지 못했던 사람, 읽지 않은 책의 페이지는 되돌릴 수 없는 과거가 아니고, 다른 현재를 만들기 위해 지불한 기회비용도 아니다. 그리하여 화자는 인적 없는 산중의 얼음에서, 그 얼음의 밑바닥에서 "오래된 투명한 단단함"의 소리를 듣는다. "샹그리라"라는 "주문"이 "마음의 진동"을 "알파파"로 바꿔준다. 그 싱그럽고 고요한 소리를 읊는 것만으로도 화자는 마음의 고요와 평정을 찾고 있는 것이다. 만년설을 품고 지나온 천산북로(天山北路)의 바람에서 자신의 전생을, 그 오래된 시간을 목격한다.

언젠가 '낙타'로 시작해 '사막'으로 끝나는 시를 쓰고 싶었다
발목이 허락한다면,
한번쯤 고비를 만나 황홀한 황혼을 넘어갈 생각이었다
그러나 생각이 사막을 넘지는 못한다
칭기즈칸 보드카 한잔에

고비 담배 한대를 맛있게 피운다
사각형 사막 그림에 고딕으로 GOBI라고 쓴
담뱃갑을 열면,
바람이 모래를 켜는 소리가 들려온다
만달고비는 고비의 만달라
비로소 사막이 열리고, 적막이 펼쳐지는 곳
밤이 깊어 마두금 소리도 들리지 않는데,
누군가 만달만달 하면서
다 늦은 낙타의 고삐를 노란 달에 내다 건다
누군가 우물을 당기듯
서걱이는 귓가의 고비를 끌어올린다
호텔 만달라 204호 간이침대에 곱사연어처럼 누워서
드디어 사막이 시작되는군,이라고
나는 희박하게 중얼거린다
바람개비에 발동기를 연결해 겨우 백열등을 켜는 밤
한바탕 모래 —家가 지나간 아침—
결혼식 하객처럼 정성껏 나는 수염을 깎고
코를 바짝 땅에 붙인 채 오래오래 모래냄새를 맡는다
사막의 한복판 초크토부에 가면 점심을 먹어야지
식전부터 마음은 고비에 가 있는데,
이미 오래된 라마 문장처럼 늘어져버린 길
저만치 호텔 만달라를 싣고 흘러가버린 은하
만달고비의 고비의 만달라
길이 다한 낙타가 모래로 돌아가는 곳
초승달과 바람과 염소떼가 하염없이 나부끼는
모래의 국경을 나는 만달 만달 넘어가겠네.
—이용한, 「만달고비」 전문(『창작과비평』, 2007 봄)

만달고비는 몽골의 수도인 울란바토르에서 약 300킬로미터 떨어진,
고비사막의 초입에 위치한 도시이다. '낙타'로 시작해서 '사막'으로 끝

나는, 낙타와 사막에 관한 시를 쓰고 싶었던 화자는 지금 이곳에 머물고 있다. 호텔 만달라 204호 간이침대 위에서 화자는 자신이 고비사막의 입구에 도착했음을 실감한다. "드디어 사막이 시작되는군." 화자에게 '만달고비'는 "고비의 만달라", "길이 다한 낙타가 모래로 돌아가는 곳", "비로소 사막이 열리고, 적막이 펼쳐지는 곳"이다. 물론, 우리의 선입견과 달리 고비사막은 모래로 뒤덮인 죽음의 땅이 아니라 스텝과 구릉이 뒤얽혀 있는 삶의 공간이다. 고비사막의 초입, 즉 만달고비에서 화자는 "만달라"를 떠올린다. 만달라(Mandala)는 '정수를 뽑는다'는 뜻으로 우주의 모든 귀함과 아름다움을 바치는 수행의 하나로 알려져 있다. 화자는 지금 이 만달고비의 호텔방에서 노랗게 떠오른 달을 보고 있다. 사막이란 생각이 넘지 못하는 곳이다. 하여, 사막과 낙타에 관한 시를 쓰겠다는 그의 욕망은 한 잔의 "칭기즈칸 보드카"와 한 대의 "고비 담배"로 보상된다. 사막의 표상들만이 그것을 대신하지만, 표상은 사막이 아니다. 백열등의 밤을 보낸 화자는 다음날 아침 정성스레 차려입고 땅에 코를 대고 모래냄새를 맡는다. 이미 그의 마음은 사막의 한 가운데로 나아가고 있지만 "늘어져버린 길"은 그의 발걸음이 쉽지만은 않다는 것을 암시한다.

이용한은 최근 티벳 여행기『하늘에서 가장 가까운 길―티베트 차마고도를 따라가다』를 출간하기도 했다. 이 시는 그 여행의 산물일 터이다. 화자는 만달고비의 삶에 대해서는 평가는 물론 묘사마저 비켜감으로써 여행자의 시선과 일정한 거리를 두고 있다. 짧은 여정이 아니라면, 몇몇 유명관광지를 급박하게 돌아오는 패키지 상품 따위가 아니라면 거리 두기야말로 시선의 폭력을 벗어나는 유일한 방법인지도 모른다. 이런 점에서 나는 이문재의 「티벳여행안내서」와 이용한의 「만달고비」가 윤리적 차원에서 비판받아야 한다고 생각하지는 않는다. 그러나 티벳에 관한 많은 시들은 공통적으로 특정한 풍경들을 괄호침으로써 그들의 삶에 지나친 매혹감을 불어넣고 있다는 느낌이 들기도 한다. 티벳에 관한 시들은 많으나 중국 당국에 의해 무력침탈을 당한 티벳의 상흔에 대해 말하는 시는 적다. 달라이 라마와 판첸 라마의 정치적 불행과 고통에 대한 시는 더욱 적다. 1위안, 1달러를 벌기 위해 유목민의 삶을 포기하고 관광객들의 카메라 앞에서 모델의 포즈를 취하는 그들의 열악한 삶을 보여주는 시는 더더욱 적다. 관광객들을 실어 나르는 자동차의 행렬이 티벳의 삶을 어떻게 훼손하고 있는가를 보여주기엔, 강도처럼 관광객들에게서 물품을 얻어가는 아이들과 거리 곳곳에 터를 잡고 있는 거지들의 모습을 담아내기엔 관광객들의 카메라는 너무 아름답고 고귀하기 때문이다. 아름다운 풍경에 카메라부터 들이대는 사람들을 가리켜 우리는 관광객이라고 부른다. 그 관광객들에게 삶의 담아가야 할 대상이지 이해해야 할 그 무엇이 아니다. 그들의 사진이, 그들의 시가 그토록 흡사한 까닭은 무엇일까? 어쩌면 그것은 관광용으로 인쇄된 가이드북의 한 페이지에 불과한 것은 아닐까?

5. 인도에서 마야까지―차창룡과 곽효환의 시

오래전, 황지우는 고향과의 실존적 거리에 대해 이렇게 썼다. "인도(印度), 인디아! / 무능(無能)이 죄가 되지 않고 / 삶을 한번쯤 되물릴 수 있는 그곳"(「노스텔지어」) 무능이 죄가 아닌 곳, 삶의 시간을 되돌릴 수 있는 곳, 우리의 상상 속에서 '인도'는 초월이라는 영원한 바깥을 열어주는 신비의 세계인지도 모른다. 인도는 티벳과 더불어 최근의 여행시에서 가장 빈번하게 등장하는 장소의 하나이다. 나는 워크맨 속에서 음악이 갠지즈강처럼 흐른다고 말한 시인을 기억한다. 함성호는 인간문명에 대한 허무의식을 "타즈마할(Taj Mahal)"이라는 건축물을 빌어 표현했다.

무굴제국의 5대 황제였던 샤자한의 부인 움타즈 마할의 거대무덤인 타즈마할은 현재 인도를 상징하는 대표적인 유적이다. 최근 '인도를 생각하는 예술인 모임'이 결성될 정도로 인도에 대한 사람들의 관심과 흥미는 높다. 인도는 자아가 있다고 가르치는 우파니샤드의 철학과 자아가 없다고 가르치는 불교철학이 공존하는 오묘한 나라이다. 티벳의 순례자들이 그렇듯이, '인도'를 여행하는 많은 시인들은 풍경과 유물보다는 인도의 사상에 보다 많은 매력을 느낀다.

> 강물과 햇볕과 바람과 돼지와 소와 개와 함께
> 새벽 갠지스
> 사람들은 강변에 나와 엉덩이를 내놓고
> 알을 까고 있다
>
> 희한하게도
> 그 알 주워먹으면
> 강물과 햇볕과 바람과 돼지와 소와 개
> 모든 순례자들 임신하니
>
> 돼지는 돼지를 잉태하고
> 개는 개를 잉태하고
> 사람은 사람을 잉태하고
> 강물은 강물을 잉태하고
> 햇볕은 햇볕을 잉태하고
>
> 돼지는 돼지 아닌 것을 잉태하고
> 개는 개 아닌 것을 잉태하고
> 사람은 사람 아닌 것을 잉태하고
> 강물은 강물 아닌 것을 잉태하고
> 햇볕은 햇볕 아닌 것을 잉태하고

그리하여 이곳은 죽음의 원천이도다
쉬바여
삼지창을 휘저어
세상의 자궁을 찢어발겨 버려라
—차창룡, 「트리베니 가트에서 누는 똥」 부분

트리베니 카트(Triveni Ghat)는 인도의 힌두 성지 리시케쉬에 있는 가트
의 이름이다. 시인에 따르면 가트는 원래 '계단'이라는 뜻이며, 보통 가
트에서 화장이 진행된다고 한다. 그러므로 '가트'는 죽음의 장소이다.
그러나 갠지스는 인도인들이 목욕을 하고 물을 마시는 삶의 공간이지
만, 죽은 자들을 화장(火葬)하거나 시체를 물에 떠내려 보내는 죽음의 장
소이기도 하다. 갠지스는 삶과 죽음이 실상 둘이 아님을, 그 거리가 멀
지 않음을 보여주는 공간인 셈이다. 인도는 창조의 신 브라마(Brahma)와
파괴의 신 쉬바(shiva), 질서와 전통의 신 비슈누(vishnu)가 공존하는 세계이
다. 사자(死者)의 세계를 산자의 세계로부터 축출하는, 그리하여 공동묘
지라는 죽음의 공간을 발명한 서구인들의 죽음 관념에 비추어볼 때 인
도는 이해불가능한 세계였는지도 모른다. 화자는 지금 리시케쉬의 갠지
스 강가에서, 새벽 강에서 인간들이 "강물과 햇볕과 바람과 돼지와 소
와 개와 함께" 볼일을 보는 장면을 바라보고 있다. 그렇다면 시인은 왜
'똥' 대신 '알'이라고 단어를 선택했을까? 그것은 갠지스의 물을 마신
것들이 '잉태'하기 때문이다. 잉태란 생명을 생산하는 것이면서, 삶과
죽음이 교차한다고 믿는 인도인들의 사유를 표현한 것이다. 그리하여
화자는 "이곳은 죽음의 원천이도다 / 쉬바여 / 삼지창을 휘저어 / 세상의
자궁을 찢어발겨 버려라"라고 죽음의 주문을 외운다. 그러나 쉬바의 파
괴는 만물을 무(無)의 상태로 만드는 것이 아니라 파괴를 통해 새로운
생성을 만드는 생성적 파괴이기에 이 주문은 곧 생성에 대한 주문이기
도 하다. 삶과 죽음, 생성과 파괴에 대한 힌두적인 사유는 차창룡의 또

다른 시의 일절에서도 동일하게 드러난다. "나무는 수없이 죽음으로써 살아 있는 것이니, 우리들도 우주인 나무의 한 이파리여서, 어차피 죽어도 이미 죽지 않는 나무여라."(「죽지 않는 나무」) 이처럼 힌두의 사유에 근거하고 있는 차창룡의 시편들은 '인도'를 대상화하지 않음으로써 그 세계에 한 발 다가선다. 여기에는 사유의 치열함과 깊이는 있을지언정 여행자의 시선은 없다.

물이 흐르지도 고이지도 않는 유카탄 반도 죽은 마야 문명의 고도 치첸이차에서 멀지 않은 치눕마을에 들렀을 때입니다. 땅속으로 물이 흐르고 흘러 형성된 커다란 우물 혹은 샘물 이슈케켄 세노테. 돼지가 빠진 우물, 아주 오래된 그러나 특별한 우물에서 맨 처음 일행을 맞은 이들은 마야어를 쓰는 유아기를 갓 벗어난 듯한 어린 아이들 한 무리였어요. 개중 다섯 살 남짓 되어 보이는 커다란 눈동자에 그늘이 가득한 얼굴을 한 맨발의 어린 소녀가 끈질기게 따릅니다. 구겨진 그림엽서 한 장을 들고 금방이라도 울 듯한 너무도 애절한 목소리로 '텐 페소 플리즈, 텐 페소……' 잠시 머뭇거리던 최승호 시인이 어린 아이의 손에 1달러를 쥐어줍니다. 잠시 후 그 슬픈 표정의 아이와 사진을 남기고 싶어서 두리번거리는데 아이의 손에는 벌써 코카콜라 캔 두 개와 동전 몇 닢이 쥐어져 있습니다.
카메라 앵글에 담은 나란히 앉은 시인과 소녀의 얼굴에는 어느새 그늘이 사라지고 없습니다.

―곽효환, 「맨발의 천사」 전문

곽효환의 시에는 여행시가 많다. 쿠바와 멕시코, 러시아와 파리 등이 모두 그의 여행지들이다. 특히 유카탄 반도의 마야 문명을 배경으로 하고 있는 이 시는 한국 여행자들의 발길이 그다지 많지 않은 곳을 다루고 있다는 점에서 흥미롭다. 화자는 지금 동료문인들과 함께 남미의 한가운데를 여행 중이고, 마야 문명의 고도 치첸이차에서 멀지 않은 치눕마을에 머물고 있다. 이 마을에서 그는 이슈케켄 세노테라는 우물을 구경하고 있다. 시인에 따르면, 이슈케찬은 마야어로 '돼지'를, 세노테는 성스러운 우물을 의미한다. 말하자면 이것은 사라진 돼지를 찾다가 발견한 마야의 우물이름인 셈이다. 치첸 이치는 '우물가의 집'이라는 뜻을 지닌 마야의 대표적인 유적지 가운데 하나이다. 유아기를 갓 넘긴 한 무리의 아이들이 화자 일행을 맞이한다. 그리고 그 아이들 중 한 소녀가 구겨진 그림엽서 한 장을 내밀며 돈을 요구한다. '맨발의 천사'라는 제목은 경제적 불행으로 인해 마야문명의 신비감을 모두 상실해버린 한 아이에게서 받은 느낌일 것이다. 일행은 여느 여행객들처럼 마야의 아이들과의 한 순간을 사진에 담으려 하지만 아이는 벌써 '코카콜라'라는 제국의 청량음료를 손에 들고 있다. 화자는 무엇이 소녀의 얼굴에서 한 순간에 '그늘'을 사라지게 했는가에 대해 묻지 않는다. 그러나 사라진 문명인 마야와 코카콜라의 묘한 대조는 그들의 불행이 어디에서 비롯되었으며, 또 그들의 현재 삶이 어떤 위치에 놓여 있는가를 암시적으로 보여준다.

6. 시선을 넘어서, 사유로

　자본이 국경을 넘어 전 세계로 매끄럽게 이동한다. 그리고 자본과 더불어 노동력이, 관광객들이, 특산품들이 또한 국경을 넘는다. 아니, 인간보다 상품과 자본이 먼저 국경을 넘는 요즈음이다. 오랫동안 한국문학은 한반도를 지역적 대상으로 삼았다. 그러나 오늘날 이 암묵적인 공식은 점차 낡은 유물이 되어 가고 있다. 많은 작가들의 해외 체험 빈도가 높아지고 있고, 그에 따라 흔히 '여행시'로 분류되는 작품들이 증가하고 있는 추세이기 때문이다. 그러나 여전히 많은 여행시들이 이국적 풍경을 카메라에 담으려는 대상화 작업에 머물고 있음은 부정하기 어려운 사실이다. 해외여행이라는 일탈의 경험이 여행자들을 비일상적인 풍경에 노출시키고, 이국적 풍경의 아름다움에 매료된 시인들에게 대자연의 세계를 담은 한 장의 풍경화는 일상의 비루함을 잊어버릴 수 있는 마취효과를 제공한다. 그러나 타자의 세계를 한 폭의 풍경화로 만들어버림으로써 삶을 표상으로 만들어버리는 행위보다 더욱 심각한 것은 그 세계에 '나'의 색깔을 덧칠하는 일, 그리하여 그 세계를 '나'의 동일성을 구축하기 위한 대상으로 삼는 일일 것이다. 앞의 것이 여행자의 시선이라면, 뒤의 것은 (전도된) 오리엔탈리즘에 해당한다.

그러나 최근의 여행 시편들이 타자에 대한 윤리를 모두 망각하고 있지는 않다. 최승호의 시는 '사막'이라는 공간을 가난과 불편, 고독과 황량함의 세계로 묘사함으로써 동일화의 태도를 원천적으로 불가능하게 만들고 있다. 그리고 곽효환의 시는 한때 대제국을 건설했던 마야의 후예들의 가난한 삶을 사실적으로 보여줌으로써 그곳에 덧씌워진 신비감을 벗겨버리고, 차창룡의 인도 시편들은 인도의 풍경 대신 힌두의 사유를 따름으로써 삶과 죽음이 순환하는 인도의 신화적 세계에 한 걸음 다가서고 있다. 풍경이 지워진 자리에 타자의 세계가 촉발하는 사유의 깊이가 자리 잡고 있는 이 시편들을 감히 한국문학의 확장이라고 명명하는 것은 지나칠까? 그러나 한 가지, 여행 시편들이 보여주는 사유의 깊이와 새로운 깨달음들이 자본주의적 가치로 찌들어 있는 '이곳'에서 어떤 유효성을 가질 수 있을지에 대한 고민이 뒤따라야 할 것이다. 이런 점에서 나는 아무런 불편함 없이, 어떠한 망설임도 없이, 종교와 신화, 깨달음과 풍경의 세계에 들어가 인간과 자연과 우주와 신의 섭리를 설파하려는 유사설교자들의 시를 모두 신뢰하지는 않는다. 이 글이 많은 여행시 가운데에서 몇몇 시인들의 작품을 선별한 까닭은 그들의 시가 시세계의 확장과 연속이라는 의미를 갖는다고 판단했기 때문이다. 중요한 것은 풍경이 아니라 시선이며, 시선이 아니라 사유이다. 여행시편들

이 여행자의 시선을 넘어서 이 질문에 대답할 수 있을 때 비로소 '여행'
은 흥미로운 일탈이 아니라 그것을 재구성하는 새로운 가능성으로 다
가올 수 있을 것이다.

시와 음악, 그 낡은 질문의 새로운 의미

1. 시의 음악적 기원

뮤즈(Muse)는 음악의 신이면서 시의 신이다. 시의 음악적 기원은 오랫동안 시의 음악성을 해명하는 열쇠가 되어 왔다. 시와 음악의 상관성은 고대 그리스의 현악기 리라(lyra)가 서정시(lyric)의 어원이라는 사실에서 출발한다. 시의 음악적 기원에 관한 이야기는 동서고금을 막론하고 시가(詩歌)의 형식이 존재했던 곳곳에서 발견된다. 시(詩)가 문자에 국한되기 이전, 음악 혹은 노래는 시의 주술적 힘이 발현되는 구체적 양상이었다. 말하자면 고대의 시가(詩歌)는 음악의 강렬한 정서적 감염력과 언어가 결합됨으로써 가능했다. 노래로서의 시는 진동과 떨림을 통해 그 고유의 원초적 에너지를 방출했다. 시의 형식적 분석에 있어서 운(rhyme) · 율(meter) · 리듬(rhythm) 등이 중요했던 것도 이 때문이다.

서정시에서 시의 음악성은 운율과 리듬에 관한 논의로 집약된다. 운(韻)은, 한시나 영시에서 흔히 볼 수 있듯이, 소리의 반복이다. 일반적으로 한국시에서는 엄격한 규칙성으로서의 운을 발견하기가 어렵기 때문에 우리의 경우 운율은 운(韻)보다는 율(律)에 초점이 맞춰져왔다. 그러나 최근 랩음악이나 R&B의 대중화 현상은 한국시의 운(韻)에도 상당한 영향을 미칠 것으로 예상된다. 도시화로 인해 달라진 경험의 구조는 생활방식(life style)만이 아니라 시의 운율체계에도 직접적인 변화를 가져올 것이다. 2000년대의 한국시는 이미 징후적인 차원에서 이 변화를 예고하고 있거니와, 따라서 현대시를 전통서정시의 세계관이나 의미체계로 설명하는 것은 하나의 맹목에 불과하다. 한편 율격이란 고저, 장단, 강약 등의 소리, 즉 말소리의 현상이다. 율격은 운(韻)과 마찬가지로 본질적으로 반복성을 띠는데, 이 반복의 단위를 음보(foot)로 설정하느냐 행(line)으로 설정하느냐는 율격론의 중요한 분기점이 된다.

그러나 옥파비오 파스의 말처럼 언어의 가장 작은 단위를 구성하는 것은 음소가 아니라 구(句) 혹은 문(文)이다. 디이터 람핑(Dieter Lamping)은 시행을 통한 발화를 시와 산문을 구별 짓는 외적징표로 간주하는데, 산문화의 경향이 압도적인 현실에서 그의 주장을 전면적으로 수용하기는 어렵지만, 시의 단위를 행에서 찾았다는 점에서는 새겨들을 만하다. 사회가 개인들의 집합이 아니듯이, 음소의 합이 곧 언어는 아니다. 문법적인 분석의 폭력에 의해서만 구는 단어들로 분해된다. 그리고 운문적 구를 구성하며 언어를 만드는 단위는 의미가 아니라 리듬이다. 하여, 파스는 "시는 리듬 위에 세워진 언어적 질서, 즉 구들의 집합"이라고 정의한다. 음악에서의 리토르넬로가 그렇듯이, 리듬은 반복을 특징으로 한다. 음악에 통일성을 부여하는 리듬은 박자로 환원되지 않는다는 점에서 차이의 반복이다. 반면 박자는 리듬을 시간적으로 분절하는 형식으로 척도의 역할을 한다. 음악에서의 박자(meter)은 시에서의 율격(meter)과 유사하다. 그리하여 음악에서의 리토르넬로는 리듬적인 인물 및 선율적 풍경과 결부된 것, 반복의 양상으로 작동하는 모든 것과 관련된다. 파스는 측량 이상의 어떤 것, 양으로 나누어지는 시간 이상의 어떤 것으로서의 리듬을 "세계에 대한 비전"이라고 명명한다. 리듬이란 내용이 없는 추상적인 측량이 아니라 방향성이며, 어떤 것에 대한 느낌이다. 그는 말한다. "모든 리듬은 하나의 태도이며 의미이고 세계에 대한 상이하고 독특한 하나의 이미지"라고. 하여, 이 이미지를 중심으로 리듬은 말들의 친화성을 다스린다. 단어들은 리듬의 원리에 따라 모이고 흩어지기를 반복한다.

2. 시와 음악 – 연속성에서 반복불가능성으로

오늘의 시적 현실은 리듬의 반복성이 시와 음악의 상관성을 해명하는 유일한 열쇠는 아님을 보여준다. 전통서정시에서 '시와 음악'은 시의 음악성을 묻는 질문이었지만, 2000년대 시에서 '시와 음악'은 시의 음악성이 아니라 '시'와 '음악'이라는 별개의 장르 혹은 형식의 관계에 대한 질문으로 바뀌었다. 90년대, 음악이 세대론의 문화적 기호로 차용된 이래, '시와 음악'은 이전과는 다른 질문의 배치를 구성했다. 그리하여 장석남의 '배호', 유하의 '재즈'는 시의 음악성과는 다른 수준에서 시와 음악의 관련성을 해명한다.

사실 서정시에서 음악성의 탈각은 이미 오래 전에 예언되었다. 지난 세기의 초반에 이미지스트들과 모더니스트들은 '읽는 시'에서 '보는 시'로의 전환을 선언했다. '보는 시'의 등장은 시(詩)를 텍스트, 즉 해석의 대상이자 단위로 설정함으로써 현대시의 새로운 지평을 열었다. 황지우에서 출발하는 그 숱한 모더니즘의 시적 실험들은 '텍스트'라는 개념을 중심으로 확장되어 왔다. 물론 이것은 하나의 경향일 뿐이다. 모더니즘 이후에도 여전히 서정시는 음악성의 흔적을 지니고 있고, 많은 시인들은 율격과 리듬에 의지하여 시를 쓴다. 그러나 최근 젊은 시인들의 시적 경향이 증명하듯이 전통적인 운율과 리듬은 산문시가 보편화되는 현실 앞에서 점차 그 위력을 잃어가고 있다. 90년대 이후, 급증하고 있는 시의 산문화 경향은 일차적으로 변화된 삶의 조건들, 즉 도시화의 산물이지만, 동시에 그것은 음수율이나 음보율 같은 전통적 작시법에 대한 저항의 의미도 지닌다. 공동체적 삶의 원형을 간직하고 있었던 농촌 세계에 근거하고 있던 전통서정시의 세계는 오늘날 그 흔적을 찾기 어려울 만큼 침식되고 있으며, 그 자리는 대중문화와 하위문화의 영향 아래에서 성장한 새로운 세대들에 의해 채워지고 있다. 두 편의 시를 살펴보자.

쌓고
또 쌓고
쌓는지도 모르고
쌓고
쌓는 것의 허망함을 알면서
쌓고
어디까지 갈 수 있나 오기로
쌓고
이것도 먹고 사는 일이라고 말하며
쌓고
부끄럽다 얼굴 붉히면서도
쌓고
때로 공허함이 두려워서
쌓고
지우지 못해 끊지 못해
쌓고

바닥도 끝도 없음을 쌓고
또 쌓다가

어느날
내가 쌓은 모래성이 밀물을 불러왔다
—나희덕, 「밀물이 내 속으로」 전문

때때로 이 집을 유심히 들여다보는 사람들이 있다 눈빛이 맑은 어린아이이거나 뭔가 잘 풀리지 않는 일에 직면해 해결책을 골몰하는 사람들일 것이다 그들이 내 거처를 오로지 시선만으로 들락거리는 동안, 나는 그 무심한 눈길 속을 거슬러 들어가 심장 표면의 섬모들 하나하나에서 진동하는 습진 음악을 꺼내오곤 한다 그때, 내 몸은 아주 조금 움직이는 듯 보인다 날 보는 인간은 두려운 때문이라고 생각할 것이다 그 자족적인 우월감에 양념을 치듯 나는 더 몸놀림을 빨리한다 애초에 의도하지 않은 포획의지가 인간의 마음속에 싹 터오른다 다리 끝에서 불꽃이 번지듯 황홀한 진동이 울려퍼진다 내 안에 숨어 있던 음악이 조금씩 거세지는 인간의 맥박 속에 뒤섞인다 그 희미한 선율의 길을 따라 나는 점점 인간으로부터 멀어진다 주춤주춤 더 힘을 들일 것인지 말지를 갈등하는 인간의 탁한 시선이 느껴진다 나는 모든 동작을 멈추고 발끝에 모인 근력들을 하복부로 끌어당긴다 인간의 마음속에 어떤 냉철한 상황을 잃어버린 공허가 깃든다 나는 그 허허로운 우주 속으로 여태껏 줄 위에서 진동하던 소리들을 흘려보낸다
—강정, 「거미인간의 시—하오의 독백」 부분

반복은 리듬을 가시화한다. 운(韻)이든 율(律)이든, 리듬이든 박자든, 반복되지 않으면 음악성을 띠지 않는다. 나희덕의 시가 절제된 호흡과 전통적 율격에 의지하여 삶에 관한 성찰의 자세를 보여준다면, 강정의 시는 에너지의 형태로 전화된 내면의 힘이 개체의 바깥으로 터져 나오는 파토스적 순간을 '진동'과 '선율'로 시화(詩化)한다. 단적인 예에 불과하지만, 두 편의 시는 오늘날 '시와 음악'이 관계 맺는 두 방향성을 선

명하게 보여준다는 점에서 흥미롭다. 나희덕의 시는 현재적 삶이 지닌 욕망의 허무함과 그것에 대한 성찰에 초점을 맞춘다. 기계화된 반복에 가까운 일상은 모래성을 쌓는 행위와 같아서 종종 자신이 쌓는다는 사실을 알지도 못한 채 무의식적으로 행해지곤 한다. 혹은 이전의 쌓음이 충족시키지 못한 간극이 새로운 쌓음에의 욕망을 낳기도 한다. 욕망이란 바닷가에 쌓은 모래성처럼 '밀물'이 드는 순간 형체도 없이 사라지며, 그렇기 때문에 본질적으로 공허하고 허망한 것이다. 그러나 또한 이 공허가 때론 모래성을 쌓는 절실함이 되기도 한다. 이러한 행위에 대한 반성적 시선은 매순간 '먹고 사는 일'이나 공허의 두려움이라는 자아의 알리바이에 가로막혀 합리화되기 일쑤이다. 이런 점에서 모든 쌓음은 일종의 집착이다. 삶에 대한 애착과 집착 사이에서 시인은 '밀물'과 '모래성'의 전도된 관계를 포착한다. 이것만이 아니다. 쌓음의 일상성은 '쌓다'라는 시어를 '쓰다'로 바꾸면 글쓰기의 존재론으로 전화된다. 즉 쓰고, 쓰는 지도 모르고 쓰고, 부끄럽다 느끼면서도 쓰고, 그 삶의 공허 때문에 더욱 악착같이 쓴다……. 그리고 '쌓다'를 '살다'로 바꾸면 인간이라는 존재자의 존재론으로 읽힐 수도 있다. 살고, 사는 지도 모르고 살고, 부끄럽다 느끼면서도 살고, 그 삶의 공허 때문에 더욱 악착같이 산다……. '쌓고'라는 시어의 반복은 시 전체에 리듬감이 동일한 시간양(量)을 지속시키는 등시성(等時性)의 효과를 발생시키지는 않지만 통일성과 연속성이라는 동일성의 감각을 제공하는 것은 분명하다.

한편 강정의 시에서 '음악'은 동일성이 아니라 "그 희미한 선율의 길을 따라 나는 점점 인간으로부터 멀어진다"라는 진술처럼 변전(變轉)의 첨점이다. '시선'과 '음악'의 흥미로운 대립을 보라. 사람들이 '집'의 외부에서 오직 시선으로만 '내 거처'를 들락거리는 동안, 사내는 그 무심한 시선들을 거슬러 들어가 "심장 표면의 섬모들"에서 "진동하는 습진 음악"을 꺼낸다. '습진음악'이란 "불 섞인 울음을 토하는 네 두터운 입술"(「잠든 애인의 목소리」)나 "내 몫의 피를 다 흘려보내 완성할 밤의 목전

에 늙은 가수가 생선 머리를 꽂는다 터져나온 핏물이 그대로 바다가 된
다"(「서쪽 베란다에서」)처럼 '피'와 '울음'에서 기원하는 파토스-음악이다.
이 액체들의 움직임에서 화자는 "불꽃이 번지듯 황홀한 진동"을 감지한
다. 이어서 그것들은 화자의 내면 깊숙한 곳에서, 음악이 그렇듯이, 서
서히 증폭되다가 마침내 '우주'를 향해 불을 토한다. 그 순간, 화자는
"인간으로부터 멀어"져 '거미인간'이 된다. 다만, '순간'이라는 사실이
중요하다. 강정에게 음악은, 연주/노래하는 자와 감상하는 자 사이의
순간적 합일이다. 이 합일의 순간을 강조하면 음악은 시간예술이라는
장르적 특성을 벗어나 무시간적 경험으로 승화된다. 순간 속에서 시간
이 존재하지 않는다. 하여, 음악은 반복불가능한 순간적 합일의 표현이
며 그것의 경험이 된다. 나희덕의 시와 달리, 강정에게 음악은 주체의
자기동일성이 뒤흔들리는 에너지의 난무요 원초적이고 강렬한 정서의
폭발이다. '가청권'의 옥타브 위에서 울리는 그의 음악은 '청각'이라는
하나의 감각이 아닌, 온 몸의 감각을 모두 동원해야 비로소 느껴지는
진동과 떨림이다.

3. 혼종의 몇 가지 표정들

　최근 시에서 음악과 시의 만남은 매우 징후적인 현상이다. 시가 음악
을 빌어 말하거나, 음악이 시에 습합되는 현상들이 일반화되고 있다.
2000년대 문학에서 '음악'은, 한 세대의 문화적 지평을 상징하는 세대론
적 기호에서 한 걸음 나아가 개별 시인들의 고유한 취향과 스타일, 그
리고 예술적 지향을 보여주는 바로미터(barometer)로 작용한다. 물론, 2000
년대 시에서 음악이 세대론적 기호나 문화적 경험의 지표로 사용되는

경우가 없는 것은 아니다. 또한, 어떤 의미에서든, 음악과 시의 친연성
이 반드시 최근 젊은 시인들의 시에서만 나타나는 것도 아니다. 그러나
실험의 차원을 넘어, 문화적 향수나 대중문화로 상징되는 세대의 기호
를 넘어, 시 자체를 파라텍스트(paratext)로서의 음악과 동일한 수준에 놓
거나, 심지어 온전하게 그것들을 겹치게 만드는 방식은 찾아보기 힘들
다. 가령 이승원의 「Real Rhyme」을 살펴보자.

始作해
詩作해

선남선녀 미남미녀 방아 찧는 밤에
겨울에도 모기 나는 지저분한 방에
노예들과 진배없는 너와 나의 생애

쓰레기 소각장의 불타는 시간들
케이블을 타고 오는 춤추는 거짓들
장애물과 방해꾼인 지루한 가족들

어린 칭크 가진 것은 캉골 타미 팀버랜드
가라 힙합 취하는 건 금줄 그루피 메르세데스
리얼 MC 친구들은 디제이와 그래피티 비보이스

눈감고 꿈꾸는 건 백만장자 영화배우 인기가수
잠에서 깨어나니 요리사 웨이터 옷장수
정신을 차려보니 경비원 주유원 운전수
MC S1 태어난 곳 기지촌 이태원
조선을 지배하는 냄새나는 미국군
알록달록 화려한 아이노꾸 기지 소년
시장에서 담배피던 뒷가르마 학성이형
록키파 대장이신 가죽바지 석범이형

열두 살에 놀아난 MC S1 어린이갱

이봐 너희들
내 말이 안 보여? 내 말이 안 보여?
내 말이 안 보여? 내 말이 안 보여?

죽으면 사라질 힘 헬스는 왜 하는지
어차피 병 걸릴 몸 웰빙은 염불인지
배울 것 없는데 참 학교는 왜 가는지
외롭고 괴로운 삶 결혼은 안 하든지

보험금 세금 정기적금 빌어먹을 국민연금
녹색불이 켜졌어! 요 어디로 갈건가! 요 생각해! 요

선남선녀 미남미녀 방아 찧는 밤에
겨울에도 모기 나는 지저분한 방에
노예들과 진배없는 너와 나의 생애

쓰레기 소각장의 불타는 시간들
케이블을 타고 오는 춤추는 거짓들
장애물과 방해꾼인 지루한 가족들

어린 칭크 가진 것은 캉골 타미 팀버랜드
가라 힙합 취하는 건 금줄 그루피 메르세데스
리얼 MC 친구들은 디제이와 그래피티 비보이스
— 이승원, 「Real Rhyme」 전문

　　힙합의 리듬, 랩 창법으로 발화되는 이승원의 시에서 '음악'은 단순한
장식이나 문화적 기호가 아니라 시 자체이다. 여기에서 시와 음악은 본
질적으로 구분되지 않는다. 힙합 / 랩이라는 고유의 발성법은 특정한 의

도를 표현하기 위해 선택된 형식인데, 운(rhyme)을 맞추기 위해 고안된 라임(Rhyme)의 존재에서, 우리는 이미 이 시가 율(meter)과는 다른 시선으로 세상을 보고 있음을 알 수 있다. 언어의 유희에 익숙한, 아니 그것을 시에서 즐겨 사용하는, 그리고 그것으로 의미의 증폭과 미끄러짐을 연주하는 젊은 시인들에게 랩 창법은 확실히 매력적인 문법이다. 특히, 그가 현실의 부조리함을 모조리 까발리고 폭로하려는 의식의 소유자라면 말이다. "始作해 / 詩作해"라는 언어유희에서 출발하는 이 시를 관통하는 의지는, 그러므로, 세상의 비논리·비합리성을 고발하고 조롱하려는 부정 정신이다. 그리하여 '밤에―방에―생애', '시간들―거짓들―가족들', '메르세데스―비보이스', '인기가수―옷장수―운전수', '왜 하는지―염불인지―왜 가는지―안 하든지' 등에서 확인되는 특유의 라임은, 여느 랩 형식이 그렇듯이, 세상을 조롱하는 자의 목소리에 리듬감을 실어 준다. 이 리듬에 몸을 싣는 순간, 독자는, 시의 전언과는 다른 차원에서, 화자에게서 모종의 연대감과 동질감을 경험한다. 힙합에서 MC(Microphone Controller)는 마이크의 지배자, 군중을 움직이는 사람(Move the Crowd)이 아닌가. 시로서의 힙합, 힙합으로서의 시는, 확실히 커트 코베인이나 짐 모리슨이 상징했던 고독과 불행, 그리고 광기의 세계와는 다른 스타일과 리듬을 보여준다.

시인은 말한다. '너'와 '나'의 생애가 노예와 다름없음을, 케이블을 타고 날아드는 대중문화의 최루성 이데올로기, '장애물'과 '방해꾼'일 뿐인 가족의 그 비루한 가치를, "백만장자 영화배우 인기가수"의 꿈과 "요리사 웨이티 옷장수", "경비원 주유원 운전수"의 현실 사이의 그 아찔한 낙차를, 'MC S1' 같은 "아이노꾸 기지 소년"들이 기지촌 이태원에서 태어나 '어린이갱'으로 성장해 가는 식민주의의 흔적을, '병'이 피할 수 없는 운명이라서 '웰빙'조차 무의미한 삶을, 배울 것이 없기에 학교에 가는 일이 무의미한 교육의 현실을, 또 다른 '장애물'과 '방해꾼'을 생산할 수밖에 없기에 결혼이 무의미하다고 여기는 불행한 일상을. 시인―가수는 이 모순덩어리 현실을 향해 반복해서 말한다. "내 말이 안 보여?"라고 척도의 시선에는 주변이 포착되지 않는다. 가진 자들의 눈에 비친 세상은 여전히 아름다운 곳, 살 만한 곳이 아닌가. 그들의 눈에 부조리한 현실과 남루한 일상은 정리의 대상 이상이 아니다. 시인—가수는 진짜 라임(Real Rhyme)을 기다리는 친구들은 "디제이와 그래피티 비보이스(B-boy) 뿐이라고 노래한다. 그는 힙합 문화의 네 요소(Mcing, Djing, Graffiti, Breakin), 즉 빠른 비트의 리듬에 맞춰 자신의 생각과 일상적 삶을 이야기하는 랩(Rap), 전철이나 건축물의 벽면, 교각 등에 스프레이 페인트로 거대한 그림을 그리는 그래피티(Graffiti), 랩에 맞춰 곡예의 춤을 추는 브레이킨(Breakin), 다양한 음원들을 믹서의 조작을 통해 독특한 음향효과로 바꿔내는 디제이닝(Djing)을 하나로 묶어낸다. 독창성(Originality)이 아니라 혼종성(Hybridity)을 지향하는 힙합 문화는 주류적 질서의 권위에 대한 저항에서 출발했다. 그러나 힙합과 랩 창법을 차용한 이승원의 시가 현실에서 미국사회에서 힙합 문화가 지녔던 저항성을 지니고 있는지는 의문이다. 혼종성이 지닌 저항적 의미는 샘플링 되는 순간, 패러디 되는 순간 휘발된다. 이 시에서 랩 창법은 단순하게 힙합 문화라는 형식을 빌려왔다는 느낌, 즉 저항성보다는 새로움이라는 가치에 속박된 문학적 실험처럼 느껴진다.

그러나 나의 악기는 아직도 어둡고 격렬하다

그대들은 그걸 모른다, 라는 말밖에 할 수가 없구나

그때 그대들을 나무랐던 만큼 그대들은 또 나를 다그치고
나는 휘파람을 불며 가까스로 슬픈 노래의 유혹을 이겨내고 있는데

오늘 밤도 그대들은 나에게 할 말이 너무 많고
우리는 함께 그걸 나눠 갖기는 틀렸구나, 라는 말밖에 할 수가 없구나

불의 악기며 어둠으로부터의 신앙(信仰)……
그렇다, 나는 혼돈의 음악을 연주하는 대담한 공주를 두었나니
고리타분한 백성들이여,
기절하라! 단 몇 초 만이라도

— 황병승, 「왕은 죽어가다」 전문

황병승의 시에는 혼돈의 음악을 연주하는 대담한 공주가 등장한다. 그녀의 음악적 영감은 "똥이 막 나오려는 순간의 감정, 이 세상에서 가장 부끄러운 감정"(「밍따오 익스프레스C코스 밴드의 변」)에서 기원한다. "사라지려는 힘과 드러내려는 힘의 긴장" 속에서 그(녀)는 연주하고, 노래한다. 익스페리멘틀(experimental)로서의 음악. 그러므로 반복되는 것은 손가락을 움직이는 행위로서의 연주이지 "순간의 감정"이 아니다. "순간의 감정"이란 연주하고 노래 부르는 존재들의 자기−표현 이상이 아니다. 교감 혹은 감응이라는 감상자의 반응을 부정할 이유는 없지만, 음악이 커뮤니케이션이라는 이성의 신을 신봉하지 않는다는 것은 분명해 보인다. 진동이나 떨림 같은 순간의 경험이 어떻게 전언으로 전달될 수 있겠는가. 그러므로 황병승의 시에서 '반복'은 "도무지 엉터리 라라라"(「밍따오 익스프레스C코스 밴드의 변」)에 열정을 허비하는 행위는 될지언정 실험으로서의 음악이 되진 못한다. 또 하나, "슬프지도 즐겁지도 않은 밴조 연주"(「주치의h」)처럼 그(녀)들의 음악은 특정한 감정 상태를 목표로 삼지 않는다. "떠나기 전, 집 담장을 도끼로 두 번 찍"은 행위가 "좋은 뜻도 나쁜 뜻도 아니"었듯이. 그렇기 때문에 '그대들'의 다그침에도 불구하고 '나'는 "슬픈 노래의 유혹"을 이겨내려 한다. 슬픈 노래를 부르지 않겠다는 다짐. 그래서 '그대'들은 "나에게 할 말이 너무 많"다. 그러나 "불의 악기며 어둠으로부터의 신앙(信仰)"을 '그대들'과 '나'가 나눠 갖는다는 것은 불가능하다. 일찍이, 이 불가능성을 예언한 것은 혼돈의 음악을 연주하는 대담함 공주였고, 그 예언을 알아듣지 못한 백성들은

말이 너무 많다. 그리하여 공주는 말한다. "고리타분한 백성들이여, / 기절하라! 단 몇 초 만이라도"라고. 기절, 그것은 침묵이다.

일찍이 음악으로 스며든 바람은 살아남지 못했다 음악은 유적지를 남기지 않지만 어느 먼 나라에서는 음악이 방금 다녀간 나라들을 허공이라 부른다

아흔아홉 번째 레퀴엠, 태어나자마자 음악은 스스로 자신의 풍경을 조금씩 지우기 시작한다. 시간과의 친교로 음악은 인간의 세계에 가서 망명을 보내다 죽는다 일찍이 소년들이 사슬을 끌고 걸어가 구석에서 독한 술을 마시기도 했지만 그것은 어디까지나 어떤 음악 속으로 시간을 유배해버린 자신의 열렬한 회의 때문이다

얼음의 산으로 들어가 저격수들이 배우는 첫 번째 기술은 호흡이다 자신을 완전히 적신다는 호흡, 그것은 몇백 분의 일로 방아쇠를 분할해 당기면서 돌연 호흡을 멈추는 것을 의미한다 저격수들이 자신의 몸 안으로 완전히 분할해버리는 호흡에 대해서 상대는 참여할 수 없다 상대의 음역에 무방비로 놓여버린다는 점에서 그것은 일방적이고 사랑에 가까운 자기혐오를 유발하기도 한다 가끔 저격수의 그 호흡들이 음악 같다고 생각한다면 그것은 이쪽의 보이지 않는 호흡이 저쪽을 정확히 겨냥하여 날아가는 것을 보고 있다는 것이다 생의 마지막 리듬인 자신의 맥박을 들으며 천천히 저격수의 음악을 받아들이며 상대는 꿈을 꾸는 듯한 표정으로 허물어진다 음악이 방금 다녀간 텅 빈 공연장처럼 현장은 늘 결연하다 단순하다 연주를 막 끝낸 지휘자의 침묵이 거대한 울음을 상기하듯.

그 사람이 아직 소녀였을 때 그는 현기증 때문에 늘 첫 서리를 피했다 가장 추운 곳에 닿아 우는 새처럼 음악은 소녀의 우울에 더 이상 주석을 달지 않았다 모든 흉상들이 두려웠던 시절 소녀는 몇 년 동안 집에 살았지만 몇 년 동안 집을 비웠다고 기록했다 그것이 그 소녀의 음악이라고 청년이 되고 나서 얼굴이 틀어진 소녀들을 자신의 구멍으로 불러놓고 그는 한참을 수줍어해야 했다

음악의 우기(雨期)를 맞이하면 얼굴 속을 이리저리 흔들어보는 습관. 죽을병에 걸린 사람의 다리를 가만히 만져보는 일처럼 골목에 버려진 기타에 다가가 대일밴드를 붙여주고 흐흐 웃는 소녀처럼 음악의 태반을 찢고 나온 도로 위에 그는 벌렁 누워버렸다 '시간이 그를 치고 가리라' 일주일에 한 번 건너 교도소에서 피아노가 울린다 '거긴 교도소의 응급실일 테지' 피아노가 있는 빈집으로 몰래 들어가 피아노를 두드리다 붙잡힌 소년은 교도소에서 청년이 다 되었다 필로시네마 그는 영원히 복귀하지 않는 사병, 휴가를 나와 자신의 관을 짜놓고 부대로 배달시켰다는, 가끔 야설(夜雪)이 자신을 조금씩 본국으로 송환하고 있다고 그는 생각한다
　　—김경주, 「음악은 우리가 생을 미행하는 데 꼭 필요한 거예요」 전문

　김경주에게 '시'와 '음악'과 '바람'은 '자아'의 이명(異名)들이다. 그것들은 한곳에 머물지 못하고 부유하는 것들, 끊임없이 흘러 어딘가로 사라지는 종족들의 다른 이름이다. 라디오 속에 "푸른 모닥불"(「내 워크맨 속 갠지스」)을 피웠던 열두 살의 밤부터, '음악'은 불가능한 감수성으로 '내상'을 지니고 살아가는 한 '고아'에게로 날아든다. 그의 "이번 생은 내내 불편"(「드라이아이스」) 하겠지만, 세계와의 "매개의 근거"(「어느 유년에 불었던 휘파람을 지금 창가에 와서 부는 바람으로 다시 보는 일」)를 상실한 그의 삶 앞에 어느 누구도 손 내밀 수 없다. 밖에서는 도저히 그를 웃길 수 없기 때문이다. "제 안의 격렬한 온도"(「눈 내리는 내재율」)를 상실한 그의 내면은 반복적으로 '떼죽음'(「폭설, 민박, 편지 1」) 당한다. 삶이란, 자궁 안에 자신의 두 손을 두고 온 화가의 불행이 그렇듯이, 출발부터가 상처요 결핍이다. 존재의 호곡(號哭)은 '겨우' 음악이 된다.

　음악은 태어나자마자 스스로 자신을 지운다. 이 운명적 자기부정에서 우리는 '음악'이 시간예술임을 암시받는다. 음악은 시간 속에 흔적을 남기지 않기에 사람들은 음악이 한 순간 머물다 사라진 그 시간을 '허공'이라고 부른다. 김경주의 시에서 '음악'은 돌아갈 수 없는, 아니 처음부터 결락의 운명에서 출발한 자아의 상실된 시간들을 지시한다. 돌아

갈 시간을 잃어버렸다는 점에서, 그의 울음이 시라는 점에서, 음악은 상
실을 앓는 자아와 동형적이다. 시간과의 친교로 인해 음악은 인간 세계
에서 망명을 보내다 죽고, '나'는 내가 살지 못했던 시간 속에서의 '순
교'(「드라이아이스」)를 결심한다. 이처럼 시인에게 음악과 인간은 '전생'과
'환생'의 관계이다. 그는 "사람이 음악으로 태어날 수 있고 음악이 사람
으로 다시 환생할 수 있다"는 "중세의 후생설"을 믿는다. 그러나 사람
으로 태어난 음악에게 생(生)이란 시간법칙의 허망함 속에서 잠시 머물
다 사라지는 바람의 망명상태에 불과하다. 모든 인간은 "음악이면서 동
시에 사람인 존재"이지만, 그들의 후생은 '망명'·'열렬한 회의'·'저
격'·'새의 리듬'·'수용소' 같은 음습한 조건들에서 벗어날 수 없다. 김
경주는 야나체크·쇤베르크·베베른·메시앙 같은 거장들의 삶에서 이
운명의 조건을 읽는다. 김경주에게 '음악'은 "자신이 닿을 수 없는 음
역"(「눈 내리는 내재율」)이나 '절대음감'(「파이돈」)처럼 본질적 시간이다. 시
인은 외로움에서 자신의 전생이었던 '음악'을 듣고, 그 음악에서 운명적
고독을 예감한다. 그렇기에 "예감 또한 음악이다"(「비정성시」)라고 말하
는 것은 결코 지나치지 않다. 예감이란, 한 번도 들어본 적이 없는, 그러
나 자신과 가장 닿아 있는 전생의 음악을 듣는 행위가 아닌가. 시인은
"외롭다고 느끼는 것은 자신이 아무도 모르게 천천히 음악이 되고 있다
고 느끼는 것"(「비정성시」)이라고 말한다. 그에게 '바람'은 "내가 알지 못
하는 시간 속으로 유배된 자들이 내게 띄우는 편지"이고, '생'은 "절박
하게 부패해가는 생의오류"이며, '현실'은 "죄지은 것도 없이 우리가 매
일 써야 하는 삶의 조서"이다. 김경주에 따르면 "살아 있는 모든 것들은
바람의 세계 속에서 울다"(「바람의 연대기는 누가 다 기록하나」) 간다. 그는
울음을 일러 "생을 버리고 성(聲)의 세계로 간 맹인들이 드나드는 점자
들"(「부재중(不在中)」)이라고 명명한다. 이승원이 랩 창법에서 저항의 가
능성을 본다면, 김경주는 음악에서 자신의 전생을 듣는다. 또 황병승이
'혼돈의 음악'에서 반복불가능한 순간의 감정을 읽는다면, 김경주는 음

악에서 결코 돌아갈 수 없는 존재의 원적(原籍)을 찾는다. 이승원, 황병 승, 김경주는 각각 힙합, 인디 락, 현대음악의 리듬으로 시를 쓰고, 거기 에서 시적인 구원의 가능성을 발견한다. 음악의 저항성을 믿는 자에게 는 음(音)이 영속하는 것이지만, 그렇지 않은 자들에게 음악은 순간이라 는 시간의 형식일 뿐이어서 고정되지도, 반복되지도 않는다. 이 시간의 변경에서 황병승은 순간의 미학을, 김경주는 후생(後生)의 공허를 노래 한다.

4. 재현에서 표현으로

오랫동안 시와 음악은 '음악성'의 관점에서 이해되어 왔다. 그리스인 들은 서정시를 타 멜레(ta mele), 즉 "노래로 불려지는 시"라고 이해했고, 르네상스인들은 서정시에서 라이어(lyre)와 류우트(lute) 같은 음악적 요소 들을 연상했다. 타 멜레의 리듬구성이 오늘날과 같은 음악인지, 낭송인 지는 논란의 여지가 있지만, 지난 세기 시에 관한 논의는, 에즈라 파운 드의 용어를 빌리자면, 멜로포에이아(melopoeia)와 파노포에이아(phanopoeia) 에서 로고포에이아(logopoeia)로 중심을 거듭 이동해 왔다고 할 수 있다. 그러나 N. 프라이의 지적처럼, 서정시의 한쪽 경계에 음악을 놓는 순간 우리는 다른 쪽에 회화를 놓을 수밖에 없으며, 이러한 배치는 결국 시 와 음악, 시와 미술이라는 두 개의 중심축을 형성하기에 이르렀다. 거칠 게 정리하면, 지난 세기의 문학적 실험은 이 두 가지 가능성에서 벗어 나지 않았다.

서정시에 관한 전통적 이해가 "시와 음악"의 문제를 "시의 음악성"이 라는 문제틀 속에서 설명해왔다면, 최근의 시적 경향은 그러한 문제의식이 더 이상 정당화될 수 없음을 보여준다. 이제 "시와 음악"은, '시'와 '음악'이라는 개별 장르들의 혼종과 넘나듦으로 사유되어야 할 듯하다. 물론, 시와 음악의 관계는 시 비평에 있어서 항상 중요한 논점이었다. 90년대 몇몇 시인들이 보여주었듯이 특정한 음악(노래)이 세대론적 기호로 사용하는 경우가 있었는가 하면, 김태형의 『로큰롤 헤븐』처럼 커트 코베인이나 짐 모리슨 같은 독특한 문화적 감각/취향을 내세워 자신의 감정을 증폭시키는 시의 예도 있었다. 그러나 리얼리즘의 세례를 강하게 받았던 80~90년대의 시들은, 일반화하기는 어렵지만, 많은 경우 회화성을 중요한 가치로 삼았다. 이는 리얼리즘의 '반영'·'재현' 같은 개념의 영향과 그 흔적일 것이다. 반면, 최근 젊은 시인들에게선 회화성보다 음악(성)이 한층 강하게 느껴진다. 소위 매니아적인 언어를 씀으로써 독특한 시적효과를 얻는 이들의 시는, 단순한 음악의 차용이 아니라 음악을 통해, 음악으로 시를 발화한다는 흥미로운 공통점을 보여준다. 그들에게 시와 음악의 경계는 무의미하거나 위태롭다. 그러나 보다 중요한 것은, 장르적 혼종이 강화됨과 동시에, 시가 재현(representation)의 미학에서 표현(expression)의 미학으로 변모한다는 사실이다. 재현이 대상과의 연관에서 출발하는 반면, 표현은 시인 자신의 정서나 느낌을 주관적으로 외면화하는 데서 시작된다. 많은 경우, 현대시의 난해성 문제도 여기에서 기인한다. 사람들은 말한다. 음악이 그 특유의 리듬으로 집단의 연대감을 강화한다고. 하지만 오늘날의 문화적 현실에서 그 명제의 정당성은 지극히 의심스럽다. 지금, 대중문화의 저편에서, 음악은 대중으로부터 스스로를 고립시키고 차별화함으로써 음악이 되기 때문이다. 오늘날, "시와 음악"이라는 낡은 질문의 새로운 의미는 바로 여기에 있다.

시에 관한 네 개의 단상

1. 언어는 한계이다

마르셀 프루스트가 말한 것처럼 작가는 언어 속에서 새로운 언어를, 어느 면에서는 낯선 언어를 만들어낸다. 작가는 문법적이거나 통사법적인 새로운 힘들을 내보인다. 작가는 언어를 그 관습의 밭고랑 밖으로 끌고 가 언어를 정신없게 만든다. 하지만 글쓰기의 문제 역시 보기와 듣기의 문제와 따로 떼어놓을 수 없는 것이다. 실제로 어떤 다른 언어가 언어 속에 만들어질 때, 언어 전체야말로 〈반통사적〉이고 〈반문법적〉인 한계에 가까워지거나 아니면 자기 자신의 밖과 소통한다.[1]

미셸 푸코는 말라르메의 등장, 그리고 근대문학의 출현이 19세기 에피스테메 안에서 객체의 위치로 전락한 언어에 대한 보상이었다고 말

---

1) G. 들뢰즈, 김현수 역, 『비평과 진단』, 인간사랑, 2000, 13면.

합니다. 보들레르 이후 유럽의 현대시는 '경험적 자아'보다는 중성적인 내면성을, 현실보다는 상상력을, 세계의 통일성보다는 파편성을 추구해 왔습니다. 보들레르 시의 주체는 경험적 자아가 아니었습니다. 이 이질 적인 흐름과 혼돈의 한 가운데에 '언어'가 놓여 있었습니다. 시가 '언어' 예술임은 재론의 여지가 없습니다. 그러나 '언어'가 백지 위에 인쇄된 활자로 환원되는 것은 아닐 겁니다. 때론 보이지 않는 '행간'이 시를 시 로 만듭니다. 현대시에서 '언어'의 문제는 아름다운 언어들을 조합하는 것도, 모국어의 아름다움을 유지하는 것도 아닙니다. 시에서 '언어'가 중요한 까닭은, 시가 언어가 붙들고 있는 정신의 습관(통념)을 다시 쓰고, 해체하고, 재구성하기 때문입니다. 언어에 대한 관심으로 인해서 현대 시는 자연, 또는 자연적인 삶과 결정적으로 분리됩니다.

롤랑 바르트의 「시적인 에크리튀르는 존재하는가?」에는 흥미로운 방 정식이 하나 등장합니다. '시 = 산문+a+b+c, 산문 = 시−a−b−c'가 그 것입니다.2) 이 방정식에서 a, b, c는 운율·각운 등등의 장식적 요소들 을 가리킵니다. 바르트에 의하면 고전주의 시대 사람들은 '산문'과 '시' 의 차이를 이 방정식처럼 이해했다고 합니다. 시란 산문에 장식적인 요 소들을 보탠 것이고, 산문이란 시에서 장식적인 요소들을 뺀 것이라고 생각했다는 것입니다. 물론 오늘날에도 이러한 설명 방식은 일말의 유 용성을 지닌 채 유통되고 있습니다. '시'라는 개념에는 항상 리듬·운 율·수사가 따라다니기 때문이지요. 그러나 우리는 보들레르 이후의 현 대시가 음악이 아니라 건축공학과 친연성을 유지해 왔음에 주목해야 합니다.

시는 절단된 산문이 아닙니다. 시는 산문적 연속성에 대한 불연속성 의 승리입니다. 발레리는 그 불연속성을 '굴절력'이라고 명명합니다. "그 체계의 결정면 위에서, 그리고 긴밀한 구조 속에서, 어떻게 보면 정

---

2) R. 바르트, 김웅권 역, 『글쓰기의 영도』, 동문선, 2007, 41면.

신의 습관들을 깨부수고 있는 그것, 사람들이 그 체계의 난해함이라고 부르는 것은, 사실은, 바로 굴절력일 뿐입니다."3) 시는 수사적 장치를 이용하여 산문을 끊어 나열하는 것이 아니며, 때문에 시를 이야기로 재코드화해서 이해하는 태도는, 불가능하지는 않지만, 바람직하지도 않습니다. '시'를 '시'로 만들어주는 무엇이 있다면, 그것은 산문으로 환원될 수 없는 것일 수밖에 없습니다. 알랭 바디우는 말라르메의 '고립화'와 랭보의 '중단'에서 그것을 발견합니다. 2000년대의 한국시는 서사적 시간과 갈등의 침입으로 전통적인 시적 세계의 해체와 확장을 경험하고 있습니다. 그러나 '시간'과 '갈등'은 한 편의 시를 구성하거나 해석하는, 유용한, 배경일 뿐입니다.

현대시는 '언어'를 중심으로 회전합니다. 시는 문체를 만들고 새로운 통사법을 창안하는 사건입니다. 그래서 '시−언어'는 '정신의 습관'에 굴절력을 통해서 앞 단어와의 유기적 인과성을 의도적으로 중지시키려는 경향을 지닙니다. 시는 산문적으로 자연스럽게 읽히는 언어에 의도적인 단절을 도입한다는 점에서 저항이라고 말할 수도 있겠지만, 저항하기 위해, 해체하기 위해 창조하는 것이 아니라 창조하기 위해 저항하고 해체합니다. 시는 저항할 때조차도 창조합니다. 그러나 시의 '창조'는 새로운 단어를 만드는 것이 아닙니다. 형식주의자들이 오해한 것이 바로 이것입니다. "단어들의 창조란 없으며, 통사효과를 벗어나는 신어 창조란 없다." 신어(新語)는 통사효과 안에서 전개될 뿐입니다. 옥타비오 파스는 근대 시인의 특성이 그의 행동이나 사상에서 오는 것이 아니라 그 '음성'4)에서 온다고 했고, 앙드레 브르통은 스스로를 시인이라고 인정하는 까닭이 "우리가 최악의 협약인 언어를 공격하기 때문"5)이라고 말했습니다.

---

3) P. 발레리, 김진하 역, 『말라르메를 만나다』, 문학과지성사, 2007, 50면.
4) O. 파스, 김은중 역, 『흙의 자식들 외』, 솔, 1999, 341면.
5) A. 메쇼닉, 조재룡 역, 『시학을 위하여』 1, 새물결, 2004, 131면에서 재인용.

2. 거대한 소수에게 바침

사람들더러 자기가 이해하지 못하는 것을 악평하고, 금지하고, 야유의 표적으로 삼도록 부추기는 것은, 충분히 존중해야 할 어떤 성급함이다. 그들은 가능한 한 자신들의 지성의 명예를 옹호하고, 지능의 체면을 살리는 것이다. 사람들이 일종의 자기 정신의 실패를 온전히 자신의 탓에만 두거나 혼자서 감당하는 것을 참지 못하는 것을 나는 당연한 일로, 거의 아름다운 일로 본다. 그들은 수많은 거울들처럼 (…중략…) 자기와 비슷한 이들에게 호소하는 셈이다.[6]

스페인의 시인 후안 라몬 히메네스는 "얼마나 많은 사람들이 시를 읽으며, 시를 읽는 사람들은 누구인가?"라는 질문에 '거대한 소수에게 바침'으로 헌사했다고 합니다. 옥타비오 파스의 글에서 읽은 구절입니다. 히메네스는 독자층의 빈곤을 의미 하는 '소수'라는 단어만으로 현실을 설명하기가 싫었나 봅니다. 그는 '소수'라는 단어와 "치수가 없는 어떤 것 혹은 측량하고 계산하기 불가능한 무엇"을 병렬시킴으로써 시를 읽는 행위가 초개인적인 무한의 세계로 접속되는 것임을 말하고 있습니다.

많은 사람들이 시가 난해하다고 말합니다. 그렇습니다. 확실히 우리 시대의 시가 어렵다는 것은 부정할 수 없는 사실입니다. 그러나 사람들이 토로하는 '난해'가 결국 '낯선 것'에 대한 혐오감은 아닌지 생각해 보았으면 좋겠습니다. '난해함' 자체는 문학의 평가 기준이 아닙니다. 어렵기 때문에 나쁘다는 평가는, 어렵기 때문에 좋다는 평가만큼이나 온당하지 못합니다. 문학은 쉬워야 하는 것이아니며, 마찬가지로 어려워야 하는 것도 아닙니다. 물론, 시를 읽을 때 난해의 장막에 휩싸이는 느낌이 그다지 유쾌하지 않으리라는 것은 예상할 수 있습니다. 그러나 앞에서 지적했듯이, 시가 '언어'를 매개로 정신의 습관이나 자동화된 지

---

6) P. 발레리, 김진하 역, 앞의 책, 11~12면.

각을 뒤흔들어 놓기를 포기하지 않는 한 시의 어려움은 운명적인 것처럼 보입니다. 현대시는 바로 이 어려움을, 지각의 굴절을, 단절과 저항을, 통사법의 재구성을 자신의 동력으로 삼고 독자들에게 그것을 보여주려 합니다. 독자들이 어렵다고 느끼는 젊은 시인들의 대부분은 그런 부정의 범주들을 소유하고 있습니다. 시(인)은 부족의 기억이다라거나 시는 노래이다, 혹은 시는 우주의 아날로지이고 대자연과의 침묵의 대화라는 식의 일반적 정의는 오늘날 유효성을 잃어가고 있습니다. 물론, 이러한 시가 의미 없다거나 나쁘다고 말하는 것은 아닙니다. '현대시'의 경향이 그 방향을 향하지 않는다는 것을 말하려는 것뿐입니다. 이런 점에서 최근의 젊은 시인들은 가장 현대적인 방식으로 현대와 맞서고 있는 셈입니다. 지난날 전위주의가 과거를 부정함으로써 과거를 지속시키고, 지속을 통하여 다시 과거를 승인하는 부정의 역설에 사로잡혔었다는 사실을 감안할 때, 현대적인 방법으로 현대와 맞서는 방식이 얼마나 유효하고, 지속적일 수 있을지는 솔직히 의문입니다. 우리는 전위주의의 종언이라는 사건의 교훈을 사유해야 합니다.

다시, 난해성의 문제로 돌아가겠습니다. 사람들은 종종 자신이 이해하지 못하는 대상에 대해 악감정을 표시합니다. 그것은 좋은 것도, 나쁜 것도 아닙니다. 자연스러운 현상이지요. 그런 면에서 심각한 것은 모르는 것을 아는 것처럼 말하는 위선입니다. 그런데 난해하다는 사람들의 평가에는 보이지 않는 기준이 작동하고 있습니다. 물론 난해성을 측정할 수 있는 절대적인 기준 같은 것은 없습니다. 다만 상대성만이 있을 뿐이지요. 그렇다면 그 상대적인 기준이란 무엇일까요? 그것은 아마도 자신의 독서경험이 쌓아온 기대, 즉 '문학은 모름지기 이래야 한다'라는 기대감일 것입니다. 대부분의 독자들이 시를 읽는 까닭도 여기에 있고, 또 그들이 시에 등을 돌리는 이유도 여기에 있습니다. 그런데, 불행하게도, 현대 시인들의 대부분은 그런 독자의 기대에 부응할 의도를 갖고 있지 않습니다. 말라르메는 독자와의 절교라는 방식을 통해서 현대성을 구현했습니다. 후고 프리드리히가 『현대시의 구조』에서 현대시를 '불협화적인 긴장'이라고 정의한 것도 이 때문입니다. 불협화란 곧 충격이고, 현대예술은 이 '충격'을 매개로 존재감을 유지해 왔습니다. 의미를 찾는 독자들에게 무의미의 의미를, 위로를 요구하는 독자들에게 충격을 던져줍니다. 김현이 "좋은 작품은 그것을 읽는 자들의 감정을 세척시키는 것이 아니라, 읽는 자들의 정신이 편안해지려는 것을 오히려 자극하고 고문한다"라고 말했을 때, '고문'의 의미는 정확하게 불협화의 충격을 의미하는 것이었습니다.

위로의 시는 우리를 익숙함의 세계로 데려갑니다. 그리고 상처받은 우리의 내면을 감싸줍니다. 그러면서 위로의 시는 우리가 살고 있는 세계의 비루함을, 그 세계로부터 벗어나려는 우리의 욕망과 저항을 차단시킵니다. 한때 문학에서 지고의 가치로 통용되던 '휴머니즘'이 어떠한 정치적 기능을 수행했는가는 의심할 필요도 없습니다. 지금 우리에게 필요한 것은 이 세계가 여전히 살 만한 곳이라고 확인시켜 주는 아름다운 시가 아니라 이 세상이 어떻게 우리의 욕망을 차단하고, 왜곡된 방향으로 몰아가고 있는가에 대한 성찰을 기회를 제공하는 시입니다. 삶에 대한 태도와 세계 인식을 상기시켜 그것들을 사유의 대상으로 삼게 만드는 문학입니다. 그런 의미에서 잘 읽히는, 익숙한 언어의 세계보다 잘 읽히지 않는, 손쉬운 독서를 가로막는 새로운 언어와 통사법에 주목할 필요가 있습니다. 모든 경우는 아니지만, 시에서 기교는 조작이나 모방이 아니라 열정이고 고행입니다. 모럴(moral)입니다.

난해성과 관련해서 독자들에게 한 가지 부탁하고 싶은 것이 있습니다. 무의미한 장난이 아니라면 현대시의 난해성에는 그럴 만한 이유가 있습니다. 그러니 한 번 읽고 난 다음 어렵다고 시(집)를 던져버리지 말아 주십시오. 전문 독자라고 불리는 평론가들도 한 편의 시를 이해하기 위해 많은 노력과 시간을 투여합니다. 누군가 말했습니다. 한 편의 시를 읽는다는 것은 두 눈으로써 그것을 듣는 것이며, 듣는다는 것은 귀로써 그것을 보는 것이라고. 얼마나 읽으면 그 경지에 도달할 수 있는지 나는 알지 못합니다. 그러나 한 가지, '이해'도 정신적인 숙련입니다. 그것은 상식만으로 되지 않습니다. 기성의 통사법을 배신하는 그 시적 모험 앞에서 재빠르게 발을 옮길 수 있는 사람은 극히 드물지요. 우리는 그 새로운 통사법과 문체 앞에서 절망하지만, 바로 그 절망을 통해서 새로운 세계로 들어가게 됩니다. 물론 이것이 시의 유일한 길이라고 말하면 현대라는 도그마에 빠지고 맙니다. 그러나 모든 시에서 자신이 기대하는 것만을 읽으려는 독자의 태도는 문학을 대중화시킬 순 있을지언정 이 세계에 대한 새로운 질문을 이끌어내지는 못합니다. 시인은 영감을 받은 자가 아니라 영감을 주는 존재입니다. 한 번 읽어서 이해하기 쉽고, 재미있는 것, 그것은 대중문화에서나 환영받을 일입니다. 이런 점에서 시의 독자가 '소수'에 불과하다는 음울한 진단은, 차라리 당연한 것인지도 모릅니다. 나는 '수용'이라는 그럴듯한 논리로 시가 무조건 쉬워야 한다고 주장하는 사람들을 신뢰하지 않습니다. 시는, 쉬울 수도, 어려울 수도 있기 때문입니다.

3. 설명하는 것과 보여주는 것

오늘날 시급한 것은 우리가 인류의 생존을 어떻게 보장할 수 있는가 하는 것이다. 이러한 현실 앞에 시의 기능은 무엇일까? 그 다른 목소리는 무엇을 말할 수 있는가? 이미 내가 지적한 대로 만일 새로운 정치 사상이 출현하게 되면 시의 영향은 간접적인 것이 되어 매장된 제 가치들을 상기시키고 그것을 불러내어 우리에게 제시하는 역할을 할 수 있을 것이다. 이미 중독되고 황폐해진 땅에서 거론되는 인류의 생존에 대한 문제에서도 시가 줄 수 있는 대답은 다르지 않을 것이다. 그 영향은 간접적으로, 암시하고 영감을 주고 시사점을 던져주는 것이 될 것이다.[7]

'윤리'는 오염된 단어입니다. 많은 비평가들이 '문학의 윤리'라는 말 앞에서 빈정거림과 조소를 쏟아냅니다. 윤리를 도덕의 동의어로 이해하기 때문입니다. 그러나 제 생각에 윤리는 모두가 긍정할 때 부정하는 것, 쉬운 길을 버리고 애써 어렵고 힘든 길을 선택하는 것입니다. 불가능성에 대한 싸움이라고나 할까요. 현대시가 독자와 비평가들의 불평불만을 감수하면서 굳이 새로운 통사법을 창조하려는 것도 따지고 보면 윤리적이기 때문입니다. 윤리는 기성의 가치와 질서를 긍정하는 도덕과 달리 새로운 불가능성을 만들고, 이미 존재하는 것들과 차이를 만드는 것입니다. 그것은 개인적이고 내면적인 양심이나 도덕적 준칙이 아닙니다.

90년대 중반을 지나오면서 한국시는 생태학적 전회를 경험했습니다. 미학주의자들에게는 존재하지 않는 질문이 '문학'의 이름으로, '사상'의 이름으로 제시된 것이지요. 종종 '환경'이라는 말이 동의어로 쓰이고 있지만, 그것은 지나치게 인간적인 느낌이 강해 싫습니다. 종종 '우주'라는 말이 유사한 개념으로 사용되지만, 그것은 실감으로 다가오지 않아서 싫습니다. 그래서 그냥, 생태라고 씁니다. 그런데 생태를 깨끗함의 문제와 같은 것으로 착각하는 사람들이 있습니다. 그것은 생태학적 문제 설정이 마치 심산유곡에서 들려오는 풍류와 같은 것처럼 치부해버리는 태도만큼이나 위험합니다. 어떤 물고기는 전혀 오염되지 않은 '정상적인' 물속에 들어가는 순간 죽고 맙니다. 요컨대 생태학적인 문제 설정은 "색다른 분자적 파열선들을 횡단하는 테마 설정을 요구"[8]합니다. 그것은 자본주의에 반(反)하는 주체 구성의 한 방법—결코 유일하지 않은 하나의 방법—입니다. 또 하나, 생태는 자본주의가 등장하기 이전으로 돌아

---

7) O. 파스, 김은중 역, 앞의 책, 345~436면.
8) F. 가타리, 윤수종 역, 『세 가지 생태학』, 동문선, 2003, 14면.

가는 것도 아닙니다. 그런 것을 상상할 수 있다면, 자본주의 이전, 그러니까 인간이 자연을 '닦달'하기 이전에는 오늘날과 같은 생태시가 등장하지 않았습니다. 즉, 90년대 이후에 등장한 생태학적 상상력은 자연에 대한 미몽(迷夢)이 아니라 자본주의와 도시문명 속에서만 제기될 수 있는 것입니다. 생태시의 핵심은 이 세속도시의 불모성을 환기하는 것이지 자연 자체를 아름다움의 대상으로 숭배하는 것이 아닙니다.

생태학적 상상력에 근거한 시적 윤리는 성공보다는 실패로 기울고 있는 듯합니다. 그들은 시가 설명하는 것이 아니라 드러내 보여주는 것이라는 사실을 간과했습니다. '설명'은 의미를, 전언을 강조합니다. 설명이 종종 계몽적인 언설로 다가오는 것은 이 때문입니다. 그러나 문학은 암시하는 것입니다. 혹자는 그것을 에둘러 말하는 것이라고 표현하지만, 에둘러 말하는 것이 반드시 직설적인 화법보다 영향력이 떨어지는 것은 아닙니다. 우리는 그것을 믿기에 시를 읽고 씁니다. '설명'과 '전언'에 지나치게 집착할 때 시는 시의 길을 버리고 사상으로 '전향'하고 맙니다. 제가 알기로, 사상을 이해하기 위해 시를 읽는 사람은 없습니다. 또한 그럴 필요도 없습니다. '설명'과 '전언'으로 시를 읽는 것은 식물학을 공부하기 위해 모네의 풍경화를 보는 것과 같습니다.

4. 감각

취향이라는 것의 문제는 그것이 아무리 예술 애호가들 사이에서 폭넓게 오랜 기간 동안 의견이 일치하여 형성되었다 하더라도 사실은 예술에 대한 사적이고 간접적이면서 언제라도 바뀔 수 있는 반응에서 나왔다는 점이다. 또한 합의란 아무리 확고하다 하더라도 부분적일 수밖에 없다. 이런 약점을 해결하기 위해 열렬한 보편주의자 칸트는 일반적이고 변하지 않는 뚜렷한 원칙에 따른 '판단'이라는 능력을 제시했다. 그러나 '판단'은 의도한 대로 '취향'을 지탱하는 것도 아니고 취향을 어떤 면에서 좀 더 민주적으로 만들지도 않았다.[9]

모든 시는 하나의 유일한 통사적 구체입니다. 그것은 우리가 '시란 무엇인가'라는 질문을 던지고 대답할 때 등장하는 '시'와는 다릅니다. 각양각색, 다종다양한 시편들을 '시'라는 개념으로 묶는 것이야말로 문학에 대한 가장 몰상식한 태도인지도 모릅니다. 수잔 손택의 말처럼, 아름다움을 설명하는 최선의 이론은 그 역사입니다. 그러면서도 '시'에 대해 말하고 쓰기를 멈추지 않습니다. 그래서 이 순간 나는 '최대치로서의 시'만을 생각하려 합니다.

최대치가 무엇인가보다는 왜 최대치를 말할 수밖에 없는가가 훨씬 중요할 것입니다. 나는 서구의 현대시가 말라르메 이후에 '언어'를 중심에 놓고 오늘에 이르렀다고 말했습니다. 유럽의 시사(詩史)만을 놓고 본다면 그렇게 말할 수 있습니다. 그러나 그것이 곧 비유럽권의 시, 아니 한국시를 이끌어온 동력인지는 의문입니다. 남미의 전통 속에서 시를 사유하는 옥타비오 파스를 보십시오 그리고 오늘날의 한국시의 지형을 보십시오. '시'에 있어서 유럽은 보편자의 위치를 점하고 있지만, 그렇다고 그것이 한국의 시사(詩史)를 설명하는 유일한 틀이 될 순 없습니다. 유럽에서 근대시는, 푸코가 『말과 사물』에서 밝혔듯이, '언어'에 대한 자각이라는 문제의식에서 모국어의 해체를 향해 나아갔지만, 한국의 근대시는 결코 모국어를 배반하지는 못했습니다. 어떤 면에서 한국시는 유럽의 영향에서 자유롭지 못했지만, 유럽의 시사(詩史)와는 다른 길을 걸어왔다고 말하는 것이 더 적절한 것처럼 보입니다.

흔히 시를 감각의 산물이라고 합니다. 또 누군가는 상상력의 산물이라고도 말했습니다. "상상력은 전체 피조물을 분해한다. 심원한 영혼의

---

9) S. 손택, 홍한별 역, 『문학은 자유다』, 이후, 2008, 29면.

내부에서 생겨난 법칙들에 따라서 상상력은 (분해의 결과로서 생겨난) 부분들을 수집하고 분류해서 그로부터 하나의 새로운 세계를 창출하는 것이다”라고 말한 것은 보들레르였지요. 그리고 엘뤼아르는 시와 상상력의 관계를 이렇게 설명했습니다. “상상력은 모방의 본능을 지니지 않는다. 상상력은 우리가 거슬러 오르지 않는 원천이자 격류이다. 바로 이 ‘생생한 수면’에서 매 순간 날(jour)이 생성되고 매 순간 소멸된다. 상상력은 연상 없는 세계, 보다 더 위대한 세계에 속하지 않는 세계, 신이 없는 세계인데, 이는 상상력이 결코 거짓말하는 법이 없기 때문에, 도래할 것과 존재했던 것 사이를 절대 혼동하지 않기 때문이다.” 그렇습니다. 시는 복사(재현)가 아니라 변형을 추구합니다. ‘감각’과 ‘상상력’은 그 변형의 특이점들입니다. 그러나 감각의 직접성마저도 이성화시키는 시인들이 존재하는 사실을 잊어서는 안 됩니다.

그렇습니다. 시는 감각에서 출발하지만, 그렇다고 감각만으로 시가 되는 것은 아닙니다. 때로는 질서정연하게 배열된 ‘언어들’보다 그 언어들 사이에서 침묵하고 있는 행간의 목소리가 더 큰 울림을, 더 시적인 빛을 발하는 경우도 있습니다. 우리가 흔히 ‘시적’이라고 부르는 그것은 어쩌면 언어로 표현되지만, 동시에 언어를 벗어나는 ‘울림’이나 ‘공명’ 같은 것에 깃들여 있는지도 모릅니다. 시인들의 감각은 섬세한 그물망과 같습니다. 예민한 촉수를 세계를 향해 열어놓기 때문이지요 그러나 감각(느낌)은 순간적이고 파편적이기 마련입니다. 그것은 종종 한 줄의 메모, 한 두 개의 단어, 아니면 보다 긴 문장의 형태로 남습니다. 이런 점에서 시는 감각의 재구성이고, 시어는 감각의 흔적들입니다. 나는 ‘감각’의 중요성만큼이나 ‘직관’의 힘을 믿습니다.

시는 두 세계의 복합물입니다. 시는 보이는 세계를 통해서 보이지 않는 세계로 들어가려는 욕망입니다. ‘이’ 세계를 드러내면서 ‘다른’ 세계를 창조하기 때문입니다. 대상, 즉 보이는 세계는 비루하고 보이지 않는 세계는 거대합니다. 이미지, 감각, 상상력은 두 세계를 잇는 교각입니다.

다리를 건너는 순간, 대상의 딱딱함은 물컹거리고 가변적인 세계로 변형됩니다. 시는, 모든 견고한 것들을 녹여내는 치열한 정신이기 때문입니다. 우리는 이 정신의 구체(具體)를 모델화할 수 없습니다. 모든 시는 유일한 통사적 구체성으로만 발화되고 읽히기 때문입니다. 그것은 '이해'할 순 있지만 '설명'할 순 없는 세계입니다. 시가 눈으로 듣고, 귀로 읽는 것이라고 하면 말장난일까요.